不见上仙三百年

木苏里 著

中信出版集团 | 北京

不见上仙三百年

目录

不见上仙三百年
我也可以是来做客的。

萧复暄，
我原身那个魔头是什么样的人？
不见上仙三百年

别人作何评价我不知道，但在我这儿
是化成什么样都不会认错的人。

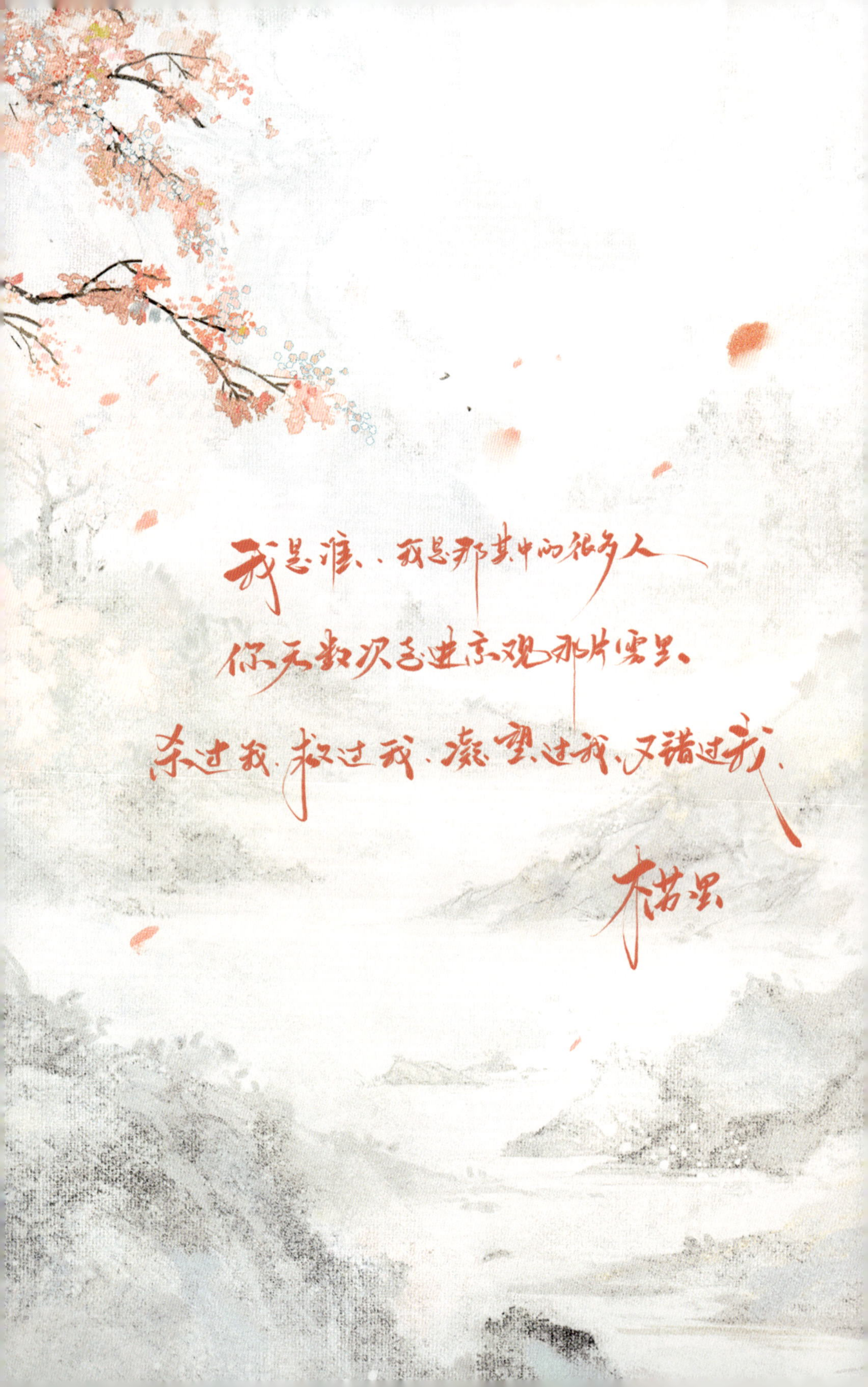
我是谁、我是那其中的很多人
你无数次走进京观那片雾里、
杀过我、救过我、凝望过我、又错过我、
木苏里

第一卷

苍琅北域

第 1 章 魔头

天殊年间，冕洲大雪。

无端海雪封十万里，一直封到了苍琅北域。

这里太冷了，死水浮着薄冰。乌行雪站在水中的枯树上，洗着手上的血。那双手瘦长洁白，不带一丝烟火气，似乎只逗弄过瑶宫的鸟雀、把玩过仙都的花。可就在不久前，那几根手指生生掀掉了好几颗头颅。

他洗得仔细，没有要开口的意思。

岸边等着的人也都不敢开口。如此屏息良久，他们终于等来了一句话。

“这是哪一年了？”乌行雪问。声音穿过茫茫水面传来，有些模糊。岸边的人反应片刻，匆忙答道：“天殊二十五年。”

乌行雪嗅了嗅洗过的手指，终于转眸看过来：“天殊？”

“对，天殊。”

“天殊……”乌行雪轻声重复着陌生年号。

答话的人忙道：“仙门百家给改的。”

“哦。”乌行雪垂了手，动作间，有金石摩擦的当啷轻响，像扣着锁链。

岸边几人对这声音反应极大，俱是头皮一麻。他们小心地望向水中的人。只见乌行雪一身苍青素衣，几乎融于冷雾。不论是袖间手腕，还是赤足上的一节脚踝，都苍白干净，不见锁链。可当啷声又真实存在。

有人喃喃道：“这声音是……”

“嘘！疯了？就你长嘴了，当面提？找死别拉上我们！”打断的人生怕被水里那位听见，呵斥也只敢用气声。可惜还是被听见了。

“是什么？”乌行雪问，“别停，继续说。”

岸边众人呼吸一滞，吞了吞唾沫，垂在身侧的手指极轻地抖着：“没……

没！我们……我们没说什么，真的没说什么。”

世人皆知，苍琅北域是比魔窟更骇人的地方。

世间魍魉不畏报应，不惧仙佛，唯独怕死了这里。被囚于此地的妖邪，都会被钉上重重天锁。这锁链看不见，也解不了，代天问责。短则一天长则一年，被钉的妖邪必定不堪折磨，魂飞魄散、灵肉俱灭。

所以，苍琅北域在无端海的上空悬了五百一十三年，只进不出。除了魔头乌行雪。他是唯一一个在此地锁了二十五年，依然活着的。

这样的魔头，挂着一身看不见的锁链，轻声道“是什么，别停，继续说”，谁敢真的接话呢？

死寂在冷雾里缓缓弥漫。岸边的人小心翼翼地觑了一眼，就见乌行雪歪头盯着他们，不言不语的，登时从头寒到脚。

完了，这阴晴不定的主又开始了。众人心说。

其实这位举世皆知的魔头长得并不吓人。相反，他生得一副矜贵相，声音极好听，模样也极好看，尤其是眉眼。他的眼尾微微下撇，垂眸看过来的时候，像寒池里刚化的墨。

可那又如何？别说手下这些邪魔煞将了，就连当初的灵台十二仙，他也说杀就杀。

谁能不怕？他说话，怕。他不说话，也怕。再这样歪一下头，就更要命了！

众人冷汗涔涔。

须臾后，最先说话的人周身一抖，绷不住道：“城主，城主我错了。是我口不择言，我不该提锁……啐！总之我不该！我真是，我真是……”

他朝自己嘴边抹了一下血痕，正要下狠咒发毒誓，就听乌行雪说：“你错哪儿了，我不明白。”

“……”

“还有，你叫我城主？”

“……”

城主这词又怎么你了，不能叫？岸边几人在层层诘问下快疯了。

可他们不知道的是，树上那位其实早就慌了。

乌行雪脸上波澜不惊，心里却巨浪滔天，所思所想只有四个字：怎会如此！

他只是睡了个囫囵觉，怎么就上了别人的身？！明明前一刻，他还是鹊都的王公显贵，刚搁下曲水宴上的玉醑酒，披了大氅回府。

鹊都连下了两天雪也不见停，路有些难走。他个头儿高，小斯撑伞撑得吃力，歪歪斜斜。他看不过眼，把伞接来自己打了，又将袖里的玉手炉撂过去，引得小厮受宠若惊。

府里的人早在房里摆好了汤婆子，暖和得很，以致他进门就犯了困。他随手抽了本民间话本，倚在榻边翻看。窗外，冬雀落在护花铃上，当啷作响。

他听着，看着，不知怎么就支着头睡着了。等到被嘈杂人语惊醒，睁开眼，就发现自己到了这个鬼地方……

四周是茫茫水面，大雾漫天。水中央只有一株枯树，孤零零地立着。水下影影绰绰，皆是青白色的短枝。他起初以为，那是在鹊都风靡过一阵子的白珊瑚。细看才知，全是人臂，全是人臂啊……

而他就站在枯树随时会断的枝干上，赤着脚，没有落点。

还有风吹他，还晃，还满手血。天知道那一瞬间，他有多想骂人。

诗书话本里的人合了眼都是“忽梦少年事”，到他这儿就来了出“鬼上身”。噢，错了。是他上鬼的身。托岸边那几位碎嘴子的福，他尚未说错话，就弄明白了最要紧的几点——这鬼地方叫苍琅北域，是专囚魔头的地方。他就是那个被锁的魔头。

岸边那几位似乎是他的手下，前来救他的。其中一位闯进来的时候，手里还拖着半截血淋淋的尸首，面无表情地踢进水里。可见没一个善类。

被这样的人围着，他能说“我不是原主”吗？说了，那几个诚惶诚恐的手下怕是要当场变脸，把他也撕成两截，扔进这潭死水里。

所以他只好一边洗着手上的血，一边慎重地套他们的话。结果套了大半天，就套出“城主我错了”“我不该”以及“啐”。

要了命了。

他心里正盘算着，忽然听闻一阵嘈杂声。隔着厚铁似的山壁有些难辨，但乍一听，只觉得有无数人包围在外，祭出了刀剑。其中夹杂着人言，隐约能听出“还等什么”“那魔头”之类的字眼。

又听得一声锵然震响，碎裂的玄铁黑石纷纷滚落，阴沉无边的寒潭地动般剧烈一颠，颠得乌行雪一把扶住最近的树枝。

岸边那几个手下也在聆听山壁外的动静，眉心紧蹙，面色难看。

“听着不妙。”

“估摸着仙门百家都来了。”

“来是必然要来的，他们不是一贯把这苍琅北域当命门吗？”

“那话怎么说来着？这儿是世上最后一个能震慑邪魔秽物的地方，可不得当命门吗？”

“哈，那又怎么样呢，还不是到了尽数。”

“轰隆！”又是一声，山壁依然犹如铁铸，但震颤得越来越厉害。

“不行，照这架势，他们很快就要进来了！城主，咱们……”手下们转回头，话音一顿。就见乌行雪垂着眸，手指抓着一截新断的枯枝。

手下：“？”

“咱们什么，继续说。”乌行雪似乎只是折枯枝来把玩，看了两眼，便失了兴味，随手丢进水里。手下们盯着那根静静浮在水面的枯枝，表情都有些忌惮。毕竟世人皆知，一切经过这大魔头之手的东西，即便只是一滴水，都值得惧怕。

“咱们……”一个胆大的手下舔了舔发干的嘴唇，目光依然忍不住朝树枝那儿瞥，“咱们得赶紧离开这里。”

“没错，城主。苍琅北域这两日突现异象，世人传言是到尽数了。仙门百家怕这地方塌毁，自然坐不住，马不停蹄地都来了。”

仙人们一半是想竭力挽救，一半是害怕里面锁着的魔头还没死透。

这种情形下，两方若是碰上，就是一场硬仗。手下几人想想便头疼。他们正要催促，就听乌行雪又开口了：“你们这么着急忙慌的，是打不过？”

手下：“……”那必不能点头。

“城主，外面那些仙门子弟根本不值一提。”最年长的那位说。

他身边的人沉默两秒，转头盯向他。

“只是这苍琅北域本身……”他四下扫了一眼，“都说这里连日有异象，是因为供养的灵气尽了。话应当没错，否则单凭咱们几个，也进不来这里。毕竟这地方，当年是由那位……那位天宿上仙管着的。”

“天宿上仙”那几个字他说得飞快又含糊，但还是被身边人拱了一肘子。

“他早就跟仙都一块儿殒殁了，你非要在城主面前提?!”他们借着水岸茫远，偷偷瞄了乌行雪一眼，声音低得几不可闻。

乌行雪心说又来了，又是这副脸色煞白却心照不宣的样子。那位天宿上仙跟我，不，跟我这原身是有什么牵扯吗？这么瞄着我。

乌行雪很想让那手下继续讲一讲，以便弄明白原委。但碍于身份，只能作罢。他不是那个被囚锁于此的原主，给不了其他反应。只能听着那个陌生名号，静默着，无动于衷。

手下又朝他瞄了一眼，说：“总、总之，虽然那位早就殁了，但这鬼地方说不定有他残留的后招儿，被绊住就不好了。”

“也是。”

“所以城主啊，咱们赶紧走吧！”他们的语气焦灼恳切，苦口婆心地劝说。

他们城主也觉得很有道理，可以点头应许。但城主这会儿有个更为迫切的难题。试问，他要如何在无损魔头身份的前提下，让人把他从这树杈子上弄下去?

乌行雪朝脚下深潭看了一眼，又看向岸边。那几位手下眼巴巴地望着他，等着指令。他略一思忖，抬起手，在岸边那几人里挑了一下，微屈的食指点中一个相对顺眼的。

“你过来。”他的声音依然不轻不重。

被点中的人抖了一下，不明就里地僵在那儿：“我？”

“嗯。”

“城主我……我又说错话了？我刚刚没开口啊。”

乌行雪：“……夙得。”

“过来。”他轻声重复一句，垂下指人的手。动作间，那些看不见的锁链又发出当啷作响。

被点中的那个再不敢多问，硬着头皮，抬脚踏上那潭死水，一步百丈。仅是一个转瞬的工夫，就到了枯树面前。

“城主。”他刚要在树上落脚，就听得一声巨响!

无数看不见的剑气自八方而来，带着苍琅北域雪封十万里的寒意。他伸向乌行雪的手瞬间变成一蓬血雾，整个人被重重掼回岸边。

霎时间，寒潭巨阵，浪潮翻天。

乌行雪只觉得凛冽剑意迎面扫来，下意识闭了眼。再睁开的时候，就见一朵足以包裹整个苍琅北域的金色王莲在他脚下轰然绽开。他在迷眼的雪花和金色幻象里看见了一道手扶巨剑的虚影。

那人身量很高，右耳耳骨上钉着三道黑色丧钉，身上透着冲天煞气，偏偏面如冠玉，像无端海上裹着冷铁气味的天风。

他在那道虚无的天风里转头看向乌行雪，耳下连着脖颈的地方有一道若隐若现的金印。

那是一个“免”字。

世人皆知，天宿上仙萧复暄受天赐字为“免”。

免，赦也，百罪皆消。

第 2 章　棺椁

苍琅北域外。

金色王莲炸开的一霎，仙门百家子弟被轰了个措手不及。看不见的威压如海泻千里，将所有人震开到百丈之外。

离得近的那些人，刀剑法器四分五裂，废在当场。

“咳咳，咳……门主。”一个小弟子从雪里挣扎出来。他摁着心口，想拄剑站起来，却发现自己手里只剩一个剑柄。

“门主，我的剑……”

对一些仙门弟子而言，剑比命重。尤其是剑修大宗，封家的弟子。这小弟子就是封家门徒。

“扔了，回去重铸。”封居燕却没有看他，目光依然落在百丈外，秀眉紧蹙。

作为门主，她自然不会像小弟子一样狼狈滚地，而是手握长剑立于身前，挡下大半威压。她站得笔直，指缝却有血渗出来，洇进剑纹。

小弟子看到血色，心下一惊。他刚入门，所知甚少，又是头一回见到门主流血：“门主，这金影究竟是何物，怎会如此厉害？”

“应当是本命王莲。”封居燕轻声说。

“本命王莲?！”小弟子满脸惊疑。

传说，本命王莲是天宿上仙所独有的。他执掌刑与赦，一手死一手生，所以有两大命招——一是招下俱亡魂，二是招下万物生。

本命王莲就是前者。

“我只曾耳闻，却从未见识过。”

“谁亲眼见识过？见识过的都死了。”封居燕说。

那可是命招。命招的本意就是以命换招，是要烧尽灵神的。即便是天宿上仙，损耗也极大，轻易不会用。

它上一次出现是在二十五年前。那天太因山崩，仙都尽毁，三千灵台砸落下来，大半沉入无端海底。

有人说，那天的太因山巅，在距离仙都最近的地方，曾有本命王莲的金影照下来。那之后，魔头乌行雪就被钉进了苍琅北域。

从此，也再无仙都。仙都殒殁，人间自然就乱了，祸患横行。只有那些宗门聚集、仙庙神像林立之地，才能勉强维持平安。

自那日起，仙门百家改年号为“天殊”。

“门主？”小弟子迟疑道，“那本命王莲为何又现世了？天宿上仙不是已经……殁了吗？”

“苍琅北域毕竟是他所执掌的地方，还有残余的灵神吧。至于本命王莲为何突现……”封居燕话音一顿，“难道……”难道那魔头真的还活着？不仅活着，甚至要离开苍琅北域，所以才会激出天宿残招儿？

“二十五年了，天锁整整囚了他二十五年啊。我以为那魔头即便活着，也只剩最后一口气，苟延残喘。”

仙门百家几乎都是这个想法。他们不觉得会发生恶战，所以带来的大多是年轻弟子，余下的留守本家，时刻防着照夜城那群邪祟。

如此看来，是他们冒失了。

“依我看，得再召些人来。”有人提议。

“这……至于这样严阵以待吗？”

“那可是能血洗仙都的乌行雪。”

在仙门百家共商大事的时候，能血洗仙都的乌行雪迷路了。那个手扶巨剑的人影只短暂地出现了一瞬。消失的时候，那朵巨大的金色王莲忽然包裹住乌行雪，猛拽着他向下。

当时，乌行雪心想，不好，要露馅了。众目睽睽之下狼狈落水，这邪魔算是装到头了。刚自嘲完，他就听见了手下更狼狈的惊叫声。

意料之中的落水并没有发生。那寒潭仿佛是虚相，他一滴水都没有沾，一直在急速下落。冰冷的风从身边呼啸而过，手下的惊呼也不曾停。

他隐约听见有人在叫：“这是什么鬼地方？”另一个更模糊的声音说：“苍琅北域向下也有三十三层，对应着向上的太因白塔。”

还有人说：“最底下那层……藏着东西。”

落地时，乌行雪感觉身上钉着锁链的地方被狠狠扯了一把。心口、腰骨、手腕和脚踝一阵剧痛，痛得他五感尽失。他甚至不知道自己如何落的地，狼狈不狼狈。

不过万幸，五感逐渐恢复时，他感觉自己是站着的。那朵包裹着他的金色王莲应当不在了，因为他闻不到那股带着风雪味的剑气了。

他一边缓着疼痛，一边心想真稀奇。鹊都的王公显贵们哪个不是锦衣玉食养大的？矜贵得很，受点儿小伤，满府上下都跟着忙，哄着上药涂膏。他过惯了那种日子，自认忍不了痛。可刚刚痛得剜心，他居然一声没吭，咽下了所有反应，就因为有那几个手下在。

我上辈子欠了你们不少吧？乌行雪心道。

于是，那几个手下踉跄落地后，就看见自家城主慢慢睁开眼，目光扫过他们几个，冷笑了一声。他们正想问“城主，咱们这是被拽到了哪里”，听到冷笑，他们又咕咚一声咽了回去。

“城主您……您笑什么？”快言快语的那位还是没忍住，小心问道。他自十四岁起就练了毒禁术，那之后个头不见长，在一众同伴里显得单薄瘦小。

距离远些还好，此时他与乌行雪相距只有两三步，更衬得乌行雪十分高，他说话都得微微仰着脸。

他巴巴地等了片刻，等到乌行雪抬起手，长长的手指在自己腕边撩了一下，钩住了某个看不见的东西，淡声道："我？我笑这锁链闹人，丁零当啷的，太吵。"

我可真会问哪。手下仰着的脸没敢收，但他不想要自己这张嘴了。

乌行雪手指一撇，撂下链子，扔给他们一句："带路。"

"走走走，赶紧走！"另一个手下赶紧接话，他可能怕嘴快的那个把自己作死了吧，猛拽了人一下，从牙缝里挤话道，"宁怀衫你自己脑子不好使，别拉我们垫背！"

宁怀衫被他们拽着走了几步，茫然抬头："不是，走哪儿去？"

几人猛地刹住。是啊，走哪儿去？他们有些蒙，迟疑片刻，还是转头问道："城主，带什么路？"

乌行雪不远不近地落在后面，步子未停："你们说呢？"

众人无话可说，也不敢追问。毕竟他们都知道，乌行雪最厌烦蠢人。

他们抬眸扫视一圈。这是一片荒野，地上覆着一层雪，满眼皆是灰白。远处有一株参天枯树，似乎被烧过，焦色斑驳，仰头也望不到顶。

他们怀疑之前乌行雪站着的枯枝，就是这株巨树的树顶。

"你听说过吗？苍琅北域有三十三层。"宁怀衫悄悄拱了一下同伴。

苍琅北域悬在无端海上，终年裹于云、雷之中，像一个黑色巨崖。传言它有三十三层，跟倒塌前的太因山琉璃塔一样，象征三十三重天。倘若之前的树枝是顶一层，那么眼前这片长着巨树的荒野，就是最底下一层了。

"你从哪儿听来的传闻？光知道有三十三层又怎样，顶个什么用。传闻告没告诉你，城主让咱们带路去哪儿？"

宁怀衫："没有。"他又仔细回忆了一番，道："但是传闻说，最底下这层藏了宝贝。你说，刚刚城主让带路，是不是寻宝的意思？"

"你想想这话有没有问题，我们怎么知道宝贝在哪儿，又怎么带这个路？城主要真是这意思，那才古怪。"

"啧，别废话。先找，万一找到了，至少不算带错路。"

那棵巨大枯树实在惹眼，而整片荒野好像又没有其他能藏宝贝的地方，所以他们抬脚便朝巨树走去。走近一些才发现，巨树下的一圈地上斜插着无数剑，像一片剑冢。

乌行雪跟着他们在剑冢中穿行，走到腿快断了，愣是没能靠近巨树半步。

我现在拿锁链威胁这几个人坐一会儿，来得及吗？乌行雪盯着他们的背影，在心里说。

“城主？”宁怀衫可能感觉到了如芒在背，转头吞吞吐吐地说，“这剑冢可能是阵……”

乌行雪没露出任何意外：“所以？”

“城主您知道的，我们几个都不太擅长破阵。”宁怀衫觑了乌行雪一眼，说，“阵这东西，向来是您……”

乌行雪：“我什么，你说。”他放轻了声音，也没带什么情绪。吓唬人的程度拿捏得刚刚好，不知能不能把这一劫躲——

“城主啊，您就别拿我们几个寻开心了。”另一个手下愁眉苦脸地说，“我知道咱们几个惹您不高兴了，您之后怎么着都行，但阵这东西，咱们真的不擅长。”

“对，何况这是苍琅北域，万一我们莽撞了，乱走出好歹来，那就糟了。”

“没错城主，这种阵，您两三步就破了，何必跟着我们白费脚力呢？”

乌行雪：“……”这一劫是躲不过去了。他看着手下，心想别说两三步了，两三年我都走不出去，你们害不害怕？

他轻轻吸了一口气，正要想法子，余光瞥见了一抹白。那是跟雪色不一样的白，带了些温润亮意，像明堂高阶上的玉石。

他转头，透过寒剑交错的缝隙，看到了那东西的一角，像是一座白玉台。

乌行雪不再搭理手下，抬脚朝那儿走去。他赤足避过剑锋，片刻后，站在了白玉台前。

直到这时，他才发现眼前之物并非玉台，而是玉棺。

这是一尊巨大的白玉棺，躺在参天枯木之下，被万千寒剑包围。四边钉着棺钉，每根棺钉都刻了一个字。

那个字，乌行雪不久之前见过，它印在一个人的颈侧。这是……

“这是萧复暄的棺椁！”一个眼尖的手下喊道。

第 3 章 傀儡

萧复暄的棺椁？

“萧复暄……”乌行雪轻声重复了一遍。

手下们跟过来，但不肯离棺椁太近。宁怀衫脖子伸得老长，纳闷儿道：“奇了怪了，天宿上仙的棺椁，怎么会在这里？”

好孩子，是个会说话的。乌行雪本来还在琢磨萧复暄是谁，生怕自己说错了话露馅。多亏宁怀衫嘴快，帮他避过一劫。

不过确实奇怪。乌行雪不懂这里的规矩，但他看过话本。话本里的神仙都把邪魔当污秽，与邪魔形同水火，势不两立。谁会把自己的棺椁放在专囚魔头的大牢里，生怕自己死得瞑目吗？

难道……另有说法？乌行雪想着，伸手抚过白玉棺椁钉满棺钉的边。他打小有个毛病，鹊都的王公们大多喜爱稀奇物，比如鲛珠、般若、照世灯。花名取得一个比一个大。

他却不然。他很老套，就喜欢白玉，看见了就忍不住上手，试试品相。

“要我说，肯定不是真棺椁，是衣冠冢吧。”

“衣冠冢就不奇怪了？跟真躺这儿有什么区别？”

“也是！山头破庙里一个丑了吧唧的石雕都能说沾了本尊的灵呢，更何况贴身衣物？那都不叫沾了灵，那就是本尊哪。城主您……”

宁怀衫阴阳怪气地说着，一抬头，就见自家城主在摸那尊棺椁。

宁怀衫：“……”

真的离奇。

那场景真的太诡异了，几个手下当即蒙了。

这位魔头确实阴晴不定，也确实总有出人意料之举。他笑了并非高兴，温声细语也并非要褒奖谁。伺候是真的难伺候，看不透也是真看不透。

那是萧复暄的棺椁，把他囚在苍琅北域的萧复暄的。他……摸它干什么？

宁怀衫舔了舔嘴唇：“城主，您这是？”

他们几人对视了一眼，又看向乌行雪。离宁怀衫最近的那个手下，忽然诡异地动了一下脖子，又伸出一根手指，在宁怀衫垂着的手背上写着：

“你觉不觉得……”他还没写完，就听“砰——”的一声响。

乌行雪手指抚过的地方，一枚黑色棺钉遽然弹出，足有尺长。钉身沾着玉屑，又萦绕着一层淡色金光，像是被悍力生拔出来的。

写字的手下一抖，蜷起了手指。

紧接着是第二声。

“砰——”

黑色棺钉又出来一枚。

然后是第三枚、第四枚。

……

每少一枚棺钉，白玉棺椁都会震颤一下。不只是棺椁，剑冢、巨树，甚至整片荒野都会跟着震颤一下。

宁怀衫几人如临大敌，瞬间退至数丈外，齐声惊呼：“城主，我还以为……原来您是想开棺?！”

不，我不是。乌行雪心说但凡我会点儿法术，跑得比你们还快。

可惜他不会。非但跑不了，他两脚简直动弹不得。那棺椁不知有什么神力，震颤之下，地面仿佛有无数只看不见的手，死死攥着他。

于是手下撤完了，他还站在棺椁边，眼睁睁地看着棺钉掉落。

最后一声“砰”响起时，巨大的白玉棺盖发出瓦石相磨似的声音，轰然落地。

乌行雪闭了眼。他没有嗅到枯朽腐气，鼻腔里只有冷雪和飞尘的味道。有点儿像鹊都的隆冬。

“真开了……”宁怀衫几人喃喃出声，“城主，里面是什么啊？”

乌行雪睁开眼。白玉棺比正常棺椁高许多，从他这里也看不到里面。

脚下的抓力不知何时消失了，他迟疑着走近一步：“里面是……”

萧复暄。

乌行雪动了一下嘴唇，又无意识地抿紧。太意外了。白玉棺里居然真的躺着那位天宿上仙。样子跟金色王莲上的虚影极相像。

这口玉棺内蒙着一层厚重的寒气，萧复暄就躺在其中，闭着的眉眼和耳骨上的黑色丧钉都落了霜，没有一丝活气。乌行雪搭着玉棺，垂眸良久。

“城主，是衣冠冢吗？还是放了什么贴身之物，镇在这里了？”宁怀衫的声音由远及近。

几个手下迟迟等不到答案，踌躇地围过来。刚一探头，就看见了萧复暄的脸。宁怀衫疾退回原点。其余几人也要跑，却听一个说：“哎？不对，等等！”

宁怀衫：“我疯了我还等等？”

“城主都在这儿呢，你慌什么！你仔细看啊，棺材里的不是本尊。”

嗯？不是本尊？乌行雪抬了一下眼，又怕显得太过惊奇，重新垂下。

还好，宁怀衫长了嘴：“不是本尊？”

“对啊。你忘啦？那些上仙最爱干的事，不就是分出来几个肉身，这里丢一个，那里丢一个嘛。”

噢，话本里也爱这么写，神仙总用这个法子游历人间。乌行雪心想。

“你怎么看出来的？”宁怀衫将信将疑地回来了。

“我年纪毕竟这么大，我见过这样的啊。你看他左手手腕。”

乌行雪看过去。就见棺内人的左手腕部内侧，有一道很小的黑纹，走势像之前那朵王莲。

这么说来，还真不是本尊，只是个空空的躯壳？

几个手下还在说话，乌行雪却没再细听。他在想一个问题——既然玉棺里的这位不是本尊，也没有诈尸的意思。那么……刚刚是谁开的棺？

他低头看了一眼自己的手。

他怀疑那个魔头原主并没有完全消散，说不定还残存了些余力在他手上。

不对。他摸棺椁的时候，手上一点儿劲都没用，真的只是摸一摸。

况且……

那原主若是还在，以对方的能耐，把这具身体抢夺回去，不是轻而易举？为何任由他占着这具身体呢？乌行雪胡乱想着，忽然瞥见“萧复暄”的掌下覆着一个物件，被那天宿上仙微屈的手指拢着，只露出一角。

似乎是一尊玉雕。

乌行雪迟疑片刻，在心里嘀咕了一句：“虽然你只是一具躯壳，但我还是得打声招呼，得罪了。”他拨开棺内人冰冷的手指，拿出了对方掌下的东西。

那是一尊白玉雕的人像，雕得倒是栩栩如生，但没有脸，看不出是谁，手里握着一柄长剑，脚下还有雕花的方台。在鹊都，带方台的石雕、玉雕只有一种——用于供奉的神像。不知这里是否也一样？

倘若真是神像，又握着剑，应该是天宿上仙的像。乌行雪猜测着，拇指无意识地抹过方台上的雕花。

不知摸到哪一处，他忽然心尖一跳，听见了一道声音：

梦都西边的春幡城你去过吗？那里有个奇人医梧生。

乌行雪差点儿把神像扔出去。万幸，他在鹊都见识过的场面数不胜数，最擅长的就是面不改色。

谁在说话？我为何会听见这道声音？乌行雪垂着眸子，心里却暗潮翻涌，是因为握着这尊神像吗？

乌行雪默然片刻，又用拇指摸了摸刚才那朵雕花。

这次却毫无动静。

怎么回事？别是玩了出鬼上身，弄出癔症了吧？乌行雪又将那神像翻看一番，心里嘀咕。

想回去吗？去找他。

某一刹，那声音又毫无征兆地出现了。

乌行雪手指一紧。这话依然没头没尾的，但那句“想回去吗”正中他的心思。

想回去吗？自然是想的。他太想回鹊都了。

那里没有邪魔妖道，没有苍琅北域，也没有叮当作响的天锁。

那里也不分仙都和魔窟，只有人间和喧闹车马，可以自由来去。

“春幡城……

“医梧生……”他下意识轻念这两个名字，又在心里自嘲一笑。

你真是魔怔了，乌行雪对自己说，你不知道这声音是谁的，也不知道这些话是对谁说的。极有可能只是这神像上附着的灵识刚好对上了你的心思而已，居然就认真记下了。

他轻摇了一下头，正要把这惹人魔怔的神像放回去，那道模糊的声音又响了起来：

> 这种躯壳最是好用，捏住腕心，灌进灵识，傀儡就成了。若是个大人物，那便赚了，带出去听话又威风……你听话吗？

乌行雪直接把神像丢回了棺椁里。他倒是尊重那位天宿上仙，避开了人。神像当啷一声落在玉石底面上，惊得宁怀衫他们一哆嗦。

“城主，这神像可不能……城主？”宁怀衫话说到一半，就见他们城主扶着棺侧，弓身朝棺内人伸出手。

他看见乌行雪握住了萧复暄的手腕，清瘦的拇指在那个黑纹上揉摁了一下。这不是，这不是做傀儡的法子吗？！

手下几人都惊住了：“城主！您……您不会是要把这天宿上仙的躯壳做成自己的傀儡吧？！”乌行雪心说当然不是，我敢吗？再说了，我会吗？

他也说不清自己为什么会去摸一下。为了证实脑中的声音不是臆想？但他其实证明不了什么。

更不可能将这躯壳做成傀儡，毕竟那声音说了，要灌注灵识。他没东西可灌，只能干摁，怎么可能——

这想法还未消，他忽然感觉拇指下有什么跳了一下。很轻，像活人的脉。

乌行雪：“？”

等会儿？他猛地一惊，抬眸看去，就见棺内不知殒殁多久的人倏然睁开了眼睛。

宁怀衫他们鬼叫的声音震天响：“成了！居然真的成了，城主快看，傀儡成了，他睁眼了！”

他们城主心都凉了。

他是睁眼了。可怕就可怕在我什么都没做，但他真的睁眼了。

乌行雪甚至来不及分辩一句，就感觉眼前一花。一股巨大的劲力落在他身上，接着便是天旋地转，他下意识闭了眼。

没人看清棺椁里新成的“傀儡”是怎么起身的，只看见荒野飓风卷着茫茫雪花在棺椁前旋了一个涡。

剑冢里所有长剑都开始震颤，金石相击的声音混在风里，几乎和乌行雪身上的锁链声混淆不清。

等到风雪散开，就见“傀儡”将乌行雪抵在地上，右手接住了剑冢里飞来的长剑。剑花一转，寒芒向下。

乌行雪听见剑风，遽然睁眼。却见剑尖在肩上咫尺之处楔入地面，凛冽剑气跟着风扫过来，堪堪停在颈边。

毫发未损，又锋芒在侧。

他看见萧复暄眨掉了眼睫上的冷霜，低头看过来。

良久之后，叫了他的名字：“乌行雪。”

第 4 章　出牢

乌行雪眯了一下眼。他过惯了闲散日子，生平第一次被人这样抵着咽喉要害。

“你要杀我吗？”

他看着萧复暄，轻声说。

萧复暄动了一下唇，却没有答话。

“你不能杀我。”乌行雪又说。

萧复暄依然手扶长剑，眸光顺着挺直鼻梁落下来，片刻后终于应声：“为何？”他声音很低，带着久未开口的沙哑。

“因为你弄错人了。”乌行雪缓声说。他以为萧复暄会错愕一瞬，或是蹙一下眉，却发现对方依然抵着他，无动于衷。

乌行雪愣了一下，很快反应过来：恐怕原主罪孽深重，让太多人栽过跟头，所以没人会轻易相信他的话。

我真冤，他心想。

“他们说你是天宿上仙，这么厉害应当看得出来，我……”他轻声说到一半又刹住话头，朝手下几人所在的方向瞥了一眼。

萧复暄终于开口：“你说，他们听不见。”

听不见？乌行雪才意识到，迟迟没有听见那几个手下的动静。身边风雪仿佛变成罩，把旁人都隔在了外面。

他舔了舔唇，沉声道：“你弄错了，我不是他。我并非你们说的那个魔头。”

萧复暄依然看着他，良久之后，眉慢慢蹙起来。

“我不知道那魔头是不是心机深重，鬼话连篇，所以你不愿信我。”乌行雪说着有些无奈，“这倒也正常。”

他扯了一下唇角，又道：“但我真的不是他。我甚至不是这里的人，你若是同话本里的神仙一样，应当能探出来，我顶多算个倒霉的游魂，你要试试吗？”他说着抬起左手，将腕部露出来。

萧复暄看着他的动作，依然没有应声。

乌行雪料定他还是不信，静默片刻，觉得徒劳无功。正想说罢了，突然听见萧复暄低声问：“那你何名何姓，从何而来？”

乌行雪倏然抬眸看向他，想了想说：“那地方叫鹊都，同这里很不一样，一两句话也难说清。你既然是仙，会的一定不少，你有法子帮我吗？”

萧复暄：“我掌刑，只会抓人罚人。”

乌行雪：“……”他举着手腕，无言片刻，又重重放下。

不知他这模样让萧复暄想起了什么，后者看了片刻，忽然敛眸直起身，拔了长剑。

乌行雪：“？”

好突然。这是信了？也不像……

颈边锋芒和寒凉气撤尽，乌行雪撑站起来，他刚一站定，就见萧复暄还剑入鞘。

“锵”一声响，环绕的风雪骤然歇止。宁怀衫他们就像是被人定住了，保持着古怪僵立的姿势。在风雪散开的刹那，终于有了活气。

“城主！”

“城主那躯壳怎么——”宁怀衫似乎缺失了须臾的时间，还停留在萧复暄将乌行雪抵在地上的那一瞬，正焦心询问，就见他们城主好好站着，萧复暄就在城主旁边。

宁怀衫话音一刹，满头雾水。他看看城主，又看看那天宿上仙，思忖道：“先前吓我一跳！是因为躯壳里残留了一点儿灵识，才会动手吗？”

乌行雪心说只有一点儿残留可动不成这样。

“那现在呢？”宁怀衫小心瞄着萧复暄，依然有些忌惮，但止不住两眼冒光，“这是成了吧？现在这躯壳是城主的傀儡吗？要是成了，那可真是赚了。傀儡都是忠心护主、说一不二的。”

萧复暄冷冷看了宁怀衫一眼。

乌行雪正要说这不是傀儡，还没开口，就听整个苍琅北域里鸣声四起，地动山摇。萧复暄曾经安眠的白玉棺椁碎了个彻底。巨树摇晃不息，荒原裂开巨缝，尖石从上空砸落，震耳欲聋。

“这苍琅北域好像到了尽数，真要塌了！”手下在叫。

巨石如雨，而他们还在最下层，想要出去简直难上加难。

“城主——”手下们叫着，被分散到了不知多远的地方，声音模糊，不知死生。

一块巨崖不知从哪儿掉落，崖底数丈，利如剑尖。倘若冲着凡人去，能直贯躯体，命丧当场。

而那巨崖之下的人，正是乌行雪。

他所站之处也天崩地裂，只剩一块顽石，左右不靠。他如青雾一样站在那块顽石上，于命悬一线之时，抬头望向崖尖。

下一刻，无数金色长剑骤然而至，带着“免”字铭文，将他包裹。他什么也看不见，但感觉有人护了一下他。

苍琅北域崩塌，引得无端海巨震。

仙门百家子弟匆忙应对之时，一叶不起眼的乌篷船正穿行于无端海尽头的婆娑道。

乌行雪搂着手炉，倚靠在乌篷船角落里不吭气。船篷上吊着一盏纸皮灯笼，在风里轻轻晃着，幽长火舌却怎么也舔不到灯壁。有几个手下在苍琅北域崩毁的时候失了踪迹，而宁怀衫和那个断了一臂的手下离得近，被一并捞上了船。

“断臂”受的损耗不小，上了船就在昏睡。倒是宁怀衫底子好，依然说个不停。他在船外绞了绞袍摆沾到的水，又搓着双手进篷来，对乌行雪报道：“马上就进白鹿津了，城主。您刚刚听见了吗？无端海雪池那边的雷鸣，那叫一个炸耳。”

乌行雪其实并不明白他乐个什么劲。好在他嘴碎，会自己说：“可见那苍琅北域崩塌之势波及了多远，那些围在外头的仙门子弟肯定很狼狈。只要想到他们不痛快了，我就痛快了。”

“想想他们，再看看咱们……”他朝乌行雪对面的人瞄了一眼，“照理说，苍琅北域只进不出。但谁能想到呢，咱们有法宝啊。

“还是城主厉害，知道把这天宿上仙的躯壳做成傀儡。出苍琅北域的路，谁能比他更熟呢？传言诚不欺我，这傀儡还真是说一不二，忠心护主。

“得亏天宿上仙已经殒了，他要是泉下有知，自己留守苍琅北域的躯壳，有朝一日居然救了照夜城的魔头，那真是……啧啧啧。”

倒也不用泉下，他就看着你嘚瑟呢。乌行雪心说。

他乐得看热闹，一边听得津津有味，一边毫不避讳地瞄向对面。就见萧复暄宽肩窄腰，抱剑倚着船篷，面无表情地看着宁怀衫在那儿“啧啧啧”，眼里仿佛有六个大字——你怎么还活着？

若是眸光能成剑，宁怀衫头已经没了。

乌行雪看了一会儿天宿上仙那难以形容的表情，没忍住，抱着手炉笑了起来。宁怀衫吓得条件反射般地住了口。

萧复暄听见笑声，也转过来。他看向乌行雪的时候，眸光从薄薄的眼皮里投落，映着灯笼微亮的光。片刻后，他转眸朝船外看去，一言难尽地……继续装傀儡。

若还在苍琅北域里，宁怀衫胡说八道时，他还有理宰人。这会儿却不行了，他实打实带了个魔头出来，在杂人面前，只能装傀儡。

“城主，咱们照夜城如今又扩了，连阆州和大悲谷都纳了进来。一会儿从白鹿津过去，往西上岸，就能进城了。”

更深露重，宁怀衫打了个哈欠，就跟“断臂”做伴去了，没一会儿鼾声如雷。他不知道的是，自己刚闭眼没多久，他口中的傀儡就开了金口。

“巨崖砸落的时候，为何不躲？”萧复暄从船外收回目光，沉声问。

乌行雪原本搂着手炉，昏昏欲睡，闻言抬了一下眼。他眼里有困意，盯着萧复暄看了半晌才反应过来，懒懒道：“怎么躲？”

“两边没路，我也不是妖怪，没有三头六臂。我说了，我只是凡人一个，你就是不信。”他又慢慢闭上眼，说起话来咕咕哝哝的。

他看上去睡着了，过了好半晌，却忽然含糊开了口：“萧复暄。”

抱剑的人骤然抬眸，看见那人闭眼把手炉往袖里拢了拢，露出的手腕筋骨匀长，他问：“既然不信我，那你为何要救一个魔头……”

萧复暄没应声。问话的人似乎也没有要等回答的意思，眼也没睁，没过片刻就又睡着了。

乌行雪是被宁怀衫嚷嚷醒的。

“不对啊，那船杆是我搁的，定了朝西。这会儿咱们本该在白鹿津上岸，怎么船还会变向？！这下好了，照夜城那边估计要耽搁了……”不知道他惦记着照夜城什么事，催着赶着想让乌行雪快点儿回去。

那乌行雪必不可能答应。那儿可是魔窟，他疯了才去。

乌行雪半睁着眼听了一会儿，终于明白，可能有人半夜动了定向的船杆。

宁怀衫和“断臂”睡得跟猪一样，谁干的，不言而喻。但上仙还在装傀儡，对叫嚷声置若罔闻。

“别嚷。这会儿往哪儿去了？”乌行雪依然困倦，半合着眸子问。

宁怀衫蔫了吧唧：“看朝向，咱们得从春幡城绕一下了。”

春幡城……春幡城？乌行雪瞬间清醒。他还记得先前听到的那句话，说春幡城有个奇人医梧生，如果想回去，可以找他帮忙。

动船向的是萧复暄。难道这上仙大人终于想通了，信了他的话，决定找医梧生帮忙把他送回去了？！

也是，早日把他送回去，这躯壳才能早日还给那个魔头，到时候是斩杀还是囚锁，就跟他不相干了。

但愿那位医梧生是个耳根子软的好人，能信他的话，乐意帮忙吧。

他们是卯时下的船，上岸的地方挂着一面白色旌旗，上面用蓝线绣着“燕子港”三个字，还有一只燕雀。明明正是日出时候，这燕子港却雾气森森，只站着两名负剑的年轻人，估计是哪家弟子。

乌行雪踩着木桥经过时，看见他们面色不虞，脖子上都挂着半掌大的木雕神像。他们身后的堤岸上，每一根石柱上也都雕着神仙像，能绕柱一周。

宁怀衫和“断臂”上岸就蹲下了。

“这地方的神像比起前些月，怎么又多了一番？我就说不从这儿绕，不从这儿绕，这不是要我的命嘛。”他抱着头，看上去极不舒服。

下船前，乌行雪听他提过几句。他说虽然仙都殒殁了，但民间百姓依然爱雕神像。那些神像供奉、香火吃得多了，多少带着仙灵，即便不能剿灭邪魔，却能让他们不太舒服。

如今，仙门大多集中在梦都、鱼阳和阆州一带，比这里要安全一些。剩下的地方，百姓便只能依靠小门小派和神像度日。

即便如此，依然挡不住越来越嚣张的邪魔。毕竟仙都没了，修仙之人飞升无望，大道一眼就能望到头，而邪魔妖道却能处处走捷径，不受管束，不问德行。越是生杀无忌，越是活得久。无怪魔窟照夜城越扩越大，邪魔越来越多。

这两年，就连梦都、鱼阳和阆州都乱象不断，逼得港口和城门都雕满了神像。燕子港就是如此。

相比宁怀衫和“断臂”，乌行雪简直自在得离奇。他站在神像包围圈里，却丝毫不受影响，甚至有心思听那两个负剑弟子闲聊。

“你说，这苍琅北域毁了，往后怎么办？那些邪魔秽物岂不更嚣张？”

“咱们这也不知道能守几年……”

“嗐，难说。你听说了吗？昨天去苍琅北域的师姐回来说，那魔头乌行雪可能还活着！苍琅北域一塌，保不齐他已经出来了。”

“啐！别说晦气话，不会的。”

乌行雪心说，傻孩子，会的，他不仅出来了，还在听你啐他。他正想着把宁怀衫和“断臂”两个拖油瓶丢在城外究竟可不可行，忽然又听到了一段话。

其中一个负剑弟子还是忍不住问道：“那魔头要是真出来了，你猜哪里会先遭殃？我怎么这么慌呢。”

另一个安慰道：“别慌，不用猜，就是咱们这春幡城。你想啊，咱这城里多少人跟他有仇。高家、沈家，噢，还有医梧生先生，父、兄、妻、女全都在那魔头手里送了命，惨死啊……”

乌行雪：“什么生？哪个生？”

萧复暄低了一下头，说：“你要找的医梧生。”

乌行雪默然片刻，扭头就走。

找什么人，帮什么忙，不如在这魔头身体里住他个一百年。

第二卷

春幡城

第5章 花家

乌行雪当然没走成。一来，人都到城门口了，就这么一走了之实在可惜；二来，他无处可去。

他们在栈桥边耽搁了一会儿，那两位负剑弟子便过来了。

乌行雪看见他们的银丝剑穗上都有一朵芙蓉玉雕的桃花，腰牌上又刻着“花”字，料想是出身春幡城某个“花”姓门第，能负责守港口和城门这么重要的地方，想必这花家地位不低，是个仙门大户。

“几位可是要进城？”两个弟子行了个礼，道，“这几日附近有些祸事，进城、出城看得比较紧，若是有唐突、得罪之处，还请多包涵。”

他们看向宁怀衫和“断臂”，面色谨慎：“这两位小哥是……身体不适？”

也不怪人家怀疑，这俩一上岸就冲着神像又晕又吐，反应实在很像邪魔。要不是因为有毫无反应的乌行雪和萧复暄同行，这俩弟子就该直接拔剑了。

宁怀衫顾不上解释，手指一捏，指尖变得尖利如刀。乌行雪一把给他按回去，说道：“他们晕船。”

“噢……”负剑弟子又朝乌篷船看了一眼，将信将疑，“几位是从哪里来的？”

城主不让动，宁怀衫只得抹一把嘴唇，说：“无端海婆娑道。”

“噢！难怪。那里昨晚风雷不息的，是难行船。”

这次两个负剑弟子信了。他们又看了萧复暄好几眼，还没开口，宁怀衫已经抢道：“这是我家城……公子的傀儡。”

萧复暄：“……”

乌行雪心说就宁怀衫这张嘴，在这儿待两天能把老底抖搂给全城的人。

不过傀儡本身不算稀奇，仙门也爱用。尤其是这世道越来越乱，富家公子出门带几个傀儡护身是常事，并不值得怀疑。只是面前这傀儡的身高、容貌、气质都太过出挑了，引人注目的同时，让那两个负剑弟子直犯嘀咕。碍于教养，他们没有一直盯着萧复暄看个明白，但离开的时候，乌行雪听见他们在小声议论。

“那位傀儡，咱们是不是在哪儿见过？为何总觉得眼熟，有点儿似曾相识呢？”

“嗯，其实那位程公子也……”

……

最终，进春幡城的只有乌行雪和萧复暄。

因为春幡城内添了一尊巨大的石雕神像，就立在一进城门的官道上，神像前的铜台上插满了香，烟火缭绕。宁怀衫和“断臂”脸色当即就绿了，摆着手跑得飞快，留了句：“城主，我们在城郊的山里等你。”

这对乌行雪来说，倒是正中下怀。那俩碍事的一走，乌行雪立马拽着萧复暄进了巷子。

“上仙，帮个忙，我这模样恐怕不方便去医梧生家里，讨打，你帮我改换一下。”他往长巷深处走了一段，确定无人，才转回身，见萧复暄由他拽着，眸光落在自己被拽着的腕子上，表情意味不明。

乌行雪愣了一瞬，松开手。

萧复暄才抬了眼皮：“你平日叫人帮忙也这样？”

乌行雪挑了一下眉：“哪样？”

萧复暄目光从他随便抓人的手指上一扫而过，看了眼巷子。这巷子太狭，而他个子又高，本就曚昽的天光被他挡了大半。

乌行雪才觉得，此处似乎是有些偏僻了。他笑了一下：“我平日不叫人帮忙，这种弯弯折折的巷子，鹊都也不多见。”

这话是真的。他在鹊都手一伸，话都不用说，就有人把他想要的东西妥妥帖帖地递上来了，用不着叫人帮忙。

乌行雪：“况且，以前也没有需要避人耳目才能办的事。”

萧复暄看了他一会儿，未做评价。

“易容是吗？”萧复暄问了这么一句。他没有要等乌行雪回答的意思，只把长剑换了只手。他低了头，屈起指抵了一下乌行雪的下颌，拇指在脸侧、下巴和额头几处轻抹了一下。

“别太丑。”乌行雪忍不住说。

萧复暄的手指顿了一下，又不言不语地继续动作。过了片刻他才沉声道：“晚了。”

行……乌行雪放弃挣扎让他调。

这巷子确实太偏僻安静了，须臾也显得很长。

“好了吗？”乌行雪问。

“嗯。”萧复暄应了一声。他的手已经放下了，却在片刻之后，又抬起来动了一下乌行雪的眉眼。

“怎么？”乌行雪不明就里。

“无事。”萧复暄很利落，易完容，半点儿没耽搁，朝巷外走去。

只是转身的时候，乌行雪听见他说：“眼睛太好认了。”

乌行雪愣了一下，大步流星跟了上去：“萧复暄。”前面的人微微偏了一下脸。

“你最好也改换一番。他们这么爱雕神像，你名号又那么响，少不了你的。虽然我看神像跟本尊都相去甚远，但难保有能雕出带神韵的奇人，真叫人认出来就不好了。”

直到出了长巷，天光一晃眼，乌行雪才反应过来自己说了句多余话。萧复暄堂堂上仙，就算让人认出来了又有何妨？总不会像他一样四处结仇，让人喊打喊杀。他正想开口补一句，就见萧复暄侧身等了他一步，那张脸显然已经调了。

春幡城并非弹丸之地，有大小仙门六家。名声最响、弟子最多的就是花家。

花家宅第在春幡城外西江江心的桃花洲上，一来门庭幽静，不用在城中跟其他仙门划结界抢地方；二来，有这么一个仙门大家在，也能守着西边。

毕竟春幡城的西边有个燕子港，外来人最多的地方，鱼龙混杂。就算千防万防，也时不时有邪魔混进去。

每一次邪魔混进城，就真真是一场噩梦。很多邪魔原本是人，长着寻常百姓的模样，说着市井巷陌常说的话，甚至……他们在走上邪道之前，曾经就生活在这座城里。所以混迹在人群中，根本难以分辨。

邪魔的修习方式太过邪门，性情狡猾、善变，会蛊惑人，嗜血嗜杀。

有一些邪魔格外麻烦，非常难抓，因为他们会换皮。他们以生魂、生肉为食，吃空了这具，就依附上下一具，而这个过程，几乎悄无声息。

据说二三十年前，哪怕不是最繁盛的时候，春幡城的百姓也有二十余万户。到了两年前，就只剩下十万户了。而如今，短短两年的工夫，这十万又变成了七万。

春幡城的地界依然是那么大，只是久无人居的空屋越来越多，越靠近城墙的地方，越是死寂无声。乌行雪一路看到的多是这种空屋，结着厚厚的蛛网，门窗上豁着大大小小的洞，漏着深冬的风，呜呜咽咽像悠长鬼哭。

只有靠近仙门的地方，才有点儿活人气。那些有人居住的房屋，就像围着松子糖的蚂蚁一样簇拥着那几家仙门。

只有一家例外——正是花家。这不足为奇。

花家独守桃花洲和整条西江，前后不着，本就是处危险地方，易攻难守。再加上花家弟子众多，如若不小心混进几个邪魔，后果简直不堪设想。

要是不会仙法、完全无力自保的寻常百姓聚居在附近，就像不加封盖的佳肴，毫无顾忌地敞在那里，吸引着邪魔去进食。那……桃花洲恐怕没有一日安宁。仙门守不住，百姓也遭殃。

乌行雪听了那些关于花家的议论，已经把桃花洲判成了倒霉地，心说万万不能去那么危险的地方。结果一个时辰之后，他和萧复暄就站在了桃花洲的栈桥入口处，跟守桥的小弟子们大眼瞪小眼。

“不是，你等等。”乌行雪拽了萧复暄一把，退回岸上，“你不是说好了带我去找医梧生吗？为何这栈桥两边十二杆旌旗，杆杆写着花字？你同我说句真话，你真的认识医梧生吗？他不是姓医吗？”

萧复暄：“……”他微蹙着眉，看着乌行雪，表情冷冷的，透着几分一言难尽。

“谁给你的错觉，让你觉得花家门下所有人都是家徒，没有一个外姓？”萧复暄问。

乌行雪：“你怎么不早说……”

萧复暄：“……”

他神色淡淡，冲远处的江洲一抬下巴：“我恰好曾经与医梧生打过一些交道，错不了。他是花家四堂长老之一，跟花家也并非全无干系。”

乌行雪：“什么干系？”

萧复暄说：“医梧生的妻子，是花家家主花照亭的亲妹。”说完，他又瞥了一眼乌行雪拽着他的手指，片刻后问：“你打算在这江岸边，抓着我赖多久？”

乌行雪赖不过去了，撒了手，跟着萧复暄往栈桥走，边走边嘀咕：“你一个住在仙都的上仙，怎么对人间事清清楚楚？”

萧复暄未答。

直到快上栈桥，那几个弟子一脸蒙地冲他们抱剑行礼时，他才听见萧复暄的声音：“以前有人喜欢来。”

乌行雪一愣。下一瞬，就听那几个弟子齐齐冲他们说：“医梧生先生在后堂闭关。我们已经通禀了家主，家主让我们将二位接去听花堂稍歇片刻，他随后就到。

“请。”

乌行雪穿过长长的栈桥，进了花家大门，被弟子引着迈入听花堂的时候，突然回过神。

花家家主的妹妹是医梧生的妻子，而医梧生的父兄妻女都惨死在我这位原主手上……也就是说，不只那倒霉的医梧生，春幡城最大的仙门……整个花家都跟我有仇？

乌行雪：“……”要不还是自戕吧，起码快。

第 6 章 疯子

这听花堂应当是接客议事的地方，堂内的布置稳重简单，几把雕花椅和方几分立左右。弟子引着他们坐下，又端上来两杯茶。乌行雪倒是不客气，接来抿了一口，有一股清清淡淡的桃香。

堂里几个弟子正在洒扫，见有客来，纷纷行礼。听花堂正中有一张长长的龛台，台上摆着一尊玉雕神像。洒扫弟子给神像上了香，便退下了。这尊神像的状貌跟春幡城内的那尊巨像一模一样。只不过城里的是石雕的，花家这尊是芙蓉玉雕的。

“这是哪一位？”乌行雪端着茶小声问。

“花信。”萧复暄答。乌行雪才发现神像背后的挂画上就写着这个名字。

“画跟玉像是同一位？那真是差得有点儿多。”他又小声说了句。

萧复暄朝他鼻下瞥了一眼，估计是想让他闭嘴少说话。但见他实在有兴趣，片刻后补了一句：“画更像一点儿。”画像上的仙人模样温润清俊，生了双微弯的含笑眼，一手抚白鹿，一手提明灯。看着是位能庇护凡人的神仙模样，跟萧复暄这种执掌刑赦的气质全然不同。“花信”两个字旁写着他的仙号“明无”。

眼下这种黯淡乱世，大小仙门百来座，小的不提，声名最盛的那几家，都是有先祖飞升成仙的。花家之所以在春幡城地位超然，就是因为成了仙的花信。

“你认识他吗？”乌行雪问。

“认识。”萧复暄淡声道，“灵台十二仙之首。”

灵台十二仙之首……灵台十二仙……

乌行雪听着有些耳熟，须臾后想起宁怀衫万分崇拜地提过一句——灵台十二仙，也是他杀的。乌行雪当场呛了口茶。

花家家主花照亭就是这时候来的。

他似乎碰到了什么事，穿过折廊的时候，大步流星，面色不虞。身后跟着两个手忙脚乱的小弟子，捧着金丝木盒在劝着什么。

“说了不必。这点儿小伤，哪儿用得着上药。一个可怜痴儿懂什么，难免莽撞，说了多少回了，不许同他计较。赤鹞他们几个，罚去玄台，闭门思过！”花照亭斥完，进了听花堂，脸色已然改换：“久等了。”

他毕竟是画像上的明无花信的后人，虽然模样算不上相似，但带上了笑，温和清朗的气质简直一脉相承。他没有仙门大家家主的架子，甚至不像是仙门中人，没有那种渺然出尘的清傲感，举手投足更像一位雅商。

“听闻程公子是今早进的城，来时经过了无端海婆娑道？”花照亭笑盈盈地问道。

乌行雪：“……”什么公子？他很快反应过来，刚进燕子港的时候，宁怀衫在那两位负剑弟子面前嘴瓢了一下，把“城主”硬改成了“城……公子”。

那两位负剑弟子就是花家门下的，看来早把他们的情况通通禀明了。

行吧……乌行雪心想，程公子就程公子，省得现编了。但要命的是，宁怀衫还说了萧复暄是傀儡。怪不得花照亭只冲着他一个人说话呢，原来没把另一个当活人。乌行雪原本打算当个乖乖巧巧的“哑巴”，要说什么要问什么，都交给萧复暄，毕竟他对这里一无所知。

现在好了，装不成了。宁怀衫可真是个宝贝。

他在心里骂着，脸上却端得很稳，不急不慢地答花照亭的话：“是，昨晚海上实在吓人，我们没料到会碰上那种事，这一趟来得真有点儿不合时宜。”

“今早进港的时候，听说苍琅北域真的塌了。现在想想，着实后怕。”乌行雪拍了拍自己的膝盖，补了一句，“实不相瞒，这会儿我的腿都是软的，用力都抖。”

萧复暄：“……”

花照亭点头道：“确实危险，所以我今天听说有客从海上来，很是诧异。昨夜我门下有长老和弟子在那儿，回来时个个都狼狈不堪。”

乌行雪：“我若是早知如此，一定不挑这时候来打扰。”

花照亭摆手：“算不上打扰，程公子千万不必这么说。我花家有明无仙君箴言在上，守着这桃花洲，本就是保一方安宁、替人解忧的，不分时宜。”他顿了顿，说：“我听待客弟子说，程公子是来找医梧生先生的？”

乌行雪点头：“是。”

“医梧生先生在魂梦之术上颇有建树，这一点广为人知，到我门上求见的，大多是为此而来。但是……不知程公子可曾听说，医梧生先生救人，需要见到病者，得将人带过来。”

“带来了。”乌行雪指了指自己，“我就是。”

花照亭一愣。他忍不住打量着乌行雪，道：“可是，程公子看着实在不像啊。”

来花家找医梧生的病者，大多是魂魄受损——有些是被邪魔吞吃了一部分，但侥幸逃出生天；有些是因为中了邪术、禁术；还有一些，是因为修习不得法，走火入魔。这样的病者，要么痴傻，要么疯癫，像乌行雪这样说着人话的，确实少见。花照亭问：“那程公子是……？”

乌行雪：“我是生魂上了别人的身，把原主给挤没了，想求教医梧生先生，可有办法把我送回去？”

对仙门中人来说，夺舍常见，换命常见，请神、请鬼也常见，乌行雪这种却是三不碰。花照亭又问了几句，见他坦坦荡荡，无所遮掩，便说：“我知晓了，医梧生先生闭关已至末尾，明日便能出关。今日，就请程公子在我这桃花洲歇歇脚。”

能留客，说明多少有点儿办法，那回去就有望了。乌行雪趁着花照亭跟弟子说话，借着喝茶的动作，偏头冲萧复暄笑着眨眨眼，用口型道：“多谢上仙。”

萧复暄正抱剑装傀儡，目光从他唇形上一扫而过。

他们被安排住在桃花洲西角。待客弟子说：“花家修习弟子众多，每日卯时不到就有功课，怕剑声吵到你们休息，所以把你们安排在了离弟子堂最远的地方。”

客房附近是书阁和清心堂。前者是花照亭自己的书阁，弟子不能用；后者是医梧生住的地方，只有一些洒扫、侍药弟子。整体清静，却横生一桩意外：几位弟子帮忙整理客房的时候，一个人影蹿进来，“啊啊”叫着，疯疯癫癫地撞翻了椅子和一盆水。

“哎哟——”

“阿杳！这里不能乱跑——”

“不是让你们看好他吗？怎么往客房闯？！他今天冒冒失失，把门主都伤了！”

“哎，怎么看嘛，他这两天就没消停过，剑气乱飞，力气又大！门主还不准咱们对他下手太重。可下手轻了根本按不住他！”

乌行雪不好插手，只扶了一下踉跄的小弟子，就跟萧复暄避到了一边。

那疯疯癫癫的人披头散发，看不出年纪，也不说话，只会“啊啊”叫着，嗓音嘶哑。他伸手要来抓乌行雪。萧复暄轻轻一抵，就消掉了他全部力气，接着他就被弟子们七手八脚地拖走了。

“程公子受惊了。”待客弟子收拾残局，抱歉地说。

“他是？”

“他以前是医梧生先生的侍药弟子，最有天赋的一个，后来受了刺激，就成了这副样子，很多年了。”

“医梧生先生的弟子？”乌行雪道。

“嗯。”待客弟子说着，又连忙补充道，“我们先生的魂梦之术很厉害的，您可千万不要误会，不是先生治不好他，而是这个弟子的疯病太特殊了。”那弟子似乎觉得只说“特殊”不具说服力，又补了一句，“因为伤他的是那个大魔头乌行雪。”

“谁？”

“乌行雪。”弟子压低声音重复道。乌行雪瞬间静了下来。他下意识回头看向萧复暄，发现萧复暄的目光就落在他身上。

“阿杳是真的命不好。”待客弟子絮絮叨叨的声音回荡在房间里，不知是第几回对来客讲阿杳的事了。他说阿杳以前是医梧生最得意的弟子，平时总跟在医梧生的身边，尤其在炼药的时候，整日都住在清心堂。

当年桃花洲来了位客人，说是找医梧生帮忙办些事情。那客人生得一副贵公子模样，风姿飒飒。上到家主，下至洒扫小弟子，无人觉察他有什么问题，都很喜欢那个客人。那时候医梧生在炼一种药，腾不出时间，索性留那客人在洲上住了小半月。结果就在那小半个月里，送了医梧生父兄妻女四条人命。

那天，阿杳疯跑到堂前，跌跌撞撞，又哭又叫，鲜血淋漓，还满身邪魔气。医梧生和花照亭正在议事，惊了一大跳，跟着他回到清心堂，就见医梧生的兄长医梧栖只剩下了一张皮，躺在血泊里，脸却是笑着的。一看就是被邪魔吸空了。

桃花洲上上下下的人都围了过去，花照亭立马命人排查。结果不查还好，一查发现，医梧生的妻子——自己的亲妹妹，父亲、女儿，以及几名在客房伺候的洒扫弟子都有问题。叩击他们的头顶，脑袋发出的声音像敲击空腹的木鱼；叩击肚皮，发出的鸣声则像是鼓鸣。他们早就是几具空皮囊了，在这之前就被吸空了。就在那位客人留住的小半个月里。

众人抓住阿杳想问个究竟，却发现阿杳被下了禁术，就连医梧生也解不了。他疯疯癫癫的，什么都说不清。不得已，花照亭请了梦都封家的人来帮忙。

封家有一门秘法，乃灵魄回照之术，能看见疯了或者死了的人神志清明时最后看见的场景。于是，在封家的帮助下，他们看到了阿杳无法说出口的那一幕。

他们看见那位风姿矜贵的客人现了原貌，站在清心堂里，一手捏着医梧栖的喉咙，一手松松地握着医梧栖的剑。鲜血顺着剑柄往下淌，在地上汇成一洼。

他转头朝门外看了一眼，鼻梁上淌着冷白月光。他似乎发现有人在门外，忽然笑了起来，微微下垂的眼尾在那一刻弯成了弧。

他丢下手里空空的躯壳，扔了那柄剑，抽起桌上的干净布巾擦了手。然后瞬间移到了阿杳面前，冲他头顶不轻不重拍了一掌。接着便如来时一样，飒飒地走了，消失于无端海上。

世人皆知，魔头乌行雪自己是没有剑的。他很懒，手上不拿多余物，从不带剑。他都是抽别人的剑，杀了对方。

第 7 章　虫动

“从那天起，咱们桃花洲有很长一段时间都不接待外来客，就是怕再碰见那种事。”待客弟子修为不深，年纪不大，乌行雪横行无忌的时候，他恐怕尚未记事，但说起这些时脸色煞白。可见这件往事阴影之深，代代相传。

“当时受打击最深的就是医梧生先生和咱们家主，毕竟惨遭毒手的都是至亲。”待客弟子说，“医梧生先生悲痛欲绝，差点儿走火入魔。那之后身体就差了许多。所谓的医人者不自医吧。他每年都需要闭关一段时间，调养生息，避免折在修习之路上。

“至于家主，他自己都说，那阵子他简直魔怔了。”

那几年的花照亭疑心深重，看身边的每个人都觉得有问题。桃花洲上上下下千余人，都有可能是邪魔。他们装作寻常无害的模样，伺机吞吃洲上的人。

花照亭住的院子叫作剪花堂。以往，剪花堂有家主亲自带的持剑弟子十二人，洒扫、杂事弟子众多。自乌行雪那事之后，整个剪花堂都清空了。所有弟子搬回了弟子堂，谁都没能留下。

花照亭堂堂家主，养成了独居的习惯，在剪花堂要做什么，都是亲力亲为。这个习惯延续至今。

“那天之后，咱们桃花洲三堂就变成了四堂，加了所刑堂。”待客弟子说。

“刑堂？做什么的？”乌行雪问。

“检查邪魔的。”待客弟子解释道，“所有弟子清早起床，第一件事就是去刑堂报到，由刑堂长老探一下魂。探魂符往手腕上一贴，就能知晓是不是邪魔，有没有被附身了。”

“每日？”乌行雪一脸讶然。

“对，每日。”待客弟子补充道，“早晚各一回，晚上练完功课，也要去一趟刑堂。尤其是当日负责在洲内巡查的弟子，逃是逃不掉的。”

这阴影是够大的。乌行雪说：“那你们刑堂长老不容易，每日就这么一个动作，从早干到晚。话本里这种人要么揭竿起义，要么走火入魔。”

待客弟子：“……”

乌行雪：“他最好也探探自己的魂。”

待客弟子：“他探的。”

乌行雪想了想，“唔”了一声：“所以说了这么多，是为了好开口吗？”

待客弟子：“？”

乌行雪十分爽快地将袖子朝上提了提，露出一节手腕。

待客弟子看着他的手腕，默然片刻，尴尬地从袖袋里掏出一张带着“花”字的金纹符纸。他讲了那么长的往事，又做了那么多铺垫，确实是为了拿出探魂符。

没办法，花家这种声名远播的仙门都是要脸面、讲教养的，无论如何不能失了待客之礼。来求医问药的客人若是一上门就被拖去刑堂查一番，传出去总归不好听。只能用这种办法循循引导，让客人觉得自己被查一下也无可厚非，甚至极有必要。

待客弟子将探魂符抖开，冲乌行雪行了个礼：“冒犯了。家主说了，这确实是无奈之举，还望多多包涵。”

“应该的。不过你们家主想必也交代了，我是生魂误打误撞进了别人的身，不知会不会被探魂符误认成邪魔附身。”乌行雪顿了一下，又道，“还有，我并不知晓这原主是好是坏。”

待客弟子：“您放心。说句不好听的，哪怕这躯壳的原主十恶不赦，只要您这生魂不是邪魔，就不会有事。而且，就算十恶不赦的原主有残留的魂魄，这探魂符也会有所表明，不会算在您头上的。”

“噢，这样啊。”乌行雪点了点头。

待客弟子解释清楚，便要将符纸贴上乌行雪的手腕。刚要沾到皮肤，乌行雪忽然抬起两指挡住了他。

待客弟子心下遽然一惊！就连那个抱剑傀儡都抬了眼，剑似乎动了一下，不知从哪里发出了轻响。

“怎么了？”待客弟子拿符纸的手一颤，猛地看向客人。

这位程公子的模样还算俊秀，但在人人气质卓绝的仙门里，就只能说“普普通通”。不过他眼睛生得不错，映着窗外光亮时，尤其好看。甚至跟那张脸有点儿不搭了。

霎时间，待客弟子头顶一麻，凉气直蹿上来。却见那程公子笑了：“你真有意思，慌什么啊。”

他笑起来眼睛就更亮了，像冷泉洗过的黑珀，真的跟脸很不搭。

待客弟子并没有因为他的笑轻松多少，奓了满身的毛，根本不敢动。

程公子看出来了，这次笑得有点儿皮：“刚刚那一挡，是不是还挺刺激的？”

待客弟子：“……”要不是碍于花家的教养和脸面，他就要“问候”一下这位客人了。

“我来时听闻，左手通心，所以探灵、探魂更准一些，不知真的假的。”那公子换成左手，卷起袖摆说，“这样你也更放心一点儿，不是吗？”

“是。”待客弟子腹诽几句，将探魂符贴在他手腕上。

花家刑堂亲用的探魂符在世间各处都颇为有名。有些仙门每年都会来花家购置一些，而花家常行善事，每月都会送一些给城中百姓。

如果是邪魔附体，这张符纸就会变色，由金至红。

色浅，则时日尚短，说不定有救。

色深，则时日长久。

倘若变成了近黑的殷红色，那就是个完完全全的邪魔，一点儿人性都不留的。

待客弟子死死盯着程公子手腕上的符纸，瞪了好一会儿，直瞪到眼睛发酸。那符纸也没有一点儿变色。

幸好……吓死我了。他嘴上不说，心里还是长长松了口气。他揭下符的时候，余光忽然瞥见了那个抱剑傀儡。

桃花洲也是有傀儡的，给弟子们练功用，或是干一些苦重活。在他的认知里，傀儡是一令一动的，除了主人交代的，一个多余的动作都不会有。站着就是站着，目不斜视，也不会多言。

但这位程公子的傀儡，从他贴符起就转过来看着，一直看到了揭符，模样冷峻，面无表情。仿佛但凡出一点儿岔子，这傀儡就该长剑出鞘了。

待客弟子想了想，又掏出一张探魂符，二话不说贴到了傀儡的手腕上。

他年纪小，身材中等，而那傀儡的个头极高。于是他贴完一抬头，只觉得那傀儡半垂着眼眸看他，那压迫感……简直绝了。

而那张探魂符，非但没有变深，好像……更浅了一点儿。

这倒是前所未见。但待客弟子没心思管许多，匆匆揭了符就要跑。临走前，他又按照家主的吩咐，叮嘱道：“桃花洲地处险要，即便我们一天查两回，也依然有邪魔沿水而来，每个月都有三两个弟子因此丧命，所以这里的每条路上都有弟子巡视，夜里可能会有些声音，还望多担待。

“噢对了，千万、千万不要往那边的桃花林去，一步都不要靠近！”

乌行雪心说你不如不提，虽然我不是作死的人，但总有人是。说了，本来不好奇的也变得好奇了。

好在待客弟子并不打算语焉不详，一脸严正地说：“咱们桃花洲抓到的所有邪魔以及所有被邪魔吞吃的人，都埋在那里。你见过死而未僵的百足虫吗？邪魔也是如此，哪怕死了，但若受到一些刺激，便会蠢蠢欲动。”

“那你们还留着？”乌行雪纳闷儿。

“有好处的。”

乌行雪：“比如？”

待客弟子：“比如到了夜里，秽气最盛的时候，如果有入侵的外来者，而且比桃花林埋着的那些都强，土里埋着的就会躁动起来，想要往外来者那里聚集。那是邪魔的本性。”

修习邪道的人都是如此，他们之间不讲感情，全靠压制。弱者会屈服于强者，并本能地朝强者靠近。

魔窟照夜城就是这么来的。否则一群邪魔妖道，生杀无忌，为何能出一个城主呢。

“他们如果都往某处移，动静大了，我们不就能注意到了嘛。”待客弟子说，“搜查起来也容易一些。不过这招难得使用，毕竟埋着的那些都足够凶煞，很难碰到比它们更凶的东西。反正别自找麻烦就行。”待客弟子急着拿符纸交差，说罢匆匆走了。

乌行雪不是无礼的人。桃花洲留客一天，他不想横生麻烦，所以没有到处走动，对洲上诸物也并不好奇。唯一想见的医梧生，第二天就能见到，并不急于这一时。

春幡城阴云层层，阴晦欲雨。傍晚，冷雨来得特别急。

那待客弟子前脚刚走，家主花照亭就差人送来了饭菜，算得上周到热情。

乌行雪提起袖子掀盒一看，嘴唇无声动了几下，心说果然。

满盒都是仙门弟子喜欢的吃食类型——素得要死，但做得好看，有一碟看起来很风雅的桃花酥。

他了无兴致，又把食盒合上了，在桌边坐下，提着壶给自己倒了杯茶。刚喝一口，忽然听见一个声音在他耳边道：“凡人是会饿的。”

乌行雪的眼睫动了一下，咽下口中的茶。旁边另有一把椅子，他等了一会儿，萧复暄还是在他身后站着，不见去坐。于是他捏着茶杯，扭头道：“你杵在我背后做什么，显你高？你要是见过我在鹊都的晚膳，就不会说这话了。”

又过片刻，萧复暄的声音从他后面传来，答道：“傀儡一般用不着坐。”

乌行雪：“……”他看了看外面时不时经过的巡视弟子，在心里说了句“行，那您站着”，然后又给自己倒了杯茶。

乌行雪也不回头，捏着茶杯咕哝：“不过说来确实有点儿怪，我还真不太饿。不知道是不是这魔头的躯壳太厉害了，扛得住饿。”

他嫌弃归嫌弃，最后还是挑挑拣拣拿了块桃花酥。

屋里点了灯，温黄的光顺着他眉眼鼻唇勾了一道折线，而萧复暄的影子，就从他身后投落到身前的桌上。

入夜之后，巡视弟子更多。为免惹人怀疑，他们并不多话。

只是某个间隙，乌行雪朝门外瞥了一眼，不知想起什么，问了一句：“萧复暄，我原身那个魔头是什么样的人？”

这话其实问得很奇怪，他自己都说了，“那个魔头”。

好一会儿，他也没听见萧复暄回答。但他能感觉到有目光落在他身上。

他忍不住回了头，对上萧复暄的视线。那人抱剑倚在墙边，看了他许久，说：“你不是生魂进错了身体，要回鹊都吗？既然要回鹊都，这里就是一场梦而已，何必问这个问题。”

乌行雪很轻地眯了一下眼睛，又转了回来，说：“也是。”

他本以为不会再有下文了。结果半晌之后，他听见萧复暄说：“别人作何评价我不知道，但在我这儿，是化成什么样都不会认错的人。”

乌行雪眸光一跳。

或许是因为这句回答，又或许是因为来了两个守卫弟子。他们这晚都没有再说话。

萧复暄用不着吃，用不着睡，垂眸倚在墙边兢兢业业地扮着傀儡。乌行雪收拾了一番，蜷到了床上。

后半夜，桃花洲忽然响起一道惊雷。正是夜里秽气最重的时候，邪魔气无论如何都遮掩不住，如果有邪魔入侵，就是此时最为明显。

不知哪一刻起，桃花林忽然响起了急促的铃声，接着便是嘈杂人语。

巡视弟子拎着一枚银色小铃，匆匆往来，奔走相告。近千弟子乌泱乌泱出了门，就见许久不曾有动静的桃花林的泥土翻搅，仿佛百虫乍惊。

下一秒，翻起的泥土如地龙一般，朝一个方向涌去。

那是……客房。

第8章 朝圣

客房里，乌行雪倏然睁眼。他有些诧异，自己居然真的睡着了。

满鹊都的人都听说过，他有个怪癖——夜里睡觉，常人都是越安静越好，他却不行。安静了他整宿都睡不着，他喜欢吵闹。他曾经跟府上的老管家玩笑说："索性养个小戏班，让他们在旁敲锣打鼓地唱，那我一定能睡到天光大亮。"

老管家听得脸色铁青，说"外人不安全"，然后在他窗外的花树上绑了交错的护花铃，养了各种鸟雀，一落枝头就能响。

这里既没戏班子，也没鸟雀，还有位"随行牢头"一声不吭地杵在屋里，而他居然睡着了。

"萧复暄。"乌行雪翻身坐起，听见了细碎的铃铛响。他差点儿不知今夕何夕，以为自己回了鹊都。

不过鹊都没有锁链声。乌行雪低头一看，发现自己手腕上系着一根极细的银丝，上面挂着一枚不知哪儿来的银铃。

丝线另一端，绑着萧复暄的手指。

这不就是他府上那种护花铃吗？这是把他当花呢，还是把他当鸟？乌行雪钩着丝线抬起头，正要问问给他绑铃铛的人，却见对方低着头倚墙抱剑，一点儿生息都没有。

这是……

这是神识离体。入夜之后，床上的人一睡着，萧复暄就把神识放出去了。

桃花洲的夜色很深，蒙着水上特有的雾。花家的巡视弟子提着灯四处探走。

"剪花堂旁边留了几个师兄弟？"

"两个，多了家主不高兴。"

"嗯，医梧生先生那儿呢？"

"那边多一些，十二个。"

"先生要到明日午时才出关，你跟新来的师弟交代没？其间，不管发生何事，先生都不会出关，一出来就前功尽弃了。叫他们无论如何不要打扰。"

"交代过了。"他们轻声说着话，与萧复暄的神识擦身而过时，却毫无察觉。

萧复暄穿过两人，朝一片竹林深处走。他对整座桃花洲都不陌生，什么方位有什么，他也还记得。

竹林深处是书阁，家主花照亭自用的那栋。书阁的院内没有守卫，只有几个洒扫弟子拎着灯和水桶，吭哧吭哧地忙着。萧复暄打量一眼，没多停留，转头就往另一个方向走。穿过一条无人长廊时，忽然有道模糊声音问：

你在找东西？

夜色深浓，长廊寂静。这声音在萧复暄听来应该很突兀，但他连眸子都没动一下，依然往前走，像是早已习惯。

这桃花洲能有什么好东西。

那声音咕哝了一句，依然模糊极了。萧复暄还是未答，掠过廊桥花径，径直进了一座深院。那深院的门上写着“剪花堂”三字，是花家家主花照亭的住处。院里没有一个弟子，安安静静。屋里亮着灯火。

花照亭还没睡，正提着一个细嘴铜壶，往墙角的那排花缸里浇水。他比小弟子们要敏感许多。萧复暄的神识进门时，他忽然直起身，走到窗边往外看，良久之后才犹豫着收回视线，摇头自嘲道：“疑神疑鬼。”

而萧复暄已经掠过整间院子，正要出门。

看来不在这里。

那声音又响了起来。一贯敏感的花照亭对这声音却一无所觉，仿佛只有萧复暄一人能听见。他脚步不停，去往第三个地方。那声音纳闷儿地问着：

你究竟在找什么？

它似乎并不在意萧复暄会不会回答，只自顾自地说着：

噢——我知道。我知道你在找什么了。可找到了又怎样？

一直不回答的萧复暄终于刹步。他垂眸扫了一眼腰间，那里挂着一枚小小的银丝锦袋。他用手指拨开袋口，露出白玉神像的一角。正是他棺椁里的那尊。

锦袋明明很小，却能装下足有巴掌大的神像。

萧复暄看了一会儿，把袋口完全封紧。之后，那道模糊不清的声音便再没有出现。他沉默着站了一会儿，又抬了步。这次他去了禁地桃花林，那里阴气浓重，雾瘴重重。

专门的守卫弟子沿着林地外围站了一圈，严防死守。但对他这抹神识来说，丝毫构不成阻碍。

萧复暄探了一圈，一无所获。离开林地时，他忽然感觉无名指动了动，像是被隔空轻拽了几下，伴着细碎的铃铛响。

这是他离开房间前系上的线，另一端系着乌行雪。如此一来，若是有什么事，他能及时回去。但这丝线拽得有一搭没一搭的，不像有事，倒像是闹人玩。

萧复暄垂眸看着无名指，正要抬脚回去，忽然听闻身后百虫乍动，整片桃花林沸如滚锅。那些埋在地底的邪魔，连带着纷纷赶来的花家弟子，马不停蹄地往同一个地方赶去。

萧复暄："……"他很轻地叹了口气，下一瞬，便是神识归体。

房间里的灯火在晃，外面的守卫弟子不知去向。床榻上的人已经下了地。明明之前给了他鞋，这会儿却不穿，就那么披着衣服赤足站在窗边。窗户被他拨开了一半，寒风吹进来。他眯着眼听了一会儿，顺手一扯铃铛线，转回头说："萧复暄，外面怎么了？动静大得吓人。"

萧复暄："……"

天宿上仙一言难尽地看了他一会儿，动了动唇道："不知道，朝圣吧。"

乌行雪："……"

乌行雪默然片刻，说："我现在问朝谁的圣，是不是显得有点儿傻？"

地下的邪魔窜得飞快，花家弟子疾如江风。刹那间，院外已经声如鼎沸。

乌行雪扶着窗框，巴巴地看着他。萧复暄捏了一下眉心。乌行雪只感觉自己被手腕上的丝线猛拽了一下。下一瞬，他就被扣住了手腕。

"闭眼。"萧复暄的声音落下来。

他感觉深冬的风裹挟着江潮气而来，等再睁眼，他已站在了另一处地方。

"这是哪儿？"乌行雪四下扫了一眼。

"桃花洲弟子堂。"萧复暄扣着他的手，也扫视了一圈。所有弟子都追着邪魔去了，整个弟子堂空空如也。

乌行雪看了萧复暄一眼，忽然问他："你之前是像话本里写的那样，入定了？"

萧复暄："不是。"

"噢。"乌行雪点了点头，"不是入定，那看来就是出门找东西去了。"

萧复暄忽然转回头，看着他。片刻之后，“嗯”了一声。

乌行雪：“找什么？”

萧复暄静默了一瞬，道：“一件很久以前被拿走，又被送回来的东西。”

当初乌行雪杀了医梧生父兄妻女的时候，他在仙都。等他赶到春幡城桃花洲时，只能零星听到一点儿后续。

据说，乌行雪找医梧生帮忙只是借口。他一个横行无忌的魔头，坐拥整个照夜城，手下邪魔魍魉众多，需要医梧生帮什么忙？他易了容貌，装作寻常客人在桃花洲小住，只是为了找一样东西。

传闻花家有一样仙宝。当年乌行雪离开桃花洲后，那仙宝就不知所终了。没人知道那仙宝究竟是什么，也没人知道乌行雪为什么拿走它。

只听闻不久之后，那仙宝又回到了桃花洲。而传闻流出的第二日，乌行雪就杀上了仙都。

当初，萧复暄根本没有时间弄明白其中的关联，就跟着仙都一块儿殒殁了。如今再来桃花洲，他想找到那个东西。而当年拿了那东西的人就在他面前，对过去一无所知，只是听了他的话，点了点头说：“怪不得，我看你一直在看四周。”

说话间，弟子堂外面又响起了惊天动地的声音。想必是那地底下的邪魔在西边客房扑了个空，转头又奔来了东边弟子堂。乌行雪探头朝外面看了一眼，问萧复暄：“你找过哪些地方了？还有哪些地方没看？要不咱们把剩下的地方都找一遍？”

萧复暄：“……”

萧复暄：“还有刑堂、清心堂、经堂和栖梧院。”

于是这一夜，在大魔头乌行雪的提议下，天宿上仙萧复暄兜着圈，带着桃花林地底百年积攒下的所有邪魔，以及花家近千名弟子，把整个桃花洲……犁了一遍。最后，他们在医梧生闭关的栖梧院落脚。

原本应该满是药气的栖梧院内空空如也，本该在栖梧院里闭关的人也不知所终。

“人呢？”乌行雪扫视了一圈，没看见任何人影。萧复暄忽然想起之前在路上听见的话。花家那个弟子说，医梧生要明日午时才出关，那之前一点儿都不能动，否则前功尽弃。

“闭什么关，这么凶？”乌行雪听了，咕哝道，“既然是这样，什么事能让他忽然出关？”乌行雪正要再找，忽然听见萧复暄沉声道：“我看见他了。”

乌行雪循声转头，发现萧复暄站在二楼窗边，正朝下看。他顺着萧复暄的视线看过去，就见栖梧院下，无数条地龙翻搅着直奔而来。在飞溅的尘泥和深浓雾气里，还有一个跟着邪魔跌跌撞撞冲过来的人。

乌行雪愣了一下：“那是医梧生？他这是来……”

萧复暄沉声道：“朝圣。”

都说，在夜里秽气最重的时候，如果有强者入侵，桃花洲上的邪魔会不受控制地朝强者靠近。那是邪魔压制不住的本性。

第 9 章　杀人

平日里医梧生闭关前，会在栖梧院中下一些禁制，以免有人误闯。普通弟子当然知道规矩，但保不齐新入门的人不懂事，更何况桃花洲上还有个到处乱撞的疯子阿杳。

眼下那些禁制依然有效，地底的邪魔便被挡在小楼前，寸步难行。当其他东西都不再动了，唯一能动的那个就格外显眼。

医梧生就是那个“唯一”。

近千名花家弟子追赶而来，又猛地刹步，满脸惊惧地看着医梧生。

“怎么回事？”

“先生不是应该在闭关吗？！”

“是啊！”

“那他为何会出现在此，混在邪魔里？”

此话一出，满场死寂。因为所有人都知道答案——医梧生跌跌撞撞、迫不及待往楼里冲的模样太明显了。他不是混在邪魔里，他就是邪魔之一。跟桃花林地底埋葬的那些一样，被某个强者吸引着，在桃花洲生生跑了一夜。

花家弟子万万没有料到这个场面，纷纷僵在原地，不知所措。只有一个人刹步不稳，从人群中摔了出去。

“小心——”

惊呼声中，那人摔进翻搅的泥土间。他“啊啊”疯叫着，连滚带爬地想要逃离。不是别人，正是疯子阿杳。

“阿杳！”

“阿杳你回来！”

前面的弟子正要去拉他，却见医梧生忽然转头。他身子未动，脖子以一种活人做不到的方式折扭过来。

“阿杳……阿杳啊……”医梧生叹息似的叫了两声，手指遽然一屈。在地上滚爬的阿杳就像被隔空拽住，瞬间被拖到医梧生面前。

医梧生钳着他的脖子，将他拖进了屋。

“阿杳！”

“先生！”

弟子们的剑都抬起来了，近千人的剑意如疾风狂涌，却迟迟没有击出。他们中有人师承医梧生，有人被医梧生救治过。就算不是二者，也喝过医梧生调制的炼体养气的弟子汤。即便这一刻先生不人不鬼，他们也下不了手。可不下手，阿杳就完了！

因为邪魔总是饥饿的，饿了便要吃。他们以生人魂肉为食。而医梧生闭关多日，早就饿极了。

阿杳拳打脚踢，挣扎不断。他被钳着脖子，叫不出声，喉咙里只能发出“嗬嗬”的虚音。他的剑气四处乱飞，打在屋内各处，瞬间便是满地狼藉。

医梧生被剑气划了许多口子，汩汩往外流着血，他却浑然不觉，只把阿杳提起来，凑过去嗅了嗅活人气。

他的手背浮起青紫色的脉络，显得皮肤薄得像一层膜。

“嗬……嗬……”阿杳脖颈往上红得泛紫，眼珠努力聚焦，用力盯着医梧生。

医梧生神情麻木，任由他看着，另一只手覆上他的头顶。下一瞬，阿杳猛地一僵，浑身抖如筛糠。

那是灵肉从身体里一点点抽离的反应。即便他是疯子，也能清晰地感觉到恐惧。他终于嘶鸣出来，攥住医梧生的手。在铺天盖地的恐惧中，他费力地挤出一字：“师……”

医梧生一僵。他听见那个字，手指抽搐了两下。仿佛残余的灵识，正试图控制邪魔本能。

可惜力量不足。他歪扭几下，张了张口，“杳”字未出，手指就已经收紧了。

“啊啊啊！”阿杳惨叫起来。

突然，整个屋内一阵雪亮，晃得医梧生缩了一下。

下一瞬，一道巨剑虚影自二楼直贯而下，悍然砸落，插在医梧生面前。

医梧生猝然松手！他被森寒剑意撞开，猛砸在木柱上，吐了一大口血。再抬头时，萧复暄和乌行雪已经到了面前。

阿杳趴在地上，咳得昏天黑地。他想跑却手脚虚软，挣扎片刻，索性翻了个身，躺在地上大口大口地喘着气。

“这小疯子活得了吗？”乌行雪弯腰探了探阿杳的鼻息。

萧复暄瞥了一眼他的动作，用食指指背抵上阿杳的额心：“能活。”大部分灵还在，没有被吸食干净。

“那他时运还不错。”乌行雪收了探鼻息的手，学着萧复暄在阿杳额心靠了一下。靠不出什么名堂的样子。

萧复暄：“……”

萧复暄：“探出什么了？”

乌行雪：“头比我手烫。”他说着直起身，转头朝吐着血的医梧生看去。片刻后，跃跃欲试地伸出手。

萧复暄：“……”

他一把拦住乌行雪，面无表情把人掖到背后，自己伸手去探灵。医梧生跟阿杳不同。他浑身邪气，跟萧复暄身上的仙识相斥，反应极为激烈。就见他一个暴起，就地翻身，试图从萧复暄掌下蹿出去，却没能成功，反而脸面朝下被摁在地上。

萧复暄只是用几根手指抵着他的背，就有如万千威压罩顶。

医梧生挣扎得极为狼狈，头发散乱，衣服拧皱，随身的剑也掉落在地上。

萧复暄担心他会抽剑再起，正要把剑踢远，就听见乌行雪疑问了一声：“萧复暄，他这后颈上的是什么？”他口口声声自己是“一介凡人”，胆子却肥得很，这会儿半蹲在医梧生面前，伸手扯着医梧生的衣服后领。

萧复暄蹙起眉，正想叫他让开点儿，就看到了医梧生后颈上的东西。

乍一看像疤，被什么东西撕扯又愈合了的疤。

仙门弟子常与邪魔缠斗，身上带点儿撕伤、抓伤再正常不过。反常的是这个疤的边缘，隐约能看到墨色。就像这里原本有个什么印，却被伤疤盖住了。

“这是傀儡印？”乌行雪问。他似乎就知道傀儡印，也只能猜这个。

“不是。”萧复暄又细看一眼，“但也八九不离。”

后颈是活人要害之一，印在这地方的印记，通常很特殊。最多见的就是傀儡印，而其他印记，也多多少少跟操灵控魂有关。

难不成……这医梧生是受人操控了，才会走上邪道，变成这副模样？

萧复暄低着头细究印记的时候，挣扎不停的医梧生忽然顿了顿，脖子抽搐了几下，艰难地抬了起来。

那双翻白的眼珠散乱游移着，然后慢慢聚焦，看向他面前的乌行雪。他极短暂地清醒了一瞬，一把攥住乌行雪的袍摆，沾满血的嘴唇动了几下。

他看着乌行雪，无声道：“救我……

“杀了我……”

乌行雪垂眸看着他。一个相似画面骤然从脑中闪过。也是点着灯的深屋，也是抽搐挣扎的人，也是满口溢血地说着这样的话。

“我吃空很多人了……

“救救我……

“杀了我……

“求你……”

“萧复暄。”乌行雪忽然出声。萧复暄抬头，看见他瞳色浓黑如墨。

“听那个花家小弟子说的，那医梧栖也埋在桃花林吗？他现在是否在门外？”乌行雪问。

没等乌行雪说完，萧复暄便想到了什么。下一瞬，他已然掠至院中。

花家众弟子哗然一片，家主花照亭也到场了。他们祭出长剑，正要冲上来，就见院内凭空起了狂风，裹着不知从何而来的雪花，像一道密不透风的屏障，将他们阻隔在外。

萧复暄对近千杂人视若无睹。他剑未出鞘，只用鞘尖击了一下地面。就见地面巨震，原本深埋地底的那些东西瞬间翻了上来，残肢、断臂还有皮囊布满了整个院子，都属于曾经侵入过桃花洲的邪魔，或被邪魔杀了的人。

医梧生的兄长，传闻被乌行雪杀了的医梧栖，也在里面。医梧生的后颈有印记，证明他受人操控成了邪魔。那么……医梧栖后颈会不会也有？

如果医梧栖的状况和医梧生相似，是不是就能证明传闻存疑？

萧复暄几乎没有费劲，就找到了医梧栖的那具皮囊。这些人原本修习仙法，被邪魔吞噬后又沾了魔气。两相加持下，埋个百年也不会腐。那张脸还像当初倒在血泊时一样，带着诡异的笑，看起来骇人可怖。

萧复暄见得多了，不动如山。他将医梧栖的头颅拨转过来，在后颈上看到了一模一样的印记。

“果然……”他低低说了一句。他正要撤了风雪，让花家的人亲眼看看。忽然听闻身后的屋子里传出一声锵然清鸣，像长剑出鞘。

萧复暄一怔。他猛然回头看向屋内，从他的角度，只能看到抖动的灯火光亮。

他身裹寒风掠回屋内。仅仅一个须臾，之前还在他威压之下的医梧生已经倒在了血泊里，脸上带着跟兄长一样的笑意，地上殷红成洼。

杀人的是医梧生自己的剑，那剑此时正握在疯子阿杏手里。整幅场景乍看上去，就是浑浑噩噩的阿杏忽然从地上爬了起来，拔剑给医梧生做了个了断。

可阿杏的神情却是蒙的。他双目圆睁，喘着粗气，怔怔地盯着地上医梧生的脸，手里的剑上蒙着一层冷雾，淋漓地滴着血。

萧复暄扫过阿杏茫然的脸，忽然转眸看向屋内另一个人。就见乌行雪长身立于红柱旁，灯火在他身侧，给他镀上了一层温润的光。他两手空空，垂在身侧，衣袍宽大的缘故，显得高而清瘦。

他的眼眸藏在眉骨鼻梁的阴影下，垂着的时候像墨，抬起来又亮如晨星。

第 10 章　复生

萧复暄目光微沉。他似乎想说“乌行雪”，但碍于阿杳在旁，最终未发一言。

红柱旁的人看向他，片刻后面露疑惑。

“为何这么看着我？”乌行雪问。

萧复暄抬了抬下巴，指了指满地的血和疯子阿杳，开口道：“这是怎么回事？”

“你问我吗？”乌行雪垂眸看向地上的医梧生，静了片刻。之前遛着邪魔满桃花洲乱窜时，他还极有精神。这会儿在血洼旁站着，声音低下来，加之有些苍白的肤色，莫名显得恹恹的。

看到那种表情，萧复暄轻皱了一下眉，眨了眨眼，移开视线。

他忽然又不想问了。没等乌行雪开口，他就沉声道：“算了。”

萧复暄手里未出鞘的剑一转，剑镡不轻不重地敲在阿杳手背上。

阿杳猛一缩手，那把滴血的长剑便当啷掉地，滚了一圈。剑柄上的银色剑穗和芙蓉玉坠浸了血，玉坠上的“梧生”二字在蜿蜒的血线下反而清晰起来。

阿杳怔怔地盯着那个玉坠，脱力般跌坐在地。

萧复暄撩起袍摆，在医梧生面前半蹲下，又用指背抵了一下对方的额心。他正要探一探灵，就见红柱旁的人动了。灯把那人照成一道灰影，那道影子从红柱旁移过来，在他身边停下，然后变成了一团。

萧复暄动作一顿，朝旁瞥了一眼。就见乌行雪老老实实蹲在他旁边，先是看了一眼瘫软发呆的阿杳，然后偏过头来轻声说：“萧复暄，你是觉得那小疯子刚刚不对劲吗？”

萧复暄：“……”这还用觉得？这不是明摆着？他的表情一言难尽起来。

但他没吭声，只是看着乌行雪，等着这人继续说。

结果对方也看着他，等一个回音，并不打算继续，看起来安分得可以算“听话”了。

萧复暄不为所动。

片刻后，萧复暄还是动了动：“我去找医梧栖时，这里发生了什么？”

乌行雪想了想，说：“他原本躺在地上，忽然惊醒似的蹿了起来，抽了医梧生的剑冲过来。”

萧复暄：“……”

乌行雪：“然后的事情确实奇怪，那小疯子只用了一剑，就杀了医梧生。”

医梧生的身上只有一道剑伤，正中心口，不偏不倚，干脆凌厉。看上去一剑就结束了所有，没再多动一分。

乌行雪：“你见过疯子吗？”

萧复暄：“见过。”

乌行雪点了点头：“那便好说了，你既见过，一定知道，疯子急起来劲大，但手是不稳的，越激动越哆嗦得厉害，但这小疯子非但一点儿都没抖，脸上甚至不见表情。我想……”

他看着阿杳，安静得似乎有些出神，然后收回视线，又看向萧复暄：“他应当是被人借用了。”

“……”

“你说会是谁借的？”

“……”

萧复暄看着他，人已经麻木了。良久后，冷嗤了一句：“不知道，可能我借的吧。”

言罢，他不再看乌行雪，那人似乎也被这个答案震住了，没再出声。

过了许久，他才听见乌行雪“噢”了一声。

这人还敢“噢”。

萧复暄面无表情地叩击着医梧生的额头，果然，传来了“嘟嘟”的空音，如同之前死去的数人一样。只是那空音之下，依稀有一声极轻的叹息。

萧复暄一怔。他立刻抓起医梧生的左手，拇指按在他腕心处朝上一推。就见医梧生皮肤之下微微鼓起一垄，下一刻，那鼓起的地方如同游蛇一般朝上蹿去，经过胳膊、脖颈，然后再往上。

医梧生那对散开的瞳仁忽然聚了起来，紧接着眼珠也动了，在灯火映照下有了一抹微光。就好像……他又活了！

“萧复暄。”乌行雪忽然出声，甚至忘了还有阿杳这个外人在。他原本低垂着眉眼，这会儿抬了起来，一眨不眨地盯着医梧生，片刻后又一眨不眨地盯着萧复暄。

萧复暄余光都能看见，却没转眼，只“嗯”地应了一声。他手上动作没停，在医梧生即将要张口说话时，凭空抓了两条黑色长布，把他口鼻封了起来。

“他这是？”乌行雪问。

萧复暄道：“方才那一剑，让他体内的邪魔灰飞烟灭了。现在他口中含着的，是被邪魔蚕食之后仅剩的一缕残魂。”

人死自然不能复生。被邪魔依附、吞吃的活人，到了最后，唯有一死算是解脱。但传说仙都有种方法，用上仙的仙气，能保住一点儿残魂，只要别让那口仙气泄了，就能续一阵子命。

这方法虽然有，却很少有谁用。因为只要飞升成仙，就不能随意插手人间之事了。

仙有仙的规矩，惩戒或恩赏、予生或予死、救或不救，都得依照灵台天道来。否则仙人今日管了这个却没管那个，明日管了那个又漏了这个，人间就该彻底乱套了。

医梧生自己也很茫然。他从邪魔附体中解脱出来，没了诡异的笑容，再有暖灯一照，简直算得上眉目温和了，跟先前浑浑噩噩的模样判若两人。

他紧紧皱着眉，想要开口，却感觉自己口鼻被黑布裹得严严实实。

“唔唔！”医梧生冲着乌行雪叫了两声。他伸手要去拉那黑布，被乌行雪一掌拍开。

拍完了，乌行雪才问萧复暄：“这布是不是不能扯？”

萧复暄：“……”

他对医梧生说：“动了便是死。”

医梧生又“唔唔”两声，虽然难受得紧，还是放下了手。

乌行雪忽然问道：“那他现在算活了吗？”

萧复暄摇了一下头。

只是一点儿残魂而已，就算有仙气撑着，也难说能撑多少日。这种方法他用得不多，也少有参照。

“不算吗？”乌行雪又低低问了一句。

萧复暄沉默片刻，道：“勉强。”

“噢。”乌行雪点了点头。这么一遭下来，他那股恹恹的劲似乎又没了。

医梧生从地上爬起来的时候，乌行雪盯着医梧生的手腕，垂在身侧的拇指无意识动了一下，连他自己都没有意识到。

他一撇袍子，直起身，正要看看院外那些花家人的动静，就听见萧复暄低沉的声音响起来：“想学？”

乌行雪一愣，回头看他：“什么？”

萧复暄朝医梧生扫了一眼，又转回来，看着乌行雪的手。

乌行雪才反应过来：“你说你方才救人的方法？”

他静了一瞬，笑起来：“我可没有半点儿仙法在身上，一无长处，学不来的。你这是……拿我逗乐吗？”

“没有。”

“再说了。”乌行雪又道，“我看的话本里都说……”

又是话本……萧复暄木了一瞬，等着听他的下文，却见他停住了话头。

“说什么？”

“说……”

乌行雪朝医梧生和阿杳看了一眼，屈了两下手指。

萧复暄：“……”他微微低下头，离近了些。

乌行雪低声道：“话本里都说，仙凡有别，凡间的人是死是活，神仙是不能随意干涉的。你方才救了医梧生，这会儿还要教我这个凡夫俗子仙法，算不算……犯了天规？”他说到最后笑了一下，抬眸看着萧复暄。

萧复暄个子高，脸侧的颌骨线条瘦而锋利，这么低下头，那条线就被拉得更加清晰。说话的时候，还会轻动几下。

就见萧复暄神色淡淡的，听完话“嗯”了一声。

片刻后他说：“不算，仙都已经没了，我现在也不是什么天宿上仙。”

他瞥向乌行雪，说：“我只是神识进了这具躯壳，而这躯壳，不是被你弄成了傀儡吗？”

乌行雪眸光动了一下。

“傀儡如何犯得了灵台天规？”

他说完，凭空抓了一张流着金光的纸，递给医梧生，道：“有些事要问你，一会儿答给我听。捏着这张纸，我便能听见。”

医梧生愣了一下，接过纸。最想问的一句便传了出来：“为何救我？”

“有事要劳烦你。”萧复暄说。

他指了指乌行雪：“你这状态还能行魂梦之术吗？”

医梧生点了点头。

萧复暄：“晚些时候，劳烦看一看他的情况。”他又转头对乌行雪说：“医梧生擅长魂梦之术，你眼下或许不了解。只要他伸手一探，就能弄明白你是哪里来的生魂，又该归往何处。”

医梧生点头：“我……我定当尽力。”

乌行雪：“……”他表情有一瞬间的木，但转瞬即逝。

萧复暄瞥了他一眼，然后一把推开了屋门，对医梧生说：“眼下还有另一件更要紧的事，就是向你的家人，好好将来龙去脉说个明白，包括当年的情况。”

谁知医梧生看着院外乌泱乌泱的人，说：“家主在，不可。”

第 11 章 原委

花照亭和花家弟子还被那层风雪屏障阻拦在院外。

萧复暄正要撤掉屏障，闻言停手：“不可？”

医梧生面色凝重：“不可叫他听见。”

“你们家主也有问题？”

“他同我大差不差，时日已久，根深蒂固，所以不要惊动。”

乌行雪看了眼他只剩一口残魂的模样：“时日已久是多久？”

医梧生沉默，片刻后轻声道：“二十多年了。”

他最初发觉自己有些不对劲，已经是二十多年之前了。

那日，医梧生带着爱徒阿杳在清心堂侍弄一批新炼的药。

仙门中人使用的丹药庞杂，但人人都备着的无非那么几种——增助修为的、延年益寿的、疗伤的、救人命的，还有要人命的。余下那些稀奇古怪，多到认不全的丹药，便是各门各派自炼自用的，多少带着门派特色。

医梧生炼的无梦丹，就是桃花洲独有。他炼这种药，是因为那一年，鱼阳城外的要道大悲谷频频出事。途经那里的百姓出谷时看不出半点儿异常，但不出三日，就会发生一些奇诡之事。

他们的后颈无端出现了类似傀儡印的东西，而且常会觉得身上痒，又找不到具体地方，就忍不住四处抓挠。有些人最后会如得了失心疯一般，抓得自己全身血肉淋漓。

还有一件怪事就是他们会梦游。他们夜里睡下，会梦见自己饿极了，四处寻食。觅了不知多久，终于看见摊铺，他们坐下便吃，嚼得满口鲜汁。

等到忽然梦醒，就会发现手里真的捧着东西，也真的吃了一夜。有些捧的是瓜果菜蔬，有些捧的是生鱼生肉，还有些……捧的是人。

这状态与邪魔附体几乎别无二样，各大仙门自然不能放任不管。他们纷纷派了人去大悲谷，小心探查，想弄出个所以然来，但小心也没用，去了的人多半会中招，侥幸无恙的，屈指可数。

损失最为惨重的，就是封家。封家与桃花洲向来交好，于是封家家主封居燕以及兄长封非是亲自上门，替门下中招的弟子求药。

世人都知，桃花洲的医梧生最擅魂梦之术，而在大悲谷内中招的人，又都是在梦里吃人啖肉。

医梧生闭关七日，水米未进，不眠不休，总算弄出了一种药，叫作无梦丹。

那些在大悲谷里中招的人，一个月之内服下无梦丹，会封魂七七四十九天，等再醒过来，就恢复如常了。

唯一的风险，会因为封魂太久而丧失五感之一。若是超过了一个月……哪怕吃下一缸无梦丹，也无济于事，那是神仙难救！

那一整年医梧生都在炼无梦丹，时常不眠不休，总算是救了一大批人。家主花照亭怕他累倒，特地嘱咐门内弟子，不准拿任何杂事打扰医梧生，还挑了一批弟子帮他打点清心堂。

到了那年年末，冬月左右，大悲谷封谷已有月余，再没有新中招的人。

医梧生总算得了几分空闲。

那天，花缸里埋的是当年炼制的最后一批无梦丹。

“这无梦丹跟寻常丹药不同，不能沾火，不进丹炉。得用清沙仔仔细细地埋着，埋三尺深，每日往沙上浇静泉水，嗞——”医梧生正跟阿杳交代着，忽然感觉脖子后面有点儿痒，皱眉抓挠了一下。

“水要冻过的最好，切记不可……”他说着，又觉得有些痒，索性把手里的丹药箅子给了阿杳，自己让到一边。

他抓挠了一会儿，感到后颈一阵烧痛，便要进堂里。结果刚转身，就听见阿杳轻轻“啊”了一声，道：“师父，您脖颈淌血了，我给您拿止血膏涂一下吧？”

抓了几下就淌血了？医梧生心里纳闷儿，摆摆手说：“不用，你继续埋无梦丹，我去房里。”

当时房里有个洒扫小弟子，正在整理药柜和床铺。见医梧生匆匆进来，手指上还沾了血，他慌忙翻了止血膏出来：“先生我帮您。”

医梧生看了眼自己沾了沙又沾了血的手指，没再推拒，在桌边坐下，等小弟子涂药。等了好一会儿，小弟子却迟迟未动。

“怎么了？”

“先生，您……”小弟子的声音有些虚。

医梧生转头，就见他抓着药钵，脸色发白。

“脸色怎么这么白？破皮烂肉也没少见，几道抓痕吓成这样。”医梧生哭笑不得，抓了布巾擦手，正要接过药钵自己涂，却见小弟子手指一抖，药钵摔在地上，止血膏糊满了地面。

医梧生愣了一下，拎起袍摆匆匆进里屋，翻出两面铜镜前后相对照看。

他在铜镜里看见自己布满抓痕的后颈，血肉淋漓的，一点儿也不像常人手指抓出来的，倒像是利爪挠的。而在那几道抓痕之下，有一点儿残余的墨印，跟大悲谷里中招的人十分相似。

一瞬间，医梧生浑身发寒。他撂下铜镜，翻箱倒柜找出了上一批剩下的无梦丹。

常人来说，无梦丹一颗足矣。

他生吞下一颗，衣衫都来不及换，就在床榻上躺下。一直睁眼躺到天黑，也没有丝毫封魂的迹象。

他又从床榻上爬起来，手指发颤地抓着瓶子，倒了一把无梦丹，全部吞了下去……

这次，他倒是睡了，却并非封魂。

无梦丹是他亲手炼出来的，效用他比谁都清楚。中招超过一个月，吃再多也于事无补。

再之后的事，他通通记不清了。

不过就算记不清，他也知道会发生什么——寄体的邪魔会被惊动，迅速蚕食掉生魂，占据这具躯壳，成为新的主人。“他”会依然做着原主平日会做的事情，不会让人看出异样，然后等着饥饿到来。

邪魔每隔一段时间就会饥饿难耐，要以生人灵肉为食。

极偶尔的时候，医梧生会恢复一些意识。就像有一抹残魂不甘离去，还想试着夺回主权。

第一次短暂清醒，他看见那个帮他涂药的小弟子在书柜边扫尘，还冲他躬身行礼叫“先生”。他试着叩了一下对方的后脑勺儿，果然听见了空空的木鱼声。

第二次短暂清醒，便是在二十五年前的那个寒夜。

阿杳疯了一般在堂前哭叫，他的兄长医梧栖笑着躺在血泊里，他的父亲还有妻女被人叩击着身体，发出了跟小弟子一样的声音。

他出身仙门，曾经也是翩翩才俊。那一晚，却忽然有了沧桑气。

他记得很清楚，那天深夜，他耗尽灵神，挣扎着留住了一丝意识，直奔家主所在的剪花堂。

他想告知花照亭，把自己长老的位置卸了，把手上所有的事情托付了，然后让花照亭杀了自己。因为宿体的邪魔不会让他自戕，他必须得找一个能制住他的人，杀了他。

医梧生跌跌撞撞到了剪花堂，顾不得礼仪，一把推开堂门。

花照亭正拎着一把长嘴铜壶，弯腰往墙边的花缸里浇水。闻声转过头来，一脸疲惫。

他指了指医梧生说：“好你个梧生，要换作门内弟子，在我下了禁令后还不经允许就往我这剪花堂闯，定要狠狠罚。”

医梧生没答，他感觉自己的意识又快消失了，他得在那之前，抓紧交代完事情。于是他“砰”的一声撞到桌前，一把攥住花照亭的胳膊：“家主……”

那一瞬间，他的力气很大，攥得花照亭也撞在桌上，身体趴伏了一下。

于是，医梧生看到了他的后颈。

花照亭的后颈上也有半愈合的抓痕，抓痕之下也有残余的墨印。

刹那间，医梧生瞳孔骤缩，冰凉寒意从头直灌到脚。

“你怎么了？”花照亭问他。

医梧生的话语刹在舌前，转而道：“我……我得闭关一阵。”

医梧生脸色苍白，神情沉寂，转头看了怔怔的阿杳一眼：“阿杳平日里性子热情稳重，是能担大事的人，又是仙门弟子。不会因为目睹了某个人被杀，就吓疯了。他是被人刻意拍了一道禁术，才说不清话的。

“我后来回到清心堂，只来得及做一件事。”医梧生沉声道，“就是给他又加了一道禁术，两重禁术之下，至少这桃花洲上无人能解。禁术持续多久，他就会疯多久。我怕他若是清醒了，说些不该说的，这桃花洲上，没人能帮他。”

阿杳从小跟着医梧生长大，目睹了医梧栖死去的来龙去脉，清醒之后必然要跟医梧生说明白。若是看到了医梧生后颈的印记，十有八九跟那个洒扫小弟子一个下场。

“再后来，我就没有醒过了，一直到今日。”医梧生的视线穿过院里的浓重夜色，看向风雪屏障外的幢幢人影，“只要不惊动体内邪魔，二十五年也就这么过来了。家主以剑入道，是百年间几名最接近飞升成仙的人之一。寄宿在他体内的邪魔一旦被惊动，根本没有比他修为更高的人能拦得住他，我桃花洲千百弟子恐怕都……”他话没说完，就见身边一道剑影已然出鞘。

“你……万万不可啊！”医梧生又不好丢开纸，慌得不顾斯文，喝止道。

“哎，喊晚了，歇歇吧。”乌行雪拉了他一把，转身看见萧复暄带着一身寒霜般凛冽的剑意，偏头看向医梧生，问：“你说你家家主修为如何？”

“几近飞升！”医梧生重重道。

萧复暄淡声重复道：“噢，几近。”

话音落下的瞬间，那道剑影横贯长空，化作万道金光，带着九天雷声，在迷眼的风雪屏障中，精准地对着花照亭，直砸下去！

第 12 章　梦铃

在花家众弟子眼里，家主花照亭已经很久没有动过自己的剑了。

仙都殒殁后，仙门里最接近飞升的那几位就成了人间修为的至高者，无人能敌。虽然这些年邪魔横行，越发猖狂无忌，但每次剿魔，都是集门派之力，真正需要花照亭出剑的情况少之又少。

上一回还是在很久很久以前，花家和照夜城的人在葭暝之野狭路相逢。那邪魔黑菩萨不知要帮城主乌行雪办什么祸事，被花照亭一剑拦下。

花照亭以剑入道，平日里说话彬彬有礼，客套圆融，但那只是因为家主之位坐得太久，整日与各门派打交道养出来的气质。

但凡见过他出招的人都知道，他的剑道，天然带着凛然快意和直刺长天的霸气。几近飞升的那几位里，他或许不是最厉害的，但他确实极不好惹。

此时，金色剑光穿云而至的刹那，花家一众弟子听见了金石长鸣，响彻整个桃花洲！

花照亭出剑了！弟子们瞬间热血沸腾。当年身在葭暝之野的人至今都记得，家主的长剑出鞘后的惊才绝艳和气势如虹。

如今又能再见，何其有幸。

于是，花家近千弟子手腕一转，祭出的万千飞剑瞬间调向，跟着花照亭的剑一块儿，剑尖齐齐对准了天上砸下来的金光巨剑！

结果飞剑刚出，弟子们的脸色便倏地一变！因为他们看到了花照亭的剑。当年绕着剑刃的清朗剑气不见踪影，取而代之的是蛛网似的红丝，自剑柄一路向上，布满整个剑身。离得近的人，还能闻到剑上有股腥甜气。

他拔剑的瞬间，满院的皮囊、头颅以及邪魔残骸都骚动起来。

不对！真的不对！那剑有问题！

众人内心惊涛骇浪，紧接着，他们脑中闪过了另一个念头。

如果有问题的不是剑呢？

如果……这一夜带领他们追剿邪魔的家主，本意并不在追剿，而是跟那些朝圣的邪魔残骸以及医梧生先生一样呢？

这二十五年来，桃花洲内所有弟子每日早晚都要去一趟刑堂，以免有人被邪魔附体，混迹其中。就连刑堂长老自己也不例外。这令是家主下的，只有两个人从来没有被查过：一个是身体不好、常常闭关的医梧生；另一个，就是家主花照亭自己。

弟子们头皮一麻！然而此时再想有大动作，已经来不及了。他们只来得及抬起脸。只见那万千飞剑尚未靠近金光，就变成了粉末。顷刻间，烟消云散。

弟子们周身一震，犹如被人叩了天灵，握着剑鞘的手指一麻。就听无数当啷声响起，近千人瞬间没了法器。他们只能圆睁双目，看着家主花照亭的血剑一转，带着缭绕的蓬然邪气，尖刃朝上，血剑直冲天际，狠狠地与那道金光撞上！

“锵——”金石相击的尖音乍响！

霎时间光华耀目，众人被晃得闭起眼，接着便听见了铮鸣声。

他们艰难睁眼，就见那道金光巨剑抵着花照亭的剑尖，悍然下压，直贯而下的气势和力道分毫未减。

花照亭悚然一惊！他根本不曾想到，居然有他挡不下来的剑，表情登时变得难看至极。

紧接着他又发现：这一剑，何止是挡不下来？

在那道金光巨剑的锋芒之下，他的剑气形同虚设，长剑也崩出了裂纹。那道巨剑一路向下，他的剑便一路碎裂。

到最后，花照亭猛地松手，剑柄掉落在地。他的脚底楔进石地，整个人疾退数丈，张口吐了一股黑血。

在场千人，无人预料到两方硬碰硬会是这个结果。他们一脸愕然，心里更是巨浪翻天。

“栖梧院里的究竟是什么人？！”

准确地说，他们更该问：“那两位夜半从客房消失的客人究竟是谁？”

那位程公子和他的傀儡中，必然有一位是披着人皮的邪魔，才能引得桃花洲上所有活着和死了的邪魔前来朝拜。就连长老医梧生以及家主花照亭都抵挡不住，那披皮的邪魔究竟是谁？

这样一想，情势就十分可怕了。

弟子们不约而同地想起了清早四处流蹿的传闻——苍琅北域塌了，在里面锁了二十五年的大魔头乌行雪可能还活着，甚至逃出来了！

众人相视一眼，电光石火间，脑中已然闪过无数可能，顿时面无血色。但下一刻，他们傻了眼。

因为那道金光巨剑击碎了花照亭的剑，悍然砸入地面，深深楔进石中，带着余威，嗡嗡震颤着。

等到金光散去，巨剑虚影上的字便清晰地落入众人眼中。

那是一个“免”字。

就在众人陷于惊愕之时，花照亭反击不成，转身化作一道黑影，瞬间匿于夜幕。他被威压震得神魂俱伤，本能地钻回了住处剪花堂。刚于屋中现身，就被又一道金光剑影击穿后肩，整个人被钉在地上。

剑气锋芒过利，连带着屋内也被冲得一片狼藉。桌椅翻倒，床榻倾塌，墙边的几个花缸也被震裂了。

乌行雪他们追到屋中，看到的便是这番场景。

“他……”医梧生捏着纸，大步走到花照亭身边，探出去的手指有些抖。还没碰到额心，就听见有人沉沉开口：“没死。”

他一扭头，看见萧复暄走进来。

那道巨剑轰然砸落的时候，医梧生离得远，没有看清那道虚影，但他就在萧复暄身边，刚声嘶力竭地喊完“万万不可啊”，就看到了萧复暄剑鞘上的“免”字。

于是他那个“啊”字就劈了音。

之后他又发现自己捏着的那张纸上也有一个免字，就在角落，像是用未蘸红泥的印压出来的，不仔细一点儿根本看不出来。

医梧生：“……”

他捏着纸，惊疑不定地看向出剑的人，半晌问了一句：“贵姓？”

这话也不知哪里好笑，旁边那位程公子忽然就笑了。那位握着免字剑的人，朝程公子瞥了一眼，而后面无表情地看着他，动了动唇道：“萧。”

医梧生：“……”行。

总之，从那个“萧”字之后，被封了嘴的医梧生就真的不吭气了，直到追着花照亭来到剪花堂，看着花照亭倒在地上。说无动于衷，那必然是假的。

医梧生十四岁拜进花家，认识了时年十七岁的花照亭和年方十一的花照台，此后与这对花家嫡亲兄妹同堂修习，相交相知，至今已有百年。

百年对寻常百姓来说，一辈子都有余。

当初在花家弟子堂，他时常因为鼓捣丹药睡晚了，一边听着先生讲剑心剑道，一边支着头打瞌睡，又被后座的兄妹俩推醒。

那怔然惊醒的感觉明明恍如昨日，却已经是百年之前了。那个爱笑的姑娘已经在桃花林里埋了二十五年。另外一个少年时最厌烦规矩的人，成了花家最大的规矩，又满身狼狈地趴在他面前，被邪魔吞吃了魂魄，跟他同病相怜。

此时他最想知道的，不是别的，而是眼前这个不知还有没有残魂的人，死了没？

“我没杀他。”萧复暄淡声说，“只是强压着那具邪魔。”

“好，好。”医梧生点了点头，轻声重复着。他很怕，但手指还是朝花照亭的额心探去。花照亭的状况比他还要糟糕一些，根本探不到残魂。

乌行雪站在一旁，默然看了一会儿。却见花照亭手指攒地，眼珠死死盯着某一处。

都说，人处于生死危急时刻，总会下意识泄露一些秘密——会看向藏着东西的地方，会望向有话不能说的人。

邪魔也不例外。

花照亭此刻看向的，正是他每日都要站着看一会儿的花缸。那花缸里养着几株特品矮桃花，被照料得极好，即便在这隆冬天里也不见枯朽，依然枝青叶绿。有一株甚至新打了花苞。

这会儿花缸碎裂，矮小的花树歪倒在地，花根连着湿泥散了一地，露出了泥下的砂石。

这种桃花，哪儿有用砂石来养的道理？乌行雪思忖片刻，走到花缸边，拎起袍摆蹲下，手指在湿泥砂石里拨弄了几番。

他用食指钩起一片碎陶，当啷一声。

“在找什么？”萧复暄的声音从头顶落下来。

乌行雪偏头看了他一眼，又继续翻着砂石，片刻后道：“你先前不是说过要找东西吗？是……有人拿走了又送回来的东西？”

他站起身，拍了拍手上的砂土，又在木架上找了条干净布巾擦手，道：“我看他总盯着这处，顺手替你翻来看看。”

医梧生听见这句话，捏着纸也跟了过来。他单手在那些砂石里翻了几下，手指忽然一顿，接着动作急切起来。

就见其中一个花缸的砂石里埋着一些古怪的杂物——木簪子、弟子腰牌、随身的发箍，还有花家传令用的锦囊鱼袋。不仅模样不同，看新旧也不像是同一个人的物品。更像分别来自不同的人，都被花照亭埋在了这里。

“都是什么人的？”乌行雪捏着那腰牌看了一眼。

医梧生浑身僵硬，半晌后道：“弟子的。”

这些都是花家的弟子常随身带的杂物，也常有人丢失，没了也不会觉得奇怪。

乌行雪忽然想起之前那个待客弟子说，即便他们每日早晚去刑堂，探查是否被邪魔附体，每个月也依然有一些弟子丧命。

看来……那些弟子究竟为何丧命，如今也有答案了。

这很矛盾。

他又想起来花家之前，在春幡城内听到的那些话。花家独守江心，占着桃花洲，却不让任何百姓在此聚居。花家说桃花洲地势险要，很容易被邪魔入侵，百姓去了，就是砧板上的鱼肉，很难保住性命。

当时他还觉得，既然是春幡城最大的门派，弟子那么多，若是把百姓安顿在合适的位置，倒不至于完全护不住。

其他门派都能做到，独独最大的花家例外，实在奇怪。现在想来……就好像花照亭一面忍不住每月吞吃弟子饱腹，另一面又生怕百姓靠近他。

乌行雪拎着手里那个年代已久的腰牌，怔怔地出神。片刻后，又听见医梧生一声低呼。

就见他从另一个花缸里翻出了一个扁形的盅，上面带着细孔。他打开盅一看，里面是满满的丹药。这些丹不知在花缸里埋了多久，却依然带着一抹温润灵光，说明护得很好。

医梧生脖颈喉结动了一下，低低道："无梦丹……"

怪不得花照亭每日都会往这些花缸里浇水，每日都浇。照理说，特品矮桃花是不能这样照料的。除非他在下意识地照料另一样他觉得有用的东西。

那是无梦丹啊……在中招一月之内，吃了还有救的无梦丹。

他被邪魔依附后，是多久才意识到的？也大把大把地吞过无梦丹吗？也试着挣扎过吗？下令不让任何弟子靠近剪花堂的时候，他短暂地清醒着吗？

那个深夜，自己跌跌撞撞去找他的时候，他还有残魂吗？

医梧生越想越是遍体生寒。他的手指被花缸划破了，却没有流血，只绽着白生生的口子，看起来有些骇人。他却全然不顾，又去翻起最后一个花缸。

这次，他翻到了一个匣子。

匣子翻开的瞬间，萧复暄转头看了过去，因为他嗅到了一丝残留的仙气。

他看见匣子里有个圆形的孔洞，孔洞里钳着一枚很小的铃铛，通体白玉，镶着银丝边。如果没弄错的话，他认识这东西。

它叫作梦铃。向不同方向摇九下，能给人造一场大梦。

第 13 章 探魂

"这是……"乌行雪的眸光落在匣子里，看了一会儿，忽然出声。

医梧生一怔，"噢"了一声："这是梦铃。"

梦铃在人间并不罕见。西南一带曾有个极为热闹的集市，每年三月初三点灯开市，灯火绵延十二里，映照群山。乍看上去，就像天火落入凡间，一烧就是三个昼夜。

那片群山叫落花台，那个集市叫落花山市。里面有各种稀奇古怪的玩意儿，梦铃最初就是从那里来的，后来在梦都、阆州很是风靡了一阵。

这东西其实就是小巧可爱，讨个吉利——最初传说随身挂着能保平安，令邪魔不侵；挂在卧房窗边能使人安眠，有个好梦。

再后来，落花山市没了，落花台成了魔窟照夜城的入口。梦铃也少有人用了，传言几经流转，它的用途就从使人安眠，变成了能给人造梦。

不过花家这枚不一样，它不是从山市来的凡物，而是仙宝。它确实能让人瞬间入梦。

据说一旦入梦，前尘往事俱成灰烬，轻易醒不过来，除非还用梦铃解梦。

花照亭曾试着催动，但任他仙法用尽，那梦铃的铃舌也一动不动，只能作罢。他又怕这仙宝落入邪魔手中，便仔细藏了起来。可如今，花照亭自己都成了邪魔。那这仙宝……

医梧生迟疑片刻，捏起那梦铃，试着摇了一下。

“当啷——”梦铃响了一声。

医梧生：“……”

这就十分离谱了。当初花照亭费尽气力都催不动的东西，他随手一晃就摇出了声。这梦铃总不会是瞧他面善，给他面子吧？

那就只剩一个解释了——匣子里的梦铃是假的。

医梧生捏着纸的手都在抖：“这梦铃……这梦铃遭人偷梁换柱了！”

会是谁干的？又是何时干的呢？医梧生试着回想，但他二十多年来浑浑噩噩度日，跟死了也没区别，根本理不出个头绪。

“难道……”医梧生猛一拍手，“是乌行雪？！”

他说完抬起头，就见那程公子用一种十分离奇的目光盯着他。

医梧生：“……”

他努力回想二十五年间的零碎片段，却又想不到什么，絮絮叨叨地说：“其实这梦铃遗失过一次，就是乌行雪来桃花洲之时，后来失而复得。难道……就是那时候被乌行雪偷换的？”

医梧生说着说着，在程公子的目光下弱了声音。

程公子看着他，忽然笑了一下：“怎么没音了，纸坏了？”

医梧生：“……”

他不知道这位程公子究竟是什么人物。之前被邪魔占着身体，他意识混沌不清，只记得自己想找人求死解脱，混乱之下，抓的就是这位公子。

他当时隐隐感觉到这位公子身上无形的压迫力，但这会儿好像没了。像夜里的雾一样，若有似无，捉摸不透。但不论如何，这公子肯定不是位简单的人物。能跟天宿萧免一道，没准也是哪位曾经的上仙。

医梧生胡乱琢磨着，又低头看向手里的宝匣。

“不对，还是不对。乌行雪行事乖张，以他的性子，那仙宝他拿了就拿了，不想还就不会还，不至于还个假的放回来掩人耳目。”医梧生咕哝着，渐渐便想通了，“所以这梦铃，失而复得的时候是真的，但在这些年里被换成了假的。”

而这些年，花照亭身边不留人，能接近梦铃的只有他自己。

或者说……只有他体内的邪魔。再往下细究，想要梦铃的，是让他们被邪魔寄宿的源头。

医梧生抬手摸了一下后颈。那里的疤还在，疤下与傀儡印相似的印记也还在。他的状况跟当年在大悲谷里中招的那些人一模一样，但这件事十分怪异——因为他当初根本就没去大悲谷。

不仅是他，医梧栖和花照亭也没去。那他们是怎么中招的？

“敢问上仙，”医梧生忽然冲萧复暄行了个重礼，又捏着纸问道，“我这一缕残魂，还能再撑几日？”

萧复暄：“难说，三五日，最长不过十日。”

“好，好。”医梧生重复着。

萧复暄：“怎么？”

医梧生沉声道：“我想去一趟大悲谷。”

“我想不明白花家何至于此，又不想带着这份糊涂下黄泉。”医梧生说，“以往守着这桃花洲，我还有千般顾虑。现在只剩下一缕残魂，也没什么好怕的。不如去当初的源头大悲谷，探个究竟。一来，我想弄明白花家这些事因何而起。将来地下再见故人，还能跟他们说道说道。我舍不得他们做枉死鬼。

“二来，我也想找寻真梦铃的踪迹。”

提到“梦铃”踪迹的时候，萧复暄和那位程公子都抬了眼。片刻后，程公子点了点头，轻“噢”了一声。

桃花洲这一夜过得惊心动魄，弟子们被好一顿安抚才冷静下来。医梧生把被钉住的花照亭送进花家封魔堂，召来了其他三堂长老，大致交代了始末。

他托付完所有事情，第二日就从走马堂要了一辆方便的马车，揣了两瓶药，拎上了自己的剑。临行前，他去拜别萧复暄和那位程公子，翻来覆去千恩万谢了将近一个时辰。

许久之后，去往大悲谷的马车上，医梧生搂着药瓶子和剑，跟刚刚拜别的两人相对静坐。

医梧生：“……”刚刚那一个时辰的拜别算是白费了。

这车是花家特制的，又高又宽敞。马都是喂丹药长大的灵骑，不用鞭子驱使，能跑山、能识路，还不颠簸，本来是舒适的，但此刻，那位程公子隔着桌案坐在他对面。免贵姓萧的那位可能天生不爱坐，就抱剑站在他旁边，靠着马车门。

他夹在当中，非常局促，还跑不掉。

当然，医梧生倒也没想跑。他只是觉得这马车内的氛围有些微妙，他这一缕残魂承受不了两座大山的重压。而且他十分纳闷儿，为何这两位要跟着他一道去大悲谷?

总不会是因为关爱花家吧？如果不是本来就有事要办，那只能是因为梦铃了……医梧生朝桌边瞄了一眼。

以备不时之需，他把假梦铃带上了，匣子就放在一边。匣中残留的最后一缕仙气已经散去，看起来平平无奇。

不知真梦铃摇动起来会发出怎样的声音，入梦的人又会是什么感受。

医梧生试图走了会儿神，没走成，终于忍不住打破车内诡异的安静："嗯……"

支着头的程公子抬眼看他，抱剑看着马车外的萧复暄也转过头。

医梧生想了想，终于想到一个话题："对了，先前上仙问过我，还能否行魂梦之术？"这话一出，程公子终于不再是懒懒的模样，稍稍直起身。他还是支着头，那双漆黑的眸子朝萧复暄看了一眼。

"是我疏忽，只顾着处理门派内的那些杂务，把这事给忘了。"医梧生满脸歉意地捏着纸，诚诚恳恳地道歉。他好不容易抓住一个话题，让这马车内的气氛活跃了一些，自然不会放过。也就没能注意到那一瞬间另外两人的微妙变化。

但凡能注意，他可能就闭嘴不言了。他非但没闭，还继续道："我听门派内的弟子们说了，程公子此行到桃花洲，就是为此而来的。说是生魂不小心进了别人的躯壳？"

程公子的表情看起来像脸疼，但瞬间又恢复正常，快得让人以为只是看错了。他"嗯"了一声，道："差不多就是先生说的这样。"

"噢。"医梧生点了点头，道，"那确实是大事。生魂总占着错的躯壳，时间久了，两相无益。还是得尽早送魂归体。这种事虽然少见，但我确实碰到过，可以帮上一点儿小忙。"

"是吗？"程公子道，"那需要我做什么？"

医梧生点了点桌案："劳烦公子将手腕平搁在桌上。"

程公子"噢"了一声，看起来非常好说话。

医梧生说了句"冒犯了"，然后将手指搭在对方腕上。余光里，萧复暄的剑动了一下，眸光似乎落在他手指上，等他的答案。

医梧生一边探着，一边问道："公子是自哪里来的？"

程公子："鹊都。"

“鹊都……鹊都……”医梧生念叨着，“这地方倒是没听说过。那看来不是这个世间。”

“是个好地方吗？”或许是医者本能，医梧生怕对方紧张，顺口问了一句。

程公子笑了一下。他垂着眸子，所以旁人看不清他的眼神，慢悠悠地答：“还不错，我那府上人多，来来往往。鹊都也很热闹，东西都有集市，春有流觞宴，冬有百人猎。”他在那儿说着，医梧生探着，没过一会儿，轻轻蹙起了眉。

医梧生下意识朝萧复暄看了一眼，就见萧复暄的目光始终落在程公子身上，沉沉的，抿着唇不知在想什么。

“是处好地方。”医梧生沉默片刻，又问了程公子一句，“公子姓甚名谁？”

这次，他等了一会儿，没等到回答。

马车里有俄而的寂静。山道很长，嗒嗒的马蹄声不停不歇，就衬得这寂静更让人不自在。

医梧生皱着眉抬起眼，对上了程公子漆黑的眸子。

他毕竟是花家四堂长老之一，见识过的人太多了。他已经很久没有因为某个人的目光，心下一惊了。不过那个感觉来得很快，去得更快。

因为那程公子收回了目光，看上去又温和无害了，他似乎在想他的名字。

医梧生的手指动了一下。其实那位程公子报不报名字已经不重要了，在那程公子慢慢说着鹊都的时候，他就已经探出来了：这位公子根本没有生魂离体之相，他体内的灵和他的躯壳万分契合，没有一丝动过的迹象。

他就是原主。

“公子……”医梧生想了想，觉得本着医者之心，还是该告知原委。虽然这样似乎会让那程公子尴尬，但总好过把梦里的那些当真。

“其实……”医梧生正要说个明白，就感觉腰侧被一个东西轻敲了一下。

修习剑术的人，对剑这种东西最为敏感了。不看他也知道，那是萧复暄的剑镡。下一秒，他听见萧复暄的声音低低传来，不像在开口说话，倒像是只让他一人听见了。

他听见萧复暄沉声道：“咽回去，换一句。”

医梧生：“……”

医梧生满头雾水，不知道为什么不能说实话，也摸不清天宿上仙的意思。但既然萧复暄都这么说了，他也没必要找不痛快。

他确实见过类似的人，那些多是入梦者的亲眷，怕戳破梦境叫人难过，想护一下。毕竟听描述，那鹊都确实是个安逸地方，起码比眼下的世间好得多。

医梧生咕咚把原话咽下去，说：“其实公子这情况还算好办，给我几日时间，我定将公子送回去。”反正他也活不了几日了。

这话说完再抬眼，就见那程公子看了过来，似乎有些意外于这个答案。他眸光朝萧复暄的剑上瞥了一眼又收回来，下一刻，歪头笑了一下，说：“那就有劳先生费心了。”

医梧生“嗯嗯”点头，胡乱应了。又撤了手靠回马车壁，继续搂着他的药瓶子。

他心里正胡乱琢磨呢，就听程公子忽然开口道：“萧复暄。”

萧复暄抬起眼皮。

两人不知为何静了一瞬，然后程公子摸了摸脸，咕哝道：“离开春幡城够久了吧？这易容术能去了吗？脸有点儿难受。”

易容术这点，医梧生早就看出来了，毕竟天宿上仙萧复暄根本不长眼前这样。所以他没什么大反应，本着教养没多问。

他看见萧复暄两根手指朝上抬了抬，那易容术就解了。

他对面的程公子一点点露出了原本的样貌。

那是一张世人皆知的脸。因为样貌太过出挑，看一次就绝不会忘。

那是……乌行雪。

医梧生缓缓靠在椅背上，感觉自己最后那点儿残魂也没了。

他想起之前问名字时，乌行雪不开口静静看着他的眼神，那分明是刻意不说的模样。他又想起自己刚刚想说的话，瞬间一身冷汗。

他差点儿就按着乌行雪的手腕，揭穿对方说“你就是原主，不是什么生魂入体”了，现在想来，简直后怕。

医梧生闭了眼，不敢动也不敢说话，静静地缩在那里，像死人一般。

过了良久，他忽然在心里诈了尸。

不对啊……乌行雪，一个举世皆知的大魔头，为何跟天宿上仙萧复暄同行？

而萧复暄堂堂上仙，明明知道乌行雪就是本人，还按着不让说，还配合着演……为什么？

第三卷

大悲谷

第 14 章　明镜

马车横穿春幡城时，外面飘起来雪絮子，零零星星飞进车内。

萧复暄剑柄一拨，挡帘就滑落下来。帘上贴了一层厚厚的毛毡，车外那点儿天光被遮得严严实实，车内瞬间晦暗下来。花家的马车里什么都有，织毯叠得整整齐齐，汤婆子里还搁了带着灵药的薰香。

乌行雪袖里是那只从船上带下来的手炉，斜倚着车壁。他很喜欢这种暖和但晦暗的地方，让人昏昏欲睡，很是放松。他抱着手炉，似乎要睡一会儿。眼睛却只是半合着，眸光从长长的眼缝里投出去，落在车门边那个高高的人影上。

其实医梧生没猜错，乌行雪确实知道了。他第一次意识到自己不对劲，是在桃花洲上。阿杳又叫又闹地冲进房里，伸手要来抓他，被萧复暄挡开了。那个瞬间，他看到了阿杳的眼睛。

疯子的眼睛总是混沌不清、漫无焦距的。但乌行雪脑中忽然闪过了那双眼睛惊恐大睁、隔着窗格盯着他的样子。就好像他曾经在哪儿见过似的。于是他问待客弟子，那是谁？

待客弟子说，他叫阿杳，之所以疯了，是因为乌行雪。

很难说清那个刹那他是何感受，他只记得自己静了一瞬，而后下意识看向了萧复暄。

他同样说不清自己为何会看向萧复暄。或许是希望有人能告诉他“你不是那个魔头，刚刚那一瞬只是原主残留的魂魄”，又或许……他只是想知道如果自己就是乌行雪，萧复暄会有怎样的反应？

不记得鹊都的哪位长辈曾说他少时机敏，面上从不显山露水。他倒是希望自己某些时刻蠢笨一些。

可惜没有。

那时在花家客房里，待客小弟子拿出探魂符要测他。他脑中各种猜测，无心顾及，动作间却下意识要换一只手。他其实并不知道为何要换手，换一只手又会是什么结果。但一切发生得理所应当，就好像他一向是如此应对的。

他说不清所以然，只好逗了那弟子几句。

那之后，他便一直心不在焉。他在心里对自己说“或许是原主残留”，嘴上却问了一些话，问萧复暄“乌行雪是什么样的人”。

其实问出那句话的瞬间，他心里已经明白了大半，只是尚不承认而已。

直到他见到了医梧生。

直到医梧生攥着他的衣袍下摆，像当年的医梧栖一样，挣扎着求他杀了自己。

再直到他看见了匣子里的梦铃。

他终于承认，这世间并没有一处叫作“鹊都”的地方。

当他驱着气劲，隔空拉起阿杳，借着阿杳的手抽出医梧生的剑，干脆利落地刺进对方心脏的那一刻起……

他就变回了那个乌行雪。鹊都络绎不绝的车马、宽阔官道上嗒嗒的马蹄声、熙熙而来又熙熙而往的百姓，那些曲水流觞宴、隆冬百人猎，还有府上停着鸟雀的护花铃……都是一场生造的大梦而已。

他在那场梦里躲了二十五年的懒，终于睁了眼。

但他还是记不起事，他只隐约记得自己听见了一阵铃声。至于是谁摇的铃，为何要让他睡上二十五年，摇铃前发生了什么，醒来后他又该去做什么，他都一无所知。

这一切恐怕只能等梦铃来解。所以他上了医梧生的马车。

他为何上车，自己心里清楚得很，但是为何萧复暄也上了车，他就有些好奇了。

萧复暄先前的一举一动，乌行雪都可以理解。毕竟那时候他口口声声说自己是生魂入体，连自己都骗得信了，即便是天宿上仙，即便嘴上再笃定，心里也多少会拿不准。

既然拿不准，就不能不讲道理，拿对付魔头的方式对付一介凡人。所以态度模糊不清，再正常不过。

但是现在不一样了。乌行雪已经知晓了一切。

而看刚刚医梧生的反应，萧复暄八成也知道了。既然知道了，为何拦着医梧生不让他戳穿？

是想保医梧生一命，还是怕惊扰了魔头，再想抓就抓不到了？抑或是……

另有缘由。

乌行雪搂着手炉，借着晦暗，静静地看着萧复暄。他摸着手炉边缘，轻轻搓了搓沾染了热气的指尖，试着运转身体里散乱的气劲。因为近乎无光，宽敞高大的车厢显得逼仄起来，极轻的动静都清晰可闻。于是，他屈起手指时，车厢里响起了极轻的当啷声。

“这是何动静？”对面的医梧生紧张了一瞬，直起身，捏着纸小声问着。

乌行雪在心里“嗯”了一声，张口叫了一句：“萧复暄。”门边那道高高的身影动了一下。

过了片刻，萧复暄低低沉沉的声音响起来：“说。”

乌行雪：“我身上这些锁链能解了吗？”

对面的医梧生忽然僵住，又缓缓缩了回去。

萧复暄：“……”

我不如死了呢。此时的医梧生心里是这么想的。他刚刚差点儿就要脱口而出：锁链？没看见锁链啊？

还好他及时反应过来——那是苍琅北域里囚禁魔头用的天锁，代天问罪。据说它们一根根钉在魔头身上，犯下多少罪过，就有多少根，寻常人是看不见的，只能闻其声。

依然是据说，魔头以血肉命魂赎罪，每还一桩，锁链才会撤下一根。但是显然，那些被钉的魔头，没有谁等到锁链解开，就已经魂飞魄散了。

乌行雪恐怕是第一个敢问锁链能不能解的，语气寻常得就像说“我饿了，有没有吃的”。

这种话，正常而言必然是被立马驳回的。但医梧生久未听见萧复暄的回答，终于忍不住，眼睛睁开一条缝，悄悄看向那位执掌苍琅北域的天宿上仙。心说这你敢解？

车内没什么光，萧复暄的轮廓依稀不清。

乌行雪能感觉到他抬了眼，眸光投落过来。都说，那锁链寻常人是看不见的，但某一瞬间，乌行雪怀疑萧复暄能看见，因为那道目光似乎从他被锁链扣住的地方一一扫了过去。只是车内太过晦暗，他看不清萧复暄的表情。只知道对方沉默良久，才开口道：“解不了。”

他声音很低，倒是不那么冷了。

乌行雪点了一下头，换了个姿势，锁链声又窸窸窣窣响起来。片刻后他含糊地应了一句：“噢……这样。那算了。”他依然摩挲着手炉，体内气劲运转得并不顺畅。或许是他太久没动用过，还没适应。过了一会儿，他又稍稍动了一下。

“很疼？”萧复暄低沉的声音忽然响起。

乌行雪一怔，答道：“没有。”

“那你一直动？”

乌行雪看着那道人影：“之前锁链响了，你知道我在动就罢了。这会儿锁链没响，怎么还知道？”

萧复暄默然片刻，说：“在响。”

乌行雪：“噢。”

一旁的医梧生已经快不行了。他心说这是什么魔头和上仙之间的离奇对话。他正想装死到底，忽然听见魔头问：“去大悲谷还要多久？”

医梧生被萧复暄的剑捋了一下，装不下去，只好认命地睁开眼。

是了，某些上仙很少以这种方式在人间行走，确实答不来这种问题。

“很远。”医梧生捏着纸道，“大悲谷当年出了那些事后，一路都有仙门落下的禁制。那种百姓常乘的寻常马车要走一个月。花家的灵马识途，能绕开一些禁制，三天吧。”

他实在受不了在黑暗中被魔头和上仙同时盯着，于是抬手摸了一下车壁上的金铆。下一刻，车里亮起了一豆灯火。花家马车里的灯都是特制的，灯油里化了灵丹和药粉，不仅防风，还防一些低级的邪魔鬼煞。

世间生灵万种，普通百姓忌惮的、害怕的也有很多。如今闹得最凶的邪魔，都是因为有人修习邪魔道而变成的，是“因活人而起”。

那些“因亡魂而起”的，都算阴物。

邪魔聚居于照夜城。阴物就不同了，越是荒无人烟的地方，越是坟冢散乱之处，越容易碰见。

去往大悲谷的路上就常会遇到一些阴物，有些不知饿了多久，隔着数十里也能嗅到生人味，为了尝鲜，时常悄悄攀附在行人背后，或是车马顶上、底下。

以往大悲谷又是往来几座大城的必经之道，仙门弟子一旬一次去无端海采灵，也得通过这里。

为了防止中途被那些阴物缠上，无端生出枝节，仙门各家的车马上都会放几盏这种特制的驱秽灯。

医梧生亮灯是习惯。结果灯刚亮，就见对面的乌行雪偏开了脸，眼睛半眯着，好像很不喜欢这种光亮。

噢对，这灯防阴防魔。

他面前就坐着邪魔头子呢。

医梧生的手指僵了一下，也不知道要不要求救，默默看了一眼天宿上仙。

就见那天宿上仙蹙了一下眉，转头看向车壁上的琉璃灯罩。

灯罩上写着“驱秽”二字，他眸光从那两字上面扫过，又没什么表情地收了回去。下一瞬，“噗”的一声灯熄了。

漂亮。

车内重归晦暗。

医梧生捏着那张破纸，被封在黑布底下的嘴唇动了动，最终还是一言未发，认命地窝着。心说，好吧，熄灯就熄灯。

对面的魔头不知怎么没了声音。车内安静了好一会儿。

又过了许久，医梧生听见乌行雪说：“一会儿经过城郊的时候，麻烦先生接两个人。”

医梧生心说不麻烦，哪里敢嫌麻烦。

“何人？”他问了一句。

乌行雪说：“先前同行的人，算是家里手下。”

医梧生：“……”

家里……手下……乌行雪家里的手下能是什么？就是说我还得再捎上两个小魔头。

医梧生在心里叹气的时候，春幡城城郊的山道边，宁怀衫和“断臂”两人抱着手肘蹲在山石上。

他们看见不远处，出城的地方，负剑的花家弟子匆匆来去，在两柱神像上张贴了东西。看上去像是告示。

宁怀衫看见神像就想吐，原本是不想过去的，但他又实在好奇，便拽着“断臂”蹭了过去，离着神像八丈远，看见了告示上的内容。

告示上一片官话，洋洋洒洒。总结下来顶多就两句白话。

两位正义侠士帮我桃花洲解决了大麻烦。现今这两位以及我派四堂长老之一医梧生要去往大悲谷，进城、出城不得阻拦。

告示下还附了两张画像。

花家人的画技实在高超，看他家花信先祖的那张就知道了。所以那两张画像，只要长眼睛的人一看，就能认出是谁。

宁怀衫用一种惊奇的目光，盯着画像上的人，拱了拱“断臂”说：“眼熟吗，这衣服？”

“断臂”面无表情，许久后，哑声道：“熟，咱们城主和他的傀儡。”

宁怀衫又用更惊奇的目光盯着“正义侠士”这四个字，道：“是花家疯了，还是咱俩瞎了？”

“断臂”道：“难说。”

两人面面相觑许久，“断臂”缓缓开口：“我先前就想说了，你真不觉得城主有问题？”

宁怀衫没开口。

又过了一会儿，“断臂”道：“我越想越不对劲，你说呢？”

宁怀衫良久之后，道：“所以？”

“断臂”道：“要真是冒充的，那我可不能给他好果子吃，我这一条手臂找谁要呢？”

宁怀衫想了想，舔着牙尖大手一挥：“等着！等他出城了，咱俩吓唬吓唬他。

“要真是耍咱们的，让他哭着求救。”

第 15 章　点召

看过告示，宁怀衫和“断臂”依约等在城郊山道旁。两人上车前，医梧生撩开帘子远远看了一眼。外面雪太大，看不清脸，只见轮廓。那俩手下里有一位格外单薄瘦小，乍一看像十四五岁的少年。

小孩儿吗？医梧生摇了摇头，在心里轻叹道，这年头，小小年纪就入邪魔道的人确实不少，可恨可悲。他曾经碰见过这样的，一时心软没下杀手。

“先生为何摇头啊？”乌行雪问。他嗓音好听，这么说话跟寻常富家公子没什么区别，但就是听得人心慌，可能是“啊”字太轻了。医梧生立马撂下帘子。他捏了纸，正要答话，门帘就被人掀开了，风雪“呼”地涌进来。

“城主，我们好一顿等！”宁怀衫打头上来，刚叫完乌行雪就看到了医梧生，脸色瞬间铁青：“怎么是你?!”医梧生愣了一下。

“这反应……”乌行雪扫了一眼，“你俩认识？”

“呵。”宁怀衫冷笑一声，阴阳怪气道，“我一个照夜城的人，上哪儿跟他这种名门正派认识？也就是好多年前福星高照，碰见过一回。”医梧生显然没认出他来，面露疑惑。宁怀衫的脸色更青了。他低声骂了句粗话，扯了领口露出颈下一节，靠近要害的地方，赫然有一道长长的剑疤。疤上有新结的痂，似乎不久前还裂开过。看见这道疤，医梧生认出来了。他万分错愕地看着宁怀衫，手里的纸被抓得皱起来，可见其诧异：“你是……葭暝之野的那个小孩儿？”

“小你老母。”宁怀衫撒开领子，“老子当年是十来岁的孩子，这都过去快四十年了。”

这两人的对话，乌行雪自然一点儿没听懂，但这不妨碍他开口搅和：“葭暝之野？”宁怀衫原本都骂够了，被他一问，又冷笑道：“对，葭暝之野。城主你知道的，就是我跟黑菩萨去办事，结果被花家拦了道，黑菩萨折在路上的那回。”

城主并不知道。乌行雪“噢”了一声：“黑菩萨那事我记得。”个屁。

“你这剑伤是？……”都是当邪魔的人了，跟仙门百家打打杀杀不该是常事吗，受点儿剑伤就耿耿于怀这么久？

“你问他。”宁怀衫指着医梧生。

医梧生心说我这是弄了一车什么玩意儿。他默然片刻，还是解释道：“当初剑上抹了一些……药。”花家当时就是奔着屠邪魔去的，每个人剑上都抹了灵药，药还是他亲手调的。一剑下去，就算没能直击要害，也能让那剑伤反复开裂溃烂。照夜城的人因为修习邪术，自有一套恢复伤口的办法，速度极快，但损耗也极大。

“他这一剑，害我三天两头下药池，练着毒禁术，泡了三十多年。”宁怀衫咬牙切齿地道，“我这个头自那之后就再没长过！”

“他还教训我。”宁怀衫盯着医梧生，“说什么来着？噢，说我小小年纪就沉迷邪道，误入歧途，让我睁眼好好看看那些被邪魔害死的人，又问我有没有一刻想起过自己的家人。说我这么下去定会懊悔终生。”

“老先生。”宁怀衫笑起来，两颗尖牙鬼里鬼气。

老……先生。医梧生默然不语。仙门子弟不易老，他这模样放在普通人家，说是二十五六岁也不成问题。

“整个照夜城都知道我是地下爬出来的孤儿呀，没有劳什子家人可想。倒是老先生你，当初有想过，有一天会跟我狭路相逢吗？”

医梧生：“……”想过刀剑相对，没想过共挤马车。

宁怀衫的目光从他口鼻上绷着的黑布条上扫过，刻薄地说道：“哎呀，看来老先生在这车里的待遇有些糟嘛，我……”医梧生苍白的皮肤几乎要被他讥讽出血色了，就见门边一道银色剑鞘抬了一下，“啪”地敲在宁怀衫膝后。

宁怀衫“咚”的一声，冲着医梧生就跪下了。

“我……”他捂着麻软的腿叫了一声，转头瞪向打他的人。就见天宿上仙垂眸看着他，面无表情地动了一下手指，剑便归了原位。

宁怀衫看到萧复暄腕上一闪而过的黑色王莲，想起来这是他家城主的傀儡，要做什么都是听城主的。宁怀衫转头看向乌行雪：“城主你让他打我？”

乌行雪：“……”我没有。

他抬眸盯向对面的萧复暄。萧复暄也朝他看过来，眸光隔着晦暗光线，片刻后，很轻地动了一下眉，一脸事不关己地转开了脸。

乌行雪："……"堂堂上仙，挑拨离间我们？他搓着被焐热的手指，观察了一会儿。然后用手指敲了敲桌面，对宁怀衫道："也不用一直跪着，你挡着人进车了，坐过去。"

"谁？"宁怀衫怒目回视。就见"断臂"单手扒着车门，一只脚上了车，另一只还挂在车外。他面无表情地送了宁怀衫一句："忍你很久了，滚进去。"

宁怀衫憋屈得要死，盯着医梧生旁边的空座看了好一会儿，又看看抱剑站着的萧复暄，一咬牙，转头坐到了乌行雪旁边。然后，他就看见萧复暄的剑动了一下。

宁怀衫简直有了条件反射，屁股刚沾到木板就弹了起来，弹到了医梧生旁边，挤着他的"仇人"坐下了。

"不让坐就不让坐，别打人啊城主。"他咕哝着。

乌行雪头顶横生一片疑问，谁不让你坐了？

宁怀衫发现萧复暄并没有要出剑的意思，才感觉自己小题大做了，顿时脸面全无。他也不好意思再换，只得顶着一张送葬脸挤在医梧生旁边。"断臂"左右看了一眼，也挤到了宁怀衫旁边。他倒不是不敢坐在对面，只是挤着宁怀衫方便传音。

他一指抵着宁怀衫，用只有他俩能听见的方式传音过去："发现了吗？城主自始至终没动过，还一直抱着手炉。"

乌行雪的气劲极寒，比雪封十万里的无端海还要冷。他握过的剑常会蒙上一层薄霜，他捏着人的下巴，寒霜能从手指下一路冻到脸上。只有别人畏惧他的份儿，他可从没怕过冷。这样的人，怎么可能一直抱着手炉不松呢？

宁怀衫想了想，同样传音回去："我刚刚气昏头了，没反应过来。现在想想……我当时在葭暝之野捡回一条命，回到不动山城第一个见到的就是城主，他亲眼看着我那剑口长了烂、烂了长。"

不排除三十多年前的事，他家城主已经不记得了，但是方才又亲眼看到剑伤还毫无印象，就有些奇怪了。

两人上车后，越发坚定了之前的想法。

马车一路没停，走了三天，绕过二十多处仙门禁制，总算远远看到了大悲谷的影子。

乌行雪挑开帘子看了一眼，就见那道巨大的深谷静静地伏在雪雾后，谷前有一面天堑似的高崖，崖上悬着一座狭长的吊桥，通往大悲谷。桥链上长满了藤蔓，垂挂下来，长长短短。乍一看，似乎是很久无人前往了。

但奇怪的是，离吊桥不到一里的地方，居然有一座客栈。不，叫它客栈有点儿不恰当，顶多算两顶大草棚。前一个草棚四面皆空，只有个顶。棚里支着桌椅，只能挡挡直落的雨，挡不了斜吹的风。后面那个草棚倒是像能暂时住两天的模样。

眼下，那草棚里居然是有人的。马车在草棚前停了下来。

“大悲谷这一带我们最熟了。我俩先去四周转转，清掉一些杂碍，免得耽误城主进谷。”宁怀衫和“断臂”打了声招呼，先去了别处。

乌行雪他们则下了马车，朝草棚走去。

医梧生怕人觉得奇怪，抓了车上保暖用的长巾，在脖子上围了几圈，掩住口鼻上的黑布。他问草棚里坐着的人：“大悲谷封谷已久，几位怎么会在这里？”

草棚里的人中有三个看着像仙门弟子，只是没带家徽。他们很年轻，衣袍飘飘，隆冬天也不太怕冷的模样，盯着过来的马车，一脸戒备。

剩下那四个人更像寻常百姓，两男两女，中年模样，穿着粗布短打。或许是怕风，他们将袖口、裤脚扎得紧紧的，脖子上围着厚厚的棉巾，脸上的褶皱很深，还带着疮疤。他们面前的桌上搁着刀剑，还有几碗散发着白雾的热汤茶。

其中一个女人的眼睛通红，像是哭过。她转着眼珠，目光扫过医梧生，又落在乌行雪身上。可能是看医梧生裹着大布巾，跟他们很像，而乌行雪浑身上下刀剑皆无，只抱着一只手炉，无甚威胁，女人迟疑片刻，答道：“没办法，来寻人。”

“寻人？”乌行雪疑问道。

“嗯。”女人点了点头，正要继续说，“我两个女儿……”旁边的仙门弟子咳了一声，提醒道：“不要多话。”大悲谷一带邪乎得很，尤其是封谷之后，往来的活人极少，死气极重。整条深谷笼罩在愁云惨雾中。

“来之前咱们就说过，在这里见到的人，不一定是人。”仙门弟子轻声强调了一遍。

乌行雪耳力好，听得清清楚楚，挑了一下眉。他心说这话没毛病，他们这几位一个残魂、一个诈尸的、一个邪魔，还真都不是人。

他权当没听见，走过去问了一句：“几位既然寻人，为何坐在这里？”

仙门弟子皱了眉，片刻后道：“你之前没来过大悲谷？”反正宁怀衫他们不在，乌行雪道：“不曾来过。”

仙门弟子道：“那怪不得。大悲谷封谷很久了，许多人没来过，不知道规矩。”仙门弟子指着那座桥说：“这谷只能夜里进，谷口仙庙有盏灯，太阳落山后，灯亮了才能过桥，否则上了桥就是死。”

“怎么说？”乌行雪朝桥望了一眼。

女人轻声道："那桥下密密麻麻地趴着东西呢。"

"既然如此危险，一路又有仙门禁制，怎么会有人误入，需要寻呢？"医梧生问道。

"因为不是误入。"女人朝谷口的仙庙看了一眼，又对医梧生说，"是被点召进去的。"

乌行雪听见身边的剑动了一下。他转头，看见萧复暄皱起了眉。

"怎么了？"乌行雪问。

"点召。"萧复暄沉声重复，"只有一种情况，会用到点召。"

"哪种情况？"

"受天赐字，点召为仙。"

大多数仙人是修行飞升而成仙的，只有极个别例外的未经修行，年纪极轻就直接飞升成了仙。这在仙都，被称为"天诏"，受"天诏"点召成仙的人，会由天赐字，不归灵台十二仙管。

这样的人，全仙都只有两位，其中一位就是萧复暄。所以……属于天道的"点召"，为何会出现在大悲谷？

第 16 章　作死

不过，说起受天赐字……乌行雪转头看向萧复暄，忽然抬手，在他耳骨根处抹了一下。

都说天宿上仙的剑快过九霄雷电，眨眼就能让不守规矩的人身首异处。四方邪魔都要避他十丈远，常人更不可能近身。乌行雪手都伸出去了，才想起这话，已然来不及后悔。然而，萧复暄手里的剑只是轻抬了一点儿，又低下去。嗡然震响刚出声就歇止了。从锋芒狂张到敛芒入鞘，只在瞬息之间。

乌行雪被这变化弄得一愣。就见萧复暄偏头过来，垂眸瞥向他的手指："你在按什么？"他嗓音很沉，说话的时候颈下会微微振动。

乌行雪蜷起手指收回手，"噢"了一声道："你那个'免'字呢？好像一直不出现。"

萧复暄朝草棚看了一眼，杂人太多，他似乎不想多言，只答了两个字："没了。"

也是，仙都覆灭，灵台不再，天赐的"免"字印没了也正常。乌行雪感觉自己鬼迷心窍，不知为何问了个多余的傻问题。他摆摆手，正要跳过这话，就听萧复暄道："以前也不是总能看见。"

乌行雪有些好奇：“不是总能看见？怎么，天赐的字还会时隐时现？”

“嗯。”

“那怎样会隐，怎样会现？”

不知为何，萧复暄没答。他只是抬手捏了一下颈侧，看了一眼乌行雪，然后径自往草棚走去。

乌行雪：“？”

“为何说是点召？”萧复暄走到草棚边，问那个裹着厚袄的女人。旁边有一位仙门弟子还要阻拦，被另一个按住了，一脸迟疑地盯着萧复暄。

“因为脖子上有字。”女人抬手比画了一下。因为冬袄厚，显得有些笨拙，更衬得她通红的眼睛伤心空洞。

脖子有字？乌行雪听得没头没尾。

好在仙门弟子看不下去，帮忙说道：“这事在鱼阳边郊闹了有一阵子了。第一家遭殃的是个樵夫，好好的人，那天一觉醒来，脖子上突然就显出了字，就像……就像天赐似的，长在身上，怎么洗、怎么刷都不见消失。”

他朝萧免的脖子瞥了一眼，又飞快收回视线：“当晚那樵夫就失踪了，一并失踪的还有他平日用的斧子以及供在家中神龛前的香炉。”

“香炉？”医梧生听得纳闷。

“对，香炉。”仙门弟子点头道，“那家人觉得奇怪，四处找寻，就是找不到。七日之后，他们一家老小都做了同一个梦。梦见那樵夫盘腿端坐在神龛上，一手拿着斧头，另一手托着香炉，腿上搁着自己被砍下的头。血从断了的脖子往下淌，淌得满身都是，那头还开口说了话。”

“说了什么？”

“说他被点召成仙了，就供在大悲谷的仙庙里，让家里人记得给他捎份儿香火供奉。那家人醒后就去我门求助了，但是众所周知，这大悲谷封谷很久了，谁都不会轻易来的。后来有几位师兄师姐看不下去，带着从花家买来的无梦丹，跑了一趟大悲谷。有无梦丹相助，师兄师姐倒是无碍，但他们匆匆来了一趟，并没能找到那个樵夫，只捡到了他的板斧，血淋淋的。”

听到“花家买来的无梦丹”，乌行雪怔了一下，看了一眼医梧生。就见他垂眸颔首，把掩住口鼻的布巾又朝上拉了拉，盖住了大半张脸，神色有些苦。

世人皆仰仗无梦丹出入大悲谷险境，反倒是炼出无梦丹的人自己没那福气。真是……不讲道理。

“那之后就总有人家遭殃，境况差不多，都是颈间忽然生字，然后当夜就失踪了。哪怕用绳捆在床上，一旁有人昼夜不休地盯着，也不顶用。看顾的人总会莫名睡着，捆人的绳子倒是没解，但绳上全是血。活像是……”仙门弟子绿着脸道，“活像是把被捆的人沿着绳子切开了，挪出去的。不论怎么消失的，失踪之人都会托梦说自己被点召成仙了，要亲眷来大悲谷送香火供奉。

“这是又一家遭殃的。”他指着那个女人，“两个女儿都没了，我们几个陪着来寻一下。其实……”他嘴唇动了动，似乎想说寻大概也寻不到。但看那女人通红的眼睛，还是把话咽下去了。

“这么凶的事，你们门派只来三人？”医梧生诧异道。

“这不是前两日无端海苍琅北域崩毁时，门下弟子大多去了那边，损耗极大。我门也不是什么大派，人手实在有限。”那三个弟子咕哝着。

乌行雪原本要去草棚坐等天黑，听了这话，脚尖一转就回了马车。普天之下皆骂名是什么滋味，他忘了，但眼下来说，与其去吓唬几个没名头的仙门小鬼，不如在马车里裹着毯子睡一觉。

他指望这囫囵一觉能梦见点儿什么，鹊都也好，过往也好，但是都没有。他没有梦到任何成型的场景，也没有梦到任何完整的人。只梦见了那个“免”字，泛着淡淡的金色，近得就像在鼻尖前……

乌行雪倏然睁眼，看见萧复暄站在面前，正弯下腰来。他舔了一下发干的唇：“你……”

话没说完，乌行雪就听见了当啷轻响，低头一看，就见萧复暄的指尖钩着一对银铃，跟之前在花家拿来系他手腕的护花铃一样。

“这是做什么，又要扣着我？”乌行雪看着铃铛，有点儿愣神。

萧复暄没答，手指却动了几下，把那对银铃系在乌行雪腰间。他低着头的时候，耳骨和脖颈便离得很近。乌行雪下意识朝本该有“免”字的地方看了一眼。

“天锁解不了，只有这个。”萧复暄沉沉开口。

乌行雪迟疑片刻，松开了手。锁链解不了，然后呢？跟铃铛有什么关系？

没过多久，他就明白了这句话的意思。

马车外，太阳已经下了山。依照那几个仙门弟子所说，可以过桥进谷了。

乌行雪跟在萧复暄身后下车，其他人已经到了吊桥边。

夜里的大悲谷忽然起了白毛风，乌行雪走过去的时候，身上的锁链一直窸窣响着。那些锁链应当很细，他看不见，但能感觉到，一根根锁钉透过骨骼穿在魂魄里，如影随形。

“什么声音？”乌行雪走到近处时，那几个仙门弟子听见响动，咕哝了一句。他们循声扫了一圈，目光落在乌行雪身上。

他们瞬间戒备，在看到他腰间银铃后，悄悄松了一口气。

乌行雪看在眼里，轻轻开口：“噢……我说怎么好好的，突然给我挂铃铛呢。”他转回头，看到了萧复暄冷淡的脸。

“上仙？你……”他看着萧复暄的眼睛，话讲了一半。

萧复暄却抬了剑，剑鞘抵着他的后腰往前推了一下，沉声说：“上桥。”

行。你有剑，你说了算。乌行雪沿着长长的吊桥往前。

前面是宁怀衫和“断臂”，他们四下跑了一圈回来了，没看出来什么变化，只时不时嘱咐道：“城主，四周那些腌臜阴物清扫过了，一会儿进了谷，别跟我俩离太远。那些小东西就不用您出手了，我俩来解决。”

乌行雪看着他俩后脑勺儿，顺口应道：“噢，这么好。”

“那是自然！”

之前那女人说，吊桥底下密密麻麻趴着东西，只有晚上过桥才不会惊动。乌行雪一边琢磨着原因，一边感受着脚下，却发现吊桥底下似乎是空的，没有趴任何东西。

是他们弄错了，还是那些东西因为某种原因不见了？

吊桥过得很顺利，近乎离奇，就连那几个仙门弟子都纳闷儿地回头看了好几眼，咕哝着：“奇了怪了。”

他们抵达的地方是一块平崖，崖上有仙庙，庙里有一盏油灯，无人自亮。

“这是大悲谷山庙，穿过这个庙，往里就是山谷入口。”那几个仙门弟子一边说着，一边又回头去看吊桥，依然一脸不相信，“走的时候要小心，这谷底下有墓穴，记得绕过那几块活板，不然小心被翻转下去。”

他们正说着“要小心，要小心”，就已经有人掉下去了。倒霉蛋不是别人，正是乌行雪。薅他下去的也不是别人，正是他那两个孝顺手下。

所谓的地下墓穴是一个巨大的岩洞，洞中立着一座神像，似乎久久无人问津，缠满了苔藓和纠结的藤蔓。

四周的石壁上有数不清的孔洞，有些漆黑一团，有些嵌着一盏一盏的油灯，也是无人自亮，像一场寂静的供奉，不知供了多久。

乌行雪落下来的时候，宁怀衫和“断臂”就没了踪影，不知藏在哪个孔洞里。整处洞穴里只有水滴滴落的声音。

乌行雪站在神像边，环视一圈。下一瞬，数十道白色的影子就扑了上来。

那东西是阴物的一种，死人多的地方容易生出这个。它们有着似人的模样，只是手脚瘦长许多，皮肤也格外白，白得像灵堂的蜡烛一样。嘴巴咧开时，能一直咧到耳朵，看不见牙齿，像个黑洞洞的弯口。

它们的眼睛只有黑色瞳仁，没有眼白，笑起来也像两个弯弯的洞口。它们喜欢吸食活人灵魂，也喜欢啃食骸骨。咧开的嘴巴靠近人时，能听见裂口里不知多少亡者的哭叫。

这就是趴在吊桥底下的东西，宁怀衫和“断臂”花了一个多时辰，搞了数十只，藏在缚灵袋里。这东西难缠难杀，稍慢一点儿就会被它趴到身上。最好的对付办法有两种，要么用缚灵袋抓住，要么让它们吃个饱饭。

宁怀衫和“断臂”就是认准了乌行雪不是本尊，而且他两手空空，没带缚灵袋。两人躲在孔洞里，等着看那个胆敢假冒城主的人被围攻，给他个此生难忘的教训。结果那群阴物扑上去的时候，他们看见神像之下，那个“假城主”松了松肩。他似乎是叹了口气，嘟哝了一句“真能找麻烦”，然后丢掉了拢在袖里的手炉。手炉骨碌碌地在地上滚了一圈，回音荡在整个墓穴里。

宁怀衫下意识道：“完了。”等他再抬眼，就看见一只阴物扑向乌行雪，正咧开嘴要去吸食活气。下一瞬，它就被乌行雪轻轻按住肩，两指钩在裂口边。

“咔咔——”骨骼被生掰碎裂的声音骤然响起，乌行雪掀掉了阴物的头。血色飞溅。

宁怀衫下意识闭了一下眼。但咔咔作响的声音却再没歇过。这声音他可太熟了……

“完了。”宁怀衫头皮发麻。旁边的“断臂”也疯了：“不对啊！真的不对啊！”

数十只阴物对常人，甚至对普通仙门弟子来说，都是个棘手麻烦，否则他们也不会对那座吊桥如此谨慎。

但对真正的乌行雪来说，确实什么也不算。

宁怀衫咽了口唾沫，再睁眼时，就见他们花了一个时辰套回来的阴物倒了一地，身首异处。满洞穴都是血，那些血汩汩流淌，甚至蜿蜒到了他们藏匿的孔洞前。

他都能闻到血腥气。

他看见乌行雪一把扼住最后一只阴物的咽喉，寒霜瞬间从指尖蔓延出来，布满那阴物的脸，又顺着四处流淌的血液一路冻到了宁怀衫和“断臂”眼前。

那几乎就在眨眼之间。他们只是瞥了一眼冻霜的血，再抬眼时，乌行雪已经近在咫尺，就站在他们面前。

“躲这儿呢？让我一顿找。”乌行雪说。

宁怀衫呼吸骤停！

完了，我死了。他在心里说。然后，他就看见乌行雪朝他抬起了手。

片刻之后，整个地下墓穴不再有骨骼断裂的回音，只剩下了水滴滴落的吧嗒吧嗒声。每一声都敲打在两个孬人的心上。

宁怀衫和“断臂”保住了小命，因为造反作乱，被一根长长的带子捆在了一起。细看就能发现，那是两根扎在一块儿的裤腰带。当然，小魔头不可能被裤腰带捆住，真正让他们动弹不得的，还是死死按着他们的气劲和威压。

最后那只阴物，乌行雪没杀，冻得它半死，拎着走到宁怀衫和“断臂”面前。他撸了两个孝顺手下的缚灵袋，拍了拍他们的头，笑笑说道：“哎，你俩送我这么多，我回个小礼，不过分吧？”

宁怀衫快哭了：“城主……呜呜，我错了。”

“这时候冲着我呜有什么用？”乌行雪说着，把那只阴物跟两人捆在了一块儿，还让阴物处在中间。

没过一会儿，那阴物逐渐解冻，活动起来。它挣扎了一会儿，发现挣脱不开，有些恼怒，但左右各有一个生灵活物，散发着诱人的食物味道。它顿时欣喜起来，黑洞洞的眼睛和嘴巴都弯了起来，然后朝左边的“断臂”伸过头去，“亲”了一口。

“断臂”：“……”

它咂咂嘴，又朝右边的宁怀衫伸过头去。

宁怀衫：“我！……”

它又“亲”了一口。

第 17 章　有仇

乌行雪垂眸，看见自己满手是血。来大悲谷的路上，他一直在暗暗运着内劲，就是为了不时之需，怕自己没了记忆连动手都不会了，平添洋相。没想到真碰见杂碎麻烦，他连想都不用想，便要了它们的命。

也不知当了多少年魔头，杀过多少东西，才会把这一套刻进骨子里。

其实在进山谷之前，他还好奇过自己跟萧复暄的关系。虽然一个是被囚锁二十五年的魔头，另一个是执掌苍琅北域的上仙，但他们之间或许没那么糟糕。

可他看着这双手，一时间又想不出不糟糕的理由。

乌行雪静了一瞬，转头看向那俩孝顺手下。阴物美滋滋地捧着“断臂”的脸，“亲”得对方死的心都有。宁怀衫可能刚被糟蹋过几口，这会儿嘴巴抿得像老太太。看得出来，他恨不得缝了阴物的嘴……

或者缝自己的。

乌行雪走过去。宁怀衫一看见他就哭起来，眼泪扑簌簌地往下掉：“城主，我们错了城主，我们只是以为有人假扮你，没想造反。”

乌行雪点了点头：“噢，我知道。”

宁怀衫的哭声戛然而止。这都能知道？他嗫嚅着，把话吞了回去。

“假扮”这话都说出来了，乌行雪索性提起袍子弯下腰，一把捏住阴物的后脖颈。阴物嘴噘老高，也没能碰到“断臂”。“断臂”总算松了口气。他魂都在颤，活气被吸走了不少，脸色绿极了。

“城主……”“断臂”叫了一声，正想道歉表忠心，却听见乌行雪问：“他叫宁怀衫我知道，你呢，你叫什么？”

“断臂”一声哭求卡在嗓子眼，一脸震惊：“什……什么？”

乌行雪：“我问你姓甚名谁。”

“方储……城主，我叫方储。”“断臂”依然一脸震惊，犹豫片刻，小声道，“城主，这名字还是您取的。”乌行雪没想到他一个城主，管天管地还管取名。

“您说既然入了照夜城，前尘往事就别惦记了，换个名字吧。我那时候跟野鬼阴物抢食，本来也没名字，就叫了这个，一直到现在。”“断臂”……不，方储说道。

乌行雪听着，毫无印象。

“城主您这是？……”

“在苍琅北域里关太久了，以前的事想不起来。”乌行雪没再避讳。

“啊？”方储和宁怀衫面面相觑，总算明白了之前那种“假冒”之感是哪里来的。

“所以往后碰到事情，我若是问了，就说给我听。”乌行雪漆黑的眼珠盯着他们，交代完了，又想起什么似的补上一句，“对了，切记，千万不要骗我……”

两人脑袋摇得像拨浪鼓：“哪儿敢。”

乌行雪不紧不慢地说：“我既然忘了以前的事，那不论你俩跟了我多少年，有何情分，我都是不认的。我问你，我以前凶吗？”

宁怀衫：“……”这他怎么答？

乌行雪笑了：“我现在更凶。”

宁怀衫：“……”

两个手下看向那只伸着嘴不依不饶的阴物，心说领教了。凶不凶难说，反正挺邪门的。

乌行雪威胁完人，撒了手。阴物重获自由，咧着嘴就冲宁怀衫去了。在它吸到宁怀衫之前，乌行雪撤了他俩身上的威压，解了那条捆他们的带子道：“把裤子穿上。”

宁怀衫一挣，发现自己能动了。当即抵住阴物的脸，提着裤子一蹦而起。

“一口又一口，你来劲了是吧？！糊得老子满脸都是口水，呸……”他一边呕一边骂，跟方储两人一块儿把那只左搂右抱的阴物弄死了。

他们狠狠把阴物扔到地上，系好了裤腰带，用力搓着自己的嘴，生怕留下一点儿阴物的味道。

乌行雪没管他们，而是循着水滴声找到一汪小小的寒潭。他觉得自己真是奇怪。对着两个差点儿弄死自己的手下坦坦荡荡，毫不掩饰，连失忆这种事都说了。对萧复暄却欲盖弥彰。

为什么呢？他不是看出来你就是本尊了吗？魔头杀人天经地义，沾点儿血再正常不过，洗它干什么？磨叽。

乌行雪面无表情在寒潭边站着。片刻之后，他拎着袍子蹲下，把满手的血给洗了，洗完抵在鼻尖嗅了嗅。之前手炉焐出来的热气一丝不剩，他内劲本来就寒，刚刚又冻了一墓穴的血，这会儿手指冷得像冰一样，倒是没有血腥味了。

“城主。”宁怀衫叫了一声。

乌行雪直起身往回走，下意识朝头顶望了一眼。他就是从那里被宁怀衫和方储薅下来的，那里应该有个活板，通往上面的山庙。现在看来，山壁严丝合缝，看不到活板的痕迹，自然也听不到外面人的动静。

宁怀衫看见他的动作，又想起他这会儿失忆了，殷勤解释道：“城主你可能不记得了，那仙门傻弟子说得不对，活板门并不能随时打开。大悲谷这一带我跟方储最熟了，这墓穴本来是个密处，据说一昼夜只开一回，是封了仙法的，没人能破例。上面那些人暂时下不……来。”他说着说着，慢慢住了嘴。

因为乌行雪正盯着他，幽幽问：“我有说要谁下来吗？”

宁怀衫：“没有。”

“那你讲这么多？”

“我错了。”宁怀衫趁着乌行雪没看见，给了自己一嘴巴。他正想说我再也不多嘴了，就听他们城主忽然开口：“我以前跟萧复暄……”

宁怀衫默默等着下文，但他们城主说完“萧复暄”便没了后音，不知是在斟酌用词还是什么。良久之后，乌行雪似乎放弃了斟酌，转头问他：“关系如何？”

宁怀衫脑中缓缓生出一个疑问：这还用问？上仙和魔头，关系能怎么样？

宁怀衫差点儿以为城主在考验他，但想到他们城主的脾气一贯难以捉摸，便不要小聪明了，老老实实答道：“不知道。”

乌行雪一愣：“不知道？你以前跟着我吗？”

宁怀衫：“跟，多数时候都是跟着您的。”

乌行雪：“那你不知道？”

宁怀衫有点儿为难：“城主您……我说了您别生气。”

乌行雪并没答应不生气：“你说。”

“您跟谁交好，跟谁交恶我们很难捉摸，让人猜这个，那不是要命吗？”宁怀衫说。他跟乌行雪出过很多次门，办过很多事，照理说应该很熟悉了，却依然捉摸不透。因为他家城主太会骗人了。

乌行雪有时候出门会易容，每次的样子都不大一样，但底子在那里，怎么易都不会丑。他只要随意将头发用白玉冠束高，便是那种骑马倚斜桥、最容易讨姑娘喜欢的模样。看起来风姿飒飒，会闷，会笑，会逗弄人。

有时候宁怀衫都会恍惚，觉得他们城主本性就是那样的。好在他还算清醒，知道那是骗人的。即便跟他们城主聊笑过又怎么样呢，其中一些人过几天还不是死了？

他跟着乌行雪去过很多地方，也见过很多死在乌行雪手下的人。再见到新的人，依然猜不透这个人乌行雪是要杀，还是要留。

他也见过萧复暄，但次数不算多。依照天道，那些年萧复暄镇守苍琅北域，是不该常来人间的。

但不巧，每次来都能让乌行雪碰到，简直冤家路窄。

魔头见到专掌天罚的上仙，能高兴吗？必然不可能。宁怀衫总是记得乌行雪远远看见萧复暄时的表情，那是易了容都挡不住的恹色。

乌行雪总会让宁怀衫先回照夜城，所以他并不清楚那两人之间发生过什么，但他知道，每次乌行雪回来，心情都会更加糟糕。

每到那时候，他跟方储都恨不得离乌行雪八丈远，免得被无辜波及。时间久了，他们干脆把“萧复暄”“天宿上仙”这两个称谓当作禁词，能不提就不提。

宁怀衫早就觉得，他家城主跟萧复暄，或者说，越来越盛的邪魔和越压越紧的仙都两者之间总会有一个惨烈结果，所以当初乌行雪杀上仙都时，他一点儿都不觉得奇怪。他多次猜测过城主的行为，只猜准了这一回。

宁怀衫想了想那钉了二十五年的囚锁，对乌行雪说：“我觉得您跟那天宿上仙应该认识很久了，有些渊源，要不然也不会那样。应该是有仇。”

有仇啊……乌行雪心想。

宁怀衫仗着他家城主的傀儡不在，看不到那张脸他也不心虚，猜测起来毫无顾忌，肆无忌惮。他心想反正这墓穴还要一昼一夜才能开，等开了，城主也不会记得这茬了。

正在探摸孔洞的方储忽然叫了一声：“这是什么东西？！”

宁怀衫转头想过去看看，忽然听得头顶一阵爆裂炸响。他惊得一缩头，再仰脸往上，就看见了一道熟悉的金光。金光悍然楔进墓穴内，封住墓穴的仙法被强行破开。

穴内的油灯无风狂抖！它们骤然蹿起数丈高，像要烧掉整个墓穴，又在蹿起的瞬间忽然全灭。

下一瞬，一声巨响，承着仙庙的整个墓顶自数十丈高处轰然砸落。烟尘飞溅，就连墓中高高的神像都被震出满身裂纹。

宁怀衫猛咳了几声，透过烟雾看见来人。正是萧复暄他们。

封墓的仙法这么好破的？这想法刚冒头，他就感觉自己被人从背后不轻不重地踢了一脚。同样被踢过来的，还有断臂的方储。他俩朝前踉跄几步，刚巧站在了阴物尸堆里。

于是医梧生他们一落进墓穴，看到的便是这番场景——满地都是青白尸体，身首分离，血流成河，而宁怀衫和方储二人就站在尸山上，神色冷漠，手上还沾着干涸的血迹。

那几个仙门弟子年纪尚小，脸色当场就白了，那几个百姓就更别提了。饶是医梧生都被这场面震住了，捏着纸涩声道："你们……你俩……这都是你俩杀的？"

宁怀衫："……"

方储："……"

他们总算明白自己为什么会被一脚踢过来了，干巴巴地应了一声："嗯。"

而真正动手的乌行雪却离他们老远，一个人站在神像后侧，两手干干净净，拢着刚捡起的手炉。他心说总算有一回是别人蒙冤我看戏了，却见萧复暄根本没看什么"别人"，眸光穿过墓穴内飞扬的尘烟看过来。

他们静峙片刻，萧复暄抬脚走了过来。他一动，其他人总算没再僵着，医梧生等人也跟着从垮塌的墓顶上下来，越过阴物的尸山，围聚过来。

"传说这里不是墓穴吗，怎么供着神像？"那几个仙门弟子注意到了巨大神像，仰头看着。

"你说……之前师兄师姐屡次来大悲谷，屡次找不到被点召的人，是不是就因为没来这处地下墓穴？"

"不知道，有这可能，找着看。"

乌行雪听着他们的议论，也抬头朝刚刚没在意的神像看去。他其实根本不认识几个神仙，看见了神像也分辨不出是谁，只知道这雕的不是花家供着的明无花信，也不是天宿上仙。

他正想看清神像模样，就感觉身边多了一道高高的身影。萧复暄过来了，就站在他旁边，也抬头朝神像望了一眼。

接着，低沉沉的声音响起来："那些阴物为何会在这里？"

乌行雪偏头看了他一眼。如果老实交代是宁怀衫他们带进来坑他的，那宁

不见上仙三百年

怀衫他们为何又杀了它们就讲不通了。于是乌行雪收回视线道："不知道，进来就有，可能之前就被封在这里了吧。"

萧复暄抿着唇，没应声。过了片刻，他又道："那两个帮你杀的？"乌行雪像模像样地搂着手炉，"嗯"了一声。

他运过极寒的内劲，暖炉一时半会儿也焐不热他，反而被他弄凉了，但管他呢，看不出来就行。乌行雪心里想着。

可过了一会儿，他看见萧复暄朝他暖炉瞥了一眼，抬了手。

下一瞬，他拢着暖炉的手被萧复暄碰了一下。

乌行雪瞬间静下来。萧复暄手很大，手掌却很薄，明明在棺椁里时结了满身霜，这会儿却是温热的。他低头说："冷得像冰。"

乌行雪忽然想起宁怀衫之前那句话——你们有仇。他不知道有仇是什么样的……反正肯定不是这样。

第18章 仙墓

"萧复暄。"乌行雪转头看他。

"嗯。"萧复暄沉沉应了一声。

乌行雪摩挲了一下手指，忽然问道："你在试探我吗？"

萧复暄敛了眸光，片刻之后答道："没有。"

"真没有？"乌行雪正想再问，忽然后知后觉地意识到，自己掌中的暖炉重新热起来了，微烫的热意透过皮肤传进指尖，让他的骨骼都放松了。

这事儿是谁做的，不言而喻。

萧复暄瞥了他一眼，不再说话，就好像刚刚那句"冷得像冰"并非点明他动过极寒内劲，只是一句单纯的、再自然不过的陈述。

乌行雪正抱着暖炉发怔，忽然被人撞了一下。他侧身让开，发现撞他的是来寻人的百姓。

那几个百姓不会仙术，平白跌进这墓穴里，又有一地的阴物尸体，吓得无处下脚。他们面无血色，胡乱避让着，没注意身后，才撞到了乌行雪。

"对不住。"他们连声道歉，"这里……这里太吓人了。"

他们的冬袄又厚，扎得又紧，动作不利索，显得有些笨拙，点头点得像鞠躬。填着厚棉絮的袄子一压，风里便带了股味道。乌行雪嗅着有些熟悉。还没开口，那几个仙门子弟先说道："好重的贡香味。"

"你们带贡香来了？"他们问那几个百姓。百姓支支吾吾的。

仙门弟子着急道：“来之前不是说了嘛，这些都不能带，你们怎么不听啊！”

“贡香怎么了？”乌行雪扶了一下那个踉跄的女人。

仙门弟子：“那些被点召的人不是托了梦，让家里人到大悲谷来送供奉吗？普通的供奉，无非吃的、香火，坏就坏在这里。”

仙门弟子朝那个眼睛通红的女人看了一眼，迟疑道：“被点召的人……十有八九凶多吉少，若是真像梦里那样肢体零落，又在大悲谷这种邪乎地方，那是很凶的。”

女人的眼睛更红了，身体直打晃。心里清楚凶多吉少是一回事，这样直白听见又是一回事。她看起来快要站不住了，其他同伴赶忙扶住，笨拙地拍着她的背安抚。

仙门弟子一脸愧疚，但还是硬着头皮往下说：“吃的或是香火，是用来供真神仙的。倘若是凶物，贡这些根本不抵用，它们要的是活人。你拿贡香和点心去糊弄它们，不是惹它们恼怒吗？这就好比咱们饿了，有人端了吃食过来，偏偏不是咱们能吃的，那是不是更饿了？”

他们生怕那些百姓固执，听不明白，几乎掰碎了给他们解释。

几个百姓聚团在石壁边，老实听着，甚至认同地舔了舔嘴。

仙门弟子极其头疼：“你们没听说吗？先前有几家人着急，没求助仙门，自己带着香火、吃食就来大悲谷了，结果呢？一个都没回去，据说后进谷的只看到一些血衣残片、残渣和断肢。你们！唉！”

几个百姓噤声不语，脸色极其难看，似乎被吓傻了。

乌行雪又嗅了嗅四周的味道，扫了他们一眼，忽然伸出手道：“你们都带了什么？掏出来我看看。”

百姓们一愣，手摸着胸口。

仙门弟子大惊：“可别！千万别！公子你不要乱教！”

他们转头瞪过来。乌行雪一脸无辜，心下却很稀奇，心说我不是应该人人避之如蛇蝎吗，这几个小孩倒是胆子很大嘛，还瞪我？

但他很快反应过来，这几个小弟子年纪还小。二十五年前他被钉进苍琅北域的时候，他们恐怕还未出生，认不出来实属正常。

“虽然公子的伴行之人都是高手。”那几个小弟子朝萧复暄、宁怀衫和方储看了一眼，“但有些事怕是不那么清楚……”

乌行雪一听这话，心里平衡不少。

看，他们也没认出来天宿上仙。估计没看到那个“免”字印，把萧复暄当成哪位散修高手了。

“这供奉之物带了，藏着比拿出来好。”其中一个小弟子性格直，冲几个百姓双手合十作了作揖，“求你们了，千万捂严实了，别乱跑。那些凶物既然尝过活人供奉的滋味，就回不去了。没人送上门，说不定会自己出来捉。”

那几个百姓咽了口唾沫，裹紧了身上的厚巾，点了点头。

几个仙门弟子交代完，掏出怀里寻凶的金针法器，四下试探起来。其中一名弟子举着金针往神像身上探了探，忽然“咦”了一声，问道：“你们见过这座神像吗？我怎么不认识呢？供的是谁啊？”

那几个仙门弟子纷纷回头看，也跟着纳闷儿起来。

“是噢，这是哪位神仙？我从不曾见过，你们认得吗？”

“不认得。”

“你不是会背仙谱？”

“那我也不认得。”

仙门小弟子都不认识的神像？那确实有些稀奇。乌行雪抬起头。

那神像被震得有了细密的裂痕，但依然能看出来他模样俊美、气质秀气温润。他一手搭白幡，一手托青枝，长长的枝丫向上延伸，顶头绽出一朵花，刚好遮着那神像一只眼。

这样的面容，若是见过，应该不容易忘，但几个仙门小弟子绞尽脑汁，也没想出答案。别说小弟子了，就连医梧生都不认识。只见他捏着纸，皱着眉，一副搜肠刮肚的模样，半天也没能憋出一个名字。

乌行雪越发好奇了。他抬手戳了萧复暄一下，指指神像道：“你呢？你认得吗？”

如果连萧复暄都不认识，那就真的离奇了。

好在萧复暄认识，他目光扫过神像，点了一下头。

乌行雪等了片刻，没等到点头的后续，又戳他一下。

萧复暄低声道：“他叫云骇，曾经是明无花信的弟子，后来飞升成仙。”

乌行雪更觉奇怪：“明无花信的弟子？那应该跟花家有点儿渊源，毕竟花信是花家的先祖，怎么连医梧生都一副从没听说过的样子。”

萧复暄：“因为他后来不是仙了。”

乌行雪愣了一下。

萧复暄不知想起什么，说完这句便沉默下去。过了许久，他才看向乌行雪道：“因为不是仙了，所以人间的百姓、仙门，甚至跟他渊源颇深的人，都不再记得他了。”

乌行雪轻声道：“这样啊……”

他静了一会儿，又问：“这是仙都定的规矩？”

萧复暄摇了一下头：“天道的规矩。”

乌行雪又问：“那他为何会落得如此下场？”

萧复暄：“早年违过天诏，受过罚。”

云骇是花信亲带的弟子，师徒情深义厚。他一朝飞升成仙，司掌喜丧之事，香火最为丰厚的差事。后来因为犯了错，灵台承接天诏，一道调令给他挪换了地方。

那个地方不是别处，正是大悲谷。

那时候的人间风调雨顺，正值太平，仙门鼎盛，邪魔阴物不算少见，但还不成威胁。大悲谷没有后来那些邪门事，它坐落在几座大城之间，常有车马往来，都是匆匆而过，不会停留。

它没有传闻，也不曾出过险事。所以不会有人在赶路途中下车马，去谷里的庙宇供一份香火，因为无事可求。

世人都知道，神仙靠的是香火供奉。若是久久无人问津，那这仙便没有存在的必要了。

是以，云骇成仙不足百年就堕回人间，成了一介凡夫。

那之后又十年，人间的太平日子到了头，战乱四起，祸患连天，而后邪魔肆虐。大悲谷一带尤其闹得厉害，以致附近流民成群，所有路过的车马，都胆战心惊。

于是终于有人想起来，这大悲谷似乎有座山庙。自那之后，车马行人进谷之前，都会在庙里拜一拜。

那庙很小，只有香案，没有神像，但从未有人好奇过供的是谁，因为无人记得大悲谷曾经也有执掌的神仙。

乌行雪听了个大概，问道：“那云骇后来怎样了？”

萧复暄：“死了。”

“怎么死的？”

萧复暄的表情有一瞬间带着讽刺：“死在大悲谷，被邪魔吃空了。”

乌行雪轻轻“啊”了一声。那确实太过讽刺了，曾经执掌大悲谷的神仙，最终死在大悲谷的邪魔手上，而他死后，庙里的香火丰盛起来了，也与他无关了。

乌行雪又抬头看向神像，忽然想起什么般，问道：“既然人间已经没人记得他了，这里怎么还有他的神像？”

萧复暄道：“当初花信知晓了他的死讯，不顾灵台天规，下了一趟大悲谷，屠了谷里的邪魔，在大悲谷地底修了这个墓穴。”

啊，怪不得。乌行雪想起宁怀衫的话，说墓穴外被封了仙术，也怪不得萧复暄能弄开。

“所以你早就知道这个墓穴？”乌行雪问，“那你来过吗？”

萧复暄：“来过。”

乌行雪：“来看这位云骇？”

萧复暄有一瞬间的出神，不知回想起了什么，良久之后说：“仙都里，像这样被打下人间、未能善终的仙，不止他一个。这座墓穴里的神仙像，也不止他的一座。”

第 19 章 童女像

那位冷冰冰的上仙看上去就像在想念什么人。

乌行雪瞧了一会儿，收了眸光。他心里蓦地生出一股滋味来，说不大清，只是忽然没了再问下去的兴致。

于是宁怀衫凑过来时，只看到自家城主没什么表情的脸——他不笑的时候，微微下垂的眼尾总带着几分厌弃感。

乍看起来，那真是很不高兴。之前不是还笑过？怎么又不高兴！

宁怀衫不想触霉头，一声不吭弹回方储身边。

方储：“你来回蹦什么呢？”他揉捏着自己的肩，断臂的伤口处已经生出了一点儿新肉，带着活血，泛着粉色。相比之下，他的脸色苍白得泛着青。

“我就是想听听城主跟傀儡说什么悄悄话呢。你看他失了忆，有话都不跟咱们说了。那跟傀儡有什么可聊的呢？”宁怀衫有种失宠的感觉，仿佛忘了不久之前他还想让他们城主哭着求救。

“他没失忆就会跟咱们说了？”方储不客气地拆他的台。

“也是。”宁怀衫又朝乌行雪那边看了一眼，忽然压低了声音道，“阿储，我突然觉得那傀儡……嗯，似乎不太对劲，你觉得呢？”

方储捏着肩，斩钉截铁地答：“我不觉得。”

上一回他们“突然觉得”了一下，后果奇惨。傻子才想再来一回。

方储朝萧复暄的侧脸扫了一眼，沉声道：“你知道我之前受了这种伤，多久才长好了吗？”

宁怀衫想了想。

方储最惨的模样……那还得是数十年前他刚来照夜城的那天，乌行雪支使人把方储从那辆黑色马车里抬出来的时候，宁怀衫差点儿没认出那是一个人。

因为两只手和一条腿都没了，不知被什么啃食过，脸上也全是伤。看起来就像一团浸满了血的破布。

一般人早死了，但方储似乎特别犟，就是不咽气。

照夜城里最不缺的就是歪门邪道和阴毒禁术，生死人、肉白骨也不在话下，只要狠得下心。因为骨肉不可能平白生出来，总得补点儿什么。

后来宁怀衫常会想起那一幕。

乌行雪差人把方储扔进池里泡着，池里浓稠的黑水泼溅出来，落到池边积雪上却是红色。

池边有棵参天巨树，因为死气太重，从来没有活物敢在枝叶上停留。乌行雪的住处以那巨树为名，所以叫雀不落。

那些人……噢不，那些小魔头把方储安置在池里时，乌行雪就抱着胳膊斜倚着巨树，静静看着。

“城主，摆好了，万事俱备，就欠点儿活人了。”那几人来雀不落比宁怀衫早，跟了乌行雪几年，万事殷勤。他们搓了搓手，一脸兴奋地提议：“离照夜城最近的是白鹿津，捉一两船活人不成问题，咱们这就可以去。”

乌行雪却一副倦样，声音也带着犯困的鼻音：“深更半夜，路过白鹿津的人很少，估计难捉。”

他们点头：“也是，那怎么办？”

“好办啊。”乌行雪说着，直起身走到血池边。一掌一个，把那几个小魔头一并丢进了池里。活人能补，那些小魔头也一样。

池里的方储不省人事，闭着眼，对身边的事情一无所知，但宁怀衫隔着回廊看得清清楚楚，那池面泛了几个泡，紧接着，方储脸上的血口就肉眼可见地愈合起来。

而乌行雪就站在池边看着，良久之后，去一旁的竹泵洗了手。

那是宁怀衫对乌行雪一切畏惧的起源。后来很长一段时间里，他都生怕乌行雪一个不高兴，把他也扔进血池里，喂给什么人当补药，但他和方储的运气还不错，雀不落里的人常换，并没有几个长久的，而他俩跟了乌行雪数十年，都还活着。

当初一团血布似的方储在池里泡了两天，就活蹦乱跳的了。

后来方储也常受伤，时常断手断脚。照夜城里的人，一般不会主动相互招惹，饿了或是重伤需要进补了，就去外面捉活人，但方储不一样。因为感受过用邪魔进补的好处，他就常挑照夜城里的人下手，也就仗着有城主当靠山，才没被弄死。

再后来，他这一招“再生术”修炼得炉火纯青，就算一时间没找到进补的东西，也能快速愈合伤口。

宁怀衫琢磨了片刻，道："对啊，断胳膊断腿对你来说是家常便饭，三五个时辰也就长齐了，你这次怎么……"

方储道："我之前以为是饿了好些天，有些虚的缘故。现在想想，恐怕不是，你看一来这大悲谷，我就长新肉了。"

他这再生术归根结底是邪术，有些东西天然克它，比如……仙气。

不是仙门弟子那种，得是仙都来的仙身上的那种。之前迟迟不长肉，极可能是因为他周围仙气远超过邪魔气，现在到了大悲谷这个邪地，终于好了一些。

宁怀衫突然反应过来，朝那所谓的"傀儡"看了一眼。

方储："所以你别作了，求求了，老老实实跟着城主吧。我现在什么都不想，就想好好长个手。"

宁怀衫："不对啊，咱们不该告诉城主？"

方储一脸怜悯："你是觉得城主比我傻呢，还是比你傻？"

宁怀衫："你的意思是，城主看出来了？"

城主都看出来了，还总跟"傀儡"黏在一块说悄悄话？

之后宁怀衫和方储就没了声息，不靠近乌行雪，也不离得太远，老实得像两只鹌鹑，以至于那几个仙门弟子根本看不出他俩有什么问题，更想不到他们是照夜城出来的。

小弟子们死活想不出神像是谁，也不深究了，拿着金针在墓穴里四处探着，但不知怎么回事，那金针没头苍蝇似的乱转。身边既有求助百姓，又有不知名的散修高手，那几个小弟子生怕丢人，脸皮都急红了。

"这灵针今日怎么了？"

"往常也不这样啊！"

"师兄，这针是不是坏了？"

"胡说！我出门前才检查过。"

"这针探的是何物？"乌行雪挑了脸皮最红的那个问。

小弟子指着针头上沾着的一点儿血道："探灵的，沾了谁的血，就探谁的灵。"

他朝那个丢了女儿的女人看了一眼，说："可怜那苦主了……她女儿脖子上显出字后，她同许多人一样，用麻绳把女儿绑在床上，夜里坐在床边守着。她生怕自己也睡过去，无知无觉间丢了女儿，还把麻绳的另一头扣在自己手上。结果快天亮时惊醒过来，发现绳子还在她手里，但两个女儿没了，绳子上全是血。咱们针上的血，就是从那绳子上沾的。

"若是被害时日已久，金针确实会不那么准确，但也不该这样乱转。"

“你再使一下我看看。”乌行雪拍了拍他。那几个百姓在乌行雪身后面色焦急地看着。

小弟子一脸赧然，“噢”了一声。他先将针头拨向自己，以此为起始，而后推出去，就见那金针冲着周围石壁一阵乱抖，最终回到起始位。

“之前来找人的师兄弟们也总碰到这种情况，针转一圈，又回起始，连个头绪都没有。所以只能匆匆巡一遍山谷就回去，一无所获。”

“算了，别指望针了。”另外两个弟子齐声说，忍不住看向乌行雪，“不知几位前辈有没有法子？”

乌行雪摇了一下头。他什么都不记得，自救还能依靠本能，其他通通不会。

不过他记得萧复暄他们下来之前，断臂的方储曾经叫过一句“这是什么东西？！”。没记错的话，当时方储应当是站在……

乌行雪当时踢了方储一脚，记得大致位置。他走回那处，细细看着石壁上大大小小的孔洞。上面那几处搁着油灯，底下那个洞大一些，能钻进去人。

乌行雪伸手在孔洞里探了一下，能感觉到阴湿的风。

“噢对城……公子！”方储看见他的动作，终于出声，“那里面有东西，之前我瞥见了！但被打了岔，没来得及看清。”

乌行雪正要弯腰去看，那红着脸皮的仙门小弟子就蹿了过来。他可能想找回在金针上丢的面子，说了句“我这个头好钻”，便摸了一盏油灯，矮身钻进了孔洞。

小弟子在洞里举着油灯一照，照见孔洞深处蹲着一团黑影——扎着两个髻子，煞白脸，眼睛黑洞洞的，也不眨。就那么静静地看着他。

“我……”小弟子差点儿魂飞天外！

“你哆嗦什么？”他被人从后轻拍了一下。不拍还好，一拍他寒毛直竖，一声惊叫缩了回去，还撞到了后面的人。

“我就说我来。”乌行雪没好气地侧过身，把小弟子拎出来。他正要蹲下，余光就见有人抬了脚。

那黑色长靴靴勒很窄，显得那腿直而有力。就那么抵在石壁上一踏，矮矮的孔洞瞬间绽裂无数裂纹。

碎石丁零当啷一顿抖搂，孔洞便扩成了大半个人高。不用蹲身，拿油灯那么一扫，就能看见里面的景象。

乌行雪转头，看见萧复暄的脸。怎么说呢……他感觉这墓穴最后可能留不下几块完整地方。

天宿上仙是这个做派的？乌行雪心里咕哝了一句，低头拿油灯朝洞里扫了一下，也看见了那张煞白的脸。

这模样，又蹲在这地方，是容易吓到人。

好在这孔洞扩大了，那东西的模样便更清晰了一些。乌行雪看见那脸蛋上泛着一层陶光，说道："是尊童女像。"

那东西不是活人，也不是鬼物，而是尊雕像。脸蛋涂得雪白，两颊还有胭脂红，模样就是寻常供在仙庙两侧的童女像。

不过这尊童女像身上贴了张符纸，符上有字，写着：

仙使赵青来敬供。

那字是用血写的，有些歪扭，不是普通的写字难看。像是写这字的时候，手太僵硬了，不够灵巧。

"赵青来？"乌行雪念了这个名字，直起身。

有一个仙门弟子道："噢！这名字……我听过，上次师兄是不是提了？应该是某个被点召的人。"

几个仙门弟子的面容忽然难看起来："那尊童女像多大？能装人吗？！"

"那些被点召的，不会就封在这陶像里吧？"

萧复暄扶着孔洞顶弯了一下腰，朝里面看了一眼。接着屈了屈两指，童子像上的符纸便嗖地落进他手里。

那几个仙门弟子立马叫道："还没弄清原委，这符可不能乱动！"叫完他们才反应过来，既然是散修高手，又是前辈，恐怕心里是有数的。

乌行雪看向萧复暄，问道："这什么符？"

萧复暄翻到背面，道："生灵用的。"

乌行雪："生灵又是何意？"

萧复暄："……"

"噢！"医梧生道，"这我知道，少年时候听先生讲过。说以前有一种召仙的阵，把神仙像放在中间，然后差人扮作仙家身边的童男、童女，按照阵法方位站好，再贴上符纸，写上敬供的名字，能把仙家召到神像上。再后来，也不知怎么传歪了，就变成这阵能让神像活过来，所以叫作生灵。"

说话间，有个手快的仙门弟子已经用剑把那童女像捣开了，陶片碎了一地，背面满是血，浓重的血腥味传出来，令人胃里直翻。

看得出来，这童女像里真的装过一些东西。

"这么矮，塞不进去吧？"

"所以分了啊……"

众人想起那些被点召的人，绳子上浸的血，看起来就像是被切过。若是把头颅、躯干、四肢都分开，塞进去倒也不难。

只是……现在童女像里只有血，被塞进去的人去哪儿了？

第 20 章　装相

“被‘点召’来这儿已经够惨了，现在居然还尸骨无……”

“别说了。”那个红脸皮的仙门弟子咕咕哝哝到一半，就被自己师兄拱了一肘子。乌行雪朝他们瞥了一眼，转回头，发现那几个百姓脸色难看至极，盯着萧复暄手里的符纸，几乎恍惚了。

其中一个更是直打晃，站都站不稳。他可能想弯腰缓一缓，结果一压袄子，那股浓重的贡香味又弥散出来。一名仙门弟子一个箭步冲过去，架住了他。

“我师弟口无遮拦，整日胡说。”那弟子生怕贡香味太重，引来一些危险东西，连声道，“其实并非那么糟糕，许是……许是……”他“许……”了半天也没许出下文，一脸求救地看过来，急得面红耳赤。

乌行雪心说看我做甚，我可许不出什么好东西，开口说不定比你师弟还吓人。他静默片刻，戳了一下萧复暄。戳完他才反应过来，是过于顺手了。

萧复暄翻看符纸的动作顿了一下，瞥了一眼戳人的手指，而后转头看向那求救的仙门弟子。弟子满脸写着“求求了，开口说点儿什么打个岔、解个围吧”。

于是天宿上仙开了金口，问那个女人：“令千金何名何姓。”

乌行雪：“……”这几个字稍添几笔就是这么个意思：你那两个女儿估计跟这赵青来一样，也在哪尊童子、童女像里，像上贴着她们的名字，把名字说出来，我们找找。

那几个百姓拉着仙门弟子来这儿的目的确实如此，这话错是没错……

但这金口以后还是别开了吧，乌行雪心道。

那位求助的小弟子当场就崩溃了，脸都绿了。那女人崩溃得更厉害，她踉跄着扶住石壁，表情空茫一片，整个人不受控制地抖着。另外俩小弟子立马上前去轻拍她的背。

她连那轻拍都承受不住，拍一下，身子就垮一些。她弯腰抖了好久，抬头朝萧复暄看过来，哑声喃喃：“我那俩小丫头年岁还小……叫……叫……”她哽了好一会儿，才念了两个小名：“叫阿芫，还有阿苔。”

“阿芫……阿苔……等我，等等我，啊。等等我。”女人又轻声重复了好几遍，即便不出声了，嘴唇也始终动着。也不知是在隔空安慰那两个不知魂灵在何处的小丫头，还是安慰自己。

她报了名字，其他人也不再避讳，沿着石壁孔洞找着。他们一找才发现，墓穴并非只有眼前这么一块地方，而是纵向的。因为偶尔有弯折，孔洞上的油灯光亮被掩在弯折后面，乍一看就像到了尽头似的。其实不然，它依傍着山谷而建，极长，还常有岔道，走势诡谲。几个弯一拐，众人就有些摸不准方向了。仙门弟子的罗盘在这里根本不抵用，他们一头雾水地走过了好几个岔道，突然意识到自己已经不顾罗盘了，而是跟着萧复暄在走。

但是萧复暄在几个岔道口也停过一瞬。乌行雪看在眼里，终于问道：“你是不是来过？”

萧复暄“嗯”了一声。他停了步，长长的手指轻按着石壁，稍一用力，便震得一片乱石纷落。乌行雪道：“那怎么不熟路？”

萧复暄将手指探进石缝，垂着的眸子轻眨了一下，道：“没进来。”

“没进来？”乌行雪有些诧异，“为何？”

整块挡住孔洞的巨石被萧复暄两指掀开，轰隆一声砸落在地，震起灰色的烟尘。乌行雪在烟尘里眯了一下眼，听见了萧复暄低沉的声音：“不想进。”

他脑中忽然闪过一个画面，似乎是大悲谷尘雾弥漫的寒夜，也有一道高高的人影站在雾里，隔着长长的吊桥望着巨谷。

乌行雪怔了一下。他应该见过那样一幅情景，但他再要回想，却怎么都想不起来。等他再回神，就听见那几个仙门弟子道：“又一尊童子像！”他们这一路找到了童子、童女像各两尊，都是空的，里面满是干涸的血。像上也都贴着符纸，写着仙使敬供。一个名叫刘至，另一个名叫柳眉，听起来是一男一女。

算上最初的赵青来，眼下这是第四尊童子像了。他们形成了习惯，下意识拔剑一划，童子像四分五裂，露出来一个人。

那是一名成年男子，以一种骨骼全碎的状态盘坐着，脖颈是一道断口，头颅捧在怀里。仙门弟子惊得疾退数丈，背抵上另一侧石壁。过了半晌，他们喃喃道：“这个怎么还在里面？变成凶物没？”他们要拿剑去探，就见医梧生以指背抵了一下那颗头颅，摇了摇头。他捏着纸道：“无事，过来吧。”

乌行雪扫了一眼这尸身形态，估计他就是第一个被点召的樵夫。陶片里夹着张符纸，符上是樵夫的名字，写得十分歪扭。

之前只闻传言，不见人，还没有实感。此刻那传闻中的樵夫就盘坐在他们面前，让人毛骨悚然的同时，又有些不舒服。

那几个百姓根本不肯靠过来，远远挤在暗处。仙门弟子一脸不忍地看着那樵夫，又不能将他就这么放在这里。于是掏了张符纸，仔细封在他额上，又做了个标记：“咱们先把余下的寻了再来。”

他们继续沿着石壁往墓穴深处走，边走边琢磨个不停。

“为何之前那三尊像里的人没了踪影，这个却还在呢？”

“许是因为那樵夫出事得早。”

“出事得早，灵魄被耗得所剩无几，便被封在陶像里动弹不得；出事晚的，灵魄残留多一些，便封不住。”至于封不住的会做什么，就不言而喻了——或是饿极了找食，或是不愿意承认自己死了，找些替死鬼。那都有可能。墓穴的油灯时亮时暗，那些被切分的尸身或许正趴在某个角落，等着生人。

想到这点，饶是懂得仙术，也会有些不寒而栗。没过多久，他们又找到了一尊童女像。这尊童女像的颜色斑驳，脱落了几处，乍一看就像那唇半边在笑，半边在哭。有上一次的阴影在，他们犹犹豫豫不敢出剑。

结果一道劲风擦着他们过去，接着就听“咔嚓”几声脆响，那童女像便裂了。这尊童女像里还是空的，没有人，只有血和爪印，似乎被封在里面的人曾经用力抓挠过陶像，试图出来……碎片里的符纸忽然“嗖”地飞出，落进萧复暄指间。他展纸一看，就见纸上写着：

仙使高娥敬供。

“高娥？”仙门弟子沉吟。

乌行雪见其中一个满脸纠结，问道：“怎么了，憋得一副苦相？”

“高娥……”

“嗯，高娥？”

那名小弟子又念了几遍，摇头道：“我只是在想这位是哪家的，这名字我听过，但好像不是从师兄师姐那里听来的。唉，记不起来了，最近听到的苦主名字太多，已经混了。”说到苦主太多，他们朝萧复暄看了一眼，似乎想问点儿什么，又望而却步。他们转头挑了面相俊秀温和的医梧生：“前辈，您既然通晓这生灵符的来历和用法，那您可知道，倘若真想让神像活过来，一共要摆多少尊童子、童女像？”

“让神像活过来这话别当真，毕竟是歪传。”医梧生道，“我百年都不曾听说过谁办成了。”

其实说这法阵能召仙并不大对。本质是让神像沾点儿灵，召仙的人家就可以把想说的话，借由神像传给仙都的本尊听。听不听得到，那还得另说。这是正规仙门都不会用的阵法，也就当民俗。医梧生少年时候恰好爱听这些市井民俗，虽然粗糙不成体系，却很有意思，听过的大多他都还记得，但他没想到，有朝一日会以这样的方式见到那些民俗。他沉默片刻，答道："应当是三十三尊童子、童女像。"

"那就对了。"仙门弟子点了点头，"没记错的话，被点召的人家确实是三十三户。是吗，师兄？"

"对。算上今日的，正好三十三户。"

正好三十三户？乌行雪忽然开口道："你们要不再想想，可有多算的？"

仙门小弟子一愣，脸皮红了："前辈莫要取笑我们，拢共就三十三户，还能数错吗？"

"那不对。"乌行雪却说，"有一户出了两个人，三十三户，不就有三十四人？"

小弟子们一愣，反应过来。带他们来大悲谷的这家丢的就是两个小姑娘，阿芫和阿苔，那便多一人。倘若少了，还能说尚未凑够人。现在多了一个，那阵法还能成吗？

"为何会多一个人呢？"

"是多算了谁吗？"

"问问吧。"那小弟子想问问那几个百姓，结果一转头，竟发现那女人就站在他背后，离他极近，一双漆黑的眼睛幽幽看着他。

那一瞬，小弟子忽然想起来，叫道："高娥！"

他终于记起来了，符纸上"高娥"这名字不是从师兄师姐口中听来的，是这女人去找他时自报家门说的。她说她两个女儿被召进了大悲谷，想让他们帮忙去谷里找一下。

如果被点召的根本就不是她的两个女儿呢？如果……就是她自己呢？

那三十三户，人数就刚好了。紧接着他又想到，他们找到的童子、童女像里，空的一共有四尊，看名字，两男两女，而找他们进谷的百姓，刚好也是四个，两男两女！

高娥冲他露出了笑，漆黑的眼睛弯起来，嘴巴从厚厚的布巾下露出，也是黑洞洞的一道弯。小弟子寒毛直竖，飞剑而出。顷刻间，高娥脖子间裹着的厚布巾散开，露出了脖颈间的字。那脖子被沿着字切过，只有一点儿皮肉粘连着，在她动作间，摇摇欲坠。那小弟子忽然明白，为何这几个百姓裹着厚袄，手、脚还都扎得紧极了。那是怕散了啊……

或许是觉得兜不住了，那四个百姓不再装样，各自挑了个人便贴了上去。其中三个挑了那三个仙门小弟子，至于多出来的那一个，则朝另一边蹿去。

乌行雪感觉到背后的呼吸时，轻轻叹了口气，心说真会挑。他手指都抬起来了，转头却对上了萧复暄的眸子。下一瞬，刚杀过一堆阴物的照夜城城主就垂了手，脚尖一转到了萧复暄背后。他手指抵着上仙的背往前推了一步，说："上仙救命，我害怕。"

萧复暄："……"

宁怀衫和方储："……"

我俩更害怕你信不信？

第 21 章　坟冢

挑中乌行雪的倒霉蛋，正是他们第一个找到的"仙使"赵青来。

赵青来拢在袖里的指甲尖长，利如刀刃，落在石壁上都能轻而易举划出沟壑。他挑乌行雪，就是因为对方看上去矜贵清瘦，手无寸铁，一看就是位只会赏风弄月的公子哥。公子哥连条挡风的厚布巾都没裹，只搂着手炉，脖颈就那么敞着。

他只要在那脖颈上轻轻一划，热血喷涌……不费吹灰之力，一切就成了！

赵青来舔着牙，冲着那颈侧，劈手就是一下！

"锵！"

那声音响起时，赵青来没反应过来。已死之人，反应总是要慢一些的。等他意识到那是长剑出鞘的声音时，他划向乌行雪脖颈的手已经没了。

张狂剑意之下，炸开的万千锋芒如隆冬避无可避的寒风，扫过赵青来的身体。他紧扎的厚袄四分五裂，支撑身体的力道遽然一空。

赵青来双眸暴突，猛地抬眼。乌行雪已经没了踪影，此时挡在他面前的是另一个人。就见那人个头极高，长剑朝地上不轻不重地一抵，扶着剑柄垂眸看着他，冷冷道："来。"

来不了。赵青来的躯块瞬间散落一地，吼叫声从粗哑变得尖厉，犹如哨音，响彻整个墓穴，带着浓浓的不甘。

不只是赵青来。扑向那三个仙门弟子的人，也被飞蹿的剑意割碎了厚袄。

仙门弟子的利剑直刺出去，却刺了个空。眼睁睁看着上一刻还凶意暴涨的人骤然坍塌，散落在破布堆里。

他们被"点召"来大悲谷前，就已经被切得支离破碎，阴怨极深，煞气冲天，本该是人人惧怕的凶物。可当他们七零八落地落在地上，躯块青白僵硬，遍布斑痕，头颅转了好几圈，眼睛泛着红，竭力瞪着……

众人又有些不忍心看了，那毕竟都曾是活生生的人。几个仙门小弟子年纪尚轻，表现得最为明显，脸色煞白地朝后退了几步，拎着剑动也不是，不动也不是。最后不知所措地看向出手的萧复暄。

医梧生是花家四堂长老之一，类似场面见得多了，退倒是没退。但他医者本性，还是不忍细看，也下意识望向了萧复暄。

人间关于这位上仙的传闻其实不多，因为跟他打交道的都是至邪至恶之徒。他不问福祸，不管吉凶，不会听见谁家的祈愿，也从不庇护什么。他的画像很少，神像也不多，大都立在葭暝之野那种寻常人不敢去的地方。

其他的灵台众仙，画像、神像都带着笑意，如春风拂面。唯独他，不论哪尊神像，不论雕得像不像，神情永远冷冷的，不带一丝笑。

难怪百姓不爱在家里供他。因为乍看起来，寻常人家的聚散离合、生死悲欢，在他眼里根本掀不起任何波澜。就像此时此刻，他垂着眸，目光从长长的眼缝里投落，扫过满地残肢和头颅，扫过那些怎么也不肯瞑目的眼睛，脸上依然没有任何情绪。

他扫看完，也只是抬了一下薄薄的眼皮。

赵青来他们的尖啸声凄厉至极，在墓穴里回荡着，留下略带悲伤的尾音。

萧复暄对那尾音置若罔闻，他收了剑意，还入鞘里。那一瞬间，墓穴里的数人几乎都感到了不舒服。并非出于喜恶，而是因他锋芒太利、石心木肠的那种不舒服。

就像斩杀过很多东西的刀剑，就算洗干净了沾染的血，裹上玉质的壳，再衬上温凉孤皎的月色，也还是没人敢碰的凶器。

唯独乌行雪感受不同。因为他手指抵着萧复暄的背，当赵青来他们散落在地，肢体、头颅四处乱滚的时候，他清晰地感觉到萧复暄微微侧了一下身。

那是一个极小的动作，小到连乌行雪都没能立刻反应过来。直到他看向残肢的视线被截断，再看不到那些死不瞑目的眼睛，他才意识到，萧复暄在替他挡着，让他看不到地上的那些。

这实在稀奇。一个杀人不眨眼的魔头，居然会有人挡一下他的眼睛。

被挡住之后，乌行雪才缓慢地意识到，他确实不想看见那些东西。或许是被鹊都那场大梦改了秉性，他看见那些残肢头颅时，心里是不舒服的，就像他杀完阴物后，忍不了手上沾的血。

乌行雪静了片刻，抵着萧复暄的手指动了一下："萧复暄。"

"嗯。"萧复暄声音低沉地应了。

乌行雪前倾身体正要开口，却见萧复暄没等到下文，偏过头来。

乌行雪抿了一下唇，片刻后直起身。

萧复暄低声开口："叫我做什么？"

乌行雪："无事，话到嘴边，我忘了。"

萧复暄抬了一下眼，薄薄的眼尾压出一道锋利的褶。

乌行雪看着他，轻声道："那就……多谢上仙？"

宁怀衫和方储听到这么一句谢，感觉要死了。

那些散落在地的残肢并没有安静下来，一直执着地挣扎着，尖利的手指抓挠着，发出"咯吱咯吱"的声响，似乎还想再拼拼凑凑站起来。

仙门弟子听得寒毛直竖，搓着脖子，在身上翻找着："我的乾坤袋呢？师兄你带了吗？要不将这些……这些……"

高娥、赵青来他们的眼睛还转着，看着众人，嘴巴开开合合，似有话说。当着这些视线，那小弟子实在说不出"凶物"这种词。

"将这些人都收进袋里？总不能就这么散着，要不也贴上符？"

"这可怎么贴？我也没带这么多符啊！"

之前那樵夫好歹还有整样，贴张符纸防他诈尸作祟也就罢了，眼下这一片狼藉，到处都是肢体，就算要贴符，也不知道该贴哪一块。小弟子好不容易翻出乾坤袋，蹲下身正要动手，却被一只断手猛地攥住。

"啊！"他一蹦而起，拔剑就要把那断手弄下去，却听一道嘶哑声音响起来："求你，求你了小师父……"

小弟子欲哭无泪，差点儿跟她对着求："求什么啊，你你你先把手撒开。"

那尖利的指甲扎进他肉里，攥得极紧："求你，小师父，我不能在这儿，我不能在这儿的，我真的有两个女儿，我真的有啊……"那嘶哑的嗓音开始呜呜地哭。

众人才认出来，是那高娥在说话。

"我不能在这儿的，我得找人替我，我要回家的……

"我要回家的，我要回家的。"她的头颅狼狈转着，另一只手在地上爬得飞快，就近抓住另一个人的脚踝。

被她抓的不是哪个仙门弟子，而是宁怀衫。

"哎你！"医梧生下意识要出声阻止。

宁怀衫的脸已经拉了下来，表情里透着一闪而过的凶恶。他毕竟是照夜城出身，尸山尸海里摸爬滚打过，没有仙门小弟子那些人性。

就见他手肘撑着膝盖蹲下身，舔着尖牙，笑得比凶物瘆人多了："你可真是求错人了，这位大娘，别看我瘦就觉得我好拿捏了，我脾气很糟的，你若是敢让我脚踝破一点儿皮，我……"

"求你，求你了小哥，我那两个小姑娘还等着我呢，她们很小的。

"我男人已经没了，我要是不在，她们活不下去的。

“这世道，她们活不下去的，她们真的太小了，求求你……”高娥攥着他的脚踝说。

医梧生一步迈过来想要横插一手，却见高娥尖长的指甲已经刺破了宁怀衫脚踝的皮肤，鲜血顺着他突出的骨骼蜿蜒下淌。

他手指已经屈起来了，青色的筋脉透过苍白皮肤，清晰可见。明明蓄了气劲，却没有捏碎那只不知死活的断手。

不知为什么，他停了手，居然在听高娥说话。

“我就这两个孩子，她们是我的命啊，求你了。”

“求我有什么用呢大娘？”宁怀衫突然出声，还是那种惹人打的腔调，“你已经死啦，已经回不了家了。你那两个丫头也注定活不下去，你这样的我见过，见得多了。”

他轻声道：“我娘当初也是这么求人的，有用吗？没有的。”

医梧生刚巧听到这句，一愣。宁怀衫蹲着，没人能看到他的表情，只能看到他利爪似的手指和发顶。

医梧生忽然想起来，数十年前见到这个小魔头的时候，他才十三四岁，干瘦如柴，似乎随便一招就死了，那双眼珠里却透着一股倔强的凶意。

他当时心想，这是哪家的孩子，作孽走上歧途。隔了数十年再看，这小魔头倒是没那么干瘦了，却还是单薄。蹲着的时候只有一团，明明满身杀意，却迟迟不落地。

或许高娥让他想起了歧途的起点。

“有用的，有用的，有法子的……”高娥不依不饶地哭着。

“呵，什么法子？有法子你能碎成这样？你看你们整天供着那些神像。现在哭成这样，哪个神仙理你呢？”宁怀衫道，“你又偏偏挑上了我，那我教你个道理，要么想办法活着，要么死就死了，别求，别哭，认……”

“命”字没出，他被人从后面踢了一脚。不重，就是不重才惹他恼！

宁怀衫杀气腾腾地回头，看见了他家城主的脸。

宁怀衫：“……”又怎么了嘛！

“话多，啰唆。半天手也没见你动，起开。”乌行雪拿脚扒拉了他一下。

“起不开，她赖在我脚上呢。”宁怀衫话语里有几分委屈，人让开了，脚还支着，供他家城主看。

乌行雪看着那只指甲尖利的断手：“你方才说有用，应当不是平白乱说的，我听听，怎么个法子？”

高娥立刻叫道：“找人替我！替我就行！”她几乎是欣喜的，嗓音尖得破了音：“只要有人替我，我就能回去了。”

乌行雪问："噢，这么笃定？有人告诉你了这个法子？"

那几个仙门弟子一愣，心说是啊，生灵符也不是人人认识，常人被套进这阵里，变成凶物，作祟也多是遵循本性——饿了，所以找点儿吃食。就算下意识想找替死鬼，也该是在谷里游荡，等一些倒霉的人来。

但这几个有些特别，他们知道伪装，知道出谷找人，甚至知道贡香味可以遮阴尸气，让人觉察不出他们凶化了。这确实不是出自凶物浑浑噩噩的本能，倒像是经人提点过。

高娥："有！有的，有的……"她反应不如活人快，始终重复着这么几句。

众人立马问道："谁？"

高娥轻声道："神仙，神仙告诉我的。"

神仙？乌行雪想起萧复暄说，仙都有许多不得善终的神仙，跟云骇一样，那些神仙的神像后来也都被立在这里，就像一个巨大的仙墓。所以高娥的答案倒并不令人意外。

但其他人没听到萧复暄的话，还是不解："神仙怎么告诉你的，你又是如何知道他是神仙的？你亲眼见到了？"

"不是，不是的。"高娥说，"是托梦，神仙给我托梦了。"

地上的残肢听到这话，骚动起来，赵青来他们附和道："对，我们也是，神仙托梦了。"

他们七嘴八舌一说，众人知晓了大概。

这几个人被"点召"来大悲谷时，就像梦游一般，自己将自己挣扎得支离破碎，又自己将自己折进空置的童子、童女像里。

这一切发生的时候，他们并不清明，以为自己在做一场离奇的梦。梦里，他们身在一座仙庙，盘坐在庙堂两边的龛台上，手里捧着香炉，就像仙使一般。

他们跟着其他仙使一道诵念经文，忽然一道高高的影子跨过门槛走进来，对他们说："几位尘缘未断，挂碍不清，暂且当不成仙使，还得劳烦你们另请人来。"

等替他们的人来了，他们就能回家了。

他们惊醒后，发现自己被封在童子、童女像里。那一瞬间的惊恐，死生难忘。

"那神仙是何模样？"医梧生问道。这次，高娥他们却怎么都说不出话，就像曾被人封口，下过禁制。

越是下了禁制，众人就越是好奇，但始终问不出个所以然来，也只好作罢，转而问道："那他可曾说过，让你们寻什么样的来替？"

常理而言，这几个百姓要找人替，在边郊寻几个孤寡老幼，再简单不过，也符合那神仙说的“尘缘了断”，何苦要冒着风险去仙门？

“说过，他说，庙里万事俱备，只是东、西、南、北四方都缺了点儿仙气。”

他们料想，那仙气指的应当是仙门中人身上的，但他们几个平头百姓，自然不敢找大弟子或更厉害的人物，想来想去，最容易的还是那种刚入门没多久的小弟子。

说来他们运气还不错，一来之前出事的人家大多会去仙门求助，他们并不突兀；二来，苍琅北域塌了，附近仙门的厉害人物或是出门未归，或是刚刚归来，顾不上。这才让他们捞到三个小弟子。

仙门弟子纳闷儿道：“那不是还差一个？”

高娥犹犹豫豫道：“能骗几个是几个，不行就……就之后再寻机会。”

小弟子们越想越后怕，脸都绿了。

医梧生的表情也有点儿复杂。他瞥了一眼乌行雪，又看向赵青来，道：“那你怎么就挑了他……挑了程公子呢？”

要找带仙气的人，在场的除了那三个小弟子，起码还有两个能挑：一个是萧复暄，另一个就是医梧生自己。就算萧复暄一看就不好靠近，不是还有他吗？他这会儿就剩一点儿残魂，真打起来，说不定还比不上那三个小弟子呢。

那赵青来的眼光也是别具一格，偏偏跳过了他，挑中了那个魔头。

医梧生原本只是随便感慨一句，赵青来却咕咕哝哝地答道：“有仙气的人里，他看起来最好对付。”

有什么的人里？那一刻，医梧生感觉要么是自己聋了，要么是赵青来瞎了。

经高娥他们这么一说，众人逐渐明了起来。

怪不得已经凑够了三十三尊童子、童女像，这墓穴看上去却安安静静，不像是开了什么阵的样子。原来是人不对，缺东、西、南、北四个带仙气的。

“这么说来，那生灵符难道真的有用？能让神像复活？”仙门小弟子看向医梧生，“否则那神仙在认真凑什么局呢？”

“这……”这下连医梧生都不好答了。

“没用。”萧复暄的声音忽然响起来。

乌行雪转头看向他，就见他手指间夹着童子、童女像上贴的生灵符，道：“这符民间不多见，仙都却遍地都是。”

言下之意很明显了，哪个仙都里的神仙会用这玩意儿复活自己？

“那会不会是某个民间的人不懂，搞了这么一出？”小弟子们猜测。

萧复暄动了一下唇，还没出声，小弟子们又连连摇头，否认道：“不不不，不会的，哪个不懂事的民间人会来大悲谷这种邪门地方乱布阵，疯了吗？”

“那这生灵符粘来干吗？”

“是啊，这符咱们轻轻一揭就掉了，那些童子、童女像也轻易就碎了好几尊……”他们咕哝着。说到碎了，乌行雪看见萧复暄轻蹙了一下眉，又用剑尖拨了几下地上的碎陶。

乌行雪跟着看过去，就见那座装过高娥的童女像里，到处都是抓挠出的血印。他盯着血印看了一会儿，觉察出了不对劲。高娥他们凶化之后，指甲尖利如刀，几乎削铁如泥，落在石壁上都是沟壑，却抓不碎这陶制的童子、童女像？只抓得里面一片狼藉？况且，这些百姓出事也就是最近的事，但这童子、童女像看起来有些年头了，说不定跟墓穴里的神像差不多的岁月。

那在被这些凶化之物贴上生灵符之前，这些童子、童女像被摆在墓穴里是做什么的？

萧复暄忽然一挑剑尖，碎片落进了他手里。乌行雪又跟着看了一眼，就见碎片上纵横交错的抓挠血印之下似乎有一个小小的印记，但因为被破坏了，根本看不清。

“这是？”乌行雪问了一句。

“看不清。”萧复暄顿了一下，道，“多半是供印。”

“供印？”乌行雪自然没听说过，又问，“何用？”

萧复暄：“收香火供奉用。”

乌行雪笑了：“上仙，你看我听懂了吗？”

萧复暄：“……”

他可能极少对人详细解释这种细枝末节的东西，被乌行雪笑看着，默然片刻再度开口：“以往仙都众仙为了能收到人间各座仙庙的香火供奉，会在神像上留个供印。”

乌行雪想起他之前所说的，云骇就是因为没有分毫香火才被废了仙位，打回人间。

“这么说来，香火供奉之于所有神仙，就好比食物之于百姓。没了就活不成了？”乌行雪道。

萧复暄纠正道：“几近所有。”

乌行雪：“有例外的？”

萧复暄：“嗯。”

乌行雪：“譬如？”

萧复暄：“我。”

乌行雪轻轻“啊”了一声，倒是能理解。萧复暄是被点召成仙的，不归灵台十二仙管。又主掌刑赦，跟人间百姓也不相干，例外很正常。他没多问，只道：“那在这童子、童女像上留供印是为了什么？这墓穴沉于地底，也无人来祭拜，收谁的香火呢？”

乌行雪说着，忽然想起满石壁上静静燃着的长明灯，忽然觉得，当初修建这个墓穴，放下童子、童女像的人不是真的为了收什么香火，它们就好比这长明灯一样，只是一种寂静的长伴。

高娥他们破烂的衣裳里还有几捆没碎的贡香，乌行雪弯腰抽了三支，在石壁上取了一盏油灯点了，捻着香站在那片碎陶边烧了一会儿。就见那细细袅袅的青烟忽然朝某个方向飘去。

“这烟怎么了？”仙门弟子瞧过来，伸手招了招说，“洞里现在也没风啊。”

“难不成在指向？”

众人相视一眼，当即跟着青烟往前走。他们沿途经过数不清的孔洞，又找到了近二十尊童子、童女像，每打开一尊，里面都有惨死的尸首。他们都曾在里面抓挠、挣扎过，于是陶像里面血痕交错、一片狼藉。

萧复暄在每一尊像里都挑出了一片碎片，碎片上的血痕之下，是模糊的供印。

不知走了多久，医梧生咕哝道：“这怕是已经走到大悲谷尽头了？”

话音未落，他们跟着青烟拐过一个岔道，进了一处巨大的圆室，医梧生忽然就说不出话了。因为那圆室中立满了高高的神像。那几个仙门弟子的议论声戛然而止，倒抽了一口冷气。他们进过寻常仙庙，里面的神像没有这么高。有些城镇入口、津渡进港处也有神像，大多是刻于木柱、石柱上，倒是极高，却没有这么多。

像这样巨像林立的场景，他们是第一次见。

那种挥之不去的压迫感让他们噤声，甚至不敢多看。但在这圆室中待久了，他们还是忍不住看了。

“这些神像，跟最外面那座一样……我一个都不认识。”仙门弟子面露震惊，“我从来没见过这么多陌生神像聚在一块儿。

“前辈，您呢？您认识吗？”

医梧生摇了摇头，他仰着脸，目光一一扫过去，良久之后道：“都不认识。”

宁怀衫和方储一进这地方，就感觉自己能原地吐他个三生三世。

他们一脸菜色，喉头下意识滚动了一下，却听见自家城主轻声问：“在这儿你们也想吐？”

宁怀衫瘪着嘴，咽下那股翻江倒海的感觉，半晌才道：“难道我们不该吐？”

方储搭着宁怀衫的肩，已经弯下了腰。忍了半天，忍得眼珠子都绿了，转头问乌行雪：“城主……我之前就想问了，为何你对神像一点儿反应都没有？”他说罢又要呕，怕对城主不敬，连忙把头埋在宁怀衫肩上，被宁怀衫警告道：“你要敢吐我身上，我跟你没完，我认真的。”

乌行雪倒是一脸坦然：“我哪知道为何没反应？”

宁怀衫憋着绿脸看他，良久“噢”了一声，心说对，城主不记事，知道为何估计也忘了，“唠——”

他俩实在不行，摆着手连滚带爬地退了出去。留下乌行雪百思不得其解。他纳闷地问萧复暄：“你先前说，这里不止云骇一位不得善终的神仙，想必这些都是？”

萧复暄正看着那些神像。他脸上并无意外之色，却一个不落地扫视过所有神像，就好像……他明知这里有哪些人，却依然在找着什么。

等到看完所有，他敛了目光，平静答道：“嗯，都是。”

那就奇怪了。乌行雪心里犯着嘀咕，如果都像云骇一样被打回了人间，那这些神像所雕之人，其实早就不算仙了。既然不算仙，又被人间遗忘了，那么这些石像就不该对宁怀衫和方储这两个小魔头有什么影响。况且之前他们见到云骇那座神像的时候，并没多大反应。

他正要开口，就听一个小弟子惊呼：“这龛台上有字。”

乌行雪垂眸看去，那些神像脚下的龛台果真刻着字。

桑奉，掌不动山。

或歌，掌雪池。

梦姑，掌京观。

……

乌行雪穿过林立的神像，扫过龛台上的字。记载着每位神仙的名讳，以及他们曾经掌执的地方。

有一瞬间，他在群像中倏然止步，觉得不得善终的众仙似乎并非那样陌生。就好像……他曾经见过这些面孔聊笑的模样，后来又再也见不到了。

“神像的背后有印！”又有人叫道。

乌行雪怔然回神，扫看过去。他近处的两尊神像背后就有印记，位置对称于前面的名讳、掌地。乌行雪弯腰用油灯扫了一下，发现那印记跟童子、童女像里的供印是相对应的。

“果真是在供奉这些神像。”乌行雪低低自语，又抬头数了一下，发现这神像不多不少，刚巧三十三座，跟童子、童女像的数目一致。就好像当初修建这座仙墓的人，希望他们即便不再是仙了，也依然有人伴行左右，不会孤单。

可这样想来，那些被“点召”而来的百姓便说不通了。他们为何会把自己塞进童子、童女像里，又为何会把里面的供印抓烂？就好像……那些供印没起到安抚作用，反而让什么东西焦躁厌烦。

这处圆室并没有很多油灯，越往深处，越晦暗不清。乌行雪隐约看到，林立的神像尽头，似乎还有东西。轮廓隐在阴影中，模糊极了，只能看见一处飞檐。

楼阁？瑶台？他下意识地想到了仙都或许有的东西——那些仙人的住处。毕竟民间的墓地也是如此，会在墓里修筑一些类似房舍的东西。

乌行雪握着油灯朝那儿走去，想一看究竟。结果刚抬脚，就被人拽住了。

“别往前。”萧复暄按着他的肩，低沉嗓音在他耳边响起。

“怎么？”

“有阵。”

“阵？”

“嗯。”萧复暄道，“我刚刚看了，这三十三座神像并非随意立着，而是摆成了一道阵。”他话音刚落下，圆室里就响起了惨叫和惊呼：“啊啊啊——”

那叫声嘶哑中透着凄厉，有男有女，正是高娥他们的声音。

乌行雪定睛一看，就见那些残肢断臂像是被某种东西吸引了，飞速朝前面那片晦暗爬去，又挣扎着尖叫散开。一时间，血腥味四处弥散。

乌行雪能看见血珠直溅过来。他被人抓着，只得眯了眼偏了一下头，却感觉肩上一轻。萧复暄瘦长的手隔着毫厘，挡在他鼻尖前，抵掉了溅过来的血。

萧复暄撤了手，冷冷甩掉那些血珠，朝那片晦暗丢了一盏油灯。

霎时间，那片晦暗轰地烧起一片明火，火光炽白，高可贯顶。高娥他们被火光一烫，高叫着清醒过来，簌簌地退了回来，不再往那片晦暗里钻。

医梧生不顾斯文，大声盖过他们的尖声嘶叫，问：“你们往那处跑什么！”

“声音。我又听到了神仙的声音。”高娥说。

那个托梦给他们，说东、西、南、北还各缺一点儿仙气的“神仙”？乌行雪眯着眼，穿过那片明蓝色的火焰看去，在火光慢慢落下的时候，终于看清了那片晦暗里的东西。

那是一座冷石雕就的楼阁。并非用于供奉的仙庙，更像是谁的住处，有卧榻，有屏风，有石栏，也有飞廊，就像仙都的某一座瑶宫。

那瑶宫紧连着一座高台，台上刻满谶语。

谶语看不清，但那瑶宫上有块匾额，匾额上是有字的，不知为何被凿去了。匾额只剩一角，余下的砸落在地，隐约能看出一个“风”字。

坐春风?

“坐春风。”乌行雪脑中闪过那三个字时，萧复暄也沉沉开口，以至他分辨不清谁在先。

“那是何地？”乌行雪静静看着那座高台，又看向那片飞檐。

萧复暄沉默许久道：“废仙台。”

乌行雪轻轻“噢”了一声。想必那些被废的神仙都曾经站在那座刻满谶语的高台上。一个废仙的地方，怎么取了“坐春风”这种名字，真是……平白辜负了春风。

废仙台被修在这里，意味再明显不过了，一看就是用来警示某个人。乌行雪想到这处圆室里的三十三座神像，相比之下，就显得那座孤零零的云骇像格格不入了。

宁怀衫和方储对这三十三座神像反应极大，又吐又难受，想必这些神像上有一些仙力，应当是那些童子、童女像长久供奉形成的，而他们两个对云骇像却毫无反应，说明云骇被彻底革了仙名。

如此看来，这废仙台警示的是谁，不言而喻。

乌行雪想起萧复暄所说，当初云骇被邪魔吞吃，死在了大悲谷，引得花信负剑而下，屠尽了大悲谷的邪魔，然后修了这座墓地，供了云骇的神像，后来又陆续供了其他神像。

之前他就有几分纳闷儿，既然师徒情深，既然要供奉死去的爱徒，为何把墓穴修在地底，不让凡人接近?

现在想来……恐怕并非单纯的供奉。

那道明蓝色的火焰始终烧着，像一道屏障，隔在众人和那座废仙台之间。火光之下，废仙台就像一座坟冢，死死压着冢里的东西。

从那砸落的牌匾来看，坟冢被动过。

火光太盛，明明灭灭的光亮映在三十三座巨大神像上，映在他们半垂的眸间，乍一看，就像是闪动的眸光。

“师兄……我怎么觉得那神像好像在看咱们？”

“是我多想了吗？那座神像似乎比之前更侧了一些。”

“火光照的吧。”

三十三座神像脚下，石板的沟壑之间似乎有微微的光亮相牵连，就像隐隐发动的阵局。

“萧复暄。”乌行雪偏头问道，“你说这些神像是一个阵，这阵是做什么的？”

萧复暄看着地面纵横交错的隐隐光亮，道：“镇邪魔，或是镇残魂。”

他静了一瞬，又道：“使其永世不得再见天日。”

第 22 章　供印

不仅萧复暄，其他懂阵法的人也看出来这是一个巨阵了。

但凡巨阵，都有阵眼。阵眼里往往压着那枚最关键的阵石，或是那张最要紧的灵符。

阵石上常会刻有布阵之人的印记，一看就能知道是谁；灵符上则会写明这巨阵的目的，倘若是镇压大阵，灵符上就会有被镇压者的名讳，以免误伤其他人。所以仙门中人碰到阵局，都有先找阵眼的习惯。

医梧生看着地面上交错流动的光亮，仔细分辨着，须臾后皱眉一指：“这阵的阵眼……在那处。”

小弟子们抬头一看，他所指的不是别处，正是那明蓝色火焰后面的废仙台。

“这……”

“这未免也太过直接了，真是那里吗？”

“实不相瞒，我刚刚也看出来了，但我以为那只是障眼法。”

小弟子们都不敢相信。因为一般来说，布阵之人怕阵局被破坏，多少会费些心思，把阵眼藏在隐秘之处，常人意料之外的地方。

这个巨阵却反其道而行之——明眼人都看得出来那废仙台就是阵局中心，布阵之人居然就把阵眼落在那里。

这真是匪夷所思。正是因为匪夷所思，他们反而不敢相信，总觉得自己看漏了或是算错了。

一时之间，无人轻举妄动。因为有些大阵稍稍改换一处，哪怕只是一枚碎石、一片花叶动了，就是天翻地覆的差别。

“或许那布阵之人，就是猜准了咱们这种心思呢？”小弟子低声嘀咕着。

医梧生轻轻摇了一下头：“这般大阵不会如此冒险。”

小弟子：“前辈说得有道理。若是故意这么布的，那布阵之人多半是赌徒秉性。”

医梧生：“所以应当不是故意为之，而是不得不如此。”

那为何会不得不如此呢？是布阵时灵神不济，不足以支撑他多绕弯子，把阵眼藏深；还是落阵眼的时候被意外打断，于是匆匆结束？

“砰——”

众人百思不得其解时，圆室里突然爆出一声重响。

“砰——”

又是一声。

他们惊了一跳，循声望去，发现那重响就来自废仙台。

“砰——”

第三声响起时，所有人都看见那瑶宫和废仙台猛地震动了一下，只剩一角的匾额彻底掉落，砸在瑶宫堂前的石阶上，碎成齑粉。

倘若说，那瑶宫和废仙台像一座精致的棺椁，那么此时的震动，就像棺椁里安息的东西忽然醒了，正在锤砸封盖，试图出来。

“砰——”

第四声响起时，那几个仙门小弟子一蹦而起！

“不好！小心！”

他们抽出负剑，捏了剑诀，已然起势。无数道莹白飞剑环绕在他们四周，剑尖直指废仙台，一触即发。

忽然间，平地掀罡风，嗡鸣声四起。巨大的力道从众人身侧狂扫而过，如千万道利刃，直冲废仙台而去。

“是阵！”

“这阵动了！”

圆室里的巨阵骤然亮起，在废仙台震动的同时开始嗡然运转。这时候的巨阵是不讲道理的，不会顾及阵内还有生人，只有杀招无数。

巨大的威压如泰山罩顶，毫无征兆地砸下来！轰隆巨响回荡不断，震动的废仙台被威压一寸一寸按进地面，底盘在碎石飞溅中越楔越深。

但更惨的是人。

“啊啊啊——”高娥几人的惨叫尖锐刺耳。那些断肢在威压之下节节碎裂，全然没了形。

年轻的小弟子们两手持剑抵在头顶上方，却依然被强压按弯了腰。那位师兄承受最多，噗地弓身吐出血来。

医梧生有心帮忙，却自顾不暇。那威压一下就砸得他的残魂动荡不已，口鼻上的黑布几乎不能承受，发出了一道撕裂音。若是彻底断裂，那缕残魂被压出，他便要在此处陪葬了。

眼看着第二下威压要来，众人忽听得剑音清啸。下一瞬，就见光亮从头顶横贯而过，巨大的剑影像一道屏障，挡下了第二道威压。

威压砸到剑影之上，金光迸溅，撞击声响彻大悲谷。剑影笼罩下的众人下意识闭眼一缩，再睁开时，发现那剑影坚如磐石，悍然未动。

与此同时，数道同样的剑影环绕于众人四周，将他们牢牢笼罩在其中。

巨阵依然杀招不断，但剑影之内，那些杀招不得近身分寸。

那是萧复暄的剑意。

几个仙门小弟子相互搀扶着，咳尽喉中血，正想说“多谢前辈出手相助”，结果一抬头，就看见了那些剑影上隐约可见的“免”字。他们怔然片刻，猛地扭头看向萧复暄，劲大得差点儿又上来一口血。

年纪最小的那个轻轻道：“师兄，我会背名剑谱。”

师兄：“谁不会呢。”

各家仙门弟子常看的两样图谱集，一是仙谱，二是名剑谱。他们背得滚瓜烂熟，临到头来才发现，根本没用。这圆室里三十三座神像他们一个都认不出来。天宿上仙本人就在身边，他们“前辈”长、“前辈”短地叫了半天，到现在才认出来。

“仙谱上的画像真是一点儿也不像。”小弟子说完，又喃喃道，“可……可上仙不是殁了吗？”

难不成又悄无声息活了？殁了还能活？他一头雾水，满心疑问。就听见师兄跟他半斤八两：“你瞧他脖颈，是没有仙谱上那个免字印的。”

“难道不是本尊？”

“你问我我问谁？”师兄想了想又道，“可是，若非本尊，用不了他的免字剑吧？仙剑都认主的。”他们又看向萧复暄腰间那柄剑，这次看得十分仔细，确实跟名剑谱上的那柄一样。

名剑谱上，仙都所有仙家的剑都赫然在列，几乎每柄都有名字，除了萧复暄的剑。

没人知道那剑何名，只能以剑上的免字来叫。

传说萧复暄的剑是有名字的，传说那名字不是他自己取的。

但传说从何而来都无人知晓，更遑论真伪。

乌行雪看着环护于前的金色剑影，莫名觉得这么出众的一柄剑，该有个名字的。他正想问问剑主，就见剑影之外的废仙台一阵狂震，那底下的东西好像更躁动了。

大阵运转得更快，整个墓穴，甚至整个大悲谷都在颤动，在强压废仙台下镇着的东西。

众人只觉得脑中一阵嗡鸣。那三十三座神像缓缓转动，面朝着废仙台，像是一种无声的围困。

接着，在废仙台躁动到顶峰时，墓穴里忽然响起一道模糊的声音。那声音如穿过天堑的风，念着一个名字：“我徒云骇。

“云骇，休得胡闹。

“云骇，安静。

“云骇……”

……

那声音伴着巨阵的威压，每念一句，威压便更重一分。废仙台狂躁的震动戛然而止。

“这是谁的声音？”仙门小弟子恍惚道。

“明无花信……”医梧生作为听过仙训的花家后人，瞬间就认了出来。

之前他们还想通过阵眼，判断这地方镇的是谁。现在念声一出，便没有必要了。

传言里，云骇被邪魔吃尽，花信又屠了邪魔，现在看来恐怕不尽然。更像是云骇成了邪魔，花信杀不得，放不得，便用一道“永世不见天日”的巨阵，将他镇在此处，封禁了数百年。

那废仙台在“我徒云骇”的念声下重归沉寂，众人却没有放松警惕。

“这是镇下去了吗？”仙门小弟子盯着那废仙台，一眨不敢眨。

“难说。”医梧生道。

“它躁动得十分突然，是因为咱们进了这里，它闻到生人气味便饿了吗？”

“不知道，或许是。”

乌行雪听着他们的议论，正在心里琢磨，忽然听见萧复暄低声道：“别动。”

“怎么？”乌行雪一怔。

“低头。”萧复暄又说。

颈后是命门之一，没人会随便把那里亮给别人看。乌行雪本能地眯了一下眼，但还是颔了首。萧复暄手指碰到他后颈时，他颈侧的筋骨紧了一下。

那感觉十分怪异，好在萧复暄只是抹了一下便收回手。乌行雪抬手揉按着后颈，抬眸问道：“怎么了？”

萧复暄拧眉道：“多了一道印记。”

乌行雪手指一顿：“印记？哪种印记？”

提到颈后的印记，他第一反应便是医梧生、花照亭，以及当初在大悲谷中招的那些人。他们颈后都有印记，只是被发现时已经被抓挠得难以辨清了。

医梧生隐约听见，连忙过来：“颈后的印记？跟我那印记一样吗？”

“同是大悲谷，又是同一处位置，八九不离十了。”乌行雪虽然看不见，但猜也能猜得出。于是，之前在医梧生身上怎么也看不清的印记，此时终于现了原貌。

医梧生惊道：“这是……供印！”

“供印？”乌行雪问，“你是说，我这颈后的印记，跟那些童子、童女像里的一样？”

“对。”医梧生愣了许久，摸着自己颈后交错的疤痕，喃喃道，“居然是供印……”

言语间，萧复暄已经把其他人颈后都看了一遍。

乌行雪问：“他们有吗？”

“没有。”萧复暄答着，脸色已经冷了下来。

“只有我吗？不公平啊。”乌行雪轻声咕哝了一句，心里却盘算着，有什么事是别人没做、他做了的。

这么一想倒是真有一件——点香。只有他挑了三根贡香，冲着那些童子、童女像点了。虽然他本意不是如此，但确实算是进了香火。

如果供印显现的缘由就是进香，那么那些人数十年前在大悲谷中招的缘由，倒也说得通了。他们也许在进谷之前，为了求得一路平顺，在谷口的仙庙里，冲那位早已不在的大悲谷山神进过香。

于是……被镇在山谷地底的那位，便慷慨地将他们纳为了信徒。

“为何是供印？”有人不解道，“那不是神仙为广纳香火才用的吗？”

“一个道理。”医梧生怔怔开口，“神仙用了，那些刻有供印的神像、仙使所受的香火供奉，都归于神仙本尊。若是邪魔用了……”

若是邪魔用了，那些刻有印记的人所吞吃的东西，也都归于本尊。

医梧生忽然觉得这一切可悲可笑，他和花照亭挣扎求生二十多年，到头来，就是给人当了一尊“童子像”，无知无觉地供养着大悲谷地底下的这位。

“啊！”那仙门小弟子急忙去掏锦囊，对乌行雪道，“幸好，幸好我们带了无梦丹，出了这种印记赶紧吃一枚，能化解。”说罢递上一物。

乌行雪接过来，有些稀奇地看了手指间的圆丹，又把它还给那小弟子：“我不用，留着吧，给我浪费了。”

“怎么不用?！”小弟子急了，“若是不吃就会被邪魔附体，你会变成魔头的！”

“恐怕附不了也变不了。”

“为何?！”小弟子蒙了。

就见乌行雪冲他笑了一下：“因为我本来就是啊。”

第 23 章 诘问

身后的人一把按住他的肩，道：“乌行雪……”

那声音压得很低，就响在耳边，明明是警示，却带着一丝若有似无的无奈。

乌行雪转过头，看到萧复暄低头时稍敛锋利的眉眼。忽然觉得幸亏这位天宿上仙不常到人间，否则光靠这张脸，就算不爱说话，也能骗到不知多少姑娘。

他忽然心思一动，问道：“我说错了吗？”萧复暄抬了一下眼皮。

乌行雪又道：“我这身体本就是邪魔，在花家能引那些东西朝圣，我想着，应当没那么容易被附身吧，好歹是大魔头的躯壳。至于那无梦丹，来得不易，能省一枚便是一枚，上仙你觉得呢？”

上仙觉不出什么。

萧复暄朝他开开合合的唇扫了一眼，偏开视线直起身，估计是无话可说。结果乌行雪又小声补了一句：“还有，你吓到人家小弟子了。”

萧复暄：“？”

很难形容天宿上仙听到这句鬼话时的表情，反正乌行雪笑了……

但是仙门小弟子快疯了。原本只是一句“我就是啊”，尚给他留了几分幻想。结果萧复暄一句“乌行雪”，直接将他送走。

小弟子听见这三个字，只觉得头皮炸裂、五雷轰顶、魂飞天外。好在旁边有个看不下去的医梧生。医梧生自打被萧复暄以剑抵身，被迫“咽回去”之后，便练就了一番十分熟练的说辞。平日常在心里提醒自己，这会儿刚好拿来宽慰旁人。

他一把扶住小弟子，将“大魔头在苍琅北域里如何遭受折损，被某个无辜生魂上了身”这套鬼话讲了一遍。

小弟子听得半信半疑。他正想问乌行雪那样的人怎么会让一介凡人上身，就听见一道爆裂声。

那响动声震长谷，惊得众人齐齐看去。就见那沉寂中的废仙台突然满布裂纹，就像是底下镇着的东西蓄力已久，终于爆发了一记重击。黑色的邪气从裂缝中逸散，几个仙门小弟子猛地打了个寒噤，浑身上下不受控制地起着鸡皮疙瘩。

地上的高娥他们发着抖，碎裂的骨骼在抖动中发出“咔咔”响声。

圆室瞬间冷下来，众人如坠冰窖。

“阵呢？阵怎么好像……不动了？”小弟子喃喃一声，下意识去看三十三座神像。

直到此刻他才意识到，圆室不知何时寂静下来，明无花信那一声声模糊的“我徒云骇”已经消失了。

方才那一层又一层不断叠加的威压，似乎耗尽了巨阵的最后一点儿仙力。地面上的光亮慢慢暗淡下去，流动交错的阵纹不见了。而后，碎裂声接二连三地响起来。

小弟子们猛地看向废仙台，以为那里是最先崩裂的。紧接着，他们意识到声音并非来自废仙台，而是……神像。

众人循声看去，就见那林立的神像上开始出现裂痕。

乌行雪飞速扫了一眼，发现那些裂痕均以龛台供印为始，迅速向上蔓延至神像头顶。

“轰隆——”

第一座神像崩裂垮塌。

“轰隆——”

第二座。

接着是第三座、第四座、第五座……

单是一座那样高大的神像崩裂倒塌，都会引得地动山摇，更何况如此之多?

一时间，圆室里尘烟四起，乱石飞溅。

若不是有萧复暄的剑影环护，众人恐怕都得被碎石活埋。眨眼的工夫，那三十三座神像塌得所剩无几。

乌行雪穿过尘雾一看，依然站着的神像只剩四座，那四座也满是裂痕，只是堪堪维持而已。

“不多不少，刚巧四座……”他咕哝着。这会儿雾太重，看不清，但他猜想，那四座神像应当是两男两女。

果不其然，前面的仙门小弟子叫了起来，念着仅存的神像名字，说了句“两位男仙，两位女仙”。

乌行雪看了高娥四人一眼，终于明白那些百姓为何会受“点召”了。墓穴里那些童子、童女像，每尊各对应着这三十三座神像之一，一尊小童供养一座神像，供的是仙力，用以维持巨阵运转。

神像一日不倒，巨阵一日不休，废仙台下的云骇便一日不得安宁。于是云骇便“点召”了那些百姓。

无辜凡人惨遭虐杀，又被封进童子、童女像里，必然怨气深重。那些怨气又通过供印，供给了这三十三座神像……

当神仙沾染杀戮和邪怨，仙力还能维持多久呢？更何况，这三十三位本就是废仙，神像上的仙力恐怕是花信当初留下的。

每镇压一次，便消耗一些，再有邪怨侵蚀，崩塌是迟早的。方才那一声声“我徒云骇”，恐怕就是最后的压制了。

之所以还有四座神像没有崩塌，是因为高娥他们被人托梦，从童子、童女像里出来了，供往神像的邪怨少一些。

之前听高娥说“神仙给我托梦了”时，众人还觉得那神仙必定不是什么好东西。

现在想来，那托梦者说他们“尘缘未断”，说这里“缺点儿仙气”的那位，应当是真神仙，是想竭力挽回这个即将倾颓的巨阵。

乌行雪想了想，觉得那位托梦的神仙应当就是明无花信了。

众人正要开口，情势却不容他们再问。仅存的四座神像根本不足以支撑巨阵，那废仙台在其他神像崩塌后，也遽然炸开，碎了一地。

地面豁然敞开了一道深穴，没人能看见穴里躺着什么人。只见邪气浓郁如墨，缠缚着，源源不断地散出来。它们像虬然的蛇群，伸着无数蛇头，张着巨口，龇着尖牙，慢慢抻直身体。

“小心——”医梧生喊了一句。

但还是晚了，那几个小弟子修炼不足，被那勃然邪气一笼，居然像行尸一般，主动走出了环护的剑影。

下一刻，群蟒似的邪气猝然一击！

“啊啊啊！”只听几声惊叫，那几个小弟子便被缠进了黑色的邪气里。

他们慌乱出剑，数十道莹白色飞剑自黑气中贯出，却击了个空，毫无效用。

或许是深穴里躺着的人太饿了，那邪气卷了三个活人，便要将他们往穴中送。雷霆万钧之际，就见萧复暄腰间的长剑倏然而出，剑柄在他指间翻转，剑刃带的金光于空中画出一道巨大剑花。

他五指覆于银柄之上，冷然一压。剑意山呼海啸而至，寒刃狂张数十丈，以千钧之力悍然斩下。

那一剑有分海之势。

铺天盖地的邪气被一斩为二，猛地一松，那几个小弟子跌落在地。他们慌忙去抓自己的剑，就听一声冷冷的“走”，便是一道金光横扫过来，连人带剑把他们扫回环护的剑影中。

他们猛转回头，只看见那冲天邪气再次狂涌、聚拢，几乎涨满整个墓穴，而天宿上仙冷冷拎着剑，被淹没在无边无际的黑色里。

众人脸色一白，下意识惊叫出声。然而下一瞬，就见无数道金光带着剑影，从望不到边的邪气里直刺而出，像烈阳照透云雾。

那把免字剑直刺向上，冲透邪气后剑尖一转，狠砸向下。

它楔进地面的刹那，火星飞溅却又裹着寒风雪雾，极冷极热交错之下，所有邪气被扫荡开。

乌行雪看见萧复暄手握剑柄，半跪于深穴前。他穿过环护的剑影，不顾几位小弟子阻拦，走过去。

黑色邪气散开，深穴里躺着的人露了出来。

真的是云骇。

那座神像雕得与他很像，可见在墓穴里落下神像的人，对他的模样熟悉至极。

神像是石质的，透着灰白色，他却比那灰白色更枯寂。如果添些神采，多点儿血色，应当是一位十分俊美的人。

他散着长发，身上缠缚着纠结的藤蔓，衣袍跟那四窜的邪气一样深黑如墨，半点儿看不出曾经生活在仙都。

藤蔓一直攀爬到他的脖颈，其中一枝长长地伸出来，枝头缀着一朵硕大的、枯萎的花，花朵刚好挡着他半边脸。

乌行雪伸手要去拨一下那朵花，被萧复暄一把攥住，但动作间掀起的风还是让那朵花颤动了几下……

晃动间，云骇被挡住的半张脸隐约露出来。

乌行雪皱了一下眉。如果说他另外半张脸俊美秀气，确实有仙人之姿，那这半张脸便有些骇人了——遍布伤痕，形如鬼魅。

不知他为何会弄成这副模样，更不知当年花信负剑来到大悲谷，看到这样的徒弟，又是何种心情。

萧复暄的剑忽然动了一下，自从石间抽离，直飞回来。

剑意震荡之下，所有人都听见了一道鸣音，像清钟响彻深谷。只一声，就让那些仙门小弟子捂着脑袋蹲下了身。

“这是何音？！”他们明明离得很近，却听不见彼此的声音，几乎在用喊的。

还是医梧生在他们额头上各叩了一下，才稍稍缓和。他看向萧复暄那柄不断震颤的仙剑，道：“那应当是……诘问。”

传说，天宿上仙萧复暄降刑之时，会代天叩灵，诘问邪魔，缘何至此。

于是，众人在震荡不歇的剑鸣和弥散的黑雾中，看到了数百年前。

第 24 章 云骇

数百年前，人间还有王都，就挨着太因山。

王都里最重要的地方叫作问天寮，供着灵台十二仙，负责卜问天机，跟各大鼎盛仙门都联系紧密。

执掌问天寮的是左右两大寮使，云骇的父亲便是其一。那是一份既威风又危险的差事，惹人艳羡也惹人妒忌。好时风光无两，坏时家破人亡。

云骇第一次见到明无花信，就是在问天寮的客府里。

他那时尚年幼，受着娇生惯养，把问天寮当作家里第二处府宅，常在客府廊院中玩闹。那天他追着一只松貂穿过回廊，差点儿一脑门撞到来客。冒冒失失间，一阵凭空而起的风挡了他一下，接着一只手掌抵住了他朝前磕的额头。

负责照看他的那些人嘴里叫着“小心”，呼啦啦跑过来。赶忙抱起他后退几步，在那来客面前低下头，显得拘谨又惶恐。唯独云骇无知无畏，好奇地抬起头。

那天的花信一副凡人模样，身边没有跟着画像上的白鹿，手里也没提他的照世灯。他穿着一身最素的白衣，长发束得随意，斜贯着一根未加雕琢的木簪。明明是王都大街上最常见的扮相，却让人看呆了眼。

等到云骇回过神，花信已经走到回廊尽头，抬步进了客堂，那身白衣下摆扫过高高的门槛，便不见了。云骇转过头，仰脸问照看他的人：“那是谁？”

他们“嘘”了一下，抱着他远离客堂，走到廊院后侧才小声道：“那是大人的仙友。”

那时候的云骇知之甚少，更别提那些仙凡之间的规矩。他只懵懂知道：神通广大，是为仙。私交甚笃，是为友。他以为那位“仙友”就是这样的人，可后来发现，那人数年才出现了那么一回。

云骇第二次见到明无花信，是在六年之后。王都一片乌烟瘴气，问天寮的寮使早已换了人。他父亲受人构陷，牵连府内大半人都丢了命，一时间，偌大的家府散得精光。他年岁依然不大，却成了罪人之子，原本的名姓皆不能用。跟着一群流民一路南下，辗转到了鱼阳一带。那时候，鱼阳怕受祸乱波及，匆匆封了城，流民进退无处，只好暂时栖身在山野的荒庙里。

那年隆冬极寒，大半流民没能熬过一个月。于是那些山野荒庙里，死尸三五成堆，怨气甚重，又引来不少邪魔阴煞之物。等到一个冬天熬过去，山野间便没几个活人了。云骇就是其中之一。

那天，他从一只半残的阴物手里抢了食，拖着被阴物弄断的一条腿，捂着被抓伤的左眼，躲进一个山洞里。他蜷缩在山石后面，抹掉眼边的血，抓着那块不知来源的肉，张口就要撕咬。忽然瞥见山林寒夜里有一团灯影。

云骇早已养成习惯，不等看清是何人何物，爬起来便要躲。可那灯影太快了，没等他窜出一步，提灯人已经站在他面前了。

云骇记得那张脸，虽然只见过一回，虽然是在本不能记事的年纪，但他记得清清楚楚，以至时隔六年，还是能一眼认出来。那不是别人，正是当年问天寮的那位来客，他父亲的仙友。

云骇还是抬头看他，动作与幼年时候别无二致。只是当初他大睁双眼，满是好奇。现在他瞎了一只眼，带着半干的血，满脸麻木。他拖着断腿，半跪在冷石后面，一脸麻木地看着当年惊鸿一瞥的人，听见对方开口说："受人所托，我来接你。"

那声音很好听，穿过寒夜的雾落下来，几乎叫人听见了煦风。

凡人真是奇怪。家府散了没哭，成了流民乞丐没哭，受冻挨饿没哭，断腿瞎眼也没哭……听见有人说了句"我来接你"，反倒两眼通红。

云骇攥着手里的死肉，面无表情地、两眼通红地看着明无花信。他在对方伸手过来的时候，忽然暴起，一把攥住那只抵过他额头的手，张口咬下去。他咬得极狠，瞬间尝到了血腥味。

他在血腥味里带着宣泄和愤恨想：不是仙友吗？既然是友，父亲被构陷时你在何处？丢命时你在何处？家破人亡时你又在何处？！你受谁所托，又凭何能来接我？！他明明是在心里想的，对方却好像都听得见。

半晌，那道好听的声音在他头顶响起："灵台自有天规，我不能插手人间事。"那声音温和动听，却没有深浓的情绪——不见友人亡故的悲伤，也不见袖手旁观的愧疚，甚至听不出半分怜惜之意，似乎铁石心肠。

但良久之后，云骇意识到：仙人神通广大，本不该被他咬住手，更不该被咬得血流如注。对方能挡却没有挡，就是在任他撕咬宣泄。想明白这一点，他慢慢松了口。

花信没有去擦手上的破口和鲜血，而是弯腰查看了他受伤的眼睛和断腿，说："走吧，带你回去治伤。"

云骇偏头让过他的手，哑声说："走不了。"

花信没有在意他的抵触，而是略有些意外道："舌头还在？"

云骇："……"

"我以为话也不能说了。"花信说着，抬了一下手。洞前的林子里蹿出来一只白鹿，他把云骇放在白鹿背上，牵着白鹿往山下走。

或许是怕他掉下去，云骇上了白鹿的背就动弹不得了，只得老老实实趴在上面。花信问道：“多大了？”

云骇在心里冷笑：连这些都一无所知，还敢说“仙友”。

花信依然平静：“仙都年岁慢，我不记这些。”

云骇：“十一。”

花信又道：“叫什么名？”云骇又在心里冷笑。

花信道：“往后不用俗名，这一辈从云字，你就叫……云骇吧。”

云骇：“……”虽然很久没有提过自己姓甚名谁，确实快要记不清了，但听到这话，他心里还是难过，又动弹不得，只能闭上眼睛。

从此往后，他就叫云骇了。

凡人登不上太因山的三十三层高塔，自然也到不了仙都。花信所说的“带你回去治伤”，是指把他安顿在花家。旁人说的是“安顿”，但在云骇眼里，就是把他撂在了花家。那时候的花家还不守在桃花洲，门下弟子没有后来那么多，但也足够鼎盛。

花家弟子大多以剑入道，余下一小部分修的是医。不管修哪一道，每天的功课都满满当当。唯独云骇，既没有自己的剑，也没有可以炼的丹方。

眼睛和腿养好后，他实在闲得慌，便每日在花家各堂转悠。他问过花家家主，也问过各堂长老，他该练些什么？或者，他什么时候才能有自己的剑？

结果家主也好，长老也好，都是一边夸他天纵奇才、百年难遇、根骨绝佳，一边推说他是灵台仙首花信亲自收的徒弟，他们不能越俎代庖进行教导，那就僭越了，还是得等仙首亲自教。

“那他倒是来教啊！”云骇说。家主和长老答不了什么，只能干笑。

几次下来，云骇便不再自讨没趣，再没问过那些问题。有时候其他弟子练剑，他就在旁边看几眼，炼丹他也瞄几下。但更多时候，他是在藏书阁里耗着。藏书阁里供着花信的神像和画像。有时候他抓一卷书，能在那幅画像前坐一整天。半是发呆，半是埋怨。

少年人心气高，受不了忽视。况且，他真的很想赶紧学出点儿名堂。他就这样莫名其妙被磨了两年，被磨得几乎没了脾气，才又一次见到花信。

花信似乎已经忘了他这个唯一的徒弟，那天来花家并非找他，但云骇不会放过机会，拽住了临走的花信。他先乖乖叫了一声“师父”，才问道：“满门弟子都在修炼，唯独我格格不入，师父是不是后悔带我回来了？若真是如此，师父大可开口，我自行离去便是。”

他幼时娇生惯养，带了几分矜骄在身。后来当过流民乞丐，又有些锋利敏感。那时候他年纪还是小，那点儿矜骄和敏感全都放在脸上，藏不住。花信原本不打算答他，看了他的表情良久，还是给了句解释：“你确实根骨绝佳，世间少见。若是真要入道，比其他人更容易飞升成仙，不急于这一两年。”

云骇问：“不急于这一两年，那是多久？”

花信说：“等你适合拿剑。”

云骇不依不饶：“那为何眼下不适合？”很久之后，云骇都记得那一瞬间花信看过来的眸光，平静，又仿佛洞悉一切。他说：“因为你始终惦记着要杀光那些构陷你父亲的人，惦记着要让那些人受尽折磨，血债血偿。”

云骇没了声息。过了许久，他才道：“师父英明聪慧，目光如炬。我确实是这般想的。可我不该惦记吗？修行就得修得我无爱无恨、无仇无怨，像您一样平静地看着那些人活个长命百岁吗？”

花信没答。云骇便一直盯着他，盯到两眼通红，就像当初在石洞里捧着死肉、挣扎求生时一样。

花信终于开口：“没人让你像我一样。只是修行本是条长路，你找的道太短了。”

云骇：“哪里短？”

花信：“杀人不过一剑，杀完之后呢？就再无支撑了。”

那就等没了支撑再想，云骇在心里说。但他只是动了一下唇，最终行了个礼，垂眸道：“弟子明白了，我……我试试。”

他确实天纵奇才，说要试试，就真的再看不出半点儿心思。他不再急着要剑，也不再去管那些丹方。依然泡在藏书阁里，日复一日。

这么一磨，又是两年。两年间，花信又来过花家三次。三次云骇都在藏书阁，没有再追出去找师父要个说法。

等花信再见到他，他已跟当年山洞里捧着死肉的少年判若两人。用花家家主和长老的话来说，云骇是花家弟子里脾气最讨喜的，能调笑，能玩闹，跟谁都处得很好，而且那股不疾不徐的劲儿，很有仙家风范。

明明他才十六岁。花信听闻此言，又试了他一年。于是十七岁那年，云骇有了自己的剑。

曾经，世人尚未遗忘云骇之时，对云骇有过这样的形容：他天纵奇才，百年难遇，十七岁有了自己的剑，埋头修行八年后，修得了许多人一辈子也不会有的机缘，一朝飞升成仙。他同花信师徒情深，又一同立于仙都，不失为一则美谈。

因为实在太过年轻，云骇上仙都那天的情形，后来成了众仙时常聊起的一段佳话。对于云骇自己而言，关于那天最清晰的记忆，却并非他如何登顶了太因仙塔，如何进了仙都，而是他见到的两个人。

第 25 章 灵王

那日云骇刚入仙都，就有一位手持长玉柄的灵台仙使在等他。

仙使一见他就笑眯眯地称道：“郎官。”仙都之人尾音都是轻轻的，微微上扬，这两个字愣是被他叫出了一种亲近意味。

还怪好听的，云骇心想。他问道：“这是什么叫法？”

灵台仙使答道：“还没有封号的仙君，都是这般叫法。”

云骇：“谁见了我都这么叫？”

灵台仙使点头：“谁都如此。”

云骇：“你们仙首也是？”灵台仙使愣了一下。

云骇摆摆手：“我随口一问罢了。”

灵台仙使引着他上了一道极长的台阶，远远一指说：“郎官，所有新入仙都者，都得去灵台拜天，领一道天诏，再见一见灵台十二仙。毕竟仙都众仙大都以灵台十二仙为尊，尤其是仙首明无。”

云骇自然乐意至极，毕竟花信不常下人间，他一年也见不了对方几面。

“不过，你说大都？”云骇疑问道。

“对。”灵台仙使解释道，“有两位例外。”他应当对许多人解释过这个，见云骇好奇，便娓娓说道：“那两位并非修行飞升上来的，而是直接由灵台天道点召成仙的。”

他给云骇讲了点召是何意，接着说道：“天道有何诏言，都是直接进那二位手里，不通过灵台，旁人更无从知晓，自然不归灵台十二仙尊管。”

“直接聆听天诏？”云骇诧异极了。

“是。”

由于问天寮的影响，云骇一直以为灵台十二仙便是仙都至高者，明无花信更是尊中之尊。现在听闻在他之上居然还有两位，实在不知该如何理解。

“那岂不是比仙首还要……”云骇问。

这话灵台仙使也没法接，毕竟他自己是灵台的人，只得顿了一下，含糊道：“那二位不管杂事，不吃供奉，不听灵台调配，跟仙首互不干涉，互敬三分，互敬三分。”

“那二位是何模样，又是什么封号，好认吗？往后在仙都碰见了是否需要回避？”云骇想了想，笑道，“我这人爱说笑，若是无知之下得罪了人，那可不好。劳烦仙使再多告知一二？”

灵台仙使道：“一位封号为天宿，点召时受天赐字为‘免’，掌的是刑赦。

那位耳骨上有三枚丧钉，还是好认的。”

云骇：“丧钉？何为丧钉？”

灵台仙使道：“不知，都这么叫。天宿很早便受了点召，有灵台十二仙时便有他了，众仙自然要敬让几分。况且那位上仙的脾性不好亲近，也就无人敢问。”

云骇心说，那我还是能避则避吧。

“另一位呢？”

“另一位……另一位比这天宿上仙还要早。”灵台仙使道，“他封号为灵王，点召时受天赐字为‘昭’。”

灵王……云骇正等着听下文，就见那带路的灵台仙使忽然一顿。他似乎看见了什么人，转过身，持着玉柄躬身行了个大礼。

云骇正想看看是谁，让灵台仙使如此恭敬，就听仙使道：“天宿大人怎么往灵台这里来了？”

云骇一愣，跟着转过头，看到那位天宿上仙沿着台阶向上来了。

他生得极年轻，英气逼人。在众仙云集的仙都里也确实好认，即便隔着数层台阶，都能感觉到他耳骨上三枚丧钉煞气浓重，就像冷铁楔进玉石，那种张狂又冷淡的矛盾感实在很特别。

不过天宿只是不好亲近，并非傲慢无礼。他冲灵台仙使点了一下头，淡声道：“有事。”

灵台仙使道：“今日有郎官飞升，仙首他们可能无暇顾及其他，怕有怠慢，我先去通传一声？”听到“有郎官飞升”，云骇笑笑，冲他行了个礼道：“大人有事可以先入灵台，我左右是闲人一个，可以等一等。”

“不必。”天宿的目光扫过来，冲他也点了一下头，依然用那副低沉冷淡的声音道，“你拜你的，我不找花信。”

说话间，仙都入口处的冷雾又是一动，守门仙使的行礼声远远传来，听着也甚是恭敬。

今日还真是热闹，云骇想着。正要抬脚继续往上走，却见天宿上仙顿了一下，目光越过台阶，看向入口。紧接着，那灵台仙使匆忙弯腰，隔着老远冲那边行礼。

云骇好奇转身，看见一道身影穿过冷雾。

那人一身素衣，色如白玉，袖口、鞶带束得很紧，滚着银色暗纹，衬得身高腿长，有股风姿飒飒的贵气。他穿过冷雾，并没有继续走，而是侧身等着什么。须臾后，冷雾里又钻出来两个仙童。其中一个手里搂着一把长剑，口中嘟嘟囔囔抱怨着：“大人，真的好沉啊。”

那剑很漂亮，剑鞘上镂着银丝细雕，但看那仙童挪不动步的模样，似乎真的很重。

“有你沉吗，给我吧。”那人回了一句。仙童一听，立马活了过来，忙不迭把剑朝前一抛，被那人一把接住。剑在他长长的手指间轻巧地转了几个圈，又被稳稳握住。他就那么提着剑飒飒地转身上了台阶。

直到这时，云骇才发现那人戴着面具。那面具像他的剑鞘一样，镂着一层漂亮繁复的细丝，同样透着一股诡美的贵气。在众仙之中，就像天宿耳骨上的丧钉一样好认。

云骇低声问灵台仙使：“那位是……”

灵台仙使轻声道：“那便是我说的另一位了。”

他不紧不慢上台阶的时候，苍阳斜照，穿过仙都的冷雾，给他修长的轮廓描了一层亮色的边。云骇忽然想起他受天赐的那个字，昭。

“这位灵王为何戴着面具，是有什么忌讳吗？”他又问。

灵台仙使悄声说：“倒也算不上忌讳，只是那位大人每次接了天诏去办事，都会戴面具。”

“办何事？”

“那就只有天道才知了。”灵台仙使不再多言。

云骇本以为，那位灵王会像天宿一样冷淡不好亲近，但很快他就发现自己错了。就见那灵王走了几级台阶，忽然顿了一下步，明明戴着面具，却好像看得清清楚楚一样，朝着天宿的方向轻轻歪了一下头。

他没说话，倒是身边那两个仙童开了口，先冲天宿行了个礼，隔着长长的台阶喊道：“大人，我家大人说，上回那戏耍实为误会，我们理应赔个不是。”

天宿无甚表情，听着他们哇啦哇啦，片刻后动了动唇道：“免了。”

“大人，他说免了。”仙童仰起脸。

那位灵王轻轻“噢”了一声，捏着面具下沿朝上掀开了一点儿，露出了白皙的下巴和一节挺直鼻梁。他笑了一下，而后松了手指，面具又覆回脸上。

他用剑柄拨了一下自家仙童，拎着剑朝另一个方向走了。

或许是因为上仙都的头一天，云骇就碰到了那两位，在结识众仙之前对那两位就早早有了印象，没有受那些稀奇古怪的传闻影响。于是在后来近百年的时间里，他成了仙都少有的、跟那两位都有交情的人。

与天宿上仙交情浅一些。毕竟对方的脾性在那里，又是掌刑赦的，身上几乎不带私情。与灵王的则要深一些，同样是因为对方的脾性在那里。

云骇一度很好奇——那位灵王明明不是孤冷生僻的性子，甚至全然相反，更乐得热闹，却住得很偏。偌大的仙都，瑶宫万座，他偏偏住在离众仙最远的一端，四周空寂不说，旁边还紧挨着人人避讳的废仙台。

他问过灵王：“你居然喜欢这种地方？”

对方答说：“合适。”

他也跟花信提过一回，花信答说：“不知，他自有他的想法。”灵台和那两位互不相干，花信又是那种对别人全无好奇的性子，他们在一块儿时很少聊这些。

云骇更多时候，是在努力逗师父高兴。

或者不高兴。

或许是当初花信去接他时，那副无悲无喜的模样长久地烙在他心里，以至于他后来生出一种执念：他想让那张脸上显露出情绪，并非神像、画像上的那种温和笑意，而是真的高兴，或是真的生气……什么都好。

有时候，他一边因为逗笑师父而欢欣，一边在心里唾弃自己。

他觉得自己实在奇怪。在人间时他拼命苦修，就为了有朝一日进入仙都，而真到了仙都，他又使尽浑身解数，只为了让那位最有仙样的仙首沾点儿人气。

他失败的次数很多，成功的却也不少。就连那几位灵台仙使都说，仙首似乎有些不一样了。

有一回，他看着花信笑起来的模样心想，就这样过个几百年、几千年也不错，曾经那个断了腿、瞎了眼的遗孤，就让他死在那座荒山里吧。

但后来，他发现不能如愿。

他执掌人间丧喜，是众仙之中跟凡人打交道最多的一位，所以他绕不开，他终有一天会避无可避地见到那些他曾经发誓要杀了的人。

他避了三次，却没能避开第四次。

那些人居然真的能长命百岁，这是他最不能理解的事，所以他杀光了他们。一共三十一人，比起当年他家死的，还是少了。杀完之后，他领了诏，去灵台跪受天罚。

那是他第一次看见花信那样生气。

第 26 章　堕仙

灵台并非一座瑶宫，或一方高台。它是十二面高悬的山崖，以玉廊相连。灵台十二仙各司一座，最高处的那座，由明无花信坐镇。每面山崖上都有一处专门用于跪罚的地方，经受的煎熬各不相同。

云骇是撤了法器，一路受罚过去的。到花信面前时，他已经快站不住了。但他还是直愣愣地站着，以往仙气缥缈的衣衫淅淅沥沥地滴着血，袖摆、袍尾还残留着上一处跪台的火光。

他永远记得花信当时看向他的眼神，他确信，他在那片黑沉沉的怒意里窥见了一丝心疼。他浑身都滴着血，却笑了起来。

“云骇！”一见他笑，花信怒意更甚，“你！……”

云骇第一次见到他这位师父气到无话可说，以往对方是很会讲道理的。那种平心静气、点到即止、悟不悟随你的道理。凡间杂事万千，仙都事也不少，什么稀奇情景都有，从没能把花信弄成这样。

我可真是个混账，云骇心想。

“你入仙都那天，在我这灵台立过什么誓？你领的那一道天诏，何事可为、何事不可为点得明明白白，你当那只是废纸一张？！”花信斥道。

“没有。”云骇说，“我记着的，师父。我知道后果。”

花信还欲开口，云骇又说：“可我报仇了。”花信瞬间无言。

“我报仇了。”云骇说，“我见不得那些渣滓无病无忧地在人世逍遥。你知道的，我见不得那些，那没道理。”说完，他便往跪台走去。

十二道峰，十二处跪台，刀山火海，各有磨难。

花信沉默地看着他走上那方被锁链围绕的石台，良久之后转了身，背对着他朝外走，说道：“世间不讲道理的事浩如烟海，你管了一件，就得管另一件。迟早有一日……”

云骇在石台上跪下，等着他的后文，花信却顿了一下，没再多说一个字。那心思再明显不过——他不想一语成谶，不想自己徒弟真的到了“迟早有一日”，所以停在了那句话上。

云骇看得明白，高兴起来。花信背手一甩袖摆，跪台的石门落了下来。

看到他的背影消失在门外，云骇收了笑低下头，慢慢陷入沉默。

灵台的跪罚很难熬，哪怕是仙体，哪怕再倔的人，跪完十二处也会不省人事、元气大伤。

云骇是在花信的住处醒来的。醒来时，他身上的伤早已上过仙药，愈合得差不多了。他损耗的仙元也被补过，虽然不可能恢复如初，但不会有太大影响。想也知道是谁的手笔。

云骇醒来的第一件事便是找花信，但偌大的瑶宫都不见花信踪影，只有几位童子对他道：“仙首说，若是郎官醒了，可自行离去。”

他其实早有封号，照理说，不该再称郎官的，但他爱说笑又会哄人，把花信周围的仙使、童子哄得晕头转向，不知怎么就答应下来，一直“郎官”长、

"郎官"短地叫他。唯独花信张口"云骇",闭口"云骇"。最亲近,也不过是在前面加上"我徒"。

"倘若我不走呢?"云骇问那童子,"仙首交代了你们赶人吗?"

童子摇摇头:"不曾。"

"仙首这几日都不在,郎官若是不舒服,可多住几日。"花信的童子们都随了他的性子,也不苟言笑、一本正经的。再亲近的话从他们口中说出来,都会减几分趣味,听在耳里更像是客套。就连"郎官",都被他们叫得像"这位仙君"。

云骇在榻边坐了片刻,摇一摇头,笑着说:"不住啦,我回去了。跟你们仙首说……"

他静了一瞬,道:"多谢药和仙元,费心了。"小童子愣了一下,他已经离开了。

好像就是从那一回开始,他慢慢走偏了路。他并非有意为之,但正如花信所说,世间不讲道理的事浩如烟海,他本来只想管那一件,不再插手旁的,但发现不行,他不得不接着去管第二件……

因为第二件,是他管的第一件事引发的。

说来也简单,他司掌丧喜,自然会见到种种聚散离合。有时候一人前些天刚喜结姻缘,不多日便命丧黄泉。

他时常唏嘘,但不该插手时不会插手。毕竟离合才是常态,就连仙都都避免不了,偶尔还会有神仙被打回凡人呢。

可那日,他见到了一个跪在他神像前的小姑娘。那姑娘年刚豆蔻,正是娇俏如花的时候,却已经死了。小姑娘的阴魂不肯离开,穿着喜服,喜服上绣着一些符文,想来是被人配了冥婚。

她皮肤青白,两只眼睛成了窟窿,朝下淌着血泪。她的嘴唇被封着,说不了话。那是民间用的避免人死后告状的法子。但她身上杀气极重,不说话也大概能明白她想求什么。

这种姑娘往往是因家破人亡、无人庇护,被人强掳去做阴新娘的,求的无非是掳她的人不得好死。

求的人,总希望对方要承受一样的,甚至更多的痛苦。她被挖了眼,掳她的人也得遭同等的罪;她如何惨死,对方便该如何惨死。

可这是不可能的,报应并非如此。

依照丧喜神的规矩,云骇可以插手,但不能太深,只能点到即止。他也是这么打算的,尽管"点到即止"落到人间,往往看不出什么作用。

直到他顺着那惨死的小姑娘往前追溯了几年……他发现,那小姑娘之所以家破人亡、无人庇佑，是因为她很小的时候，爹娘便被仇人所杀。

而那仇人，恰恰是云骇自己。她爹娘，正是当年构陷云骇生父的人之一。

如此一来，他不管也得管，而且不能“点到即止”。否则，他就成了那小姑娘眼里的“不讲道理，没有天理”。

而那仅仅只是开始。

后来，不知第多少次，云骇从人间回来，就将自己困锁在瑶宫住处。他终于明白当初花信那句未尽的言语是什么了。那些浩如烟海的事，他管了一件，便不得不管第二件，然后牵连得越来越多。

此人的仇人是那人的恩人，这个要杀的，是那个想庇护的，纠缠而复杂。插手太多，迟早有一日，他的存在就是最大的“不讲道理”。

从他当初杀了那三十一人起，似乎就注定会有这么一天。

他屡犯灵台天规，花信承接天诏，不得不将他贬了又贬，从香火丰盛的喜丧神，变成了无人问津的大悲谷山神。不仅如此，香火丰缺似乎也能影响仙都。他在人间没有供奉和香火，仙都的住处也渐渐门庭冷落。

云骇性情敏感，起初以为是仙人也逃不过势利。但后来他慢慢发现，那是一种天道使然的遗忘。众仙见到他时认得他，但见不到时，便记不起他。

唯独一人不受那天道影响，便是灵王。刚入仙都不久时，他问过花信：“天宿司掌刑赦，那灵王司掌何事？似乎甚少听人说。”

当时花信想了想，答道：“司掌众仙所不能之事，但具体是什么，我也不知。”

那时候，云骇很纳闷儿。毕竟众仙如云，几乎包罗了天下所有，还有什么是神仙难办的？他总觉得那是一句抬高灵王的虚话，后来慢慢意识到，那不是虚话，也并非抬高。

有一段时间，云骇总是不安，便常去记得自己的灵王那里，但那里毕竟连着人人回避的废仙台。后来他最常去的，变回了灵台和花信的住处。

比起其他，他更怕有一天，连花信都不记得自己有过一个叫作云骇的徒弟。

传言，仙都有一枚神秘的天铃，众仙无人能看见，却偶尔能听见模糊的铃声。传言，每次铃响，就代表有神仙落回人间了。

云骇听见过几回，却始终不知那天铃挂在何处。直到有一天，他亲眼得见。

那是在仙都难见的长夜，雾气深重。他在窗边坐着，忽然想见一见花信。那念头来得毫无征兆，他怔了片刻，打算合窗出瑶宫。他刚扶住窗棂，就听见了细碎的轻响，像是腰间或是剑上的挂饰相磕碰的声音。

有人来？云骇猛一转身，看见了灵王。对方束着白玉冠，戴着那张镂着银丝的面具，周身披着冷雾，身长玉立，一如当年云骇在仙都入口处的初见。

只是那时候，他身侧镀着一层光。这次，却只有深浓夜色。

云骇看着他，心下一惊，口中却道："怎么访友还戴着面具？"

灵王似乎极轻地叹了口气："你看我这像是访友吗？"

也是，不仅不像访友，连常跟着的童子都没带，甚至没带他很喜欢的那柄剑。云骇僵立着，那一刹那，旧友间竟带了几分对峙感。

灵王没动，也没开口，少有地不带笑意。最后还是云骇先开口："大人你……接了天诏。"

灵王"嗯"了一声，又道："都猜到天诏了，那你应该知道我是来做什么的。"

云骇苦笑："所以，该我回人间了？"灵王没说话，算是默认。

云骇："我以为自废仙台一跳就行了。"他一直以为，堕回人间就是站上废仙台，往下一跳，便百事皆了。直到这一夜灵王带着天诏而来，他才知道没那么简单。他还得废掉仙元，要断去跟仙都之间的所有牵连。

那过程很快，只在眨眼之间，却因为说不出来的痛苦被拉得无限长。他在痛苦间恍惚看见灵王的手指钩着一个东西，似乎是一枚白玉铃铛。他看不清，但听见了一点儿铃音。

他忽然明白传说中仙都那枚天铃究竟在哪儿了。它并没有被挂在哪处廊檐之下，而是由灵王戴在身上。

"天铃……"云骇哑声道。

灵王摇了一下头，声音在他听来模糊又邈远："众仙胡乱传的，它不叫天铃，叫梦铃。"

"梦铃……"云骇蜷缩着，无意识地重复着这个名字。

他听见灵王说："人间其实也不错，有个落花山市，很是热闹，比仙都有意思多了。这梦铃摇上九下，能给你造一场大梦。等你下了废仙台，过往这百年睁眼便忘，也就没那么难受了。"

过往百年睁眼便忘。这便是那些神仙被打落人间前，会有铃声的原因吗？

什么都不会记得。什么人都不会记得。

他的仙元不在了，常人之躯在仙都是不能久撑的。

云骇已经混沌不清了，却还挣扎着，在那白玉铃铛响起的时候，聚起最后一点儿残余仙力，拼上了自己的半具魂灵，挡了那铃声一下。

他一生偏执，不撞南墙不回头，撞了也还是不回头。

他不想忘。

云骇刚落回人间的那几年，风平浪静。即便他拼死挡了一下，那梦铃也还是有效用的，他几乎忘记了过去百年的所有事，只依稀觉得自己做过一场梦，梦里他断了腿、瞎了眼，浑身是血，饥饿难耐时，被仙人抱上了鹿背。

他同许多人提起那场梦，但总是张口忘言，只能一句话便草草收尾。

明明记不清梦中任何场景，他却笃定那是个隆冬夜，他冷得发抖，那仙人的手是那场无尽寒夜里唯一的暖处。

就因为那场没头没尾的梦，他开始试着学一些仙术，试着离梦里的仙人近一点儿。他拜访过附近诸多仙门，却没有哪个仙门肯收他，都说他天生缺漏，聚不起气劲，凝不了丹元，实在不是修行的料子。

再后来，世道说乱便乱，他那点儿花架子根本不足以保命，只得四处避藏，过得像个流民。有一日，他深夜遭逢觅食的邪魔，缠斗中实在不敌，被钻了躯壳。魂灵被啃食的感觉和瞎眼、断腿无异，痛得他失声大叫。

他蜷缩在地的时候，忽然觉得一切似曾相识。他好像也这样蜷缩着用尽全力抵抗过什么，好像是……一道铃音。

世间最痛苦又最讽刺的事莫过于此。

他在濒死之时想起了被遗忘的一百年，想起那仙人和白鹿并非一场空梦。百年之前，真的有那么一位仙人，把他带出寒山洞；想起他成了对方的徒弟，一度被夸赞天资卓越；想起他曾经是飞升成仙的人里最年轻的一位，执掌香火最丰盛的人间丧喜。

他在仙都的最后一日，是想再见一见那个人的。他还没能见到，又怎么能死？

后来的云骇常想，他其实还是富有天资的，否则不会因为“不想死”的执念便反客为主，吸纳了那个啃食他的邪魔。

仙门都说，他聚不起气劲，凝不了丹元。其实不然，他只是凝不了仙元而已，邪魔的可以。他狼狈又不顾一切地吸纳邪魔气时，脑中闪过的是百年前的那一幕——他躲在山洞里，花信提灯而来，照亮了寒夜。

从今往后，都不会再有仙人来救他了。

他勉强活了下来，却可能到死也不敢再见那个人了。

第 27 章　问毕

成了邪魔之后，他的日子过得混混沌沌，终年不见天日。但那其实并不艰难。普通百姓日日担惊受怕，挣扎求生，仙门要庇护四周，除魔卫道。邪魔不同，邪魔只管自己，反而占了上风。

混沌未开智的、刚入道的邪魔碰上仙门弟子还会心惊一下，担心被杀。云骇却不会。他修炼极快，别说普通弟子对付不了他，就是仙门家主来了，恐怕也得惧他三分。

他本该过得很快活，横行无忌，但他没有。他躲着所有仙门，生怕有一星半点儿关于他的消息传到仙都去，被那位灵台仙首听见。

他甚至特地去了一趟西南腹地——曾经的分身仙术已经不能用了，他在西南腹地学了许多禁术、杂术，耗费平生最大耐心，塑了一个神仙难辨的傀儡。

他给那个傀儡捏了自己的脸，就放在花家所在的春幡城里。春幡城百姓数十万，那个傀儡如雨入海，淹没于街巷人潮，被花家人遇见的机会小之又小。但他驱使着那个傀儡，让它日复一日地过着普通生活，假装那个从仙界落回人间的云骇，正依照着寻常百姓的规矩过着他的一生。

安顿好一切，云骇去了离春幡城很远的瑰洲。那里邪魔聚集，无所谓多他一个。传闻那里有一种封禁大术，修了能摒绝一切情感，包括喜怒。但修这种禁术的少之又少，因为邪魔都重欲，享受的就是那些刺激和无上欢愉。若是通通封禁，自损不说，与某些以无情入道的乏味仙门还有什么分别?

但是云骇修了。封住喜怒，那些令他痛苦的东西便不再日夜纠缠。他无悲无喜，无畏无惧。草木蝼蚁也好、仙家邪魔也罢，在他眼里不再有区别，生便生了，死便死了。

他在仙都始终做不到的，成了邪魔后却做到了。想来……依然是不讲道理。

封禁大术是个好东西，他做了几年真正的邪魔，真的我行我素，也真的生杀无忌。甚至有一回，他路过不动城，听到“明无花信”这个名字时也无波无澜，只是抬了一下眼，连脚步都不曾停。

那禁术唯一的不足就是自损。每隔数月就会有一两天，他浑身筋骨剧痛，一点儿气劲都动用不了，虚弱畏寒。那一两天是一种极致的折磨，他常会在混沌时觉得自己的魂魄被割裂成了两半，一时哭一时笑，一时癫狂一时冷静。

每次清醒，他都会发现自己满身是伤，半边脸因为痛苦而被抓得鬼气森森，但到了那时，他又是无悲无喜的，甚至觉得就这样也不错，半面装得像人，半面露着鬼相……这不就是他吗，再合适不过。

那几年，连其他邪魔都避着他。不知是因为那张不人不鬼的脸，还是因为他真的干了太多疯事。

云骇本以为，他可以一直这样活着。仙都的人活多久，他便能活多久。

或许天道确实容不下他，疯事干得多了也确实会有报应。那事因何而起，他已经记不清了。只记得那天听闻了一个消息，说一群被他驱赶出瑰洲的邪魔栖身在了大悲谷。他听到“大悲谷”三个字时，只是嗤笑了一声，甚至没有回想当年身为大悲谷山神的乏味往事。

紧接着他又听闻，春幡城一队运商货的车马折在了大悲谷，被那群邪魔分了，队伍里面还有一些想要借着商队庇护过谷的普通百姓。其中一人长得跟他几乎一模一样，吓了那几个邪魔一跳，差点儿不敢下手。后来发现，只是长得像而已。

听到那话，云骇便知道，那是他捏了放在春幡城的傀儡。当初放那傀儡，是为了骗仙都的某个人他平平静静地做着一个百姓。后来修了封禁大术，他已经不在意那些了，那个傀儡早被他抛诸脑后，再没有探过行踪。

他听到那传闻时，稍稍怔了一瞬，但依然没有上心。只是死了一个傀儡而已，于他而言，除白费了当年捏傀儡的三天三夜外，没有任何损失。

他都不在意，更不会有别人在意。但他听说，大悲谷那些百姓的死讯被人通报给了坐镇春幡城的仙门，花家。

据说花家已经派了人，动身赶赴大悲谷。很难说清那一刻云骇的心情。他的封禁大术还在，离数月一次的反噬期还有好几日，他理应是无动于衷的。

他照常过了一天、两天……

却没能到第三天。

第二日夜里，他就站在了大悲谷高高的山崖上。他曾经是庇护这里的山神，但这里万事平安，无人祈求庇护。等他落回人间后，这里不再太平，邪魔肆虐。

这些年他去过很多地方，唯独没有来过大悲谷。如今再来，发现那座仙庙还在，只是神像没了，而常年冷落的龛台上，居然插着几支刚燃尽的贡香。他在空空的仙庙门外站着，望了一会儿青灰色的天，而后循着邪魔的气味，进了狭长谷道。

那一刻，他的魂魄仿佛一分为二。一半在问：“你为何来这儿，与你何干呢？”另一半在答：“我要料理了那些喽啰，再捏个傀儡出来。”

他想趁花家的人赶来之前，清掉山谷里作祟的邪魔，然后在车马队附近再放一个傀儡。就连那傀儡身上该弄多少伤，伤势多重才不显得奇怪，要不要再捏两三个百姓之类，他都想好了。

唯独没有想好他为何要如此。

让那个傀儡“云骇”假装成大难不死的模样，让它侥幸捡回一条小命，被花家的人带回春幡城，依然做个平平安安的寻常百姓……然后呢？那是假装给谁看的？谁又会在意呢？

云骇自嘲着，拢了黑袍，带着一身冲天邪气扫荡了整个大悲山谷。那些邪魔本就怕他，在他心情糟糕时，更是一点儿不能敌。他疯起来时自己都控制不住，杀到最后，手指在亢奋中轻轻抖着。

邪魔被屠，车马队的尸首残骸也没能幸免。它们被冲天邪气震得四分五裂，人的皮囊像撕裂的布帛一般，飞起又落下。

直到山石乱滚，砸得尘土四溅，云骇才从怒张的邪气里清醒了几分。他正要收敛气息，就听到了剑气破风而来，从不知哪处高天清啸而下，穿透大悲谷疯涨的黑色邪气，直奔他而来！

那一刹那，他瞳孔骤缩，浑身僵硬，像被整个沉入冰封的无端海。他甚至不用看到那柄剑，只凭那道剑鸣就能认出来人。

那是明无花信的剑气。

云骇曾经想象过许多次他们的重逢，尽管明知没有那一天，他还是克制不住会去想。他想过自己会避让，不等花信看见他就早早离开，消失无踪；他想过自己会古井无波，就像那次在不动山听到“明无花信”的名号一样，然后刀剑相向。

他唯独没有想过，自己会遮住属于“云骇”的半张脸，只露出鬼气森森的那半面，将那位从天上下来的仙人裹进黑色邪气里。

他避开剑芒，一边过招，一边用嘶哑得不像他的声音嗤笑着问对方：“这小小一方大悲谷，不过是死了一队车马，几个百姓，居然引得上仙负剑下人间？”

他们隔着深浓邪气，谁也看不见谁。但他能感觉到花信剑气之下前所未有的杀意，而且越来越重。不知为何，那杀意让他心跳如擂鼓。

好像这么多年来，他兜兜转转，其实等的就是这么一天。

他一句接一句，激得花信出剑越来越快，杀意肆张。大悲谷在那剑意之下，群山震动，颤鸣不息。他看见花信出了一记命招，剑尖带着千军万马之势，冲他心口刺来。

然后……他撤去了所有抵挡。剑尖横穿心脏时，仙气顺着剑口爆开，跟他满身的邪气狠狠相撞。他在重击之下，被剑深深钉在地上。

花信随剑而下，掌中还蓄有一击，打算在邪魔抵抗时再加一道重创。那一掌落下时，山地龟裂。浓烈的黑色邪气终于被冲散开，露出了云骇另半张脸。灵台仙首的命招，邪魔想挡也挡不了，更何况他还没有挡。那只有一个结果——魂飞魄散，必死无疑。

那是云骇第一次看见花信露出那样的神情，那双漆黑的眼眸瞬间睁大，颤了一下。他看见自己的脸映在对方的瞳仁上，半人半鬼，身下是蜿蜒成河的血。

他能感觉到自己的魂灵支离破碎，正飞速散开，也能感觉到冲天邪气没了躯壳束缚，如云一般流泻山谷。

他还能感觉到那位灵台仙首一贯温暖的手，在那一刹那，冷得像冰。

“云骇？云骇……”

他听见花信的声音又哑又轻。不知这样叫着他名字时，会露出何种表情？

是悲悯，还是难过伤心？他真的很好奇，但他已经看不见了。他五感衰退，意识混沌，就要死了。

最后一刻，他笑了。心想，我还是那么混账。

无尽黑暗和浮散的邪气混在一起，萧复暄的剑鸣声止，怔然良久的众人才意识到，诘问停了。人的记忆本就都是零碎画面，在诘问之中更是交错相织，除了执掌刑赦的天宿上仙本人，普通人草草一瞥，根本厘不清。

他们只能记住那些极速闪过的惊鸿一瞥，记住云骇初上仙都时那高高的白玉台阶，记住云骇在十二灵台跪罚时的刀山火海，还有那个戴着面具，却从未出现在任何仙册里的灵王……

宁怀衫和方储被诘问引进圆室时，看见的就是那一幕。他们之所以对那一幕印象极深，是因为那位灵王接剑的动作让他们有一瞬间的熟悉，总觉得在哪儿见过，以至于诘问结束，他们还在思忖着那一幕，久久不能回神。

直到他们听见深穴里响起一声极轻的呼吸。他们猛地一惊，好奇心作祟之下，凑到了乌行雪身边，伸头朝深穴内看去。就见藤蔓缠缚之下，那个身着黑袍、被镇压了数百年的云骇倏然睁开了眼。

漆黑瞳仁由散到聚，他睁眼看见的第一个人，便是深穴边弯着腰的乌行雪。那一瞬，他盯着乌行雪，干裂的嘴唇动了一下，下意识叫了一个名字。

他嗓音嘶哑，几乎没能出声。但若是仔细分辨，依然能看出来，他吐露的是两个字：“灵王。”

那个从未出现过的、受天赐字为“昭”的仙。

方储：“……”

宁怀衫：“……”

第 28 章　自罚

宁怀衫默默揪住方储腰间一块肉，悄悄传音道：“听见没，灵王……”

方储咬牙把痛哼闷回去，反掐住宁怀衫的手指头：“看见了，我不瞎，你再揪？”

宁怀衫：“我还不如瞎了呢。”

他想了想，越想越觉得离奇：“那可是咱们城主啊，整个魔窟照夜城都是他划出来的地方，鼎鼎大名的一介魔头，怎么会有人对着他叫一个上仙的名号？为什么，疯了吗？”

“不排除是长得像，认错了，或者……”方储艰难地憋着理由，结果说到一半就放弃了，“算了，编不出，就这样吧。”他们城主这张脸，普天之下想找个相像的实在很难。各色传闻里，见过他的人都说那张脸过目难忘，又怎么会被认错呢？

更何况，宁怀衫和方储都看到了那灵王接住剑的动作……

在乌行雪身边待得久一点儿便知道，这位魔头手里不爱拿麻烦东西。要用何物，常常就地取材，或是问身边的人要。

宁怀衫和方储跟得最久，常常乌行雪一伸手，他们就把东西乖乖交出去了。而乌行雪每次接住东西，手指都会拨转一下。

说来讽刺，在瑶宫万座的仙都，他转着剑便是轻盈潇洒；到了人间魔窟，就成了令人捉摸不透的漫不经心……明明是一样的动作。

宁怀衫怔了一瞬，把这奇怪念头晃出了脑袋，跟方储一块儿惊疑不定地看着他家城主，想看出来龙去脉。

然而乌行雪并不比他俩蒙得少。他静了一瞬，垂眸问云骇：“你叫我什么？”

云骇却没有再答。他在地底沉睡已久，不见天日，脸色是一种病态孱弱的苍白，像人间祭祀时烧出来的纸灰，似乎风一吹就散了。

他轻而缓慢地眨着眼睛，眼珠扫过乌行雪所有反应，又慢慢转向萧复暄，目光从上到下，扫过他带着黑色印记的手腕。

而后，云骇合了眼，身体在藤蔓的覆盖下很轻地抖着。

片刻后，乌行雪才意识到，他在笑。因为太过虚弱，无声无息却又难以抑制地笑着。

“你居然问我，叫你什么……”云骇轻动着唇，依然只能发出极为微弱的气音。就好像那些藤蔓缠得太紧，扼箍着他的胸口和咽喉，以致他连一口完整的气都吐不出来。

但他早已习惯这种捆缚，并不在乎。只是闭着眼，用几不可闻的嘶哑声音重复着：“我怎么也没想到，居然有一天，你会问我，叫你什么……”

“那不是被打落仙都，落回人间，万事都不记得的废仙才会问的话吗？居然会在你这里听到……”云骇又无声笑了几下，缓慢道，“灵王……天宿……

受天点召，不吃供奉，不靠香火……”

他闭着眼时，看上去平静得像在做梦。梦里，刚入仙都的场景鲜活如昨。他慢声重复那位灵台仙使说过的话。

“我曾经……好羡慕你们啊。”他重复完，轻声说。

乌行雪听了，抬眸朝萧复暄看了一眼。

那一瞬，他脑中忽然闪过一句话——

“我真羡慕你……”

嗓音没这么嘶哑，语气也没这么轻，像是好友间一句随口的抱怨。乌行雪并没有想起完整画面，却下意识知道，那是云骇说的。

曾经还在仙都的云骇说的。

那时候，云骇刚被贬为大悲谷山神，还受着仙首花信的加罚，一日之内路经灵台六回却没脸进去。在偌大的仙都绕了好几圈，绕到了最偏僻的坐春风。灵王难得在，支着腿坐在窗棂边，面前的桌案上还放着一樽仙酿、两只空盏。

“你总说这里少有人来、少有人来，东西倒是摆得齐全。”那时候云骇还不曾熬上近百年，心里如何琢磨也不会把阴晦摊在人前，只要开口，就总会带着玩笑，“灵王别是约了哪位佳人吧？我来得是不是不凑巧啊？”

“是不凑巧，现在跑还来得及。”灵王没好气地回了他一句。

“那不行，我今日受了挫，总得找个地方说聊两句，否则……”云骇顿了一下。

“否则怎么？”

“否则我可能得去灵台绕上第七回。”云骇自嘲地笑了一声。

灵王不问灵台事，这是一贯的规矩。他没接这句，倒是问：“受了什么挫？这么憋得慌。”

“这酒我能喝吗？”云骇问。

“不能。”灵王伸手一拂，仙酿和空盏稳稳落在仙童捧着的空盘里，“这是我备的赔罪礼。”说完，他冲另一个仙童招了招手，拿了一壶新酒递给云骇。

“赔罪？谁敢让你赔罪？美酒配美人，拿来赔罪岂不是辜负了你这夜色。”云骇咕哝着，给自己斟了一杯酒。

别人都是酒入愁肠，牢骚便出了口。云骇喝了三杯，却没说他受了什么挫，只抱怨酒池今年新酿的酒不如旧年清甜，三杯下肚，他就醉了。

他举着酒杯，在灵王面前的杯盏上磕了一下，说：“我真羡慕你，不用担心香火冷落，能跟灵台比命长。”

“我家大人为何要跟灵台比命长。”灵王还没开口，小童子就先纳闷儿了。

云骇只是哈哈笑着，然后捏了捏小童子的脸，搂着酒壶说：“灵台那些小童子简直像小老头子，一点儿都不如坐春风的可爱机灵。”

灵王一点儿不客气：“那是自然，毕竟是我养的童子。”

小童子揉着脸跑了，结果在门口撞到一双长腿，“哎哟”叫了一声。

灵王抬了眼，云骇迷迷糊糊地跟着转头，看见了天宿上仙萧免抬了挡纱，站在门边。他眸光扫过屋内，最终落在云骇搂着的仙酿上。片刻后，他看向灵王，淡声道：“你揪了我宫府的仙竹叶，留笺贴在童子额上，就是叫我来看这个？”

云骇当时已经迷糊了，看看左又看看右，哈哈一笑说：“我头一回听见天宿上仙一句话说这么多字，真稀奇，长见识了。”

他又道：“你说的赔罪，不会就是赔天宿大人吧？”

天宿上仙的脸色顿时变得很精彩。他原本打算走了，忽然改了主意，就那么两指抬着薄雾似的挡纱，等着听还有什么鬼话。

或许是因为当时打岔太多，云骇那句含糊之语，恐怕连他自己都记不得了。直到数百年后，才重被记起。

然而当年搂着酒壶哈哈聊笑的人，如今形如鬼魅；当年挑帘而来的天宿上仙，如今只剩一具躯壳分身；而当年待客的瑶宫主人，连自己是谁都忘得一干二净，独坐春风，却不见灵王。

“我曾以为，二位是最不用担心生死或是被废仙的人，会和灵台、仙首一样长久，没想到……”云骇无声的笑里满是嗤嘲，不知是嘲自己还是嘲别人。

“你们怎么会变成这样呢？”他静了片刻，忽然脖颈轻轻抽动了一下，眼皮下的眼珠轻颤片刻，“啊”了一声，想起什么般说道，“对啊，连仙都都殒殁了，自然什么仙都做不成了。”

听到这话，乌行雪眉心一蹙：“你怎么知道仙都殒殁了？”

宁怀衫他们紧跟着一愣，道：“对啊。你如何知晓的？”

云骇被钉在这里少说也数百年了，那时候，仙都可好得很。

即便这数百年里，他借着“供印”给自己吸纳了不少养分，又引诱百姓来此，想破掉镇压大阵，但没有人会无故跑到这墓穴深处，对地底下的人讲述如今的世道。

那他是如何知道，仙都已经殒殁了的？

乌行雪扫眼一看，忽然发现深穴边沿石壁上刻着符文，之所以之前没注意，是因为那符文太密、太乱了，乍一看根本辨认不出来，以为只是被震出来的裂纹。现在仔细看了才发现，那符文之所以太密、太乱，是因为叠了两层。

曾经有一层旧的，后来又盖上了一层新的，而两层符文的笔迹还不太一样，并非出于同一个人。

假如，旧的符文是当初花信把云骇深埋于此时留下的……那新的呢？

乌行雪脑中闪过一个猜测。他猛地看向藤蔓缠裹的云骇，就听见对方半睁开眼，轻声说：“因为我出去过啊。”

众人瞬间一惊。

这句话简简单单，却惊得那几个仙门弟子一身冷汗。镇在这里的邪魔居然出去过？！他们差点儿又要摆起剑阵，就听见医梧生忽然开口，轻声地问道：“是在……二十多年前吗？

“你是在二十多年前出去过吗？你是不是……是不是去了一趟花家？”

医梧生竭力回想二十多年前花家接洽过的陌生人。那时候大悲谷正是混乱，太多世人中招，每日来客络绎不绝，几乎踩塌了花家的门槛。

如果那些人之中，混着这位邪魔，那他和花照亭脖颈后无故出现的供印，便能解释了……

“可你为何能出来？！”

云骇却答非所问，说：“我不止去过花家一趟。”

话音落下的瞬间，捆缚着他的那些藤蔓突然疯长起来，像是活了一般，带着暴戾风声，猛地朝众人击打而去。

仙门弟子一剑刺穿藤蔓，就见更多的邪气从茎内逸出来，源源不断！

他突然爆发，弄得大多数人措手不及。好在萧复暄那柄长剑还未入鞘，只见金光如浩瀚水波一般极速荡开，所过之处，藤蔓俱毁！在漫天断藤和邪气中，免字剑尖直贯而下，在即将刺入云骇心脏时骤然停止。

那一刻，整个墓穴寂静无声。

众人屏息半晌，听见萧复暄低沉的声音响起：“既然出去了，又何必回来？”

众人愣了一下，纷纷反应过来。是啊，既然出去了，为何又要回来？你处心积虑，做了那么多，不就是为了挣脱镇压，重见天日吗？

他们又后知后觉地意识到，刚刚云骇的突然暴起，比起杀招，更像强弩之末。明知萧复暄在场的情况下，那样的暴起除了换来致命一击，不会有第二种结果。他图什么……

就听云骇用沙哑的声音道：“我跟灵王是旧友，跟天宿大人的交情不算深，不要总在临阵之时，念那些不必要的旧情。”

他说着，身上的藤蔓突然缠上萧复暄的剑，一边因为承受不住仙气而不断爆裂，一边拖拽着剑刃，狠狠往下。

就听“扑哧”一声。

仙剑贯穿心脏，凉意惊人，让他又想起了数百年前大悲谷青灰色的天……

花信的剑，剑柄上盘着桃枝纹，没这么凉。

他不知道，当年本该毙命的一剑，为何还有转圜余地；他同样不知道，在他沉入长眠时，花信做了什么。

他只知道，某一天他就像从梦中惊醒一般，忽然睁开了眼，发现自己身上缠满东西，头顶不见日光。周围满是符文，他动弹不得。在他焦躁至极，邪气暴涨之时，他听见了一道声音，很远又很近。

那声音他再熟悉不过，几世都不会忘怀。那声音说："我徒云骇。"

他瞬间安静下来，一遍一遍地听着那句话。

可是有些时候，他控制不住自己。修炼邪魔道便是如此，修到最后，不知是他在操纵邪气，还是邪气在操纵他。

那种魂魄被一分为二的感觉又来了，一半在说：我要出去，谁能奈我何？另一半说：不可。

大悲谷常有世人经过，他趁着巨阵松动，送了一缕灵识离开墓穴，攀附在某个路人身上。

嗅到生人气时，他才意识到，他真的饿了太久。那天，他幽幽立在仙庙龛台上，像当年他的神像一样俯瞰着来祭拜的人，一边嗤嘲，一边给他们留了些印。那一刻，他另一半魂魄说：你果然还是那个邪魔。

他借着供印尝到了甜头，于是又用了别的法子，哪怕自己不动手，也能源源不断地吸食生灵气。

他攒聚了更多力气，于是某一天他又附在生人身上，出了大悲谷。他看着早已陌生的尘世，一时间不知该去哪里。等他反应过来，他已经站在了春幡城花家的厅堂里，安静地看着厅堂里挂着的那幅画像。

那一瞬间，邪气占了上风，他有些恼羞成怒。

那半具魂魄嗤嘲着：一个要杀你的人，何必挂心？

另一半却道：可我没有死透。

那半具又嗤嘲：那你要再死一回吗？我偏不让你如愿。

那些日子里他凭借一缕幽魂，作了不少恶。一是出于邪魔本性，二是……或许他也想看看，那个人会不会再下一次仙都。

斥他也好，杀他也好，都行。但他没有等到。

每次灵神快要耗尽时，他就会躲回墓里，再吸聚一些"食物"。他不知道自己每次沉睡会睡多久，数月还是数年。

他浑浑噩噩，进进出出好几回，直到某天，他又一次站在花家厅堂，站在花信那幅画像前，一怔良久。

花家小弟子问他："先生可是遇见麻烦事了，是否跟魂梦相关，想见医梧生先生吗？”

他不认得什么医梧生，也没细听小弟子的话，只怔然良久，问道：“明无仙首近年可好？”

结果那小弟子睁大眼睛，诧然道：“先生，仙都殁了好些年，灵台十二仙不复存在，仙首也殁了呀。”

云骇不记得那日他是如何从活人身上脱离的，也不记得自己有没有再造什么孽，甚至不记得是如何回到大悲谷的。

他只是忽然觉得，偌大世间，不过如此。天日有什么可见的呢？还不如这大悲谷下的深墓。

他那一分为二的魂魄第一次起了如此激烈的冲突，一半想要脱逃，另一半却想让自己永远待在这里。

他时而是花信的徒弟云骇，时而是邪魔云骇。

时而清醒，时而癫狂。

癫狂时，他用尽邪术，想要冲破这层层镇压；清醒时，他在花信松动的巨阵上添了一层符。他跟自己较着劲，又是二十多年，已经过够了。

如今巨阵已散，不如借着故人的剑，给自己一个痛快。

从此世间长风万里，皆与他无关了。

第 29 章　片段

这一次，那些翻涌成灾的邪气尽数入土。云骇身上活气散了。他样貌变化不大，却给人一种瞬间委顿之感，可能是因为身上的藤蔓正在迅速枯萎。

直到这时，众人才发现那些藤蔓是从他心脏里长出来的。它们跟云骇应当是共生的，他一死，藤蔓也没了生气。缠在萧复暄剑上的那几根立刻松开，顺着剑刃退回，变得十分干瘪。

唯有那根花枝没变，茎叶依然缠在云骇脖颈上，花朵牢牢挡着云骇那半张鬼脸。

众人没有料到云骇会选择自戕，都愣住了。萧复暄沉默着拔了剑直起身，眉心慢慢蹙起来。

乌行雪看着云骇了无生气的脸，良久之后低声问：“还有残魂吗？”

萧复暄摇了一下头：“神魂俱灭。”扎进云骇心脏的是他的剑，剑刃之下有无残魂他最清楚。他没有探到一丝一毫，应当是神魂俱灭了。

满身藤蔓一散，云骇的躯体也露出大半，一块腰牌从黑袍间露出一角。仅凭那一角，就有人认出来了那是何物。

医梧生轻声道："那是我派的腰牌。"

花家的腰牌和剑挂都是芙蓉玉制的，雕着桃花，在一众仙门里别有情调，确实很好认，但这腰牌也就是花家门下弟子会戴。到了长老、门主级别，比如医梧生、花照亭两位，就不靠腰牌来表明身份了。

没想到这位成过仙又成过魔的人，居然到死都戴着。

"这上面的字是谁刻的？"乌行雪将那腰牌翻过来，看到背面刻着个细长的"骇"字，"你家历任家主？"

医梧生摇头："不是，都是弟子自己刻的。"

乌行雪："那便是云骇的字了。"

医梧生："是。"

乌行雪"噢"了一声，心说那就没错了。他先前就发现深穴里的符文有两层，上面那层的字迹便是这种细长形的，应该是出自云骇之手。

众人又在云骇左手底下的血泥里发现了镇压大阵的阵眼。阵眼里有两枚阵石，一枚已经碎裂成渣，另一枚较完整，应当是后放的。

后放的那枚上留着一道印——跟腰牌如出一辙的"骇"字。

之前众人还纳闷儿，为何镇压大阵的阵眼会被如此直白地放在阵中央的墓穴里，现在看到了阵石，一切明明白白。

加固镇压大阵的，就是云骇自己。

"这……"医梧生捏着那枚阵石，神情复杂，说不上来是唏嘘，还是别的什么，最后摇着头叹了口气，最后轻叹了一口气，道，"可惜。"

其实在场众人里，医梧生最不该有这种心情。因为他脖颈后面的印记是拜云骇所赐，他这二十多年的挣扎和痛苦，也都来源于此。

谁都能为云骇感慨唏嘘，除了医梧生。就算他拔剑对云骇的尸身宣泄愤恨，都不会有人说他一句不是，但他没有，甚至还冲着那邪魔叹了一句"可惜"。

乌行雪看着医梧生伤痕累累的后颈，忽然也生出了一丝可惜之心。他心想，不知过去的自己跟花家这位医梧生有多少交集。想来不多，毕竟一个是魔头，另一个是仙门弟子。

真是可惜。否则多这么一位相识，应当不错。

医梧生蹲下身，把阵石重新埋回云骇掌下。一来一回间，那附近的血泥被掀开不少，他正要把血泥重新盖上，就被两根手指挡住了。

"上仙？"医梧生抬头一看，挡他的人是萧复暄。

萧复暄答："有东西。"就见他用长指拨了一下——血泥极厚，不见任何东西的踪影。

众人对视一眼，纳闷不已。

乌行雪在他身边弯下腰，问道："何物？"

萧复暄没有立刻回答。他见翻找未果，索性屈指在地上一叩。云骇的身体未动，满地血泥却猛地一震，血泥深处的东西被震了上来。

那是一抹白，在深色泥土间泛着一丝温润亮色。乌行雪对那成色最为敏感，扫一眼便知是白玉。

萧复暄手指一钩，将那东西从血泥底下钩了出来。

"梦铃！"医梧生脱口而出。

那是一枚白玉铃铛，跟花家那枚相似，细看又精巧许多。玉面上盘着镂空细丝纹，跟那位灵王的剑鞘、面具很像，一看便同属一人。

有这枚梦铃在面前，花家那枚确实当不起一个"真"字。

正如医梧生之前猜测的，花照亭把梦铃藏在身边，能以假换真的，只有操控他的邪魔。如今在云骇墓里找到梦铃，其实是意料之中，但医梧生实在有些想不通："这……他要这梦铃作何用处？"

梦铃的用处无非造梦，将过往变作梦境，或将人拉进新的梦境里。

云骇当初被废时都不想受梦铃所扰，为何会从花家拿走它？还用假梦铃做幌子，很是费一番心思。

难道是改主意了？忽然觉得这墓穴里的日子太难熬，比废仙落回人间还要难熬，所以想借梦铃求一场大梦？乌行雪心想。

但云骇已死，用萧复暄的话来说是"神魂俱灭"，已经无法开口回答这个问题了，乌行雪也无从知晓自己猜得对不对。

他正出神，忽然听见一道低沉声音："乌行雪。"

乌行雪抬眸。萧复暄直起身，手指钩着那枚白玉铃铛道："伸手。"

"嗯？"乌行雪疑问一声，片刻后冲对方摊开手掌。

他掌心一凉，那枚梦铃躺在了他手里。

他其实什么都不记得，灵王也好，梦铃也罢，但那枚铃铛落在手里的那个瞬间，他很轻地眨了一下眼，竟然生出了一丝久违之感。

他拨了一下那白玉铃铛，发现近看之下，那铃铛内侧似乎有些裂纹。

他捏起铃铛正要细看，脑中却隐约闪过一些画面。先前听医梧生提过，若是用梦铃将人拉进生造的梦里，那就还得要梦铃来解，否则便会神魂不全或是记忆不清。

眼下这梦铃有破损，他也尚未知晓该怎么解，居然就隐隐有感了。

乌行雪用手指捻转了一下梦铃，试着回想刚刚一闪而过的片段。

那应该是在某个寒夜，他不知为何负手站在屋门边，手掌里攥着不知什么硬物，凉丝丝的，棱角硌得掌心生疼。

萧复暄站在门口，手指抬着挡帘，没进没退，黑沉沉的眸子微垂着看他。

背后是偌大的庭院，院里有一棵参天巨树，挂着雪。

他就那么攥着手里的东西，安静地跟门口的人对峙。

良久之后，他轻轻歪了一下头，开口道："萧复暄，邪魔要度劫期，听说过吗？

屋内一阵沉默。

萧复暄依然抬着挡帘，良久后才开口道："听过。"

没头没尾的画面意外清晰，乌行雪一抬头又看到萧复暄的脸，跟闪过的回忆一模一样。

乌行雪冷静地站了片刻，默默把梦铃塞回萧复暄手里。

第 30 章　铃碎

萧复暄看了眼被塞回来的梦铃，又看向乌行雪，还未说话，先被反咬一口。

乌行雪说："还你，给我做什么。"

萧复暄："……"

几名仙门小弟子的记性格外好。他们既记得在云骇的诘问里出现的这枚白玉铃铛是那灵王的仙宝；又记得医梧生之前安抚他们的鬼话。

其中一位在那儿小声夸赞乌行雪："公子品性当真高洁，如此稀世仙宝，寻常人见到怕是眼睛都直了，拿到绝不会撒手，公子不仅没被仙宝迷了眼，还能递出去。"

萧复暄忍不住瞥了那个小弟子一眼。

小弟子还在那儿扪心自问："摸着良心说，换我，我就做不到如此——欸？"他被天宿上仙瞥得一惊，才发现自己的小声嘀咕被听见了，顿时脸蛋通红，支支吾吾半晌，朝医梧生指了指："先前我听前辈说，乌……"他还是不敢当面叫魔头的名字，"乌"了一声便含糊带过："嗯，并非本人，而是凡人生魂不小心入错了躯壳。"

医梧生默默捂了一下脸，心说这个小弟子真的好骗。

小弟子被所有人看着，脸皮更红了，慌忙解释道："那个……我曾听尊师讲，仙都殒殁了之后，有些仙宝流落人间，各大门派和散修高人们明里暗里争相寻找。仙宝往往带着仙人命元，又是集千百年灵气于一体的奇珍，自然谁都想要。但世间有能耐把仙宝带在身边的人屈指可数，没有百年修为打底，根本承受不了那么重的仙气。公子是凡人生魂，确实不宜带着仙宝。但知晓道理的人数不胜数，能做到不为所动的却少之又少。所以公子之作为令人叹服。”

他叭叭解释完，还文质彬彬冲乌行雪拱了拱手。

乌行雪心里笑了半天，面上却不动声色，还风度翩翩地朝那小弟子还礼道：“过奖。”

天宿上仙的表情从无言变成了麻木。

乌行雪看着他那冷淡的脸，心里笑得更厉害了。笑着笑着，冷不丁想起那庭院里的一幕……他戛然而止，不笑了。

就像之前在马车里一样，萧复暄没有戳破他。

小弟子叭叭说着，萧复暄就听着，手指有一搭没一搭地捏转着梦铃。

那梦铃在他修长指间显得格外玲珑小巧，玉色润泽剔透。怪就怪那小弟子提了一句“仙宝往往带着仙人命元”，乌行雪连命元是什么都不记得，却感觉自己跟那梦铃有了点儿灵神牵连。

他再看萧复暄拨弄梦铃的手指，看了片刻，伸手把梦铃拿了回来。

刚夸完人的仙门小弟子满头疑问。

萧复暄看向乌行雪：“不是要还我吗？”

乌行雪道：“改主意了。”

“为何？”

乌行雪幽幽看过去。他总不能说“我见不得你捏那梦铃玩”，说了万一萧复暄又来一句“为何”，那他颜面何存？

天宿上仙干得出来。

乌行雪默然片刻，道：“我只是忽然想起来，还也不该还给你。”他说完，转头就把梦铃递给医梧生。

医梧生：“……”不必！

乌行雪说：“我记得先生临行前说过，来这大悲谷就为两件事：一是弄明白颈后印记从何而来，二是想帮花家找回真正的仙宝。”

医梧生连忙摆手，心说你不要牵连我这个无辜凡人。

然而乌行雪不放过他：“先生摆手做什么，这是花家遗失的，如今找到了，理应给你。”

不提这茬还好，一提这个，医梧生恨不得就地找条缝钻进去。

之前在花家发现梦铃遗失之时，他说了什么糊涂话来着？噢，他一上来就猜是乌行雪干的……

当着乌行雪的面猜的。

后来又说要来大悲谷找梦铃，拿回花家的仙宝。结果云骇的诘问一出，证明这仙宝原主是那位灵王。然后发生了什么来着？噢，云骇冲着乌行雪叫了一句“灵王”。

尽管医梧生从未在任何仙册里见过那位灵王，也无从知晓对方在仙都如何地位超然，更不清楚发生了什么，让堂堂灵王变成了如今人人畏惧的魔头。

但这梦铃确实是对方的。

天宿上仙把梦铃搁在乌行雪手里，那是物归原主。现在原主不知出于何种心理，装聋作哑，非要把梦铃给他。

他敢接吗？不敢。不仅不敢，还没有脸接。

医梧生书生脾性，脸皮尤其薄。当初年少时候，花照亭和花照台兄妹俩就以此为乐，常常把他逗得面红耳赤。后来他成了四堂长老之一，在外颇有名望，那对日渐稳重的兄妹不会再那样逗人，也没别人敢这样逗他。

他很久没有体会过面红耳赤的滋味了，直到此刻。但凡身上有血，脸已经红了。

世间有一则流传极广的传闻，说花家凭借仙缘偶得仙宝，后来不幸被魔头乌行雪劫走了。现在想来真是极其讽刺。

人家拿的是自己的东西，倒是花家的“凭借仙缘偶得仙宝”有些意味深长。

这等情形之下，医梧生哪里敢接梦铃？要不是那祖宗死不承认自己不是“生魂入体”，要不是天宿上仙拿剑威胁帮着隐瞒，要不是旁边还杵着几个极易崩溃的仙门小弟子，医梧生一定冲乌行雪拱手告饶。

但他现在什么都不能说，只能无声看着乌行雪，目光逐渐哀怨。

最后他捏着纸说：“公子，我就剩这一缕残魂了……”言下之意：求你换个人折腾吧。

乌行雪看着他的表情，反省一番，觉得自己是有点儿欺负人。于是他转而把魔爪伸向两个属下。

他向来懒散，手里不爱拿东西，挑个属下当储物囊应当是常事。宁怀衫和方储肯定早已习惯。

结果他一转头，就对上了宁怀衫和方储更加哀怨的脸。

“我还没开口。”乌行雪慢声道。

宁怀衫道：“城……公子，您记得吗？有些邪魔啊，看见神像都会吐。”他脸上似乎写了一排大字——您猜我拿着仙宝吐不吐。

乌行雪：“……”行。于是折磨完一圈人，大魔头乌行雪还是选择亲自拿着梦铃。

大悲谷“点召”一事已经明了，想找的东西也已经找到。对仙门弟子或是医梧生来说，已经没有缺憾了。倒是乌行雪有些好奇，当初花信究竟做了何事，才保住了云骇一点儿残命?

但这点连云骇自己都不清楚。

而且萧复暄说，花信负剑下人间时，他在苍琅北域。等他回到仙都，已是很久之后。仙都无人知晓花信做了什么，只知晓一些后续：他跟当年的云骇一样，在灵台跪受天罚、闭关百日。

再之后，除更加不沾烟火，更像个仙首外，花信就再无异样了。

他们沿着云骇的墓穴摸索了一圈，没有发现任何能窥见一斑的痕迹，只好作罢。

众人从大悲谷地底墓穴出来时，东方既白。三位仙门弟子忙着收乾坤袋，他们找齐了三十三尊童子像，找到了所有惨遭“点召”的百姓，一边说着“得罪得罪”，一边将他们的残躯纳进了乾坤袋里。

“送还时，记得略作修整，起码做些障眼法。”

医梧生十分操心，叮嘱了他们一句。那些百姓多数尸首分离，死状可怖。若是原模原样地送他们回家，实在有些残忍。

小弟子躬身行礼：“前辈放心，一定好好超度，妥当安置。”

师兄师姐们来了那么多趟，均无所获。他们三个初出茅庐者，却一下子带回了所有人，这在门派，甚至在整个鱼阳都是大事。

他们本想邀萧复暄几人一起回门派，但被婉拒了。噢不，天宿没有婉，只有拒。回了两字：“不了。”

乌行雪倒是要委婉一些，指了指自己的脸说：“我若是去了你们门派，你家家主、长老们怕是要高兴得脸色乌青呢。”

小弟子：“……”

医梧生最正常，说：“我现在只剩一缕残魂，撑不了几日，就不去叨扰了。”

小弟子们一听这话，自然不敢再拽着他，耽误他最后时日。他们行礼道别，背着乾坤袋和三十三位亡魂去往鱼阳。

乌行雪问医梧生：“先生有何打算？”

医梧生摸着口鼻上的黑布，他其实有所感知，自己一日不如一日。在马车上还能摸腕探灵，到了大悲谷底已是处处力不从心，眼下，他连五感都不如之前灵敏。他看向萧复暄：“上仙，我这残魂还能再撑几日？”

萧复暄指背一抵，静默片刻，沉声道：“四日。”

医梧生平静地点了点头：“好。”

然后他回答乌行雪："我还有些缺憾事，想去看一眼，应当会先去一趟莨暝之野，再拐往桃花洲，若是运气还不错，能踩着最后的时日到家。"

他说着话，忽然自嘲一笑。

他攥着乌行雪衣袍让对方杀了他的那一刻最为干脆，现在有了余地后，反而越要越多。最初说弄明白花家遭罪的缘由、找到梦铃踪迹，便能从容上路。现在两件事办完，他又想起一些缺憾事。

人啊，总是贪心。他自嘲完，冲乌行雪和萧复暄行了个斯斯文文的礼，就此别过。结果刚走没几步，操心病又犯了。他实在没忍住，走回来对乌行雪说："这话说来有些唐突，不知……"

他想说不知你还记不记得这梦铃如何使用，如何解梦。他看得出来乌行雪忘了很多事，恐怕梦铃的用法也在其中。但冲着原主问这句话，他又实在有些张不开口。

乌行雪见他犹犹豫豫，半天没有下文，目光却落在自己腰间挂着的梦铃上。索性手指一钩，拎着梦铃道："你想问这个？"

医梧生点了点头，斟酌着如何开口，忽然目光一震。他惊道："这梦铃怎么满是裂纹?！先前在墓里还不是这般模样。"

乌行雪却不那么意外："先前里面就有裂纹了，只是还没显到外面，万幸还算完整，没裂成八瓣，不知能不能用。"

"万万不可。"医梧生连忙道。

"为何？"

医梧生："这是仙宝，仙宝灵气太重，又混了神仙命元，使用时总有忌讳和讲究，稍有差池，非但不能成事，还会走火入魔。"

这话听起来倒是有理，但仙宝，自然是神仙最熟。于是乌行雪拎着白玉铃铛想了想，扭头去看萧复暄。

萧复暄："确实如此。"

其实医梧生心里十分清楚，自己还是说得轻了，真出了岔子可不仅仅是走火入魔。最麻烦的是，仙宝珍奇就珍奇在不仅世间少有，对神仙来说也是不可多得、极难再有。

一旦受损，那真是上天入地都难复原，偏偏乌行雪对此并不知晓。他捏着铃铛轻轻晃了一下，有些出神，过了片刻问道："那能恢复吗？"

这事依然是神仙最熟，所以他问完又扭头去看萧复暄。

萧复暄："……"

眼见着天宿上仙薄唇轻动，似乎张口就能蹦出一个"不"字，但他最终没这么说，而是偏了一下脸，片刻后转回来道："能。"

医梧生默然半晌，咕咚一下把“不可能”三个字咽了回去。他心说这就是神仙吗？被人一眨不眨看上一会儿，就能把“不可能”变成“能”？

他实在想见识一下怎么个“能”法……

于是半个时辰后，去往落花山市旧址的马车上多了位原说“就此别过”的医梧生。

第四卷

落花山市

第 31 章 白玉精

马车里人不少，氛围却并不算好。萧复暄依然不爱坐着，倚站在老位置。

方储同医梧生坐一边，他从上车就靠着车壁“死”过去，一副睡到昏天黑地的模样。宁怀衫同乌行雪坐在一边，瘦瘦一条靠在角落。

他颈上的剑疤又开始痛了，摸上去湿湿软软的，似乎又要裂开口子。他被这反复发作的旧伤弄得窝火，无处发泄，便斜睨着医梧生，毫不客气地说：“你不是还有一些缺憾事吗？怎么着，又不憾了啊？”

医梧生一脸赧然道：“惭愧。”他好奇心是真的重，凡事总爱刨根问底，颇有文人迂气。若不是这性子，他也琢磨不出那么多新的丹方。以前碍于在花家的身份地位，总要顾全大局、稳如泰山，他还会克制本性。如今时日无多，倒是真的做到了随心所欲。

宁怀衫本来就是支棱起来挖苦他一下，见他只羞不恼，觉得没意思，便瘫了回去。没过一会儿，就开始搓脖颈上的剑疤。

他本来就瘦，靠在角落更显得委屈巴巴。医梧生看了一会儿，忍不住问：“你这疤……”宁怀衫登时凶神恶煞：“要你管？”

那伤痕毕竟是医梧生当年弄的，虽说仙门弟子除魔卫道天经地义，但这会儿他看宁怀衫那样，又忍不住犯了操心病，便问：“是又疼了？”

宁怀衫：“不疼！”医梧生：“我这儿有一点儿药……”

宁怀衫：“不吃！”医梧生还要开口。

宁怀衫：“再说话你就死了。”他骂起人来一向无所顾忌，话不过脑，说完才意识到这医梧生确实离死不远了。他居然有一点儿心虚和理亏。

医梧生愣了一下，笑笑没说什么，依然从药囊里摸出了一粒丹药。

宁怀衫更理亏了。他再一抬头，就见旁边闭目养神的城主半睁开眸看了过来，顿时偃旗息鼓，一把抠走医梧生手里的丹药，硬咽下去。

咽完，他伸长了桌案下的腿，抵着方储的脚传音道：“别装睡了，快救场。”

方储闭着眼一动不动，半晌才传音回了一句：“不。”

方储之所以上了马车便开始装死，就是因为马车帘子一放下来，他忽然意识到一个问题。来大悲谷的时候，也是乘这辆马车，也是这五个人。他们以为其中三个是照夜城的邪魔，一个是邪魔约束下的傀儡，他们占上风。仙门弟子医梧生一根独苗，夹在群魔环伺中，那是要完犊子的。

眼下却不然。医梧生并不是遭绑架了，而是自己主动跟来的；傀儡也并不是真傀儡，而是真的天宿上仙；他们城主也不再是单纯的城主了，还是仙都的灵王，跟天宿齐名。

五个人，三个沾了仙，他和宁怀衫才要完。而落花山市的旧址现今变成了魔窟照夜城的入口。他俩带着这一车仙回去，还不知算通敌还是算造反。

去哪儿不好，为何偏偏是落花山市……方储在心里呕了一口血。刚呕完，就听见了他们城主带着困意的倦懒的声音。

“萧复暄。”乌行雪道。倚在门边的人转眸看过来。

乌行雪问：“你不坐吗？明明有位置。”

一句话，装死的方储和虚弱的宁怀衫瞬间睁开眼。这马车确实够大，够宽敞，一边坐三个人也不成问题，有问题的是他俩。

医梧生和乌行雪都坐在里手，他俩一人一边坐在外手，那天宿上仙若是来坐，他俩就得有一个被夹在中间……宁怀衫当即一脚蹬向方储，传音道：“你赶紧挪过来，让天宿去跟医梧生坐！”

方储一脚蹬回去：“我挪过去，然后咱俩把城主挤在角落，你疯了？”

结果方储力道歪了，蹬的是乌行雪。乌行雪摩挲着手炉，开口道：“我疯不疯不知道，你俩倒是真的动静有点儿大。”

方储当了几十年小魔头，头一回红了脸皮。他无话可说，只能逼视坑害他的罪魁祸首宁怀衫。宁怀衫一看自己行径暴露，也不敢在乌行雪身边待了，当即一个箭步蹿去了对面。

乌行雪：“……”他没好气地问：“你跑什么？”

宁怀衫挨着方储坐下。他总不能说“我怕你”，只能讪讪道：“我给天宿让位置。”说完，马车里静了一瞬，城主和天宿同时看了他一眼。

宁怀衫觉得自己这话必然有问题，但他不明白问题在哪儿，斟酌片刻，决定捂脖子装惨糊弄过去。他哼哼道：“城主我脖子疼。”

乌行雪心说你怎么不是嘴疼。他一抬下巴，不紧不慢地提醒说：“你捂的那边已经开始结疤了，你可以往下挪一点儿。”

宁怀衫：“……”

医梧生的那颗丹药确实厉害，一颗下去他其实已经不疼了。但他既然装了，就得硬着头皮装到底。于是他默默把手指往下挪了几寸。

城主依然没有放过他，轻声道：“挪晚了，现在那里也结疤了。”

宁怀衫撒了手，彻底装不下去了。城主一贯懒散，说话都懒，很少这么噎他俩。宁怀衫被噎得十分委屈，极小声咕哝了一句：“我就让了个位……”

乌行雪心说他用你让了？再说了，天宿上仙似乎天生不爱坐，又或者不爱离人太近。就算乌行雪问了，就算宁怀衫主动让了，他大约也只会回一句“不必”。来大悲谷时就是如此。

乌行雪目不斜视，看着讪讪的宁怀衫，余光却见某个高高的影子动了一下。

长剑磕着腰挂，发出极轻的响动，由远及近，另一个人的身影清晰起来。

萧复暄在他身边坐下了，乌行雪忽然没了话。于是宁怀衫见识了一道奇景，他家城主上一瞬还一身捉摸不透的气场，下一瞬就消失殆尽。有点儿像他很小时候见过的、如今快绝迹的玉面狸，脊骨都绷起来了，挠两下下巴便放松了。

下一瞬他又觉得，这想法比捉摸不透的城主本身还要吓人。他想了想，决定学方储，闭眼装死，万事太平。

乌行雪自然不知道他这活宝手下想什么。等他某刻一抬头，就见对面三人闭着眼“死”成了一排。他差点儿气笑了。

“笑什么。”萧复暄忽然开口。

乌行雪：“没什么。”他收回目光，将手炉朝袖里拢了拢，才抬眸看向萧复暄：“先前听他们说，落花台几百年前的山市，如今已经没了。”他第一次听闻这个地方，是医梧生说凡间梦铃最早出自那里，第二次听闻，是在云骇的诘问里。

他本该对那个地方全无印象，但不知是不是腰间挂着梦铃的缘故，提起“落花山市”这个名字时，他总会想到依稀的、嘈杂的人语。

想必是个热闹的好地方，只可惜，现今成了魔窟照夜城的入口。据宁怀衫说，那入口还是他当年亲手划进照夜城地界的。

乌行雪问：“那山市是如何没了的？”萧复暄道：“突起山火。”

乌行雪：“山火？”萧复暄“嗯”了一声。

那是极久远之事，他回想片刻才沉声道：“那山市应当是三月初三开，传闻那年开市不久便起了山火，事出突然，火势太猛，无人来得及应对。”

落花山市每年灯火连绵，热闹非凡。据说山火烧起来的时候，山外的人还以为是山市上灯了。那天十二里群山如火，就连山巅悬着的月亮都被映成了胭脂红。周遭百姓见了，指着那月亮说“那是红火的好兆头”。直到整座落花台被烟雾笼罩，众人才惊觉不对，等到再赶过去，已经无人能进山了。

各家仙门试了诸多办法，引水入山，召云唤雨，那山火就是浇不熄。直到十二里落花台被烧得干干净净，再无东西可烧，它才慢慢熄止。

“那时候我尚未出生，但后来听过不少传闻。”医梧生睁了眼，说道，“许多人觉得那不是普通山火，而是有人做了什么，引得天道降刑。”

一听“降刑”二字，乌行雪便看向萧复暄。医梧生紧接着又说：“不是天宿降的，传闻说当年天宿上仙……唔，身负禁令，在极北之外待了整整百年？”

身负禁令？整整百年？乌行雪其实不明白禁令是何意，背着禁令又意味什么，但等他反应过来，眉心已经蹙了起来。

“受一些限制而已，没什么。”萧复暄的声音沉沉响起。乌行雪怔然抬眼，就见萧复暄的神色有一瞬间的冷，似乎并不想多提。

医梧生倒是比宁怀衫他们识时务得多，当即转了话头道：“总之，后来落花山市就再没开过了，整座落花台被烧成了焦土，据说山野满地是血，以致河流进山是青白色的，流出来时就变成了赤红色，蜿蜒整个葭暝之野。

“但是每年三月初三，山巅上依然会悬一轮胭脂月，十二里落花台还是会有火光闪动。”

最初仙门和百姓不知情，看见火光便奔往山边，到了近处却发现山里并没有起火。后来人们觉得是当年的亡魂未能安息，便年年去布度灵经，唱度灵歌。连牙牙学语的小儿都会两句。再后来落花台被划成了魔窟入口，也不知是凶凶相克还是怎么，反而安分下来，数十年没再亮过火光了。

那里对如今的人来说，早已无甚特别，所以医梧生真的很纳闷儿，为何修复梦铃要去那早就不复存在的落花山市。

但那梦铃是仙宝，仙人不会平白告诉你如何锻造，如何修复。在许多人看来，这是个需要回避的问题。医梧生出身仙门，自然不会乱犯忌讳，一路下来憋得脸都犯了青。

万幸，车里有个不憋话的祖宗，天宿上仙还对那祖宗有问必答。

祖宗问了医梧生最好奇的问题。萧复暄答道：“因为落花台有白玉精。”

祖宗甚至连白玉精是什么玩意儿都不知道。他默默看着萧复暄，等一个解释……结果等来了萧复暄的手。就见那手指拨了一下他垂在座椅上的梦铃，捏着边缘看了片刻，淡声道：“它最初就是用那里的白玉精制的。”

乌行雪："……"

车内的驱灵灯没亮，晦暗不明，只有偶尔掀动的毛毡门帘透进来的一点儿雾蒙蒙的光。

萧复暄看不清乌行雪的表情，只见他眼眸半垂，手指钩着挂梦铃的线。

过了好一会儿，他看见乌行雪默默把那白玉铃铛揪了回去。

第 32 章　劫期

大魔头先前还试图把梦铃塞给别人，现在随身戴着，他又变了心思。他往事半点儿不记得，倒是对这梦铃宝贝得很，根本不给别人碰。

尤其不给天宿上仙萧复暄碰。天宿上仙每碰一回，大魔头的神情就十分微妙。明明先前他不想亲手拿梦铃时，第一个塞的人就是萧复暄。

宁怀衫和方储一边装死，一边透过眼缝看得清清楚楚，心说不愧是我们城主，果然阴晴不定，心思难猜，翻脸比翻书快。

乌行雪不想因为一个小铃铛跟萧复暄这么反复拉扯。他索性闭了眼，倚在马车壁上装睡起来。心里不禁自嘲道，堂堂魔头呢，学谁不好，学宁怀衫和方储那两个傻子。

傻子的办法往往有些效用，乌行雪装了许久后，居然真的有了困意。

据医梧生说，如今世道太乱，各仙门都会在自家势力覆盖的边界上设立仙门禁制和结界，就像封挡在往大悲谷的道路上的一样，大大小小，各不相同。它们林立在城郊、山野、码头等地方，层层叠叠，无法忽略。

曾经仙门中人，修为高的能御剑而行，能缩地千里，从极北到极南，也费不了多少工夫。如今却不行。倒不是他们修为退了御不了剑，而是那瞬息之间不知要强穿多少禁制结界、惊动多少仙门，一路上光是收各家封书就能收到手软。所以为了避免麻烦，只要不是情势格外紧急，各家这些年出行还是以特制的车马居多。

马车稍停一会儿或是倏然打个弯，便是又过了一道禁制。一路下来，凭此就能估算途经了几座城。

从大悲谷到落花台，大约要走上一整天，过四座城。乌行雪在困倦中感觉马车轻颠了一下，心里盘算着这应当是过了第三座城，离落花台不算太远了。

他们出发时天色刚明，这会儿已近傍晚，或许也有离魔窟照夜城越来越近的缘故，寒气重了不少。乌行雪居然真的感觉到了冷。他的手指掩在宽大的袖摆里，指尖轻轻搓着手炉。炉里的热意很足，贴得久了，甚至微微的烫，最适合这样的冬夜。

但乌行雪还是冷。他起初以为，那寒意是顺着马车窗户缝溜进来的，后来意识到并非如此。那冷更像是从他骨头里滋生而出的，如同湿淋淋的冰水，顺着骨头缝和经脉四处流淌。

手上的暖意并不足以盖过那种阴寒。他试着运转气劲，转了好几个周天。

更冷。

没有记忆就是麻烦。杀人的时候眼都不眨，这种时候却百无一用，像个废物。乌行雪在心里自嘲了一句。

他懒懒睁开一条眼缝，想钩条毛毡厚毯来盖。却见萧复暄微垂着眼皮，眸光落在他身上，不知是在看他，还是借由看他在出神。

乌行雪怔愣一瞬，又默默把眼睛闭上了。毯子是拿不着了，动静太大。至于冷……

那就冷着吧，都混成魔头了，还能被冻死不成！他在阴寒裹身之下，迷迷糊糊睡了过去。彻底睡着前，还挣扎了一下，不忘把梦铃拢进手里，免得又被人触碰。

或许就是因为握住了那白玉铃铛，他做了一场梦。梦里的他也很冷，如出一辙的阴寒气顺着骨头淌遍全身。他却一身薄衣，连手炉都没有拿。

他两手空空，站在某个偌大的庭院里，弯腰在一节青竹边洗手。

垒石边的青苔结了冰，可见那水应该是极冷的，他却无知无觉，只是垂眸看着自己苍白的手指。

“城主。”有人叫他。乌行雪屈伸了两下手指，才不紧不慢地直起身，转头看去。就见方储站在一棵参天大树下，脚前是一汪深池，池边堆着雪，池里的水幽深而黏稠。

那水乍一看是黑色，然而泛起的泡沫溅到雪上，却是一片殷红。一只手挣扎着从池里探出来，凭空抓挠两下。方储一脚蹬过去，那手又沉没回去。

片刻之后，再无动静。方储在苔草上踝了两下鞋底的血，禀报道：“城主，这俩不懂事乱说话的已经料理了，只是不知那些话传出去了多少。”

乌行雪从竹泵边的银架上拿了一条雪白布巾，一边擦手一边说：“我不记脸，这两个小玩意儿哪里来的？”

方储：“小玩意儿。”

他嘴角抽搐了一下。他家城主张口闭口都是这类称呼，在不知情的人听来，还以为是昵称。然而那只是两个不知天高地厚的东西，估计是帮自家主子探消息吧，不要命地探到了雀不落。

偏巧撞上他家城主怏怏的，心情不好，于是通通进了血池，连骨头都不剩。

当然，心情好可能更糟。

宁怀衫对血池一直有些畏惧，方储却不然，他就是从这池里爬出来才能活的，所以全无感觉。他见血池上漂着一只小金钩，毫不在意地用手指钩出来，分辨片刻道：“城主，有魄钩。”

魔窟照夜城是处没有人情也没有人性的地方，那些魔头在府宅里总养着许多帮自己办事的小邪魔。魔头压得住时，他们就是听话的手下、随从；若是受伤虚弱压不住了，他们就是随时会反咬一口、伺机上位的饿狼。

有些魔头为了安心，也为了好操控，会在那些手下的命门处扣上一个魄钩，好比凡人市井拴狗的颈绳。那些魄钩平日隐于皮肉之下，只有死透了才会显现。

这种阴狠玩意儿若是在仙门，没人会在上面刻名姓，巴不得没人知晓是谁干的。在魔窟却恰恰相反。

魔头们嚣张跋扈，魄钩上都有独一无二的印记，全然不怕被人看到。看到了才好呢，还能帮他们助长凶名。越是凶名在外，越是无人敢犯，手下也越是服服帖帖，老老实实。

所以方储一看那印记就知道是谁：“城主，应当是桑大人家的。”

乌行雪：“桑大人，哪个桑大人？”方储瘫了脸。

乌行雪轻轻“噢”了一声：“你说桑煜？”

方储实在没忍住，嘟哝道：“照夜城就那一位姓桑的。”言下之意：这能跟谁弄混？！

但他家城主十分神奇，或许是太强了，其他人便入不了他的眼。照夜城几个赫赫有名的魔头，世间人人闻风丧胆，他家城主有时候听到名字还得反应一下。偏偏这位桑煜在外面的凶名仅次于乌行雪。

之前还有人说，乌行雪每次说不记得桑煜大名，其实都是在刻意嘲讽。否则怎么可能不知道“桑大人”指谁。

起初方储也这么以为，后来跟着乌行雪的时间久了，发现他家城主真不是刻意的。能让乌行雪“刻意”的人，世间屈指可数。

“宁怀衫呢？”乌行雪搁下布巾，问道。

“出去办事了。”方储道，“上回城主交代他的事，他说要赶着这两天办完。昨天听他嚷嚷身上发冷，估计也快到劫期了，后头几天出不了门。”

听到劫期，乌行雪神色淡淡。倒是方储小心地瞄了乌行雪几眼，迟疑道：“城主您这几日的劫期……”

乌行雪转眸看他。方储便噤了声，没敢多说。

乌行雪道："既然魄钩是桑煜的，那你就跟我去一趟桑煜那里吧。"

方储老老实实把魄钩递向他，忍不住道："怎么能让城主去他那里，应该是他滚上门来赔罪才对。"

"那倒不必。"乌行雪没接那魄钩，两手空空地穿过长廊朝门外走，"我受不了他那一身味道，最好别来。"

方储递魄钩也就是意思意思，见他没接，就十分熟练地塞进了自己的腰囊，而后道："修炼尸道的确实会有些阴潮气，不过桑大人已经练到极境，没什么味道了。"但他转而反应过来，他家城主有些时候讲究得简直不像个魔头，便没再多话。

梦里应当也是在寒冬，照夜城雾蒙蒙的，张口便能哈出白气。

乌行雪从黑色马车上下来，进了一座偌大府宅。

照夜城的邪魔们怪癖甚多，什么奇模怪样的府宅都有。尤其是那些修炼尸道的，府宅常常修得像地宫。

桑煜这座却正常极了，乍一看，和京城王都那些朱门大户无甚区别。不过进了门就不同了。

寻常人家的厅堂两边放的是客椅，他这儿倒好，倚墙摆了一圈黑沉沉的棺材。棺材盖上密密封了一圈棺钉，还铺满了黄纸符，隐约能听见嘈杂的笑声。若是哪个百姓来此，恐怕会被那笑声吓破胆。

乌行雪却视若无睹，带着方储穿堂入室。桑煜的手下们步履匆匆追在他们身后，既不敢靠得太近，又要阻拦："城主，城主，城主啊！"

"说啊，我听着呢。"乌行雪脚步并未停，他姿态是不疾不徐的，却常常一步就瞬移到了廊桥另一头，诡谲得很，弄得邪魔手下乱作一团。

"我们桑大人他……他这会儿不太方便见客。"手下们说。

桑煜在照夜城惯来嚣张，连带着府上的手下也一样。倘若进府的是其他人，他们早就动手了，嘴都懒得张，但来客是乌行雪，他们根本不敢动手，只好动动嘴皮子。

乌行雪"噢"了一声，道："方不方便那是他的事，与我何干，我问他了吗？"

手下们："……"

他如入无人之境，几番折拐，在一间高屋前止步。不用说也知道桑煜就在这屋里。因为整间屋子外萦绕着极为浓郁的阴潮气，浓得就像里面埋葬了数万人似的。

这回就连方储都觉得味道太重了。

乌行雪皱了一下眉，全然不加掩饰地掩了一下鼻尖。

手下们拦无可拦，只得高声冲屋里叫道：“大人，城主来了！”他们似乎想靠近屋门，又畏惧靠近，一个个像饿绿了眼睛又骨瘦如柴的狼犬。

那里有他们觊觎的食物，他们又因为不够强，望而却步。

屋里没有任何回音，只有极低的人声，像被封了一层结界，黏腻模糊。而那萦绕的阴潮气却骤然变得更浓了。

“大人！”手下们还要叫。

乌行雪垂在身侧的手指动了一下，就听“砰”的一声巨响，那扇紧闭的、封了禁制的屋门被无形之力猛地轰开。它们撞上墙壁，发出重重的声响。浓稠潮湿的阴气从门里流泻出来，像蓬然的灰雾。

乌行雪偏头避开，再转回来，终于看清了门内景象——挡帘大敞的卧榻，满屋半干未干的血，还有纠缠交错的影子。禁制一破，原本闷在其中的声音便毫无遮挡地流泻出来，撞在墙壁、门窗上，忽闷忽亮。

邪魔向来只求欢愉，无心无肺，根本不讲寻常人的廉耻道义。就见那桑煜朝门外一瞥，又眯眼转回去。过了片刻才不慌不忙地翻身而起，在交错的身影中支着腿坐在榻上。

他哑声冲门外道：“城主怎么来了，我这刚巧在劫期，实在太冷了，便叫了些人来取暖，没能去堂前迎，得罪了。”

乌行雪没有表情，倒是方储转开了眼。

那桑煜看见，笑了起来：“怎么，劫期不都是这么过吗？不靠这些，难道还有别的法子？”他被那几个人影搂抱着，身上全是汗液，确实不显寒冷。

只是那汗液瞬间就干了，他极轻地打了个寒战，然后抓过其中一人的手，在环抱下饮了血。被咬住手的人先是没有反应，许久之后才开始发抖、挣扎。

桑煜丢开那只手，朝后倚靠在另一人身上，带着嘴角的血迹看向屋门口那位大魔头。他耸起鼻尖，装模作样嗅了几下：“唑，对了，我听手下的人说，城主前几天也在劫期啊。”

“啧，修咱们这些的，无拘无束，什么都好，唯独劫期难挨，境界越高越是难挨。”桑煜笑着道，“这我倒是有些安慰了，城主必定比我难受多了。不过我从没见城主在劫期捉人回去，您都是怎么过去的呢？我实在好奇，就派了些人帮我留心留心，看样子，他们这是回不来了？”他显然知道乌行雪为何而来，索性不加掩饰，摊开来说。

他假惺惺地叹了口气道：“两个可怜东西，不过这两个可怜人昨天给我讲了件很有意思的事。”

他朝乌行雪看过来，道：“听说城主劫期这几天，他们在雀不落瞧见了一个人，怀疑看错了。既然那两个可怜东西已经死了，那我帮他们问一问……

“城主，为何劫期这种日子，天宿上仙会在你那雀不落啊？”

第 33 章　封口

桑煜那话一问出来，整间屋内，甚至整座桑府都静得落针可闻。

他那些手下通通看过来，数十双眼睛一眨不眨地落在乌行雪身上。这种时候，即便是“城主”这个身份也压不住那些窥探和好奇。

唯一没敢显露丝毫窥探心的，只有乌行雪身边的方储。

“城主？”桑煜换了个姿势，又叫了一声。他在自己的地盘，比在府外还要放肆一些，“看来城主……”

话未说完，乌行雪打断道：“还讲了什么？”桑煜一愣，没反应过来。

乌行雪又重复了一遍：“你那两个小玩意儿还讲了什么？”这次，他连尾音都没上扬。声音轻飘飘的，却是往下落的。

方储终于忍不住转头看向自家城主，嘴唇动了几下，似乎很紧张。

桑煜也有一瞬间紧绷，但他又放松下来，不知是故作姿态，还是因为吸饱了气血，正在兴头，觉得自己无所畏惧。

“那说得可不少。”他笑着说，“看来城主很是在意……噢不，是十分忌讳这个话题啊。为何呢？我自打听那两个可怜人讲了这些，就一直在想，为何呢？

“你说劫期这东西，无非就是在咱们手里死的怨魂太多了，时不时地给咱们找点儿不痛快罢了。”桑煜整个人都透着极度放纵后的懒散，“普通人虽然效用不大，但好捉；仙门弟子呢，难捉一些，拿他们来压制怨魂，确实有用得多；至于仙都的那些，照理说是至上佳品了，只是没办法弄到手而已。就算侥幸弄到了呢，也没法用，仙气跟咱们这满身阴邪气根本融不到一块儿。想当初……”

桑煜说着说着顿了一下，似乎一瞬间忘了下文，但又很快嗤笑着接上：“总之城主，我确实全无半分恶意，就是好奇，咱们城主是找到什么好法子了吗？”

他支着下巴，目光从半眯的眼睛里直直望过来：“那可是掌刑的天宿上仙啊，是咱们照夜城的人避之唯恐不及、听见名字都恨不得绕道走的天宿上仙，城主究竟用了什么好法子，让那样的人为你所用呢？”

他扫量一眼乌行雪单薄的素衣，没看出对方丝毫阴寒难忍的样子，道：“我看城主这劫期应当过得还不错，所以城主，看在同住照夜城的分儿上，能透露一二吗？总是捉一些仙门弟子，实在没意思，我也想弄一两个小仙试试。”

邪魔的劫期，一场比一场难熬。这回捉一两个百姓能挨过去，下回就得三五个，再下一回更多。如此下去，终有压不过去的时候。百姓没用了，就得找仙门弟子，仙门弟子再没用了呢？

桑煜在尸道上快修到头了，始终无法更进一步，其中就有劫期的缘故。他在照夜城里，唯一能参照的只有城主，派人刺探也是意料之中。

乌行雪始终没有打岔，听他说着。话说多了，自然会透露他究竟知道多少。

听完，乌行雪说：“我其实也有一事不解。”桑煜：“何事？”

乌行雪道：“你为何觉得，你问了，我就会告诉你？”

桑煜笑起来：“我自然知道没那么容易问出来，要不城主怎么能一直做着城主呢？再加上，我看城主如此在意和忌讳，想必那法子不能轻易让人知道。可是城主啊……照夜城的人什么脾气，您最了解不过了。咱们不讲交情的，您看我养的这些狗……”他扫一眼门外那些手下，“哪个不想找机会咬我一口呢？这样的人多了，也难安眠啊。想要咬我的，不过是这些东西，想要咬城主的，就难说了。倘若，其他人也知道城主怀揣秘法呢？”

乌行雪似乎并不意外，轻点了一下头，道：“看来你的两个小玩意儿确实嘴快，那你觉得，这些话告诉多少人，会对我起作用？”

桑煜脸侧的骨骼动了一下，似乎是牙关紧咬了一瞬，他又继续说道：“我想想……”

倒不是他真的毫不忌惮，而是有句话确实没错，照夜城的人不讲交情，也很少互相招惹。因为一旦惹得身边的邪魔都变成饿狼，虎视眈眈，确实无法安睡。桑煜不是不怕乌行雪，而是兀自掂量过，一个安度劫期的办法和引得群愤、饿狼环伺相比……怎么算，都是前者分量轻。

“崔阴？常宰？鸿光老道？”桑煜慢声报着名字，都是照夜城里少有人敢招惹的人物。他报了几个，忽然停了口，因为发现乌行雪在认真地听。

那么多话，就名字这里听得最为认真。桑煜脸色一变。

乌行雪却道：“七个，还有吗？”桑煜蹙起眉来：“城主何意？”

乌行雪道：“我说，这才七个，还有吗？既然来跟我要秘法，总得多一点儿底气。”桑煜抓起卧榻边的长袍，目光却一点儿不敢从乌行雪身上移开，脸色越来越难看。

乌行雪忽然抬脚跨过门槛，方储连忙跟上。

那一瞬间，桑煜攥着长袍的手指抽动了一下，立刻又报了三个名字。

“十个。”乌行雪又问，“还有吗？”

桑煜短促地笑了一声，手指已经屈了起来。刚吸入的新鲜气血在血脉下汩汩流动，脖颈和脸上浮现经脉的痕迹，说："那可是天宿上仙，这么稀奇的事，您猜……"他最后一个字音落下的刹那，就见苍白人影如鬼魅般动了一下。

一阵冷风从他面前拂扫而过，他只是轻眨了一下眼。再回神，就见那大魔头还站在原地，只是袍摆轻晃，手里多了一把长剑。

桑煜："你！"

乌行雪歪头道："我什么？"

下一刻，门外那些包围着的手下齐齐发出了尖厉惨叫。那惨叫很奇特，叫到一半戛然而止，变成了"嗬嗬"的空音。

接着，比屋内还要浓重的血腥味弥漫开来。就听数十声重物落地的闷响——那些手下已然尸首分离，头颅滚落在地。

他们死得太快，身体还站着，断裂的脖颈血液喷涌。

同样因为太快，乌行雪的剑上只沾到了刚刚喷涌出来的几星殷红。他握着剑轻甩了一下，那些血便没了踪迹，倒是白霜顺着剑柄迅速朝下蔓延。

传说，乌行雪两手空空，从不拿剑。

桑煜听说过，但因为同是魔头，他们之间没交过手，所以他从未亲眼见过。直到此刻……

他飞速朝方储瞥了一眼，就见方储腰间只剩下空空的剑鞘。

"砰——"房门在乌行雪身后重重一撞，瞬间关上，不见一点儿缝隙。

偌大的屋内灯烛骤熄，猛地陷入漆黑。那一刻，桑煜才终于意识到自己似乎算错了。他不再"城主"长、"城主"短地言语推拉，劈声道："我只是要一个秘法……"

一个秘法而已？！触了对方什么逆鳞，何必如此？他根本无空细想，当即燃了十张金符。

一瞬间，整个桑宅数百口黑棺暴起，符纸齐动，棺盖炸开。在四溅的棺钉中，阴尸号叫而来，直奔主屋。

可是没用。

他曾经觉得自己距照夜城城主的位子也就一步之遥，跟乌行雪差的，也不过就是一分。只要挑对了日子，那一分也不是什么天堑鸿沟。

他今日如此，就是觉得这确实是个不错的日子。因为那两个已经没命的手下曾通报说，乌行雪看起来并不是很好。

在邪魔看来，缘故再好猜不过——无非是仙气和邪魔气相撞的结果。

照夜城城主会做没把握的事吗？不会的。

既然天宿上仙去了他的雀不落，那仙邪相融的法子他一定是有的，只是完全相融定然需要时间，在全然相融之前，他使不了全力。

如此一来，那相差的一分便没了。这是桑煜的底气。

直到他被乌行雪攥住脖子按在冰冷的墙上，整间屋子充斥着阴尸爆体而亡后难以言说的味道时，他才意识到，自己又算错了一点。他睁大了眼珠，艰涩开口：“怎么会……你身上，为何一点儿仙气都没有？”

既然度过了劫期，不管相融得如何，乌行雪身上一定会沾着天宿上仙的仙气。方才他这屋里阴潮气太重，探寻不清，现在离得如此之近，他发现自己嗅不到一丝一毫的天宿仙气。

“你……”桑煜眼里被逼出血来。

然而乌行雪根本没答他的话，只轻声道：“除了那十个，还有谁？”

桑煜齿间泛着血沫，道：“一传十……十传百……城主要怎么阻止呢？等传出了照夜城，传到人间……再，再传上仙都……城主又要如何阻止呢？”

乌行雪偏开头，手指隔空一抓。那些阴尸血肉里钳着的棺钉便通通落到他手里。每根棺钉都带着咒符，沾着血肉，数寸来长。

乌行雪看着他，道：“死了就不会再传。”

桑煜瞳孔骤缩，他身为魔头，第一次如此强烈地感觉周身发寒，像劫期的寒意一样，从骨头缝里一点点滋生的、流遍全身的恐惧。

“怎么……城主要……一个一个……杀过去吗？”桑煜道。

“不能杀吗？”乌行雪问，尾音微抬，像是认真在问，脸上却并无表情。

桑煜终于感觉到，自己似乎真的触到了对方的逆鳞。可笑的是，在这之前，他从未觉得乌行雪有逆鳞。他更想不通，哪句才当得起那道逆鳞。

乌行雪静静看着桑煜，有一瞬间透出了一股恹色，但很快又笑了一声。他没有答桑煜这句话，只说道：“那你就看着吧。”

桑煜：“什么？”

那一刻，就连方储也疑惑地看向乌行雪，不明白这句话。

但很快他们就懂了。

乌行雪没有干脆杀了桑煜，而是用桑煜自己刻了咒的棺钉，一根一根将对方钉在墙上。然后，他真的依照着桑煜报的名字，沿着夜色深浓的照夜城一个一个地杀过去。

每一个，他都会问一句：“还有吗？”还传给谁了？

梦里总有一层冷雾，笼罩着整座照夜城，似乎终年不散。乌行雪无法清晰地感觉出梦里的自己究竟是何种心情。

从最后一人的府宅出来时，依稀有天光透过冷雾照过来。他抬头看了看，又半眯起了眼睛。他把那柄剑递给方储，道：“什么时辰了？”

方储跟了一整夜，剑递过来的那一瞬，他的瞳孔紧缩了一下，下意识地有些怕。

“卯时。”方储干涩地应了一声，才把剑接了，低头插进剑鞘。他腰间的锦囊叮当作响，里面是这一夜被杀的邪魔的贴身之物。

乌行雪带着方储回到桑煜府宅，站在被钉住的桑煜面前。方储将锦囊解了，倒出那些物件，每个都极其好认。

桑煜缓缓转动眼珠，一个一个看过去时，被钉着的手脚不住地发颤。

许多人说过，照夜城里看起来最不像邪魔的就是那位城主。直到这刻，他才发现，对方真动起手来，折磨人的方式确实当得起一声“魔头”。

这就是他此生发现的最后一件事了。

数十道棺钉落在地上，叮当声不断。死去的桑煜沉沉砸落在地，发出一声闷响，溅了几星浓血。

乌行雪垂眸看着他，片刻后偏头对方储说：“回去了。”

他们回到雀不落时，宁怀衫刚巧办完差事回来。他的劫期要到了，还没冷到那程度，只是一边搓手一边跺着脚。

他问方储：“你和城主怎么也才进门，做什么去了？”

方储看了乌行雪一眼，连连摇头道：“没什么，你少问。”

宁怀衫“噢”了一声，一边蹦跳取暖，一边跟着乌行雪进到屋内。

“城主，我又得闭关几天了。”宁怀衫吸了吸鼻子道。

乌行雪把薄纱似的外袍解了，拎在手里看了一眼，头也不抬地“嗯”了一声：“知道，方储说了。”

外袍底下沾的血已经干涸，其实用净衣之法就能除掉，一点儿痕迹都不会剩，但乌行雪把外袍递给方储，说：“烧了。”

方储和宁怀衫半点儿不意外，毕竟他们城主挑剔也不是一天两天，尤其对这种血污了的东西。有时候他们甚至怀疑乌行雪是不是见不得血，但更多时候，他们觉得这想法太傻了。真见不得血，杀起人来就不会那么干脆利落了。

方储抱着外袍去了血池边，指尖搓了一点火，把沾血的袍子烧了。以防万一，他把自己剑鞘上沾的血也弄干净了，然后去另一边的屋里挑了件干净罩袍。他挑的那件跟先前一样，浅灰色薄纱的。

他抱着罩袍，都走进屋了，又匆匆出去。

乌行雪转头问他：“怎么？”

方储连声道：“城主稍等，我拿错了。”

方储回到偏屋时，宁怀衫跟了进来，一边搂着胳膊搓一边说：“你怎么拿件罩袍磨磨叽叽的？”

方储睨了他一眼："你懂个屁。"

宁怀衫随口顶嘴："我怎么不懂了，我没给城主拿过衣服吗？"

方储在一众衣服里挑了件狐裘大氅。

宁怀衫一脸困惑："你作甚？你傻了？刚刚城主让烧了的那件薄如蝉翼，你现在掏件狐裘大氅出来，是想捂死城主啊？你要作死自己作，我现在就跑，一会儿你自己拿给城主。"

"你。"方储欲言又止，忍无可忍，最后拎鸡仔似的把他提溜过来，"不行，要死一块儿死，想跑，门都没有。"

他犹豫片刻，还是把夜里的事跟宁怀衫说了。他俩向来怕乌行雪怕得很，不会有谁疯了去跟城主要"秘法"，想必不会触到逆鳞，惹城主生气。

宁怀衫听完，默默打了个寒噤，小声道："那桑煜当真说城主身上没有沾染任何天宿仙气？"

方储点头："对，若是城主度完了劫期，应当是有的。"

宁怀衫总算明白方储为何将薄衣换成狐裘了："所以，城主这会儿还是冷的。"而且应当是阴寒难忍。

但他又不明白了："那城主明明冷，为何还要穿薄衣？为了镇住桑煜他们？"

方储摇头道："应当不是，要真为了镇住桑煜，应当出门穿。可他前几日就这么穿着了。"

宁怀衫纳闷儿道："在自家府宅，为何要强撑着穿薄衣啊？强撑给谁看？"

方储正想说不知，忽然福至心灵。他拱了宁怀衫一下，道："会不会是……天宿上仙？"

宁怀衫被这答案震到了，半晌才道："也有可能……若是天宿上仙当真来过，又不是像桑煜他们猜测的那般，那确实不能示弱，否则……"

但他很快又更迷茫了："不对啊，天宿上仙都能去雀不落了，如果不是桑煜他们猜的那样，那就是仙魔相碰了吧？仙魔相碰总得伤一个，那咱们雀不落不得塌一半啊？会是现在这完好无损的模样？"

方储也越想越困惑。他们不再凑头说悄悄话，沉思起来，才忽觉不对。这屋里不只有他们两个人的气息……

宁怀衫和方储猛地一惊，转过身，就见乌行雪斜倚着门，浓黑如墨的眸子静静看着他们，也不知听了多久。

这一夜他杀了许多人，耗了许多气劲，回到雀不落才放松下来，正因为气劲不足，那些原本遮掩得严严实实的东西，便露了几分……

于是，方储和宁怀衫嗅到了一丝不属于他们城主的气息。他们愣了片刻，终于意识到，那是从乌行雪身上缓缓显现的……天宿仙气。

也是那一瞬间，方储顿悟，或许桑煜触到的逆鳞并非“强要一道秘法”，而是将“天宿上仙来过雀不落”这事传出去。

这想法闪过的刹那，原本倚靠在门边的乌行雪已经瞬移到了他们面前。

方储一惊，脱口道：“城主我不说！”乌行雪抬起的手顿了一下。

方储一拽宁怀衫，连忙道：“劫期这事，我们一个字都不会透出去！”但乌行雪的手还是落了下来。闭眼前，他们隐约听见了一道铃音。

乌行雪是被马车外潮湿的雨声吵醒的，再加上马车又穿过一道禁制，轻轻颠了一下。

他梦见的最后一幕，便是自己指尖钩着梦铃，定住了宁怀衫和方储。耳边萦绕的最后一句话，便是方储的惊呼：“劫期这事，我们一个字都不会透出去！”

他在那余音中睁开眸子，看见了萧复暄昏暗灯火下的侧脸。那灯不是驱灵灯，并不刺眼，在马车轻动中微晃了几下，温黄色的光便从对方眉骨和高挺的鼻梁处落下来，落进那道唇线里。

乌行雪尚未从困倦中抽离，眯着眼懒懒看了一会儿，忽然抿了一下唇。萧复暄似有所感，恰好转眸看过来。

乌行雪静了一瞬，忽然想起梦里无数人提到的那句“天宿上仙”。等反应过来时，他已经匆忙从萧复暄鼻下收回了视线。

“城主醒了？”

“城主。”

宁怀衫和方储的声音响起来，几乎跟梦境里的余音接连。乌行雪怔了一瞬，才想起来他们此时正在去往落花台的马车里。

萧复暄的视线还落在他身上，余光可以看见。他直起身，胡乱挑了一句话问对面三人：“还没到吗？”

谁知宁怀衫和方储没开口，居然是萧复暄淡声答了一句：“到了。”

乌行雪一愣：“到了？”直到这时，他才意识到，马车自从在他半梦半醒间轻颠了一下后，便再没有什么动静，好像真的到了。

乌行雪纳闷儿地直起身，目光依然落在桌案对面：“到了你们怎么不动？”

就天宿上仙声音低沉补了一句：“那两个不敢叫你。”

乌行雪：“……”问你了吗？你就答。平时半天没话，这会儿一句接一句。

萧复暄连说两句话，他要再目不斜视盯着对面那三人，就实在说不过去了。于是他……

他低头朝自己身上看了一眼。先前睡过去的时候，他只穿着单衣，捧了一只手炉。如今睁眼，身上不知为何盖了一条毛毡厚毯。

直起身的瞬间，厚毯朝下滑了一些，冷意便顺着缝隙灌进来，乌行雪下意识托住厚毯，朝上拢了一下：“这毯子……”

这回宁怀衫和方储依然欲言又止，倒是医梧生答得快：“先前见……见公子指节泛青，想必有些冷。”

乌行雪心说何止是有些冷。他正想冲医梧生点头谢一声，就听对方道：“上仙就给你盖了条毯子。”

乌行雪：“……”他终于朝萧复暄看了一眼。

好死不死的，偏偏那宁怀衫在这时支支吾吾开了口：“城主，您可能有所不知。咱们体质特殊，每隔一段时间会出现一些……”

他或许想说“怨灵噬体”之类的话，“怨”字的口型都出来了，看了萧复暄一眼又默默咽回去，道：“一些情况……”

方储也在旁边补充道：“那段时间会体寒难忍，越是厉害的人，越是难熬，呃……”碍于有仙在场，他们不好说得太直白，但又怕乌行雪什么都不记得，回头不堪忍受出事情。两人急得抓耳挠腮。

乌行雪搂着毯子，木着脸看他们，心道，别说了，恰好知道，在这演猴儿不如赶紧滚下马车。

那俩傻子一边起身要下车，一边比画着道：“反正就是会有那么一些时候，唔……”他们“唔”了好几下，天宿上仙的声音沉沉响起，帮他们补上了那个词：“劫期。”

乌行雪眼睫一抖，差点儿把手里的厚毯捂他脸上。

第 34 章 山市

比乌行雪反应更大的是宁怀衫和方储。他们掀了毛毡挡帘正要下马车，听到萧复暄那句“劫期”，登时满头疑问，一脚踏空。

就听“咚咚”两声闷响，俩小魔头差点儿在自家魔窟门前摔个狗啃泥。

宁怀衫一把扒住车门，止住踉跄。片刻后，拨开毛毡挡帘伸了一颗头进来：“你为何知道？！”他眼睛本来就大，这会儿瞪得眼珠都快掉出来了，就那么一眨不眨、难以置信地盯着萧复暄。

没一会儿，方储的脑袋也进来了，皱着眉同样困惑：“天宿怎么会知道‘劫期’这个说法？！”

旁边的医梧生疑问道：“劫期？劫期是何意？我今日倒是头一回听说。”

宁怀衫立马冲他道："那不是废话吗?！这事能让你们这些仙门中人随意听说？"

医梧生："？"

劫期间的邪魔，稍不留神便会被人钻了空子、乘虚而入，所以照夜城内的邪魔妖道们彼此心知肚明，出了城则会百般掩盖。没有哪个邪魔会让外人，尤其是仙门中人知晓这一点，那是自曝其短。更何况，"劫期"这话也就魔头们自己说一说，他们觉得怨魂噬体是一场劫，所以用了这个名字。倘若让仙门中人知晓了，恐怕只会抚掌叫好，管这叫作"报应"。

他们哇啦哇啦问了一气，别的不说，乌行雪至少听出来了一点——"劫期"这个词，怎么都不该从萧复暄口中说出来。

至于他为何会知道……那可真是个好问题。乌行雪抓着毛毡毯，回想起梦里那些片段，尤其是桑煜冲他提起"天宿上仙"时的语气……

那两个"二百五"还在叭叭："不应该啊，天宿你……你究竟是从何知晓的？谁透漏出去的？"

萧复暄没有立刻答他们的话，而是用剑挑开了毛毡门帘，转头冲乌行雪道："下车。"

乌行雪看了他一眼，掀了厚毯，朝车门走去。

他低头避过萧复暄抵着门帘的剑，正要下车。余光里，萧复暄朝他瞥了一眼，忽然开口答了宁怀衫和方储追问半晌的问题。

他用低沉的声音道："恰好知道。"紧接着那道声音又说："披上大氅。"

宁怀衫和方储："？"

他冷不丁蹦出这么一句，没名没姓，听得众人俱是一愣。过了片刻，这俩才意识到，这句话是说给他们城主听的。

就见他们城主动作一顿，朝萧复暄瞥了一眼，转头回了车内。

医梧生拎出车里备着的狐裘大氅递过去，道："我不懂劫期是何意，不过既然体寒难忍，还是多穿一点儿为好。或许……公子若是不介意，可以描述一下劫期是何感受，如何能压制。我这儿别的不说，各式丹药都带了不少，或许能抵用。"

这话说完，马车内瞬间一片寂静，落针可闻。

医梧生愣了一下，面露不解："怎么了？"

宁怀衫和方储默默扭开脸，没敢在这时候乱插话。他们心照不宣地回避了片刻，忽然意识到一个问题：天宿上仙萧复暄居然跟他们一样沉默。

当然，天宿本来就惜字如金，不爱开口，但那一瞬间，他们就是微妙地觉察到，天宿上仙的反应并非常态的沉默，而是跟他们相似，有点儿不可言说的意思。

宁怀衫和方储对视一眼。不过，没等细想，他们就听见自家城主开口道：“实不相瞒，劫期如何我半点儿都不记得了，丹药就不必了，不爱吃。先生的好意心领了。”说完，乌行雪披着大氅下了马车，有点儿匆匆的意思。

宁怀衫和方储连忙凑过去，小声冲他嘀咕：“城主，太奇怪了，那天宿上仙好像什么都知道。”

话未说完，他们就听见城主用极其轻的声音说：“闭嘴吧你们。”两人最怕听见这种语气，头皮一麻，抿上了嘴。

乌行雪终于落得片刻清净。夜里料峭的寒风带着雨水潮气迎面扫来，扫得他耳边一凉。身后有剑声轻响，萧复暄也下了马车。

乌行雪扫量四周时余光一瞥而过，看见萧复暄落后几步站在马车边，朝这儿看了一眼，却没有要过来的意思。

“嗞……驿台边哪来那么些人？”宁怀衫忽然纳闷儿地问了一句。

“嗯？”乌行雪转头看去。

他们马车所停之处，是一片带篷顶的拴马桩。身后不远处应当就是照夜城的入口。就见那里高垣睥睨，两边各有一座尖塔，塔沿似乎挂着钟磬，在寒风里摆动着，钟声穿过雾雨传过来。

高墙中间是一道玄铁大门，大门左右各有数十盏青灯，高低错落。

起初，乌行雪以为那是挂在墙上的灯笼。定睛看了一会儿才发现，那是飘在雾雨中的鬼火。鬼火间隙里，人影幢幢。

乌行雪问道：“那是何人？守卫？”他心说这照夜城不是魔窟吗，魔窟要什么守卫？

果不其然，就听宁怀衫道：“咱们照夜城以前是没有守卫的。那些青冥灯，还有塔楼上挂的玄钟都是城主放的。一旦仙都之人试图进入照夜城，玄钟会响，青冥灯会烧成火墙，连绵百里。”

“不过后来有一些守卫了。”宁怀衫又道。

“为何？”乌行雪问。

宁怀衫支支吾吾道：“呃，因为城主被囚在苍琅北域那个鬼地方，不知何时能回来。不少人担心青冥灯和玄钟撑不了多少年，所以……”

这已经是委婉的说法了。

乌行雪心知肚明。想必是照夜城里那些邪魔觉得他必死无疑，信不过这些东西了。不过，能安排守卫，说明这照夜城里有一个说话管用的人。

乌行雪冲宁怀衫招了招手，问道：“来，我问你，这照夜城现今的城主是谁？”

宁怀衫不大服气地瘪了瘪嘴，道："薛礼。"说完被方储重重拱了一下。

宁怀衫才反应过来，道："城主……"

乌行雪全然不意外，他先前进了苍琅北域，世人自然都以为他必死无疑。魔窟照夜城不可能一直空着城主之位，那么多邪魔妖道，总有人争着要坐上去的。有新城主再正常不过。

他又想起之前刚出苍琅北域时，宁怀衫一副急着拉他回照夜城的模样，恐怕也是因为这个。

"薛礼？"医梧生忽然出声，"薛礼……"他被邪魔侵体，浑浑噩噩过了二十多年，清醒前并不知晓照夜城新换的城主是谁。这会儿听到名字，他重复了几声，道："这名字同我一位故交之子一样。"

方储："你那故交是封家？"

医梧生点头："正是，封家同我花家世代交好，上一任家主有两儿一女，长子封非是，爱女封居燕，幺子封薛礼。"

方储："没错，就是他。"医梧生大惊失色："此话何意?!"

方储："就是那个封薛礼，不知怎么跟家里反目成仇，入了邪魔道，来了照夜城，把自己的姓氏去了，改叫薛礼。咱们照夜城这二十五年来没出过什么大魔头，倒是让他占了便宜，成了新城主。"

"不仅如此！"宁怀衫说着便一肚子火，脸拉得比驴长，"他来了照夜城，不修自己的府宅，一心想霸占城主的雀不落。要不是城主走后，雀不落自行封禁了，他怕不是早就搬着全部家当进去了！"

正因如此，宁怀衫看那薛礼极不顺眼。之前，他和方储巴不得乌行雪早日回城，杀一杀那狗东西的威风。就凭他家城主的本事，一旦回来，哪还有那薛礼作威作福的份儿?

但现在他改了主意。他们城主什么事都不记得，又恰逢劫期，最好等城主恢复了记忆、度过劫期，再打那薛礼一个措手不及，所以，眼下并不是暴露身份的好时候。

宁怀衫和方储这么想着，便叫了乌行雪一声，想让他在过驿台之前，稍稍易容。结果还没开口，就听见背后一阵风声。

那是一阵带着尸气的阴风，乌行雪嗅到那股味道时，忽然想起梦境里桑煜的府宅。修炼尸道的人，身上总是有这股味道。

乌行雪皱了一下鼻，再抬眼时，就见城墙边影影绰绰的人不见了。倒是他们面前，瞬间多了数十名身穿黑袍的人。

他们皮肤苍白，脖颈上有一圈极为显眼的黑线，乍一看就像是身首分家，又被强行缝合在一起。细看才发现，那一圈并非针脚不齐的黑线，而是棺材钉，沿着脖子钉了一圈。

“这就是那新城主弄的守卫？”乌行雪打量着那些人，朝旁边偏了一下头，轻声道，“都是些什么丑东西。”他说完，罕见地没有听到连声附和，心道宁怀衫居然有这么深沉的时候。

结果就听见宁怀衫的声音在另一边响起：“我们出城这才几日工夫，驿台怎么添了这么多人？”

乌行雪：“……”之前还凑在他身边的宁怀衫，不知何时到了几步远的地方。那站他旁边听他胡说八道的人是谁？

乌行雪转过头，看到了拎着剑的萧复暄。

乌行雪一怔：“你不是站在马车那边吗，怎么到这儿了？”

萧复暄：“不是没回头吗，怎么知道我站在马车边？”

乌行雪动了动唇，没吭声。他隐约觉察到天宿上仙似乎不大高兴，明明他刚醒的时候还不是如此。

唔……他一介魔头，想必从来不会管别人高兴不高兴。况且他确实不知在这种情形下如果要开口，究竟该说些什么。

不如就当没看出来。大魔头这么想着，抿了唇。片刻之后，又问了一句：“那你为何过来？”萧复暄抬了一下眼皮：“来帮人换脸。”

他蒙了一下，就听萧复暄低声道：“先别动。”

下一瞬，他就明白了萧复暄的意思——就听照夜城的守卫领头一边跟宁怀衫解释，一边朝这儿走了几步：“落花台有异动，怕引人过来，城主下令加了城防。你们进城自然没问题，这三位是……”

那群守卫掌中浮着火，顺着照过来。宁怀衫和方储是乌行雪的心腹，照夜城里几乎无人不识。但剩下的三位，他们还是要查看一眼。

他们离得很近，这种情形下，萧复暄若是抬手去动谁的脸，就太明显了。

乌行雪心说那就完犊子了。他们原本想偷摸进落花台，弄点儿白玉精修复梦铃。其他事，最好等他解了梦境、恢复记忆再说。

可现在这么一来，怕是不得不引人注目了。

他这张脸，照夜城的人肯定认识。萧复暄的情形其实也够呛，毕竟是天宿上仙。就他梦见的那些片段而言，估计照夜城大半的人也知道萧复暄的模样。

就连医梧生都十分危险，他既是仙门望族的长老，又名声在外，保不准有一眼能认出他的人。

如此想来，他们确实不像是要低调行事，更像是来挑衅整个照夜城的。

守卫托着掌中火凑近时，乌行雪听见从萧复暄唇缝里低低蹦出两个字：“好了。”

好了？乌行雪看着他抬都没抬过的手，心里十分纳闷，这不是没动吗，哪里好了？

待他转回头，就见身边的医梧生的穿着打扮一点儿没变，厚布巾依然掩到了口鼻，露出来的眉眼却已经改换了模样。乍看起来，就像一个被邪魔控了灵的文弱书生。

守卫的掌中火一扫而过，乌行雪被火光弄得眯了一下眼。

那一瞬间，那个守卫“嗞”了一声，冲身边另一个守卫咕哝道：“这眼睛……我怎么觉得在哪儿见过呢？”

余光里，乌行雪看见宁怀衫和方储的手已经按到了剑柄上，似乎打算随时发作。就听另一个守卫道：“每天总有那么几个你觉得在哪儿见过的。”

他们仔细看了一会儿，又把掌中火转向了萧复暄。由此乌行雪可以确定，自己的脸已经像医梧生一样，被改得认不出来了。

“查完了没？真是磨叽。我都说了，我俩就是沿途饿了，顺手捉了几个人回来。”宁怀衫显得有点儿不耐烦，“还能带别的什么东西不成？”

看得出来，他跟方储在照夜城有些地位。守卫们见他不耐烦，也没再多费工夫，当即让了一条路出来。

“对了，不要走落花台那条路进城，城主在右边另辟了一条。”守卫在后面嘱咐了一句。

“落花台有何异动？”宁怀衫问。

“倒也没旁的什么，就是山里又显出火光了。”

“火光？”

“嗯。”

乌行雪想起医梧生之前在马车里说的，当年落花山市被山火烧干净之后，每年三月初三，落花台依然会有灯火光亮，绵延十二里，引得许多仙门弟子提剑而去，却发现山里空空如也，一片焦土，什么都没有。

一直到落花台被划进照夜城地界，成为通往照夜城的入口，三月初三的灯火才慢慢消失。

这几个守卫的意思是那光亮时隔数百年又起来了？

宁怀衫说：“我俩前些天出城的时候，还好好的呢。”

守卫说：“就是前两日开始的。”

前两日？乌行雪心里盘算着，那不就是他们从大悲谷出来的时候？这么巧？还是这之间有牵连？

他思忖片刻，再回神时，众人已经站在了玄铁大门前。由他设立的青冥灯在两旁幽幽浮着，在众人靠近时上下晃了几下，一副蠢蠢欲动的样子。

趁着守卫不在旁边，宁怀衫悄声道："城主，这青冥灯你还记得怎么使吗？"

乌行雪坦然道："忘了，怎么了？"

宁怀衫一脸麻木："这青冥灯认仙气，特别灵。据说守门数百年了，没出过一回错，仙都的人一探一个准，那可不是易容能糊弄过去的。"

宁怀衫朝天宿上仙觑了一眼，声音压得更低："您要是记得怎么使，还能给天宿行个方便。可您不记得了，这该怎么办？"

乌行雪："……"

宁怀衫哭丧着脸道："据说这青冥灯烧起来可吓人了，我不想折在这里，我……"他哭到一半，眼珠忽然瞪得溜圆，话头一个急转，差点儿劈了音。

乌行雪顺着他的目光转头一看，就见萧复暄只在青冥灯前略停了一瞬，便抬脚朝前走去。

长剑磕碰出很轻的响声，袍摆飞扬间，可见劲长的双腿。

两边的青冥灯只轻闪了几下，似乎有一瞬间的犹豫。下一刻，它们便安静下来，全然不管刚刚路过的一位上仙。

这回，宁怀衫和方储是真的惊呆了。

"城主，为何他能进啊？"

"为何您没动手脚，他就能进啊？"

"他看起来甚至不像是第一次进。城主？"

他们转头看向自家城主，就见城主清瘦的脖颈和下巴掩在银白色的狐裘里，过了片刻从唇间蹦出一句："不知道，你俩走不走？"

"走。"

直到穿过玄铁重门，乌行雪都还在想那句"为何他能进啊，甚至不像是第一次进"。

他其实能猜到为何。

在那场梦境里，桑煜说他那两个小玩意儿刺探雀不落时看见了天宿上仙。若是梦境为真，那说明曾经的天宿上仙来照夜城时也不曾惊动青冥灯，没有尝过被青冥鬼火烧身的滋味。

而宁怀衫说，青冥灯由他设立，若是要动手脚，恐怕只能由他来动。那便只有一个答案：很久以前，他身为照夜城城主时，就已经给萧复暄行过方便了。

乌行雪脚步一刹。他下意识跟着人影朝前走，这时猛一抬眼，才发现不知不觉间自己已然进了一条山道，此时正站在一片山雾里。

仅仅慢了这么一步，他就看见萧复暄高高的背影淹没在了苍白色的雾里。

这雾浓得不正常，还异常冷。乌行雪紧跟着走入白雾时，感觉雾气擦颈而过，就好像有一大滴冰水“啪”地落到颈后，顺着脊背流淌下去。

寒意惊得他闭了一下眼，再睁开时，眼前景色全然变了模样。

浓雾落在身后，脚边是一座爬着藤蔓的白石界碑，界碑上刻着漂亮的字：

落花台。

碑后是蜿蜒的橙黄灯火，像一条长龙，自脚前的山道而起，一直蜿蜒到天边。在灯火映照之下，隐约可见楼舍连坊、窗扉洞开，铺面摊棚高低错落，屑屑人影往来。

各色幡旗在山影间飘动，最近的那道长幡上写着四个字：

落花山市。

乌行雪站了片刻，抬脚朝长幡处走去。他低头过了长幡，热闹的人语声如同无端海忽然涨起的潮，朝他漫了过来。

他虽然全无记忆，但听到这些嘈杂声时忽然觉得，就是这里了。

这就是当年的落花山市。可真正的落花山市已经被烧干净了，消失于数百年之前。那眼前的这些是什么？

方才进城门时守卫说过，落花台近些天有异动，山间常显灯火光亮。

难不成，他是不小心踏进幻境里了？那这幻境也未免太像真的了。

这山市不像建在山道上，更像是一条长长的、望不到头的街巷。地上铺的是白石，铺得并不严紧，踩上去时会轻轻翘起一边，抬脚又会轻落回去。

离他最近的是一家三层茶肆，楼阁依山而建，却并不歪斜。长长的灯笼串自飞檐上垂挂下来，茶肆里坐着许多人，言语聊笑。一位说书先生坐于堂前，手持一方醒木，说得唾沫横飞。

店小二肩上搭着白布巾，在门外支了个摊，吆喝声直钻进乌行雪耳朵里：“落花台仙泉煎的灵茶，一壶包治百病，两壶千岁无忧——”

乌行雪：“……”

摊边支着的茶旗在那儿荡了半天，他实在没忍住，伸手摸了一下茶旗边缘。这幻境有些厉害，连粗布的纹路都清清楚楚。

“哎，这位郎官！别扯我家茶旗呀！”店小二冲他道，“您喝茶吗？我家茶点一绝，出了这落花山市可就尝不着了。”

乌行雪摇了一下头，正要说“不必”，忽然瞥见前面有一个高高身影，距离他有三五丈。那人抬剑拨开摊铺上飘着的布旗，侧身避让过一个推着摊车的老伯，眼看着就要淹没于人群。

乌行雪大步走过去，正想叫一声“萧复暄”。“萧”字刚出口，他就感觉自己肩膀被人拍了一下。下一瞬，一只手掌轻轻捂住他鼻下。

萧复暄的声音在他耳边响起，压得很低：“那个不能叫，是幻境。”

第 35 章 客栈

霎时间，乌行雪脑中蓦地闪过一个片段。也是不该出声的时机，也是萧复暄用手捂着他。

他肩颈绷紧了一瞬，在对方掌下轻声开口：“萧复暄，你知道从背后碰一个魔头有多莽撞吗？”那太容易引来本能的杀招。

“知道。”萧复暄静了片刻，声音沉缓地说，“可是乌行雪……你把气劲收回去了。”

乌行雪从那片段中怔愣回神。他后知后觉地意识到，自己在被人拍肩时也本能屈起了手指，又在听到对方声音时缓缓撤掉了气劲。

等反应过来，他已经被萧复暄带到了一个避风的墙角。

集市依然喧闹，但都在墙外。乌行雪看着远处茶摊上腾腾的热气，问道：“这儿真是幻境？”

唇上的手掌轻动一下，撤开了。

“说什么。”萧复暄道，“外面太吵，没听清。”

“我说，这里真的是幻境吗？未免太像真的了。”乌行雪朝墙外看了一会儿。

萧复暄答道：“算是。”乌行雪又问：“怎么叫算？”

萧复暄：“境是幻境，景是真景。”

乌行雪默然片刻，转回头道：“上仙，不是多了六个字便叫作解释。”

萧复暄瞥了乌行雪一眼，似是无言，但还是张口说出更多的话：“落花山市早已不再，现今凭空出现，自然是幻境，但这山市之景并非虚设，而是在曾经某一日的落花台。”

曾经某一日的落花台？乌行雪又看向集市。这前前后后确实过于巧合了。

他们一从大悲谷出来，落花台便有异动。以往的异动总是惊现火光，如今他们一脚踏进山间，异动便不再是单单的火光，而是重现过去某一日的落花台。

一次尚且能说是巧合，若是巧合多了，那就是别有目的了。

如若是曾经某一日的落花台，是想让他们知晓什么，还是做点儿什么？

乌行雪思忖着，转头道："萧复暄，你记性好吗？"

萧复暄："……"

天宿上仙的表情有些一言难尽。没等乌行雪再开口，他就道："我看不出这是哪一日。"

乌行雪："我明明还没问。"

萧复暄眸光扫过他："写在脸上了。"

乌行雪："……"行。他还真就是想问这一句，结果被天宿上仙提前堵了嘴，但他并不是很甘心。

他看向街市，先前那道高高的身影已经不见了，淹没在不知哪处熙熙攘攘的人群里。他头也不回地问："方才你说不能叫的那个，是你吗？"问完他又下意识咕哝了一句："应当是，我总不会认错了。"

身后的萧复暄忽然道："为何？"

乌行雪转回头看他："嗯？"

萧复暄从街市收回视线，目光落在他身上："为何不会认错？"

乌行雪张了张口，却未答，蓦地静下来。

茶摊小伙计又一声拖得长长的吆喝，打破了这处角落的氛围。乌行雪匆忙转头，朝那儿看了一眼，转了话题道："你当年既然来过，可还记得……"他说着，再转回来时，看到了天宿上仙望向茶摊的"棺材脸"。

乌行雪顿了一下，忽然笑了起来。这似乎是他从在苍琅北域醒来之后，第一次全无负担和杂碍的笑。不是吓唬人，不是冷笑，不是被气得无奈，也没有边笑边盘算其他。

过了好一会儿，萧复暄才道："笑完了吗？笑完走了。"说完，他拎着剑，抬脚走出了墙角。

乌行雪落后一步跟上去，话语间还带着笑音："哎，我还没问完呢。"

既然这幻境里有萧复暄，那可以让他试着回想一下，当年来落花山市时可曾碰见过什么蹊跷的事。但乌行雪转念又想，那已经是数百年之前的事了，时隔这么久，谁还记得呢？于是他又改了主意，道："算了，你就当我没说话。"

萧复暄却像是能猜到他的意思，道："我来过这山市很多次。"言下之意，仅凭一道身影，确实判断不出来这是哪一回，更遑论想起当初发生过什么。

乌行雪点了点头："现在这是去哪儿？"话音刚落，他们刚巧走到一块地势高处。乌行雪一抬眼，便能将前面蜿蜒的人潮尽收眼底。

在稍远一些的地方，他又看见了那道熟悉的背影，因为气质和身高都格外出挑，在人群中显得很惹眼。

那是幻境中的萧复暄。

“这是在跟着你自己吗？”乌行雪问。这话听着着实古怪，萧复暄“嗯”了一声，没多言。

“方才为何不直接跟上，还把我拖去了墙角？”乌行雪又道。

这话听来比前一句还古怪，萧复暄默然片刻，开了金口：“太近会被觉察。”

也是，乌行雪心想，毕竟幻境里的天宿上仙也是天宿上仙，那个距离内背后跟着两个人，不可能毫无感知。试想倘若他背后跟着来历不明的人，倘若那人还同自己长得一模一样……

那打一架都是轻的，杀招恐怕都已经出手了。难怪之前萧复暄要捂他的嘴，不捂就该出大事了。

据说落花山市连绵十二里，一眼望不到头。他们在幢幢灯火中穿行了不足一里，忽然闻到了一股极为浓郁的香味。

整条街几乎只有这一种气味，乌行雪被这味道弄得头疼。他捂着鼻尖，低声道：“这得是打翻了一整车的胭脂水粉吧？”

果不其然，就听前面嘈杂人声，抱怨不绝于耳。偏偏往来人群颇有好奇看热闹的心情，堵得前面水泄不通。

就见一个店铺伙计瘦猴似的蹿了两步，爬上了摊桌，冲众人道：“诸位客官莫急，莫骂，少安毋躁。那是隔壁李记的胭脂，出摊的时候不知怎么遇到了落石，被砸垮了摊车，胭脂水粉盒儿撒了满地，这会儿正清着呢。”

“落花山市居然有落石？”乌行雪有些诧异。捂着鼻尖的缘故，他声音显得闷闷的。

萧复暄偏过头来才听清，道：“确实古怪。”正常来说，这山市年年都有，楼阁、商铺都是依山而建，依山而摆，哪里稳固，哪里危险应该早就摸得一清二楚。若是时不时有落石，这落花山市也不可能办得这样盛大热闹。

“不是说这山市屋瓦都由仙门加固过吗？”有不少人发出疑问，“怎么会有落石？这么些年也没见过这种事。”

“确实。”小二道，“确实，咱们掌柜的说，已经差人去请了封家的人，各位勿怕。”

“又是封家？”

乌行雪记不清那些仙门，至今也就对花家印象深刻，封家大概算他第二个印象深刻的。因为方才在照夜城入口前，他听说了新城主薛礼和封家的关系，这会儿又听到人提，想不在意都难。

“山市若是有了麻烦，会去请离得最近的仙门，或是附近势力最大的仙门来。”萧复暄解释道。

说话间，乌行雪瞥见他们跟着的那位“萧复暄”忽然止步，越过人群朝后方扫了一眼。这回乌行雪反应极快，连忙抓了身边人一把，匆匆把对方扯进了最近的店堂里，借着廊柱避让。

相比前面围聚的人群，这家店堂要冷清许多。只有一位垂着眼袋的中年男人在柜台后面噼啪拨着算盘。听到声音，他头也不抬，拖着沙哑的声音慢慢叫了一声：“小二，来人了。”

乌行雪原本避一避就要出去，却见那柜台的高架上垂挂着一只铃铛，也是白玉质地，在灯下流淌着温润的光。乍一看，跟梦铃有八分相似。

就这么一停顿，一个胖墩墩的影子踩着木楼梯，咚咚咚地从楼上滚下来。

“掌柜的什么来人？又来人了？咱们店这两日还真是奇怪！”小胖子年岁不大，像颗球似的滚过来，差点儿撞到人，被乌行雪伸手抵了一把。

乌行雪手冷似冰，小胖子被冻得一哆嗦，定睛朝二人看来，然后不知为何傻在了原地。他看看萧复暄，又看看乌行雪，嘴巴开开合合，半晌没说话。

“你这是怎么了？”乌行雪搓了搓自己的指尖，心说难道是手太冷，给人冻傻了。

小胖子连忙摆手：“没没没没，没事。”

他这会儿离得近，动作大，加之满街的胭脂水粉味在此处没那么浓重，乌行雪便从这小胖子抬手带起的风里，嗅到了一股若有似无的气味。

那味道一不留神就散了，再嗅便全无踪迹。若是其他人，可能根本觉察不到，但乌行雪不一样，他在梦里就对这味道印象极深，又在照夜城入口处闻见了第二回。

这是今日第三回了。这小胖子身上，居然有桑煜、薛礼那种修炼尸道的人才有的阴潮味。这店不一般。

小胖子在这儿支支吾吾半晌，终于引得了掌柜的注意。柜台后的中年男人撇下算盘，慢声问道：“小二莫要怠慢，二位是要住店吗？”

乌行雪想起刚刚那股古怪的阴潮味，还有柜架上悬着的梦铃，正要说“住”，就见掌柜的抬起头。

那中年男人看清了来客模样，后知后觉地一惊，而后缓慢张开了嘴，反应跟那小胖子一模一样。片刻后，他提高了调门问道：“等会儿，二位不是刚退了房吗？”

乌行雪一个“住”字咕咚又咽了回去。

嗯？

第 36 章 夜半

此话怎讲？什么叫二位刚退房？乌行雪满腹疑问，却一句都不方便问。若是问了，那掌柜的今夜就甭想安睡了。试想，寻常人若是刚送走两位客，就迎来了一模一样的人，后者还对前者的事情百般询问，一副全然不知情的模样，是不是越想越吓人？回头若是把他们两个当成鬼怪妖物，请几家仙门来围堵捉拿，那动静就闹得太大了。

天宿上仙说了，这是幻境，景却是真景。乌行雪不知动静太大会对这地方有何影响，但凭常识推断，应当不是什么妙事，还是低调些比较稳妥，所以他硬生生把满腹疑问压下去。面上泰然自若，藏得滴水不漏，就好像他确实刚从这家店里离开不久似的。

掌柜的顶着一脸“你俩什么毛病”的表情朝他们猛瞧，然后干巴巴地问道：“怎么，二位改主意要多住一宿啦？”乌行雪心说不必，容我想想能找到什么借口出门。结果借口没找到，倒是萧复暄应了掌柜的一句：“劳驾。”

乌行雪：“？”你等会儿。

天宿大人并没有等会儿。就听掌柜的调门儿更高了：“你……二位当真要多住一宿？”

萧复暄：“嗯。”乌行雪侧过头，幽幽地盯着某位上仙。萧复暄瞥了他一会儿，又看向掌柜的，薄唇几乎未动，低低道：“上去再说。”

行。乌行雪纡尊降贵地点了一下头。没记忆就是这点不好，时不时就得当听话的那个。堂堂魔头能是什么听话守规矩的人呢？偏偏他这一路下来老老实实，在不知情的人看来，恐怕能称一句谦谦公子、斯文温顺。要是让照夜城那些人听见这些形容，估计吓都吓死了。

萧复暄应得简短利落，那掌柜的却奇怪得很，一副不甘不愿的模样。好似客人多住一晚并不合他心意似的。他的神情成功引起了某位魔头的注意。乌行雪眯了一下眼睛，观察着他。就见掌柜的噼啪拨了两下算盘，又抄起柜面上的灰蓝名簿，舔着手指捻开沙黄簿面，提起了笔。他动作也好，说话也好，都慢吞吞的，明明是中年人，头发乌黑，却透着一股子沉沉暮气，跟那胖乎乎的店小二截然不同。掌柜的蘸了一笔墨，才抬头问道：“二位还住先前那间吗？”

萧复暄：“嗯。”听到这声“嗯”，大魔头终于没心思观察掌柜了。

乌行雪又一次转头盯向萧复暄，借着这角度掌柜的看不清，用口型问道：一间？他看见萧复暄朝自己轻瞥了一眼，那一眼足够看清唇形和问题。但他等了好一会儿，都没等到萧复暄开口补一句“上去再说”。

乌行雪在这片静默里噤了声，片刻后抿唇收回了视线。

掌柜的在一大圈铜钥匙里挑了一把，递给胖墩墩的店小二。店小二接过来，领着两位“去而复返”的客人上了二楼。他吞吞吐吐，憋红了脸低声道：“唔，我家客店不常来人，二位退房也才一个多时辰，所以……所以房间还不曾收拾。”他说着，飞快地朝楼下柜台瞥了一眼，似乎生怕自己偷懒的事被掌柜的听见。

“倘若二位不急，可否稍待片刻，我洒扫整理一下，再去换壶热茶水来……”小胖子在房门口停步，还没说完，就感觉自己手上一凉，捏在指尖的钥匙便不见了。这寒冰似的触感他熟，那位翩翩公子模样的客人拿手碰他时，就是这般感觉，能冻得他一激灵。小胖子困惑地看向乌行雪，就见钥匙果真到了他手里。

下一瞬，客人已经兀自开锁进门了。

唔，看得出来，挺急的。小胖子心想。他扯了肩上搭着的布巾，颠颠地跟进门，正要下手打扫，却愣住了：“咦？”就见这客房卧榻整洁，木椅收在桌下，桌上的茶盏还倒扣在茶盘里。明明住过人，摆设却一副丝毫没被动过的模样。

“二位这是……”小胖子眨了眨眼，纳闷地看向两位客人。他从未碰见过自己收拾的客人，更遑论收拾到这个程度了。难道没有真正住下，那空占一间房做什么？乌行雪也万分意外，但他脸上依然不露声色。他眸光扫过屋内每个角落，才转头冲小胖子道：“用不着收拾，你忙去吧。”

小胖子求之不得，“唉”地应了一声，抓着布巾就跑了。

杂人一走，乌行雪立马看向萧复暄。好你个天宿上仙。

乌行雪盯着他，开口道：“你故意的？”萧复暄抬剑一碰房门，门扇瞬间合上，夜里的山风便不再漏进来。他走到桌前，低头拨了一下灯烛。灯火瞬间亮了一些，不知是错觉还是什么，屋内暖和了不少。他从灯盏边收了手，才抬眸看向乌行雪：“故意什么？”

那点儿“故意”唯一的用途，大约就是逗弄一下乌行雪。偏偏做出这种事的人拎着长剑站在桌边，依然是那副冷冷淡淡的模样。

桌上那豆灯火动了一下。乌行雪在灯烛下偏开头轻眨了一下眼，再转回来时，便不再提什么“故意”不“故意”，而是咕哝了一句“算了”，然后问萧复暄：“你为何突然改变主意，要在这里住上一晚？”问完他反应了过来，轻轻“啊”了一声，看向萧复暄道：“看来……上仙想起来这是哪一回了？”

也是，总不至于回回来落花山市都……唔，都住这家店，魔头心想。果然，就听萧复暄“嗯”了一声，静默片刻道：“那是我最后一次来落花山市。”

乌行雪愣了一下：“最后一次？”

萧复暄点了一下头：“之后再听闻，便是它被山火烧尽的消息。”

乌行雪心说那应该就是了，他们被拉入这幻境，或许就是因为这一天的落花山市藏了秘密。他又问：“那天可有发生什么反常或是特殊之事？”

萧复暄淡声道：“没有。”乌行雪有些诧异：“没有？”

萧复暄：“嗯。”那天确实不曾发生什么反常之事，他只是又一次在落花山市碰见了灵王，又一次易了容同行于集市间。那日灵王刚处理完天诏，耗了不少仙气，浑身透着倦懒之意。到了夜里山风一吹，居然觉得有些冷，便进了这家客店。客店的掌柜慢吞吞的，并不殷勤，店小二也莽莽撞撞，十分粗心。

他记得那夜更深露重，屋里搁着暖炉，他在各个角落浮了灯火，星星点点，照得满室暖热。灵王很快便困了，支着头一点一点，没多会儿便蜷身睡过去，在深眠中缓缓运转着仙气。而他一如既往全无睡意，支着腿在窗边倚坐着，时不时看一眼床榻上蜷着的人，以免对方运转不畅，中途出岔子。

那夜平淡无话，若不是又一次进了这家客店，他甚至不曾想起过那一天。可如今想来，毫无反常才是最大的反常。萧复暄出神片刻，忽然轻皱了眉心道：“我那晚的记忆，应当被改过。”

乌行雪一愣：“被谁？”他问完才发觉自己说了句多余的话——他腰间就挂着梦铃，居然还问萧复暄是谁动了他的记忆。可天宿上仙怎么说也是在仙都里能跟仙首齐平的人物，想要篡改他的记忆，就算是关系不错甚至十分亲近之人，应当也极难得手。

那日究竟发生了什么，引得他去动萧复暄的记忆？或者说，那日这家店里出现过什么，又引发了什么，使得后来的落花台成了一片焦土？这几个问题在乌行雪脑中萦绕不散，就连到了梦里都纠缠不休，像枯藤或是巨蛇攀爬进来，散发着腐朽阴潮的味道。

夜里寅时，乌行雪忽然睁眼。醒来的瞬间，他鼻前还萦绕着若有似无的阴潮气，像是梦里未散的余味。房间里一片昏黑，显得四下里更为寂静，唯有他自己以及另一个人几不可闻的呼吸声。他是侧蜷着睡的，面朝着床里的墙壁，另一道呼吸声在他身后。

他动了动唇，低低叫了句“萧复暄”，正想问对方为何忽然熄了灯烛。但下一刻，他就惊觉不对！

那不是萧复暄。因为那呼吸太近了，就像……那东西就伏在床边，在一片死寂中无声无息地看着他的后背。

乌行雪翻过身，对上了一双一眨不眨、死白的眼睛。

第 37 章 逼供

夜半“鬼”爬床，真是好大的福分。

乌行雪本想稍稍装一下文弱，但他在眨眼的工夫里探遍房间，没有探到一丝一毫属于天宿上仙的气息。

萧复暄真的不在。也是，如果他在，怎么也不可能让这种丑东西出现在屋子里。

乌行雪这么想着，顿时没了装文弱的心思。人都不在，装给谁看。

那个趴在床边的东西正要动，有人的速度却比它更快——眨眼间，床铺空空如也，乌行雪没了踪影。

那双泛着死白的眼睛眨了一下，飞速扫过床铺，扫向两边，扫至床下……都没有找到乌行雪的丝毫痕迹。那双眼珠转得极快，眼皮几乎包不住它们，边缘泛着青黑，像是有些腐烂了。若是转得再快一些，简直能从眼窝中掉出来。

它正要抬头向上找，一道声音在它身后轻轻响起：“我在你背后。”

它猛地僵住，泛白的眼珠一动不动。下一瞬，它手指一弓正欲暴起，却觉得自己的后颈命门连带头皮被人一把揪住。

那只手寒如冰霜，比死人的都要冷。一阵天旋地转后，它被人拽着狠狠掼到地上。那双钳着他命门的手，已经移到了它的喉咙上。

它猛烈挣扎着，力气大得连地板都被砸得砰砰作响，裂开了许多道长口。但那只洁白清瘦的手就是纹丝不动。它在那只手上感受到了腾腾杀意。

“你运气实在不好，我什么都不记得了，现在还会的只剩杀招，你最好老实一点儿，别乱动。”乌行雪轻轻说了一句。

这是它头一回作祟不成，反被压制得动弹不得，甚至在威胁中瑟缩了一下。

霎时间，寒风怒张，木窗“砰”的一声被风撞开。乌行雪又在黑暗中开了口。他带着淡淡的笑音，说的话却叫人笑不出来：“窗外趴着的那个，我这会儿脾气并不算很好，你最好现在滚进屋里，把灯点上。”

窗外的人可能从未听过此等要求，沉默不语。半晌，终于有人颤颤巍巍地推开门，小心摸到桌边。

熄灭许久的油灯亮了起来，那一豆烛火将房内情景照得一清二楚。

点灯的人是客店掌柜。乌行雪则披着素衣半跪于地，手里掐着那个半夜爬床的东西。

准确来说，那不是东西，而是人。一个看起来已经死去多时的人。他的头脸、脖颈有些肿胀，并非因为生得臃肿，倒像是在某种汁液中泡了很久很久，泡得皮肉死白，膨胀开来。

乌行雪想到了棺液。民间有些地方为了让死去的人尸身不腐，常会问仙门要一些特制的药汁，灌注于棺椁中。

乌行雪脸上登时没了表情。他朝四周一瞥，看见那尸人腰间居然还有一柄佩剑。于是他松开掐着对方脖颈的手，抽了那把剑站起来。

那尸人正欲趁机挣扎起身，就被剑尖抵住了额心。

“我让你起来了吗？”乌行雪问。他的语气从未带过凶恶之感，总是轻轻巧巧得像在跟人聊些闲话。但那股杀意从未撤离，以至剑下的尸人不敢动，桌边的掌柜的也不敢动。

“掌柜的，把那干净布巾递给我。”乌行雪说。

掌柜的耷拉着硕大的眼袋，一脸畏惧地盯着他，小心翼翼够到布巾，隔着一步多远递过来。他不敢动也不敢出声，就那么看着乌行雪接了布巾擦拭手指。

他见对方擦着擦着便没了动作，垂眸静静地看着自己的手腕。那两只手腕筋骨匀长，干干净净，没沾一点儿脏东西，不知有什么可看的。

更可怕的是，他看着看着还皱起了眉，确实是脾气很不好的样子。

掌柜的又小心地缩了缩身子。

外人自然不知，正是因为两只手腕都空无一物，乌行雪才皱起了眉。

上一回在花家，萧复暄灵神离体独自去办事时在他手腕上系了丝线和铃铛。他轻扯了几下，对方便回来了。

这回连能叫人的铃铛都没有，整个客店里又探不到萧复暄的气息。

他去哪儿了？

乌行雪把布巾丢回桌上，抬头盯向掌柜的。

掌柜的被他看得头皮一麻，背后凉气直蹿。正要摆手解释，却听见乌行雪问他：“萧复暄呢？”掌柜的一愣，几乎没听清：“啊？谁？”

方才电光石火间，他脑中闪过许多乌行雪可能会问的事情。地上这尸人是怎么回事？为何半夜出现在我房里？！你又为何会趴在窗边？你们如此这般，欲行何事？

任何一个半夜遭险的人想问的总是这些问题，偏偏乌行雪问了最不相干的一句。

“我问。”乌行雪轻声道，“同我一道来的那个人呢，你看见了吗？”

掌柜的摇了一下头。就见乌行雪脸色瞬间冷下去。他不带表情时，微垂的眼尾便满是厌弃感，那股始终未收的杀意更盛了。

掌柜的这下是真的被吓到了，喉咙滑动着，咽了咽唾沫：“我……我真没看见。”

“你不是趴在窗外窥着吗？”乌行雪的声音更轻了。

“我……我……我是刚刚才上来的，我上来时，我上来时……”掌柜的似乎不知该如何解释，语无伦次道，“我上来没一会儿，就听见你说‘我在你后面’，接着……接着发生了何事，你都知道了。”

乌行雪听了，脸色更不好看：“你说了我就信吗？”

掌柜的急了：“都是真话！真话！若是有一句虚言，我……我天打雷劈！”

乌行雪倒不是不信他这句话。其实他在开口问之前就能猜到是这个结果——这掌柜的稍一吓唬便是这副怂样，怎么看都不可能奈何得了一位上仙。

所以萧复暄的消失跟他应当没有关系。乌行雪猜得到。他只是找不到人，心下烦躁而已。

“那你呢？”他反手握剑，一剑钉下去。

尸人猛地闭眼，只觉得剑锋堪堪蹭着头皮而过，他甚至感觉到皮肤裂开了一道细长口子。若是他还活着，一定有汩汩血液顺着长口源源不断地渗出来。

不会死，却能骇得人涕泪交流。

“你又是什么东西？何时来的房里，屋里另一个人呢？”乌行雪半蹲下来。

尸人死白的眼珠一转不转地盯着他，张了张口，又紧紧抿住了唇，然后摇了摇头。

乌行雪看得眉心一皱。他用拇指和食指捏住尸人脸颊两侧，猛一发力。就听咔咔两声，尸人紧绷的下颌骨松了一些，嘴巴自然张开，像豁开的山洞。他有两排细密的牙，却没有舌头。

乌行雪又顺着脖颈按下去，发现他喉骨底下有一块突起，摸着硌手，似乎那里面封了一颗钉。

又是无舌，又是封钉，恐怕就是这样才无法说话。

若是萧复暄在，定有办法让这尸人无舌也能开口。可他就是不在。

乌行雪烦意更甚，随手拿了一杯茶，泼在尸人手边，低声道：“写。”

那尸人却手指发颤，在茶水渍上无意义地画着重复的动作。

“这东西，他……他答不出话的。”掌柜的没忍住，在旁边补了一句。

“那你能答出什么来？”乌行雪头也不抬道，“先前有人说过一句话……”

萧复暄说过，这里是幻境，最好不要闹出太大的动静，以免幻境受影响，横生出什么事端。

“他说，在这里最好不要闹出太大动静。”乌行雪转头看向掌柜的，“这会儿他不见了，我也无人能问。你说……什么叫作大动静？打斗？杀人？”

掌柜的听得面如菜色，忙不迭开口：“不不不，不能如此，不能如此。我……哎！我说，我有什么说什么。”

掌柜的说这事说来话长，他不知怎么讲清，只好从头说起。

“我这店在这落花山市里开了多少年了，一直好好的，不曾出过什么事。先前还有仙门中人替我瞧过，说我挑中了落花台最好的位置，是个聚福聚气的宝地。后来有一日，我这店面后头的石缝里生出了玉枝，虽然只有这么一丁点儿……”他抖着手指，小心比画出不足一寸的间距，道，“我心想，难道是宝地显灵？便又请了仙门来看，他们却说那不是吉兆，说我这宝地福气已经散了，要由盛转衰、由吉变凶了，还劝我最好换一处地方……”

他自然不信那个邪，明明之前说他占了宝地，怎么突然就变成祸地了？于是他四处打探，询问，查了不知多少书册，看得懂的、看不懂的，通通翻了一遍，就连天道伊始的那些传说都不放过。

最终，他给自己找了个结果。

“我觉得，那应当是百年难得一见的一点儿白玉精。”掌柜的说。听到萧复暄提过的“白玉精”，乌行雪抬了眼。

“倘若真是白玉精，那就是传说之物，大吉才对。怎么会由盛转衰呢?!”掌柜的道，“所以我没听那些仙长的话，也不打算搬离这里。结果……唉，没过多久就出了事。”

掌柜的觑了一眼乌行雪的脸色，道：“有一位客人住着住着便消失了，怎么都找不见踪迹。他是带着闺女来的，那小姑娘年纪小，话都说不利索，哭得谁都不忍心瞧。我自然不能不管，便又请了仙门。落花台人又多又杂，怕动静太大惹麻烦，那些仙长都在我这儿住下，悄悄去查，结果……”

掌柜的又觑了乌行雪一眼，欲言又止，似乎不敢往下说了。

乌行雪盯着他，道：“结果。”

掌柜的咽了口唾沫，眼一闭认命道：“结果那些仙长翻遍了整个落花山市，都没能把那位客人找出来。他就那么凭空消失了，再没出现过。”

第 38 章 想念

说来悲哀，如果只是丢了一个人，在那个年代其实不算什么惊天动地的大事。世上每日都有人死去，不见得每个人都死得明明白白。

那些仙门弟子没找到人，也查不出缘由，最终只能祭出一个最容易为人所接受的说法——邪魔作祟。一定是某个隐匿得极好、不曾被发现的邪魔悄悄吃掉了那个失踪的男人。

于是，这件事从“找寻失踪之人”变成了“找寻隐匿的邪魔”。接着，他们寻出了一个令人毛骨悚然的结果……

掌柜的想起那一幕依然会周身发冷，头皮发麻，他嗓音干涩地开口：“你……你见过仙长们用的探魔符吗，就是将其点燃烧成纸灰，风一吹便全扬出去。若是遇到邪魔气息，那些纸灰就会飘聚过去。

“那天，我就眼睁睁看着那些纸灰从我这客店的窗户飘出去。那些仙长怕引起惊惶，装作日常巡看或是闲逛模样，跟着纸灰在落花山市绕了个来回，最终绕回了我这客店……”

当时众人面面相觑，都以为是落花山市人太多了，如此聚集的活人气足以盖过任何其他的气息，所以探魔符不好用了。他们正要收了纸灰，就见那些苍白灰屑打着旋儿，沾在了一个人身上。

不是别人，正是那个失踪男人的小女儿。

那个姑娘年纪实在小，店小二见不得她哭，去集市上搜罗了一堆小玩意儿哄她，还去灶上温了一碗红枣甜汤。当时那小姑娘就坐在客店堂内，一勺一勺地舀汤喝。纸灰聚过去时，她抬眼看向众人，舔了嘴角。

众人先是一片死寂，接着便觉得荒谬又难以置信：这小姑娘吞吃了自己的爹？怎么可能……

于是仙门的人又掏出了觅魂符。先前为了找寻失踪的男人，他们带着觅魂符在落花台各个角落试过，一无所获。

这次再用，就见那觅魂符飘飘荡荡，最终落在小姑娘脚边。如果觅魂符没有出错，那么失踪男人残余的魂魄气味真的就在那小姑娘身上……

那一瞬间，在场的所有人噤若寒蝉。

后来仙门带走了那个小姑娘，“客人无故失踪”这件事便算是尘埃落定。

掌柜的和店小二都被吓到了，病了好些天。病好之后一切如常，他们便慢慢将这件事抛诸脑后。

直到第二年，山市点灯开市没多久，客店又出了事。

那日有名书生模样的人带着他的伴读书童在店里住下，当时两人有说有笑，那书生看着也温和谦恭。可到了第二日，书童便不见了踪影。一切都和那对父女一模一样。

掌柜的只觉得噩梦又临。他看那书生“担忧焦急”的模样，只觉得那层皮囊下定然有个吃饱喝足的邪魔在舔着嘴角。

同上回一样，他又请来了那些仙长，看着他们先用了探魔符，又用了觅魂符。不出所料，不论是探魔符，还是觅魂符，所指之人都是书生。

那书生被探魔符的纸灰粘上时，脸上缓慢浮起的惊骇和恐惧竟然比其他任何人都要重。他疯狂掸着身上的纸灰，口中叫着“不是我”“不会是我”，吓得跌滚在地，斯文全无。

当时掌柜的看着那场景，心里忽然闪过一个可怕的念头：倘若这书生并非掩藏得太深，而是真的无意为之，是睡梦中被某种东西引诱的呢？倘若他本来好好的，之所以会发生这种事，是因为客店不对劲呢？

他又想起那些仙门中人的忠告，说他这里从福地变成了祸地，会频发邪事。

掌柜的当时就被这念头吓到了，觉得自己脚下的每一寸土地都透着说不出的诡异。

虽然出事的都是客人，且两年也才两个，算不上多，可谁知道往后会变成何样，会不会某一日，出事的就成了他们自己？

那阵子掌柜的夜夜噩梦缠身，不是梦见自己被店小二吃了，就是梦见自己吃了店小二。不论是哪种都吓得他夜不能眠。于是他不再执拗，求仙门之人帮他一把。

“他们应允得倒是很痛快，派了不少有经验的人扮作来客，日日镇在我这小小的客店里。”掌柜的一脸愁苦地说，“可老天简直成了心要戏耍我，仙门来了，反倒没有异动了。一丁点儿都没有，风平浪静。”

“人家诸事缠身，还要修习，总不能整日在我这客店里耗着。后来便想了个两全的法子。”掌柜的指着地上的尸人道，“就是它……”

那是他第一次知晓，原来仙门也会用“驱尸”这种不那么光明磊落的法子。

当时仙门的人冲他解释道：“不是万般无奈，我们也不会如此，余掌柜有所不知，尸人对邪魔的感知其实要比咱们活人敏锐一些，比那些探魔符还要灵。倘若你这店里又进了邪魔，它一定能知道。若是再发生先前那种事，它能拦上一拦。”

“然后呢？”掌柜的听了也不放心，“不能光是拦一拦啊，万一拦不住呢？！”

仙门的人答道：“它身上留有符咒，若是真在这里动了手，我们即使在千里之外也能知晓，便会即刻赶过来。到了那时，邪魔也好，凶祸也罢，都是气息最浓的时候，要找什么都容易得很。到时候便能看看，你这客店究竟哪一块土是祸土，又是为何好端端成了祸土。”

虽然仙门中人再三保证，这尸人他们好生处理过，同那种邪魔外道常用的阴尸不一样，但掌柜还是心有怯怯，将信将疑。

他依照仙长们的交代，平日里就将尸人置放在棺椁中，又将棺椁放在顶层的阁楼里，在棺盖上贴了好些封棺符咒。

他叮嘱店小二，每隔一阵子便换一批崭新的符纸，以免棺椁封得不严，尸人随意出来作妖。如此过了两年，客店没再出什么新的祸事，那尸人也始终安安分分，没开过棺椁。

人总是这般，好了伤疤便忘了疼。掌柜的慢慢觉得所谓凶地、祸地只是一时的。常言道小运三年、大运十年，就算之前气运不行，也该转运了。

店小二被腌出了一股子尸味，他自己熬出了硕大眼袋，如今也能睡得着觉了。只是他这客店的生意还没能救回来。

明明知情人对那两件祸事守口如瓶，没有在落花山市里肆意流传，但他这客店就是日渐冷清，少有客来。

因为那两件祸事，掌柜的和店小二养成了一个毛病：倘若来客只有一位，他们便欢迎得很；倘若是两位搭伴，他们便不甘不愿、提心吊胆，生怕再出现那种一觉醒来少一个的场景。

掌柜的面露恐惧地看了乌行雪一眼，又连忙收回去："前一日你们要住店，我就怕死了，我真的怕死了！一整夜都没睡着觉，又不敢睁眼，生怕这夜里又不太平。"

掌柜的有一句话没敢说——他竖着耳朵注意了一整夜客房动静。不过前一夜极为太平，他连一丁点儿声音都没听见，不论是交谈声、走动声或是旁的什么，一丝一毫都没有。

他一度怀疑那两个客人给房间封了禁制或是结界。

第二日一大早，他就在柜台后面站着了，等着、盼着那两位客人起床下楼。

"我看见你们全须全尾的下来时，心都落下来了。"掌柜的说着，长长叹了一口气，懊丧道，"你们为何又要回来呢？若是不续这一晚，你也不会……"

掌柜的满腹心事，话说一半才反应过来，自己究竟在说什么。他猛地刹住话头，惊恐地抬起头。

就见乌行雪深浓的眸子看着他："我也不会什么？"

掌柜的深深咽了口唾沫，给他一百个胆子也不敢继续往下说。但就算噤声，乌行雪也知道他要说什么。

他已经说了很多了，说那个小姑娘在这祸地的影响下，夜半三更吞吃了自己的亲爹；说那位书生在这祸地的影响下，吞吃了自己的书童。到了乌行雪这儿，自然也是一样。在那掌柜的看来，无非又是一场吞吃了自己人的祸事悲剧而已。

霎时间，乌行雪只觉得荒谬至极，荒谬得他简直想笑出声。

怎么可能，我又不是疯了，他心想。

但很快，他又在那种荒谬中生出一股更为荒谬的后怕……

因为他真的是邪魔。

邪魔不讲分寸——那桑煜上一刻还在借人生气慰藉取暖，下一刻就喝空了对方的血。曾经是仙的云骇也会脱离控制，肆意妄为。

我呢？乌行雪心想。

我有过这种时候吗、失控过吗，可曾有过类似的事？还有……

萧复暄看见过吗？

他并不觉得堂堂天宿上仙会因为一家小小客店便凭空消失，再也不见，那些传闻和诡事吓不到他。

忽然，客房门外响起了纷杂的脚步声。一捧纸灰从敞开的窗扑进屋内，聚到乌行雪身边。或许是因为邪魔气太盛，纸灰间甚至迸出了火星。

一群穿着同色弟子袍的人追着纸灰而来，他们高束的发冠后面带着长长的飘带，一人一柄剑，每柄银色剑鞘上都用朱色书着一个圆圆的“封”字。

正是常被请来落花山市的仙门——封家。

打头的是名年轻女子，生得一副伶俐相，口中说着：“尸人安稳不动有一会儿了，应当早就将那邪魔制得服服帖……

“帖。”

他们一踏进门，就看到了地上“安稳不动”的尸人，以及拎着剑“服服帖帖”的邪魔。

那邪魔有煦如清风的声音，说的话却越琢磨越吓人：“劳驾各位帮我掘地三尺找个人，不然就别回去了。”

第 39 章 神木

封家的几个人万万没有想到居然会听到这么一句话。

这些年世间纷乱不断，落花山市能在乱世之中保持如此热闹的盛景，都是仰仗封家的庇护。是以，山市里的人见到他们总是尊敬有加。

邪魔见到他们，尤其是见到他们的封字剑，也总会露出忌惮神色，要么起手便打，要么拔腿就跑。今日这位，他们当真是头一回见。这邪魔看到封字剑无动于衷也就罢了，张口第一句竟然不是喊打喊杀，而是叫他们做事。真是活见鬼了！

那年轻女子张口结舌，差点儿不知如何作答。她愣了一瞬，杏目圆瞪道：“你是哪处污秽地里爬出来的东……人，好狂妄的口气！”她原本可以更凶，但这邪魔莫名带着一身矜贵之气，冲着这样的人，确实说不出太难听的话。

但这并不妨碍他们出剑。

邪魔威胁之言刚落下，那七八个封家弟子便同时拔出了腰间长剑！

“锵锵——”就听数道金鸣，那些长剑所带剑气已然化作尖锋，直冲乌行雪而来！

下一刻，就见那人影一虚——剑气贯穿而过，却没有击中那个邪魔，而是直奔他背后的卧榻而去。只听木柱断裂声接连响起，木屑乱溅。

桌边的掌柜的被惊得一蹦，慌忙挪了几步，朝封家弟子靠过去，以保安全。他刚挪完，就听轰隆一声重响。原本好好的卧榻因为四柱全部被剑气斩断，整个垮塌在地，成了一堆废木。

封家众人悚然一惊。

“人呢？！”他们脱口问了一句，居然听到了回答。

“是在找我吗？”声音从背后传来。众人身形一僵，猛地回头。就见那邪魔不知何时瞬移到了人群中。他站在一个倒霉弟子的身后，捏着那名弟子的手腕，逼着对方横剑向内，剑刃架在那弟子自己的脖子上。

“你！”那弟子神情紧绷，脸色煞白泛青，手背青筋暴起。他竭力跟捏着腕部的那只手较劲，却全无效果，差点儿咬碎了一口牙。

就听那邪魔的声音轻轻慢慢：“有人不让我弄出太大动静，那我只能这样了。其实制住领头的那位会更好一些，但你们领头的是位姑娘，胡乱动手显得我像个登徒子，所以没法子，只好委屈你了。”

他说得很认真，那弟子却差点儿呕出血来。

这话听在众人耳里还有另一层意思：你们哪个我都制得住，就看挑谁而已。

几个弟子被激得面色一沉，又要抬剑。就听一声闷哼，被制住的弟子剑锋更近一厘，在他咽喉上压出了一道浅印。

“都别动！”年轻女子又喝一声。众人攥紧了剑柄，再不敢动。那弟子脖子上的剑跟着止住了，没有再下压。

掌柜的犹豫片刻，又默默动了几个小步，挪回桌边。

年轻女子盯着剑锋，片刻后终于开口：“我们进门时，你说要找人？”

“对。”

年轻女子秀眉紧拧，面带不解地看着乌行雪，片刻后将目光移到掌柜的身上，低声道：“究竟怎么回事？不该跟先前的祸事一样吗？”

掌柜的一脸苦楚："是一样啊。"

年轻女子又瞥了一眼乌行雪，再看向掌柜："那找什么人？消失的人不是应该……"

掌柜的连连摆手："别说别说！仙姑仙长们，让……让找便找吧。"

年轻女子还有些不服，转头盯着乌行雪："你既然如此能耐，想制住谁便制住谁，一副我们都不能奈你何的模样，那你……"

她眸光一动，似乎挑中了什么破绽，道："那你何必叫我们帮忙呢？找个人而已，自己动手便是。我想想……难不成，是因为你身上有限制？有伤？因为这会儿已经是强弩之末了，所以撑着唬我们一招？"她没少碰见过虚张声势的邪魔，于是越说越觉得这话有理。

几位弟子又攥紧了剑，正努力寻找乌行雪身上的破绽，却听他说："那倒不是。"

魔头浓黑的眸子看着他们，说："因为我只会杀人，做不来其他。"

众人："……"

乌行雪说的是实话，在其他人听来却是又一句威胁。而且这威胁清清楚楚，配上他那双眼睛，实在不像虚张声势。掌柜的在一旁疯狂使眼色，封家弟子却还在坚持。

眼看着乌行雪皱了眉，显出了一丝不耐烦，那年轻女子便道："好，我们找。"

她从怀里掏出几张带着封家门章的符纸，也懒得跟掌柜的讨要朱笔，手指一抹剑锋，带着血珠问道："你要找的人姓甚名谁？"

进店时候，掌柜问过来客，每一位都登名在册。他回想着这两位来客第一次进店时报的名姓，正要答话，却听乌行雪道："萧复暄。"

掌柜的闭了嘴。封家弟子却惊异地张了嘴。

店内一片寂静。

片刻后，掌柜的颤颤巍巍："啊？"他道："你们进店时报的不是这名字啊……这名字……这名字不是那位天宿上仙的吗？这……"他轻声念叨的时候，神情一片震惊。

这反应十分正常，任谁听说天宿上仙在自家客店里住了两宿，恐怕都是这番模样。可在某一刹那，他那震惊之中闪过一丝别的神色，转瞬即逝，快得仿佛从未出现过。

但乌行雪看见了，那像是……欣喜？似乎又不到喜的程度，更像是蒙尘许久的琉璃珠，倏然亮了一瞬，聚集了精神。

乌行雪回想了一番，觉得那眼神竟然有些熟悉，就像当初在花家的时候，医梧生抓着他的袍摆对他说“救我”那一刻的眼神。难道这掌柜的也被邪魔附体了，在刚刚听到“天宿上仙”的那一瞬露出了邪魔原魂？

不对，不像，况且他身上没有丝毫邪魔气。那是什么呢？乌行雪心想。

他回想起先前掌柜的说的那些话，忽然发现一个不易察觉的问题。

掌柜的说，那书生和书童在店里出事后，他便想起了仙门中人的忠告，觉得自己这客店确实像祸地，每一寸土地都透着诡异，以致他噩梦缠身，夜不能寐。于是他去求了仙门来帮忙。

这话乍一听没什么，现在想来却有些奇怪。都寝食难安，夜不能寐了，他为何不搬店，换个地方呢？他宁愿在店里放着骇人的棺椁，养着一具不知会不会失控的尸人，却从未想过要换个地方。

为何？是不想换，还是没法换？是他舍不得这处地方，还是他出于某种缘由，无法离开这个地方？乌行雪眯起了眸子。

掌柜的只是眨了一下眼，便感觉一阵料峭寒风从颈后扫过。紧接着，那吹发可断的剑刃就到了他喉咙前。

上一刻还挟着封家弟子的乌行雪，这一刻已经到了他身后，快如鬼魅。他听见乌行雪低声问他：“害怕这里，又不离开这里……你是在守着什么吗？”

这一句问话，就像在封死的袋子上划出一道口子。

掌柜的眼神又亮了一瞬，周身巨震，就像忽然从长久的梦中惊醒。他抖着眼皮张了张口，似乎竭力想说什么，却又抿上了唇，艰难地摇了一下头。就好像他是想说的，却被某种东西束缚着不能说，甚至还得否认，表达相反的意思。

这反应着实诡异，却证实了乌行雪的猜测。他先前听这掌柜的絮絮叨叨，以为对方天生多话。那小姑娘吞吃生父也好，少爷吞吃书童也好，明明几句话就能讲清，掌柜的偏偏要从“后院生出白玉精”说起。现在想来，就好像他在能说的界限之内竭力说着，试图让听的人明白背后隐晦的含义——这个地方不一般，我却不能走。

乌行雪又问：“你是在守一样东西，还是一处地方？

“谁让你守的？还有……”萧复暄会在那里吗……

掌柜的又竭力张了一下口。或许在这些年里，他将同样的话絮絮叨叨地说给许多人听过，但听到的人要么惊慌，要么忌惮，始终无人深想。

如今，他终于碰到一个问出这几句话的人，所以无论如何也要再多说一句。就听掌柜的用极为嘶哑的嗓音，艰涩开口，问了乌行雪一句话：“你知道……这地方为何会叫作……落花台吗？”

乌行雪一怔，脑中跟着闪过一句：“你知道，那地方为何会叫作落花台吗？”

那是仙都的某一个长夜。

还是灵王的乌行雪办完事回到坐春风，打发了两个叽叽喳喳的小童子，带着一壶上好的玉醑，翻上了瑶宫高高的玉檐。

檐边浮着白雾，他支着一条腿倚坐其中，像是坐在游云之端。他喝了三盏酒，有了些懒洋洋的困意，便枕着手肘仰躺下来，顺手掩上了常戴的面具。

没过多久，他就听见玉檐一端传来动静，像是有另一个人上来了。脚步声从玉檐另一端传过来，在他身边停下。

过了片刻，他的面具被人掀开一些。没全被掀开，只从下颌处抬了一角。

接着，萧复暄的声音响在夜色里：“你喝了我的酒。”

乌行雪上半张脸依然掩在面具里，他懒得动，也没睁眼，就那么轻声慢语地回了一句：“你简直不讲道理，这玉醑一共有三壶，两壶是我自己的，一壶是从你那里顺来的，你怎么知道我喝的哪一壶？”

萧复暄答道：“闻得出来。”

仙都的夜风扫得人耳朵痒，面具也有点儿恼人，乌行雪眯了眯眼。

他撑坐起来，掀了面具，拎了酒壶递给身边的人：“还你。”

萧复暄没接，道：“下回还我整壶。”

乌行雪睨了他一眼，屈指敲了敲玉檐。两个小童子便从屋里颠颠地跑出来，站在屋檐下仰着脸喊：“大人，有何吩咐？”

乌行雪冲他们道：“再给我拿一壶玉醑来，天宿让我还他。”

两个小童子揣着袖子，齐齐转眸看向萧复暄，深得他家大人真传，道：“堂堂天宿，如此小气。”

乌行雪支着腿在那儿笑。

萧复暄垂眸看着那俩小的，不咸不淡地说：“再大气点儿，我那南窗下要被人搬空了。”小童子理亏，回不了嘴，跑了。

乌行雪本着还半壶也是还的道理，硬是给萧复暄也斟了三杯。

等萧复暄仰头喝完，就见乌行雪指着仙都之下的某处人间山野说：“落花台好像上灯了，今日是三月初三？”

萧复暄：“你说人间历？”

乌行雪道：“嗯，应当是，那个山市三月初三点灯开市，十分热闹，我偶尔碰见会去看看。”

萧复暄看向那片在灵王指点下隐约可见的灯火，他对那里有些印象，曾经不经意间进过那片群山，但当时不是季节，没见到山市。

乌行雪看了一会儿，道：“你知道，那地方为何会叫作落花台吗？”

萧复暄转头看他："为何？"

乌行雪说："那里很久以前有一株神木，比灵台还要早，它所长之地遍生白玉精，落花的时候绵延十二里，所以叫作落花台，现在那里还有一些残留的白玉精呢。"

许多神仙对神木都略有耳闻，但所知极少，有传闻说那神木有起死回生之效，也有传闻说那是假的。唯一被广为认可的传闻是，灵台出现后，神木便不复存在了，就像从未出现过一样。

后来的世人常会纳闷，为何一片少有花木、后来以山市闻名的地方，会叫作"落花台"？

萧复暄看了乌行雪一眼，问："那你是从何得知落花台的由来的？"

乌行雪说："我最初就生在那里。"

因为掌柜的那一句话，乌行雪零零碎碎地想起了一些关于落花台的事，再联想这客店后院突然新生的白玉精……他顿时知道掌柜的守的是什么东西了，也知道萧复暄身在何处了。

或许那棵神木并不是真的不复存在，只是出于某种原因，被灵台天道封禁了起来。他不知道萧复暄是如何进去的，只知道如今想进去，就只能找到那个禁地的入口了。

乌行雪猛地抬眼，问掌柜的："你那生出白玉精的石缝在哪里？"

既然玉精是跟着神木的，那么盯着那新生玉枝总不会出错。

掌柜的干巴巴地道："院里。"

这家客店的院子也是依山而建，分三阶，绕着客店形成一个半包的圈。第一阶打了水井、搭了凉棚，四周都垒着山石。另两阶种了些多福多吉的树，树下也垒着山石。偌大的院子到处都是石头、石板，也到处都有石缝，但他得找到准确的位置。毕竟禁地若不想被人觉察，入口定然不会大。

乌行雪扫了一圈，问掌柜的："哪边石缝？"

掌柜的伸手一指左处，乌行雪朝他所指方向看了一眼，干脆利落地转头就走，朝一个全然相反的方向走去。

掌柜的："……"

既然是禁地，既然掌柜身受限制，不被允许说什么，那么他所指的地方定然是假的，而假地方定然是离真地方越远越好。

掌柜的虽然不能直说，乌行雪却能推出个所以然来。他走了一段距离，又问一次掌柜的。这次掌柜的略顿了一下，指了指偏东南处。他本以为对方会朝偏西北处摸过去，结果这回乌行雪却信他了。不偏不倚，就朝他所指的东南处走去。

掌柜的："……"几次三番下来，掌柜不行了，乌行雪倒是拿捏得精精准准。

最终，他站在了一处极不起眼的石堆边。那就像是院墙常受风吹雨打，被剥落下来的石块，就乱糟糟地堆在角落里，无人打理，以至于爬满了苔藓，几乎见不到缝隙。

乌行雪抬手摸了一下那截断墙，转头问那几个封家弟子："各位，会凭空开一道口子吗？动静小一些的那种。"

封家弟子面面相觑，他们似乎还在消失之人是萧复暄的冲击中，有些心不在焉的恍惚。尤其是领头的那位姑娘，她手里拿着几张觅魂符，还没来得及写下萧复暄这个名字，觅魂符就已经没有用了。她听了乌行雪的问话，愣了一会儿才反应过来，说："可以试试，可若是开不了呢？"

乌行雪看着他们道："那我就只能把动静闹得越大越好了。"

索性大开大合，将幻境影响到快要崩塌破灭，而那些相对坚硬稳固之地，应当就是最蹊跷的了。

乌行雪越想越觉得这办法可行，当即便要动手。那一瞬，落花山市高邈的夜空忽然浓云疯涨，电闪雷鸣，就连那堵塌了一半的院墙也开始猛烈颤动，就像极寒冷时控制不住打战的牙。

乌行雪苍白如寒冰的手指已经屈了起来。他运了满身的气劲正要狂涌而出，便感觉一只手于山雾中伸出来，握住了他的手。他怔然道："萧复暄？"

下一瞬，他屈起的手指放松下来。浓雾扑面而来，他被那只手拉进了禁地。

第 40 章 人面

一入禁地，乌行雪正欲张口说话，就被扑面而来的烟火味呛到了，咳得脖颈、脸颊都泛起了薄薄血色。下一刻，有人横挡于身前，帮他挡住了吹来的烟风，他才止住咳意，缓和过来。

乌行雪抬眼一看，果然是萧复暄。天宿上仙身上也带着烟气，估计是在这禁地待了一阵，沾染上了。风扫过他的衣袍时，也很呛人。

但乌行雪没吭声。他只是轻眯了一下眼睛，把咳意忍了回去，忍得眼里都犯了热，少不了要泛红。

"此地风烟大，杀机重，你不该……"萧复暄朝身后之地看了一眼，又转回头来，话音便顿住了。

乌行雪被他看着，有些不解："怎么了？"萧复暄敛了眸光："无事。"

乌行雪："我不该什么？"萧复暄："没什么。"

魔头有些摸不着头脑。但他猜测天宿上仙多半要说"你不该这时候来"，于是忍不住找理由："不是我要乱闯。你没在客店所以没看见，那客店的掌柜的热情好客，好大的阵仗。"萧复暄看过来："什么阵仗？"

魔头想了想，开始告瞎状："他带着一个泡了不知多久的尸人，深更半夜不睡觉，就蹲在我床边。我夜半惊醒，转头就看见那个东西，那真是……吓得我魂不附体。"

萧复暄："……"

天宿上仙的表情变得有点儿一言难尽。他动了动唇，在魔头的眼神示意下不那么甘愿地开口，给了个引子："然后？"

魔头十分满意，继续道："然后就起了些小冲突，把封家的人引来了。他们上来就送了我一捧纸灰，说是探魔符，乱七八糟什么玩意，弄得我满身都是……"他话语里有了几分抱怨的意思，低头撣了撣衣衫，当真撣出一些纸灰。

他指尖沾了一点儿灰烬，伸出来："看。"

天宿上仙觑着他那手指头，半晌"嗯"了一声，表示看见了。

魔头浑身上下连皮都没破一点儿，自然不可能在这事上受什么罪。萧复暄显然也知道，但架不住那双看着他的眼睛。

他静默片刻，还是问了一句："动手了吗？"

乌行雪道："他们动了一下剑。"

萧复暄："……"

说到这里，魔头可能自知有点儿过分了，立马转了话头，道："好在闹得不大，他们听了我几句解释，便不再喊打喊杀，改主意帮我找你了。"

听到这里，萧复暄眸光动了一下。片刻后，他问道："找了多久？"

或许是因为禁地风烟都带着灼热之气，他声音不那么冷了，居然显出几分温和。

"嗯？"乌行雪轻轻应了一声，道，"倒也没多久，只是这禁地入口着实不起眼，那掌柜似乎被下了封口令，半天讲不出一句有用之词，还有那封家人的本事也很有限，让他们给我开个口子，犹犹豫豫，半天不成形，平白耽误时间……"他说着说着，忽然没了话音。

因为他一抬眼，就见萧复暄在看他。

乌行雪正想问"怎么了"，就见萧复暄忽然抬手，指弯轻碰了一下他的眼尾。乌行雪瞬间没了话音。

他下意识摸了摸眼尾，问道："是我眼睛上沾了那封家的纸灰吗？"

萧复暄低低疑问了一声，片刻后开口道：“不是。”

不是？乌行雪看向他。

又过了好一会儿，萧复暄的声音温温沉沉响在风烟里：“那里的易容消了，我改一下。”

乌行雪眸光一动。萧复暄身后的风烟稍稍散了一些，他这么一动眸光，便看见了百里的焦土。

乌行雪蹙了一下眉，问道：“这里为何都是焦土？”

萧复暄转头看了一眼：“不知，我来时便是如此。”

那灼烧的味道实在重，乌行雪有些纳闷，咕哝道：“是吗？”

萧复暄目不斜视道：“是。”

乌行雪不疑有他，又问：“对了，你是如何进来这禁地的？”

萧复暄道：“夜半时候，我听见了一道声音。”

乌行雪奇怪道：“什么声音？”

萧复暄道：“你的声音。”

“我的声音？”乌行雪更觉得奇怪了，“从哪儿传来的，说了什么？”

萧复暄答道：“院里，没说别的，只叫了我的名字。”

当时正值夜深，那一声“萧复暄”虽然很轻，却极为清晰，他绝不可能听错。起初，他以为是蜷在榻上的人太冷了所以叫他，还弯腰去探了探对方的体温，结果又听见了一声。

他又以为是腰间锦袋里的神像。直到听见第三声，他才辨认出那声音是从院子的方向传来的。

若在平时，真正的乌行雪就躺在榻上，他无论如何不会被一句声音引走，只会一道剑风扫过去。但这是在落花山市的幻境里，他便有些迟疑。因为山市里不只有现在的乌行雪，也许还有当年的乌行雪。他不能贸然出剑。

于是他走到窗边，挑开一道窗缝，朝声音传来的方向看去。那里全无光亮，看不见任何人影。因为不算远，萧复暄便没有让灵神离体，而是只从指尖放了一缕灵识，想去院里探一探。

那声音是从院墙一角传来的，他那缕灵识刚触到墙角，就感觉一道罡风平地拔起，将他整个人裹进了风里。

等他劈手破开罡风，就已经站在这里了。

“那可真是奇怪。”乌行雪说，“房里明明两个人，为何只拉你一个人进来？这禁地难不成还认人吗？”

就算认人，也该认他，而不是萧复暄吧？毕竟他说过，自己生在这里。要论渊源，应该是他更重一些。

乌行雪思来想去，只能想到一个答案：不是这禁地自主拉来了萧复暄，而是有人在此动过手脚，想把萧复暄拉进这禁地。

若是这样，那就有些耐人寻味了……

这世上有办法这么对天宿上仙的人，能有几个呢？乌行雪正在脑中琢磨，就听萧复暄道："你方才说，这是禁地？可是听说了什么？"

乌行雪愣了一下，想说："你不知道？"

他转而意识到，客栈老板说的那些话，萧复暄一点儿也没听着。当年坐春风那句"那里很久以前有一株神木"，也是数百年之前的话语，不见得听的人还记得。就算记得，也不见得会想到这处。更何况……

乌行雪远眺一番，没在焦土上看见哪怕一根树枝。若不是他刚好想起在坐春风的那番话，他也不会觉得这里是封禁神木的地方。而且，说是禁地，他也没看见有什么封禁之术。焦土上除了风烟呛人，简直算得上平静。

"你一进来，这里便是这么死气沉沉的模样？"乌行雪问。萧复暄"嗯"了一声。

乌行雪又问："没有惊动什么阵法之类的？"

萧复暄："没有。"

乌行雪心说奇了怪了。他想起先前萧复暄说的那句"杀机重"，纳闷道："那你说的杀机在哪儿呢？"

萧复暄似乎噎了一下，淡声道："吓唬你的。"

乌行雪："？"

"既然已经进来了……"萧复暄似乎有些头疼，"那便没什么可说的了。"

乌行雪透过风烟，隐约看见远处有一道模模糊糊的影子。他眯起眼睛，拍了拍萧复暄："那里……是一座屋子吗？"

萧复暄："应当是一座庙宇，我原本正要过去看。"

乌行雪："后来呢？"

萧复暄："后来隐约听见有人在外面说'只能把动静闹得越大越好了'。"

有人……乌行雪无言片刻，抬手将萧复暄往前推了一步："走吧走吧，我不说话了。"

他们穿过那片奇怪的、空无一物的焦土，走到黑影面前。

萧复暄说得没错，那确实是一座庙宇，古怪而孤独地立在焦土之上。庙宇廊檐是木质的，乌沉沉的，堂内的龛台和地面却是白玉质地。

龛台上供着一尊小小的雕像，也是白玉质地，跟常见的神像不同，没那么庄严拘谨、悲天悯人，雕的是名少年，倚着一棵极高的玉树。

雕像没有雕脸，看不出那少年的模样，单看身形倒是修长挺拔。雕像背后有块碑，碑上刻着字，最顶上的应当是这少年的名讳。有些奇怪，叫“白将”。

乌行雪正要拿那玉碑来看，忽然听见一道幽幽的声音说：“不能动，你会死的……”

乌行雪手指一顿。

那声音来得奇怪，他四下看了一圈，也没找到声音来处。萧复暄一剑挑开供台布帘，台下除了一个注满香灰的大缸，什么人也没藏。

乌行雪思索片刻，忽然觉得不对劲。那声音不像是从周围传来的，倒像是从……

头顶。

他眉心一蹙，抬头向上看。就见高高的庙宇房梁上，密密麻麻全是人脸。整个屋顶都吊满了人，脚冲上，头冲下，就那么悬在他们上方。

乌行雪：“……”他想了想，就这场景，他可以去抓一抓天宿上仙的袖子。

那人脸实在太多，男女老少皆有，都是煞白面孔。他们在风中轻轻晃着，连带吊他们的绳子也吱呀吱呀地轻响。一时间分辨不出，刚刚那句“不能动，你会死的”，究竟出自哪张脸。

他和萧复暄皱着眉仰头向上。正找着，那道声音又幽幽响起来：“这封禁之地，刀阵火阵层层叠加，九天玄雷八十一道，居然这么快就破得干干净净……”

乌行雪愣了一下：“刀阵、火阵、九天玄雷？哪儿呢？”

那道声音又道：“他破完了，我们都看见了。”

乌行雪反应了一会儿，才明白那个声音说的“他”是谁。于是他张了张口，转头去看萧复暄。

“你……”乌行雪轻声问，“你不是说，一进来，这封禁之地便是死气沉沉的模样吗？”

萧复暄：“……”

“说这里一个法阵都没有，一点儿东西都没见到？

“还说杀机重重是吓唬我的。”

密密麻麻的嗤笑声从头顶响起，那些人脸一个接一个地咧开了嘴，声音都轻如风絮：“假的。”

“假的。”

“骗你的。”

……

确实是假的。这禁地一进来便是刀山火海，密不透风，根本不给人喘息的余地，但凡弱一些的人来到此地，除非以人墙作保，否则根本抓不住生机，以致萧复暄根本无法再分出灵识，去给客店里深眠的人传信。

直到杀机破了大半，禁地之外的声音才被他探到一二。

听见乌行雪跟封家人说话时，萧复暄正挡开最后几道玄雷。他用长锋劈开火海，又以悍然之势荡开无边剑气，扫清了十余里猩红火焰。

待到最后一星火焰消失，凶地变为焦土，再看不到什么祸命杀招，他才甩了剑上的尘土，一步掠至禁地入口边。他自然来不及看禁地还有什么，也无暇去管那影影绰绰的庙宇，更遑论去弄明白这是封禁何物的地方。

他用手背抹掉了下颌骨边溅到的一点儿残烬，还剑入鞘，才伸手把外面那人拉了进来。

第 41 章 假象

头顶上那些倒吊着的人叠声说着话，听起来像是无数道回声相互附和。

他们又轻轻笑起来，那笑声在绳摆嘎吱嘎吱的摇晃声中忽近忽远，越来越尖，仿佛整片禁地都在狺狺怪笑。

笑声持续了好一会儿，又在天宿上仙并不好看的脸色中戛然而止。

整座庙宇便在那种无言对视中陷入死寂。

虽然场面极其诡异，但不妨碍魔头觉得好笑。

乌行雪在萧复暄看过来之前收了笑意，正色问道："你们是何人？"

吊绳晃着，那些人便缓缓转着。因为吊的时间太久，他们的身躯、脖颈乃至脸都被拉得很长，难以辨认原样。

"我们？"

"我们是何人？"

"哈哈哈哈哈。"

他们听到这问题，不知为何又笑起来，片刻后再次戛然而止，用一种与人耳语的音量低声道——

"我们已经死了。"

"胡说八道，我们还活着。"

"那就既死了，也活着。"

"唉……"不知谁幽幽地叹了一口气，所有人便跟着长叹起来，一声接一声，听得人极不舒服。

乌行雪皱了皱眉，感觉这些人同他先前所见的邪魔、阴物乃至大悲谷那些被"点召"的百姓都不一样。邪魔阴物中，低劣的那种不会说话，混混沌沌像是未开智，只知道饿和吃；厉害的那些则与人无异，学起活人来以假乱真，没点儿本事都分辨不出。至于那些被点召祸害的百姓，没被揭穿时，说话也清清楚楚。他头一回碰到这样的，聊起来着实费劲。

“他们算什么？”乌行雪扯了萧复暄一下，悄声问。

“不知。”萧复暄说。世间稀奇之物众多，形神各异，神仙也不可能种种都见过，一眼就认出来。天宿上仙本就话少，也不喜欢说虚词，只要是臆测不能笃定之物，问就是“不知”。他这做法在仙都闻名已久，却总在同一个人这里屡屡破功。

“那你胡说一个。”乌行雪道。萧复暄：“……”

萧复暄：“缚。”

乌行雪：“噢？那是什么？”

这魔头顶着一副“上仙果然厉害”的模样，在那儿洗耳恭听，恭得天宿上仙破罐子破摔，开口道：“凡人以灵魄生死轮转，肉体死亡，灵魄便会进入下一轮。花开花落，循环往复。但灵魄和肉身并不总是一道。有些人肉身已死，但因为执念未消，灵魄久久不走，如活人一般过日子，叫作‘执’；还有些人，肉身未死就被活活抽了灵魄，被某种缘由束缚起来，不能解脱，便成了缚。”

萧复暄说：“看他们的模样，和缚有些像。”

乌行雪听到“执”时觉得还好，那毕竟是因自身执念不散，不愿离开。听到“缚”时则变了神色。他想了想，问道：“灵魄被束缚，那肉身呢？”

萧复暄道：“留在他们常在的地方，不死不灭也不能离开，且十分难辨。”

乌行雪：“你都觉得难辨？为何？不像死人，没有尸气？”

萧复暄回忆着曾经见过的零星几个“缚”，解释道：“那些缚的肉身总是不死，又不知自己身上发生了何事，久而久之便会自我欺瞒。”

“怎么个欺瞒法？”

“他们会反复生长。”

乌行雪听得一愣：“你是指……自婴孩呱呱坠地起，肉身再长一遍？”

“不一定自婴孩起，也不一定能长到年老。各人各异。”

乌行雪想了想那种情形，确实诡异。一个连灵魄都没有的躯壳，与行尸走肉无异，却能夹在活人堆里。他会生长，他会随着岁月更换容貌，他会与人谈笑。

“那确实神仙难辨……”乌行雪说，“倒是身边亲近之人，过个数十年或许能发现。”

但发现之人，恐怕会吓去半条命吧！试想枕边人，或是家中亲眷，抑或是左右近邻，原本日日见面，谈笑，却在某一天忽然惊觉对方可能早就不是活人了……寻常百姓有几个能承受如此惊吓?

不过，最痛苦的应当是那些“缚”自己。

乌行雪忽然觉得这些倒吊者有些叫人怜悯了，抬头问道：“你们吊在这儿多久了？”那些人在风中转着，时而背朝着他，时而慢慢转到正面。因倒吊的关系，他们的唇角都拉到了脸颊两侧，像是一种奇诡的、不受自己控制的笑。

“我……我不记得了。”

“好久了，真的好久了。”

“近百年？”

乌行雪心道，怪不得这些倒吊着的人说话是那副模样，一会儿说自己活着，又一会儿说自己死了，七嘴八舌却浑浑噩噩。任谁被抽了灵魄，拘在这种鬼地方，拘它个百来年，恐怕也是这般神神道道又浑浑噩噩的模样。

“那你们原本生在何地？”乌行雪又问。他不抱什么指望，也没觉得这些人能说出个所以然来，大抵是“忘了”“不记得了”之类的回答。

谁知他们居然纷纷开了口——

“阆州。”

“瑰洲。”

“西园人。”

“不动山脚下。”

……

五花八门的回答如潮水般铺天盖地，大魔头听得脑袋嗡嗡响。

“行……”乌行雪道，“我知道了。”就是满天下，哪儿都有你们。

乌行雪在心里琢磨，这里是庙宇，很容易叫人想到祭品、供奉之类的东西，这些被捆缚于此的灵，十有八九是作此用途。他还想问“谁将你们捆缚于此”“又是为何挑中了你们”，正要张口，却被萧复暄按住了。

天宿上仙似是能看穿他在想什么，主动道：“有些不能提，譬如……”

他顿了一下，偏过头靠近乌行雪耳边，低低道：“怨主。”

乌行雪：“……”

魔头闭了一下眼，片刻后又问：“为何？”

萧复暄淡淡的声音依然压得极低：“提了容易激起他们的怨气，尚未弄明白这禁地情形，不宜贸然行动。”

魔头：“行……”他老老实实听完话，等萧复暄站直后拢了大氅，狐裘将耳朵掩了大半。

两人耳语之时，那些倒悬于房梁上的人依然在缓缓荡着，无论怎么动，那些眼珠都盯着这两个闯进禁地的人。他们的眼尾被拉得很长，眼珠从眼角斜看出去时，显得阴森又专注。

他们看了好一会儿，其中几个忽然抖了抖肩膀。接着，更多人悄悄动了起来，只见无数条肉色的枝蔓从密密麻麻的人群中无声垂落下来，像倒垂的密林。倘若细看便能发现，那其实不是枝蔓，而是被拉长的、状若无骨的手臂。

那些人慢慢张开了嘴，那些手臂便如蛇一般动了起来，直冲两人伸去。整座庙宇依然十分安静，正在说话的人仿若未觉，连头都没有抬起。

大魔头神色认真地说："但我还有个问题。"

萧复暄眸光微动："说。"

"若是有人先动手招惹该怎么办？"魔头神色平静地问。

"那就只能……杀了。"萧复暄说着，拇指一挑剑柄，长剑在他手中画了一道极为漂亮的弧，凛冽剑气于一瞬间怒张而开，形成无数道割风寒刃。

他头也没回，寒刃一扫。就听无数道扑哧声同时响起，那数千条枝蔓似的长臂堪堪止于两人背后，只差了毫厘，却再不能近，随后在凄厉的惨叫声中掉了满地。

下一刻，那些寒刃剑芒一转，带着极为强烈的杀意，直冲那些倒吊着的人而去。他们疯狂扭动却根本逃避不开，在寒芒即将楔进头顶时不可抑制地号叫起来："啊啊啊啊啊啊——"

然而那些寒芒在抵住他们头皮的瞬间刹住！他们能清晰地感觉到自己即将被捅个对穿，却迟迟不见剑芒更进一步，那种等待的滋味最为折磨，磨得他们浑身发抖，连带着绳子都嘎吱作响。

"好不容易等到有人来，想捉了吊上去，把你们换下来？"乌行雪抬头问道。那些人还在抖，却不发一言。

整座庙宇一片死寂，代表着默认。乌行雪倒也不算生气。他明明没碰见过几回这种场景，却莫名有种见怪不怪之感。被塞进童子像的那些人如此，被捆缚在这儿的灵魄亦然，总想找些别的倒霉蛋来替一替。

就是不巧，都找错了人而已。

乌行雪朝萧复暄看了一眼，问道："我能跟他们做买卖吗？"

萧复暄："我拦你了吗。"

乌行雪满意地又仰起脸："这么着吧，你们在这禁地待得久，熟悉一些。你们老老实实把这禁地的状况说与我们听，我们便想办法给你们把灵缚解了。"

谁知那些人脸缓缓转向他："你解不了的。"乌行雪问："为何如此笃定？"

那些人伸长了脖子，小心翼翼地盯着那些剑芒，又笃定地重复了一句："你就是解不掉。"乌行雪正要再问，忽然看见倒吊者中有一位十分奇怪，那人比起其他倒吊者，似乎要清醒一些，眼珠没那么混沌污浊。

“你看那人。”乌行雪戳了萧复暄一下，示意他看那个特别的人，“那是怎么了？”萧复暄道：“那应该是肉身快醒了，所以灵魄挣扎得厉害。”

肉身快醒了？

“你是说，那具肉身快意识到自己已经不是活人了？”乌行雪问。

“不是快，可能已经意识到了。”

那人挣扎着，脸部扭曲得甚至倒转过来，硕大的眼袋让他几乎睁不开眼。他向乌行雪和萧复暄的方向艰难地看过来，嘴巴张张合合，却没能说出什么话。

又过了片刻，他叫了一句：“我好难受……”

乌行雪盯着那眼袋，忽然一愣。

“我知道他是谁了。”他抓住萧复暄低声道。之前脸倒挂着，又被拉得很长，所以极难辨认。这会儿他在抽搐中翻转过一瞬，又有那硕大的眼袋在，两人终于在他脸上找到了熟悉的影子。

那是客店的掌柜。乌行雪几乎反应不过来，为何客店掌柜会出现在这里？

他想起来禁地之前，那客店的掌柜的想说什么又不能说的模样，一切似乎串联了起来。如果这些捆缚的灵魄不是祭品呢？如果他们被抽离灵魄，是为了让他们肉身永在，长久地待在某个地方，不死不灭，不能离开呢？

如果封禁神木并非传说中那样轻描淡写，不单单依靠一些阵局，一片禁地，而是要靠许多许多人呢？而客店掌柜就是守在入口的那个。

乌行雪忽然生出一个可怕的想法。萧复暄说，这些灵魄被抽离的“缚”，肉身会在原地继续生活，反复生长，乍一看与活人无异。连神仙都难辨，反倒是身边近邻更容易察觉。

可若近邻也是“缚”呢？如果每日都见的邻里全是“缚”呢？那是不是无人能察觉了？

他忘了是谁曾经说过，说落花台真是人间一处极好的地方，不论世间再乱，那里总算得上安逸，热闹丰盛，人语喧嚣。还有人说，那是因神木的灵气仍在，一直庇佑着那个地方。

现在想来，那其实并不正常。哪有活人不受乱世影响的道理？

如果整个山市都是“缚”呢？如果那些热闹喧嚣早就没了，只是被永久地锁在那里，日复一日年复一年地上演着三月初三点灯开市的场景呢？就像那些没了灵魄的肉身，自我欺瞒地做着每一件事——生长、变老，与人谈笑。

乌行雪面沉如水，眸光扫过那密密麻麻的人脸。这次再看，他又找到了几个有些熟悉的面孔——客店里的那个胖子店小二，刚进落花山市时，那个冲他吆喝不断的茶摊伙计，颧骨极高的说书先生，解释打翻了一车脂粉的堂倌……

到最后他甚至有些分不清，究竟是此刻的自己正在辨认那些人，还是当年的乌行雪在一一辨认那些人。

那都是在落花台中添上热闹和喧嚣的面孔，他们曾经点着烛火，将十二里群山映照得昼夜彻亮，长灯如龙。

那是他曾经同许多人夸赞过的落花山市。他就生在那里。

第 42 章　因果

“啊啊啊……”掌柜的的灵魄发出虚弱的叫声，半是哀切，半是凄厉，不断重复着，“我好难受，好难受，好难受……”最初是宣泄似的喊着，又慢慢虚弱下去，最终变成了嘟哝。

就像一个因为沉疴缠身而昏睡的人，挣扎着短暂清醒片刻，又不可控地陷入困倦。他再也叫喊不动，便开始呜呜咽咽地哭起来。

其他倒吊者纷纷转向他。他们原本在窃窃私语，有点儿动静便相互附和，说个不停。可这时，他们陷入了诡异的安静中。

他们沉默着看向掌柜的，明明嘴角的皮肉被扯到了颧骨，却因为倒挂着，显得悲伤至极。

“他为何哭呢……”有人轻声问了一句。

这句话仿佛滴水入滚油，那些被吊着的灵魄猛地一震，嗡地炸开了。

无数哭声响起，通通灌进乌行雪耳里。他忽然觉得这里的风烟真的很呛人，呛得他五脏六腑彻凉，一股毫无来由的厌弃感浮上心头。

乌行雪在那厌弃中想着：没有记忆都心冷至此了，若是有记忆呢？不知当年的自己知晓这些，究竟作何念想……

“锵——”一道剑声骤然响起，直破风烟！

乌行雪乍然回神，仰头看去。就见萧复暄那柄免字剑带着金光从庙宇顶端狂扫而过。即便不看出剑人的脸色，也能感觉到那剑意里凛冽又肃杀的严寒气。都说天宿上仙一手掌刑，一手掌赦。既然整个落花台的人是无辜受困于此，那么萧复暄出手，应当能给这些人一个解脱。

乌行雪是这么想的，萧复暄显然也是如此。

那道澈洌金光震得整个禁地颤动不息，烟尘浮于苍天，成了灰蒙蒙的浓雾。它以势不可当之力劈过去，将所有灵魄都笼在金光之下。重重叠叠的金色字印在金光中流动而过，像是被消除的俗世罪业。

那场景惊得那些灵魄都张了嘴，再顾不上哭。有一瞬间，他们直勾勾的眼里几乎要燃起希冀了。可下一刹那，他们眼里的亮色又暗了下去。

就见免字剑的寒刃横扫而过，那些密密麻麻捆缚灵魄的吊绳却依然在空中嘎吱嘎吱荡着，没有丝毫变化。

乌行雪讶然转头，就见萧复暄也紧紧蹙着眉尖。他抬手接住剑，垂眸看了一眼剑身上流转不息的金纹。下一刻，他又反手将剑扫了出去。

这次依然如故——剑刃直直穿过了那些吊绳，仿佛它们只是虚无之影，即便天宿上仙的赦免也对它们起不了丝毫作用。

那些倒吊着的灵魄一言不发，怔怔地盯着自己身上的吊绳。他们刚刚哭了许久，眼珠却并不见红，依然是那副浑浊模样，只是多了一层雾。

良久之后，嗡嗡的议论声又响了起来。

“看，我就说嘛，解不掉的。”

“果然啊。”

“算了，没指望了。”

“可是我好难受啊。”

……

萧复暄再次接了剑，张了一下手指，眉眼间浮出一丝恼意。他沉吟不语，似乎在想为何赦不了这些人。

“萧复暄。”乌行雪叫了对方一声。很奇怪，之前心肺彻凉之感在这一瞬居然好了一些。他想了想，或许是因为身边这个人的存在；因为萧复暄先于他出了剑，在他惊觉自己除了杀人什么也做不了之前，就想还这些灵魄一个解脱。

只是可惜，没能成功。

“是因为幻境吗？”乌行雪思索道，“因为我们由幻境进了这处禁地，所以只能看着，做不了什么事？”

萧复暄抬了一下眼：“你在宽慰我？”

乌行雪确实有这心思，但他这话并不是为了宽慰强行说的，他其实始终没有明白，所谓的“境是幻境，景是真景”究竟意味着什么？他们见到了过去的落花山市，然后呢？能改变什么吗？

若是不能改变，起不了任何影响，那为何他能跟客店的掌柜的、店小二说话，还能威胁封家人？仿佛他真的回到了数百年前的落花山市一样。

可若是能改变……那这片幻境真的只是幻境吗？

“刚进山市时，我当这只是幻境，如今却有些存疑。”萧复暄蹙着眉顿了一下，依然不说存疑和猜测的部分，道，“即便是幻境，剑出手也不该是这种结果。”

“应该是哪样？”乌行雪疑问道。

“若是承受不住，幻境会破；若是承受得住，幻境会有所变化。总之不该如此。”萧复暄没再继续说，沉着脸色若有所思。

乌行雪看着那张表情不太好的俊脸，就觉得上面写着“除非”两个大字。他张口就问：“除非什么？”

“除非……”萧复暄出声后才意识到自己又被钓开了口。他抿了唇，用深黑眸光看着乌行雪。不知为何，乌行雪从那眸光中看出了一丝别的情绪，就好像他想到了缘由，却不太想说出来。

又过了片刻，萧复暄敛回眸光，不再看乌行雪的眼睛：“赦免不起作用，只有一个缘由。”乌行雪：“什么？”

萧复暄轻蹙眉心，道：“我自己在这场因果里。”庙宇再次静下来。

“我不明白。”半晌，乌行雪问道，“什么叫你在这场因果里？”

萧复暄缓缓开口：“落花台生有神木，神木因故被封，这些灵魂被困于此，变成了缚，使这里成了禁地。这些互成因果，而我……”

他声音滞了一瞬，依然紧紧拧着眉，沉声道：“我在其中一环里，所以赦不了他们。”说完良久，他才重新抬眼。

乌行雪一转不转地看着他的眼睛，从他眸底看出了一丝迟疑和困惑，心里倏地松了一下。直到这时，他才意识到自己刚刚绷得很紧。因为他知道，牵扯进这场因果里并不是什么好事。

谁会牵扯进来呢？除了与神木息息相关之人，恐怕就只有封禁这里的人，或是将这些灵魄困锁在这里的人了……

乌行雪忽然明白，当初的自己为何会设法改掉萧复暄的记忆了，应当就跟这所谓的因果有关系。

萧复暄显然也想到了这一点，他看着乌行雪，却只说了一个“我……”字，便沉默下去。

“不会是那些因果。”乌行雪忽然开口。

萧复暄的眼皮抬了一下，因为背对着庙宇烛光，他的眸子显得更黑、更沉。他总是冷冷的，偶尔会显出几分傲气。

那些锋芒就像是与生俱来的，不论他如何敛锋入鞘，也总会在眼角眉梢显露几分棱角。

而这一瞬，他看向乌行雪的目光里有太多含义，唯独没有分毫扎手的东西。

乌行雪轻声道：“不会是怨主之类的因果。”

“为何？”萧复暄专注地看着他。乌行雪嘴唇动了一下。

“为何这么笃定？”萧复暄又问。天宿上仙一贯不言虚词，不妄信猜测，哪怕疑问落到了他自己头上，哪怕他不希望自己同某些答案扯上任何关系，他也不会言之凿凿地撇清自己。

仙都的人都知道，天宿上仙从不徇私，包括对他自己。他可以容忍任何猜忌，冷静得就好像被妄加揣测的人不是他自己。

这同样像是与生俱来的，好像他天生就如此，否则怎么会被点召成执掌刑赦的仙呢？

可每到了这种时候他又总会发现，他很看中某个人毫无来由的笃信。不是像其他人一样条分缕析的结果，也并非仔细推察的答案，就是独属于那个人的、不加解释、不多思索的笃信。

他问了两遍，听见乌行雪开口说："不知道，就是这么觉得。我不是魔头吗，魔头从来都不讲道理。"

那一刻，他们之间曾经不复相见的那些年就像禁地那些如雾的风烟，浮起又落下，有些呛人，但风扫一扫似乎也就飘散了，没有那么形如天堑。

"啊！"忽然有人惊叫一声，而后倒抽了一口凉气。紧接着便有议论声嗡嗡响起。

"怎么会？"

"分明那神像许久不曾有动静了。"

"这……"

神像？乌行雪心生疑惑，转头看去。就见庙宇龛台上那尊写着"白将"二字的神像真的起了变化，那少年依然倚着树，手里的剑也分毫未动。动的是他背后玉雕的神木，就见那神木原本只有光秃枝丫的树头不知为何生出了一些小小颗粒。

乌行雪倾身细看，发现那是叶芽中包裹的一朵朵花苞，遍数不清，好像只是瞬间就缀满了枝头。

"这雕像是谁雕的，竟然是活的。"乌行雪咕哝着。他没指望听到回答，结果那些拘禁于此的灵魄居然开口了："是神木自己……"

乌行雪一愣，转头跟萧复暄面面相觑。

"神木自己？"乌行雪讶然问道，"神木居然会化人？"

灵魄们又摇了摇头，七嘴八舌道："不知。"

"似乎也不是化人。"

"只是听说。"

"传说里的。"

乌行雪又指着那玉雕少年问："这是神木所化的人吗？"

那些灵魄又摇头道："不是。"

"那是谁？"乌行雪问。

第 43 章　旧缘

那些倒吊者道：“一位将军。”

“少年将军。”

“据说死在了神木之下。”

“可为何玉雕会动呢？”

“是因为刚刚那两剑吗？”

“应当是……”倒吊着的人纷纷转头看向出剑的萧复暄，满脸疑惑不解。

唯有乌行雪在听到那句“死在神木之下”时，动了一下垂在身侧的手指。很奇怪，那一瞬间，他居然从心底泛起一股难受之意，就好像他曾经看见过那个人是如何死在神木之下的。

他怔然片刻，下意识冲玉雕伸出了手。那些倒吊者大惊失色，慌忙叫喊。

“那雕像不能碰！”

“那可是神木所雕，不能亵渎的……”

“除了它自己，谁碰了都会出……”

“事”字未落，他们又齐齐刹住，陷入了茫然的疑惑。因为他们看见乌行雪握住了玉雕，却没有发生任何事。

一道长风从庙宇间横扫而过，就像那玉像中有什么东西苏醒了一瞬。

萧复暄捉住乌行雪的手腕，看见对方眼睫轻颤了一下，问道：“怎么？”

良久之后，乌行雪张了张口，道：“没……”

没什么。

他只是在握住玉像的瞬间，感觉到有一股灵识缠上了指尖，融进了身体。就像他曾遗落在玉像中的一点残片，如今终于被找了回来，灵识融进指尖的刹那，他想起了一些事。

关于神木，关于白将。

很久以前，早在还没有灵台的时候，落花台有一株参天巨树，上承天，下通地，枝丫繁茂，冠盖如云。人间的生死轮回都在这株巨树上。

每当世间有婴孩呱呱坠地，它就会抽出一截青枝，生出一朵花苞；每当有人肉体死亡，离开尘世，又会有一朵花从树上落下。

寻常人看不见它，只有新生或是将死之人能在机缘中见它一回。

有些人死里逃生，侥幸捡回一条命，恢复之后便总说自己见过一株神木，就生在落花台上。久而久之，便有了各色关于神木的传闻。

传闻，神木有半枯半荣之相——树冠繁花正盛，远远看去，如同落日晚照下的无边云霞。而树冠底端、枝丫深处却不断有花落下来，不论春秋朝夕，从未停过。那些落下的花瓣能覆盖十二里群山，漂在山间溪流中，映得流水都泛着殷红色。于是落花台有一道盛景，闻名于世却少有人见到，叫“白水进山，赤流入野”。

那道盛景就是凡尘生死，代表着整个人世间。

传闻越传越广，于是人们在落花台上修造了一座庙宇，供着那株寻常人看不见的巨树。同生死相关的存在总是格外吸引人，那座庙宇一度是人间最热闹的地方之一，太多人踏过那道门槛，在那里许下各种各样的愿望。

起初，那些愿望大多事关生死——祈求新生降临，祈求沉疴痊愈，祈求平安无事、百岁无忧。到了后来，就越来越纷杂，以至很长一段时间里，人们看什么树都觉得别有寓意。

传闻，神木听了太多凡人的悲欢和祈愿，慢慢生出人的一面。渐渐地，关于神木的传闻便更多了。

有缘得见神木的人说，曾看见神木郁郁葱葱的枝丫中有一道虚影，像是有谁撑着树枝，坐在繁花之间，垂眸看着日渐热闹的落花台。

因为神木的存在，落花台依山而建的屋舍越来越多，许多南来北往的人都会在万物生长的三月来到这里，慢慢便有了集市的雏形。

可世间有一个人人都不喜欢，却总会一语成谶的道理，叫作“好景不长”。哪怕是神木也逃不开这句话。

起初，参拜神木的人只是祈愿。到了后来，便有贪得无厌的人起了邪念。

既然神木代表生死轮回和滚滚向前的时岁，那么……若是能想法子借到一星半点儿神木之力呢？能叫人起死回生吗，能让白活的年岁重来吗？

这说法使得太多人心旌摇动，垂涎三尺。于是，神木的存在便不再像以往一样，只代表庇佑和安定了。

那些贪心之人无所不用其极，引发了诸多麻烦——有人因神木而死，有人因神木害得别人身死……这些麻烦都成了因果挂碍，缠缚在神木之上。

传闻，神木正是因为化出了人的一面，又缠上了这些因果挂碍，于是也逃不过人世间的规律——它有了劫数。

神木应劫的那一年，人间也不大好，战乱连天。那时候还没有阆州、梦都，四处都是散乱的国境。

西南一片小国攒聚，是战火烧得最盛的地方，常常赤野百里、尸骸遍地。到了后来，连十来岁的少年都会拎起冷冷的刀戈枪剑杀入战场。

那年秋夕，本该是月正圆的时候，西南却出现了一幅哀景。

一边是当时还没有名字的葭暝之野战事刚尽，残余的火光在广袤的荒野上烧着，皮肉焦灼的味道和马匹的嘶声哀鸣顺着夜风散了百余里。

另一边是落花台上雷声隆动，电光自九天落下，像密不透风的网，一道一道劈在神木所在的地方。

那个满身是血的少年，就是那时从山野尽头朝神木走过来的。他看上去十七八岁，眉眼间依稀有少年相，却被周身厉如冷铁的煞气盖住了。他双腿细长，身量应当很高，因为血气耗尽又浑身是伤，站得并不算直。

一看就是从战火里杀出来的。

他一只手拄着长剑，背上背着一团血布。翻过山野时，他攥着剑踉跄了一下，那团血布一动，垂下两条细瘦的手臂，手臂上满是创口和瘢痕。有经验的人远远一看便知，那是一个瘦小的孩子，已经死了。

那两年在战场边缘总能碰到那样的孩子，家破人亡，无人看顾，要么被掳走，要么成了饿殍。

即便饿殍也死不安生，会被野兽、阴邪之物或是其他饿极的人分而食尽，落得一个尸骨无存的下场，像这样死了还全须全尾的，屈指可数。

少年走到神木之下时，刚好是天雷落下的间隙，整座落花台陷在短暂的安宁里。

传闻都说，寻常人看不见神木，所以来到落花台的人，往往直奔庙宇，并不会抬头去找那棵看不见的巨树。

那个少年却没有去往庙宇，他就拄着剑站在树下，咽下唇间的血，抬起了头。他眉眼生得极英俊，若是洗净血色和那一身煞气，应当是位冷白如玉、意气风发的少年郎。只可惜，他已经没有那样的一天了。

他咽下鲜血后，哑着嗓子低声说了一句："我看见你了……"

传说，只有新生或是将死之人才能看见神木。他看见了，就意味着他快要死了。

他眸里映着青黑色的天光，动了一下，像是要看清整棵神木的模样，直看到树冠深处。过了片刻，他又艰难咽了一下，垂下眸光，低声道："跟传说里的不一样……"

那晚的神木确实跟传说里的不一样，它承受了数十道天雷，满身都是长长的沟壑。它枝头所剩的花并不算多，倒是地上落满了枯萎的花瓣。没有像传说中那样如云如霞，也没有将月亮都映出胭脂色。

少年血气将尽，能撑到落花台已经不易。他垂下眼后，便顺着剑半跪下去。用尽最后的力气，在树底挖开了一些泥土，将背上背着的孩童尸骨埋进土里。

民间常说，人死后若是能得神木庇佑，下一世便能平安喜乐、长命百岁。

他掩平了土，终于再撑不住，翻身跌坐下来。他依然一手攥着剑，低垂着头颅，薄薄的眼皮慢慢垂下，眯成了狭长的线。血自他的额头流淌下来，流进深深的眼窝，再洇进眼里。

他的意识开始混沌，眼前也只剩血色，看不清，也听不清。所以，当他隐约听见一道模糊的声音问他“所埋之人是谁”时，他只是缓慢地眨了眨眼，没有开口。

他自嘲地轻嗤一声，觉得自己坠入了临死前的幻觉。但他还是动了动唇，用几乎听不见的气音道：“捡的……”

一个和他全无关系的孩子，只是在他经过时，用最后一点儿力气本能地抓了他一下。应当是害怕死去吧，或是害怕死后被人分吃。

他答完良久才忽然想起，那问话声来得莫名。

传说里提过，神木化出了人的一面，曾经有人在树冠间看见过一道虚渺的影子。少年握剑的手又攥紧了几分，他喘着气，咽着喉间翻涌的血腥味，喉结滑动了好几下。他想睁眼看看那树冠间是否真的有那样一个人，但他怎么也眨不掉那些血，所以什么也看不清。

他只觉得那模糊的声音也有些虚弱，似乎也受着痛苦，跟他相差无几。

他想起之前看到的玄雷电光，明白了几分。如果神木真的能化人，那么那些长长的沟壑落在身上，应该也很疼吧。怪不得……声音那么轻。

他在心里想着，而那神木竟然像是能听见似的，沙沙地轻晃了几下枝叶。

也有可能，那沙沙声只是临死前的幻景而已。他这么想的时候，天空忽然一阵骤亮，最后几道天雷自九天劈落下来，就冲着神木的根。

少年在电光中眨了一下眼，血滴顺着眼睫砸落在地。

“很疼吗?

“左右我也要死了……”

他轻声道。

血色洇进泥土的刹那，那少年忽然长剑一撑，以肩背将天雷挡在了自己身上。此生的最后一刻，他脑中闪过的居然是荒野百里望不到边的尸首，还有神木枯瓣满地的模样，他想：等到下一世睁眼，我能看见你开花的吧……

神木从来听到的都是祈愿。凡人皆有所求，总希望受到它的庇护。

这是第一次，也是唯一一次，有人以肉体凡躯，庇护了它一回。

而那少年长久地闭了眼，再没能睁开。所以没能看见，在他死后，那高高树冠间的虚影慢慢凝出了真正的人身。

很久以后，人们依然看不见神木，却在神木所在之处找到了一副骸骨，骸骨腰间有块军牌，军牌上刻着“将”字，下面是他的姓氏“白”。

传闻，那是一位死在树下的将军，十七八岁，未及弱冠。他死后，鲜血流过的地方遍生白玉精，那片皎洁的冷白色将整株神木裹于其中。

那座供奉神木的庙宇，也于某一日起忽然多了一尊玉雕，雕的是一名倚着参天巨树的冷俊少年。人们惊奇不已，不知那凭空出现的玉雕究竟从何而来。

后来有人说，玉雕出现的前一夜，似乎有一道素衣身影进过庙宇，又像云雾一般悄无声息地消失了。于是人们说，那道身影是神木所化之人，那尊玉雕是他亲手雕的，为了那位死在树下、极年轻的将军。

现在想来，那些传说八九不离十，唯有一件事，连传说也不曾知晓。

只有手雕玉像的人自己最清楚……

乌行雪记了起来，当年他雕下那尊玉像时，注了自己一抹灵神进去，还点进了那人一滴血。如此一来，如果那人转世重返人间，如果他有缘来到这间庙宇，如果让玉像里的灵神和血嗅到了熟悉的灵魄，那棵少年倚过的参天玉树便会认出他来。

他生于神木，自生时起，听到的唯一的无关祈愿的话便是来自那个人：“很疼吗？左右我也要死了。等到下一世睁眼，我能看见你开花的吧。”

那时候的他没有料到，后来神木会被封，连同这座庙宇一并拘在这样一处禁地里；他同样没有料到，当年的那位少年将军再活一世时，会因为当年与神木之间的牵系，年纪轻轻便被点召成仙，受天赐字为“免”。

当年他在仙都高高的白玉阶上，第一次看到萧复暄提着长剑走上来，嗅到那缕熟悉的灵魄气味时，心里生出过一丝浅淡的遗憾。倒不是遗憾转世再生之人不会有前世记忆，而是遗憾对方看不到那尊白玉雕像了，那里面藏了他的一点儿谢礼呢。

那一点儿心思萧复暄不曾知晓，又被他自己遗忘了二十多年。没想到今日，居然会因为如此机缘和一缕灵识，想起这一点儿片段。

更没有想到，他们居然又站在了这座庙宇里。

所以……当萧复暄两道赦免剑意扫过整个庙宇时，那棵藏了谢礼的玉树认出灵魄，绽出了花苞。

那是只为他一个人所开的满树繁花。

第 44 章　因果

白玉雕像被放进庙宇的第二年春天，战火暂息，落花台第一次有了真正的山市。

神木总是半枯半荣，华盖如云，没有寻常草木的花期。而见过神木的人都说，缀满枝头的花有点儿像凡间的红杏。那时候的东江边，也就是后来梦都所在的地方有一座山，叫作亭山，那里的杏花林绵延十里，每年三月开得最盛。于是人们以亭山杏花为据，给神木定了个花期，挑了三月初三这个好记的日子作为山市的开市日。

落花山市第一次上灯时，乌行雪是看着的。他隐着身形倚在神木边，垂眸看着蜿蜒的山道自傍晚开始有了亮色，一串灯笼接着一串灯笼，一捧烛火续着一捧烛火，一直延续到群山尽头，几近天边。

他依稀记起了当时的心情……看着山市里行人如织、话语声嘈杂，他是惬意且欢喜的。他生于这里，又因为一些缘故眷恋这里。他希望这落花山市总是这般热闹，一年比一年热闹，成为人间一处极好的地方，聚集起天南海北的来客，声名远扬。因为这里越是热闹，那位少年将军转世后便越有可能慕名而来……

这心思他惦念了太久，几乎成了习惯。哪怕后来神木被封、庙宇不再，他也没有改掉这个旧习。

他从未与人说过原因。

只要提到落花山市，他总会说："那里是个很有意思的地方，热闹得很。"

直到今日，乌行雪握着玉雕看向身边的人，怔然良久，叫了对方一声："萧复暄。"萧复暄还攥着他的手腕，目光落在神木玉色的花枝上，有一瞬间的出神。他闻言眸光一动，朝乌行雪看过来。

那一刹那，乌行雪确实生出一丝冲动——他有点儿希望对方想起当年的事，想起那个玄雷乍动的秋夜在神木底下说过的话。如此一来，他就能指着满树的花笑着邀功，说：萧复暄，你想看的花。

可那一夜之于对方而言，其实很痛苦吧。

他在战火中伤过多少人，又为多少人所伤？他的同僚、家人、国都可能都消散在那些满是风烟的长夜里了，他走向神木时穿过的那片荒野上有多少亡魂，哪些是敬他的，又有哪些是恨他的？

他在天雷劈骨、肉体死亡时，会有一瞬间的不舍和孤独吗……

只要想到这些，那些隐隐冒头的冲动就皆不见了。

还是别想起来了，乌行雪心想。于是他张了张口，又哑然一笑，最终只是平静道："你看，神木开的花。"

他说完便敛了眸光，不再看萧复暄，免得那点儿忽闪而过的遗憾被天宿上仙觉察出来。谁知他刚转开眼，正要倾身将玉雕放下，就听见萧复暄的声音沉沉响起："乌行雪。"

“你是神木吗？”他说。乌行雪一顿。

萧复暄道：“他们说了，玉雕不能碰，除了神木自己。”

乌行雪转头看向他。

“你也说过，你生在落花台。”

乌行雪依然没吭声，就那么看着他。

“我……”萧复暄停了一下，朝那玉雕上倚着树的少年瞥了一眼又转回来，“是那位白将吗？”

乌行雪生怕萧复暄想起了什么，盯着对方的眼睛看了好一会儿，又在心里悄然松了一口气——应当只是猜测，不是记得。他放了心，便开口答道：“他们说话颠三倒四，含含糊糊，不能全然当真。不过你为何问我，我应当是这里最糊涂的一个。”

萧复暄却垂眸看着他，片刻后才开口道：“你并不高兴，像是想起了一些事。”

乌行雪僵了一下。

又过了片刻，萧复暄微微低了头，温温沉沉地问道：“为何会开花？”

堂堂魔头，忽然没了话。那一瞬间，遗憾也好、可惜也罢，万般滋味倏地没了踪影。倒是另一个念头没头没尾地闪了过去——这天宿上仙在仙都怕不是个祸害。

乌行雪正要张口回他，忽然听到了一阵躁动。他和萧复暄同时一愣，转头朝躁动来处看去，就见那些倒吊者耸着鼻尖，似乎在嗅着什么气味。他们所冲的方向不是别处，正是那尊玉雕。如此一来，乌行雪也轻嗅了几下。

这庙宇里确实有股味道散了开来，像是……血味。他起初还有些纳闷儿，目光扫过玉雕时忽然明白过来，当初这玉雕里注过萧复暄上一世的血。方才玉雕忽然苏醒，那股血味便慢慢透了出来。

而灵魄向来敏感，闻见了也不稀奇。奇怪的是他们嗅到那血味后的反应。就见那些倒吊者一边耸着鼻尖，一边露出迷茫的表情，似乎在竭力回想什么，却不能即刻记起。咕哝声如潮水一般漫延开来。

“这味道……”

“血味我似乎在哪儿闻过。”

“是啊，好熟悉。”

“我也是，我也觉得有些熟悉。”

“可是……在哪儿闻过呢？”

……

他们不断议论着，吸气的动作越来越明显，模样也显露出几分诡异。

“他们怎么了？”乌行雪不解，但直觉有些不妙。

那血来自上一世的萧复暄，而这些倒吊者皆来自落花山市。落花山市是在白将死后才有的，不论这些人是哪一年参加了山市，都不该对这血味有什么反应，更不该觉得“有几分熟悉”。

他忽然想起先前萧复暄说过的一句话，“凡人以灵魄生死轮转”。

居于落花山市的，是他们这一世的肉身。肉身一世归一世，自然不可能跟上一世的萧复暄有什么牵连。但这里不同，这些倒吊者是灵魄，灵魄不管轮转几世都不会变，始终是那一个。想到这一点，乌行雪面色一紧。

就听萧复暄忽然开口：“玉雕里的血是你的吗？”

乌行雪下意识道：“不是。”答完他便“啧”了一声，有些恼。

这不就变相承认他想起了一些事吗？不过眼下的形势并不太妙，萧复暄也没多言，只是看了他一眼，而后道：“那就好。”

乌行雪一愣：“为何这么说？”萧复暄道：“能让灵魄记住的，绝非好事。”

乌行雪心头一跳，正要问，就听萧复暄又道：“凡人死后不会有上一世的记忆，被剥离出来的灵魄也是如此，倘若残留了一些印象，必定是极深刻之事。”

他顿了顿，沉声道：“多半离不开死。”

不用他再多解释，乌行雪也能明白他的意思。想来十分好懂——于已死之人而言，总是死的那一瞬间记忆最为深刻。那既是最后的一刹那，也常常是最痛苦的一刹那，而痛又总比欢愉长久。

这些倒吊着的灵魄因为是被生生抽离的，记得这一世的事十分正常。若是记得前世的事，恐怕……只会同“死”有关。换句话说，就是萧复暄上一世的血，同这些倒吊者曾经某一世的死有关？想到这一点，乌行雪只觉得一阵寒凉蹿上头顶。

这念头闪过的一瞬，他听见了熟悉的剑鸣。余光里，萧复暄的身影一闪而过。他猛地一抬眼，就见天宿上仙的剑尖已经抵上了近处一个倒吊者的额心。

就听萧复暄低低说了一句：“得罪。”

那倒吊者的眼珠骤缩，在剑尖触顶的一刻凄声尖啸起来，啸声直蹿云霄，听得乌行雪脑中嗡地震了一下。

既然是与“死”相关的印象，一定是在死亡再一次逼近时最容易被激起来。那倒吊者在剑鸣和尖啸的余音中双目圆睁，惊叫道：“我想起那血味了！

“我想起来了……”

萧复暄那一招并非“诘问”，却与“诘问”有异曲同工之妙。下一刻，支离破碎的画面疾速闪过。那是一处暗无天际的荒野，夹杂着马匹嘶鸣和惊天的喊杀声。

在看到那画面的一瞬间，乌行雪便明白了，那是战场……

那是白将曾经穿行而过的战场，而那位倒吊者之所以觉得血味似曾相识，是因为那一世他就在那个战场上，与白将相对，死于那柄长剑之下。

他在死前的最后一刻，闻到的是白将满身的血味。尖啸声依然萦绕于庙宇，乌行雪匆忙抬眼，穿过消散的画面看向萧复暄。

那些零碎的画面激起了其他倒吊者的记忆，于是相似的话语一句一句砸下来，潮水般的声音朝萧复暄淹过去。

“我想起来了……”

“我也想起来了。”

“是你。”

“是你杀的我。”

……

之前乌行雪曾经有过一分疑惑，为何封禁神木偏偏挑中了这些人，为何会用凡人灵魄来压一株参天神木。若是要牵扯上因果，这些人同神木也没什么因果关联，为何偏偏是他们？

这一刻，他忽然明白过来。上一世的萧复暄死前给过神木庇护，他是同神木牵连最深之人。而他那时又是少年将军，穿行于战火中，剑底有亡魂。

有人……特地找来了那些前世死于战场、死于将军剑下的人，一个一个将他们聚于落花山市，又抽了他们的灵魄，将他们拘在这里。借着他们和萧复暄之间充满“杀障”的因果，来封禁那株被萧复暄庇护过的神木。

怪不得！怪不得萧复暄也无法让这些灵魄解脱。有那样的因果横在前面，怎么可能让他们解脱？若是强行要动，就得动到萧复暄身上去。

乌行雪瞬间冷了脸色。他看见萧复暄一贯冷峻的脸上极为罕见地显出一瞬间的空茫；看见气质皎如白玉的天宿收了剑，拎着剑柄，沉默地看向那些受困的灵魄……

第 45 章　绑匪

这些早已淹没在生死轮回里的事情，凭何被翻出来成为负累？又凭什么是萧复暄？

就因为挡了那一下天劫？

一件被他惦念多年的事情，却被人利用至此……真是不讲道理。

如果萧复暄不记得这一夜就好了。他忽然冒出这么一个念头来，并在那一刻感到似曾相识，大约数百年前的自己也是这么想的。

他不仅希望萧复暄不记得，还希望这些被捆缚的灵魄也忘掉这一刻。

灵魄不是活人，不会去盘算这一世、那一世的区别。在有心人的利用下只剩本能——谁杀过它们，谁给它们带来了此时此刻的痛苦，它们就恨谁。

“是你！”

“是你！”

“你害得我好苦啊……”

“你方才还斩了我的手！”

……

陷入痛苦和仇恨的灵魄尖声号叫着，拼命朝萧复暄涌去。

它们之前企图偷袭，被萧复暄斩断过手臂。眼下恨意正浓，它们忽然又有了精气，肉白色的胳膊从断口处伸出来，像疯长的柳条，密密麻麻、源源不断地伸向那一个人。

那架势，可不是再斩一回手臂就能了结的。斩了再长，长了再斩，恨意越积越深，那就是一场没有尽头的往复循环，直到将他们耗死在这里。

还是忘了吧。千钧之际，乌行雪下意识摸向腰间。

手指触到白玉梦铃的刹那，他才反应过来，这会儿梦铃是裂损的，而且他还忘了怎么用。

突然，一阵模糊的铃铛声响起，不知从何处而来，却笼罩了整片禁地。

霎时间，整片禁地的风烟都停住了，不再流动。那些灵魄也被骤然冻住，保持着冲向萧复暄的姿态凝固于尘烟中。那些肉色藤蔓似的胳膊不再疯长，止在距离萧复暄只有毫厘的地方。

而萧复暄提剑的动作一顿，猛地转头朝乌行雪看过来。

“你摇的铃？”萧复暄怔然张口，看向乌行雪腰间。

乌行雪也有点儿蒙：“我没有。”他那枚白玉铃铛安静地挂在腰边，裂纹依然存在。

声音并不是梦铃发出来的，但听起来又与梦铃十分相似。

会是从哪儿来的？谁做的？

乌行雪仔细听着铃音，试图找到来处。却因为听得太仔细了，自己在铃声的作用之下有了一瞬间的迷糊。某一刻，他甚至想起了鹊都。

他连忙挣脱出来，再抬头，就见那数以千计的灵魄看着自己长长的胳膊，又看了看萧复暄，顶着满头困惑，缓缓将手收回来。

“我的手怎么这么长了？”

“我的也是，真是奇怪。”

“我方才要做甚？”

“不知，我也有些迷糊。”

“你们又是何人?!”

“此乃禁地，你们怎么进来的？”

那些灵魄又缓缓扭头，看向萧复暄和乌行雪，仿佛从未见过他们一样恐吓道：“这封禁之地，刀阵火阵层层叠加，有九天玄雷八十一道，你们好大的胆子！”

乌行雪：“……”

忘得真快。如此效果，确实像是梦铃。

他忽然想起刚进客店时，看见客店柜台边挂着一只极似梦铃的白玉铃铛。

紧接着，他又在铃声里恍惚想起另一个画面。他想起自己拎着那枚白玉小铃铛，递给那位眼袋硕大的客店掌柜说：“听闻掌柜的夜里总不得安眠，送你个小玩意儿。”

掌柜的接过那铃铛，尴尬又疑惑：“公子是仙门中人？这铃铛……是什么法宝吗？”

“我偶得仙缘，学来了这铃铛的制法。能不能算法宝不清楚，但多少有些作用。”

“有何作用？”

他想了想，扯了个浅淡的笑：“能……驱魔辟邪，聊保平安。”

掌柜将信将疑，但“保平安”的东西左右不会嫌多，于是他将那白玉铃铛挂在了客店柜台边。

乌行雪猛地回神。他先前之所以会注意到这家客店不寻常，就是因为门口挂着的简易版梦铃。他当时还纳闷儿，这梦铃从何而来?

现在想来，恐怕是百年前的自己在这儿住了一夜，发现了禁地中的种种，一时间没有想到妥当的解决办法，又担心这些灵魄之后想起那些仇恨过往，引起祸端。便在店里留了一个极似梦铃的东西，在灵魄骚动时能镇一下。

那毕竟不是梦铃，似乎也无须催使仙力亲自摇动。只要灵魄一疯，它就有了反应。

那铃音也是对灵魄最为有效，对他和萧复暄而言，则没那么立竿见影。但他依然会受到影响，头脑在铃音中变得有些昏沉。

“小小玩意儿，这么大威力……”乌行雪拎起腰间的小铃铛咕哝了一句。他咕哝完，抬眸看向萧复暄。却见对方垂眸站在原地听着铃声，轻蹙着眉，有些出神。

良久之后，萧复暄抬手摸了一下唇沿。

他有些不明所以，正要发问，就见萧复暄突然抬眼看向他，眯着长眸，也不知道想起了什么。

乌行雪莫名有些心虚，把问话咽了回去。

他被对方盯着，忽然闪过一个猜测——他怀疑萧复暄听着这铃音，想起了数百年前是如何放松警惕，被梦铃修改记忆的。

然而乌行雪没能继续想，因为铃声始终没停，不仅灵魄受影响，连他的迷糊都变重了。再在这铃声里待上一会儿，恐怕他又要满口“鹊都”了。

“我们是不是得暂避一下……”乌行雪话音未落，就感觉一道高影瞬间到了面前。

他被人拢了一下，接着眼前一暗，脚下一空，被带出了这方禁地。

穿过禁地入口的瞬间，萧复暄的声音就响在他鼻尖前：“我总在想，当初为何会一时不察让人改了记忆。”

乌行雪抿了一下唇，听见他低声说：“你算计我。”

我……乌行雪舔了舔唇间，正欲开口，却见眼前骤然一亮，他们暂时从禁地里出来了。

出禁地看到的第一拨人，就是封家那几名弟子。他们个个手持长剑，面色紧绷地守着入口，一副想进又不敢贸然进入的模样。

乌行雪看着他们的姿态、表情，忽然想到一件事：如果落花山市的人都是“缚”，在这里反反复复生长了百年，甚至更久，像当年的他或是萧复暄这种偶尔下人间的仙确实很难看出来。每年循着热闹来逛上一圈的真凡人也难看出来，但有一群人则不然……

不是旁人，正是封家。

封家弟子照看着整个落花山市，这里每每出了岔子，总会请他们前来。三番五次之后，他们应当同山市里的人十分熟稔，也应当认得他们不同年纪的相貌。

三年五年便罢了，长久起来，怎么可能看不出端倪？若是看出了端倪，却装作平安无事的模样，那就不一般了。

如此看来，封家显然是有问题的。他们是知道点儿什么，出于一些缘由帮忙掩盖，还是直接参与过什么？

但这种与神木、禁地相关的事，应当不至于随便一个小弟子都清清楚楚，真要有关联，必然得是封家做主的那些人。

只是……怎么把面前这些年轻小弟子，变成封家做主的人呢？

大魔头想了个主意。

"萧复暄。"他借着姿势方便，冲天宿上仙耳语道，"能把面前这群小鬼绑了吗？"

萧复暄："……"

宁怀衫没有想到自己会在家门口中了邪。更没有想到的是，他居然在落花山市的幻境里迷了路，既找不到他家城主，也找不到方储。

他一边在十二里街市中寻寻觅觅，一边自嘲地想：若是头一个找到的是天宿上仙，那他该怎么办？扭头就跑会不会显得太灰了？

希望老天长眼，城主保佑，别让我单独面对天宿上仙。宁怀衫这么祈愿了一夜，老天果然开了眼。

他没有碰到萧复暄，他碰到了医梧生。

那是在一家卖胭脂水粉的铺子前，也不知打翻了多少东西，惹得小半条街都是脂粉香。

宁怀衫连打了十个喷嚏，差点儿把脑仁都打出去。他不过扭头揉了揉鼻子的工夫，再转回来，就看见了医梧生。

就见那人的布巾掩过半截鼻梁，露出来的眉眼带着几分苍白病气，颇有文弱书生的意思。半点儿看不出是个大门大派、名气响当当的人物。

宁怀衫瘪了瘪嘴。

原本医梧生并没注意到这个角落有人，偏偏被那一串喷嚏引了过来。他见到宁怀衫时怔了一下，有一瞬间的尴尬，但很快便消失了，说道："可算见到一个人了。"听语气还挺高兴。

宁怀衫在心里嗤了一声，心说你怎么还在呢？一缕残魂命比我都长。他很想把这点儿嗤嘲表现在脸上，偏偏喷嚏打个不停，一点儿凶神恶煞的劲都摆不出来。医梧生见他那模样，开始掏药囊。

宁怀衫捂着鼻子瓮声瓮气道："别，你别掏，我不要！我又不是病了，吃哪门子的药？我这是被活活熏出来的……"

医梧生找了一颗药丸出来："我门偏方、杂丸数不胜数，不单单管病，熏出来的也有办法止。一吃就停，你试试。"

宁怀衫并不想试，但他的喷嚏确实越打越厉害，再这么下去就要鼻涕眼泪乱飞了。他一个邪魔，可丢不起这个人。

于是他不甘不愿地接了药丸就要生吞下去，刚仰了脖子，就听见前面街市一片嘈杂，还有七零八落的脚步声，似乎来了不少人。

宁怀衫一边朝那边看，一边问医梧生："你见着我家城主了吗？还有方储。我找了他们好久，按理说不应该啊，明明咱们是前后脚进的落花台。怎么一进幻境就被分得七零八落，找不着人了……”

医梧生摇了摇头：“没见到，我也找了许久。原本都打算画个符寻人了，被一些动静打断了。”

他捏着的纸藏在袖间，乍听起来就像能正常说话似的，与活人无异。

那些脚步声听起来匆匆忙忙，越来越近。

宁怀衫又勾头看了一眼，嘀咕道：“听着不像是逛山市的……”

“是封家的人。”医梧生答道，“我方才就是从那边来的，见到了一大群封家弟子，面色不虞，不知要做什么。”

花家与封家世代交好，不过这些封家弟子不是他常打交道的那些。应当是这落花山市幻境中的人，属于数百年前。

正说着话，一群穿着门派统一衣袍的人便过来了。打头的是名看不出年纪的男子，模样倒是俊朗，只是沉着脸，显得有些老气横秋。

宁怀衫生为邪魔，对血味最是敏感。他耸着鼻尖嗅了几下，看向那男子的手，才发现他握着剑的手背上有几条蜿蜒血痕，似乎刚刚经历过一些不甚愉快的事，还受了伤。

那男子抬头看向胭脂铺旁边的客店，冷着脸问身边的人：“姝兰，你收到的求救符当真是从这里发出来的？”

那位叫作姝兰的是名高挑女子，腰间挂着双剑，侧脸十分妍丽，天生一副笑唇。但她说的话并不带分毫笑意：“错不了，若不是这家店，我也没必要劳您来一趟。”

听到这女子的名字时，医梧生微微讶异。

宁怀衫瞥了他一眼：“怎么？认识啊？”

医梧生道：“那是……封家的上一任家主，封姝兰。当然，她很早就不在了。”

显然，眼下这封姝兰在封家还不是顶头的人物。应当跟幻境里的其他人一样，是数百年前的了。

那领头的男子又问：“求救符可有说过，是被何人所困？”

姝兰犹豫了片刻，道：“说了。”

男人沉声问：“谁。”

姝兰：“……”

男人不耐烦地转头看她：“怎的支支吾吾的？围困仙门中人的，无非是邪魔妖物。这些年横行的魔物，哪个咱们没打过交道，至于如此？”

姝兰想了想，轻声说：“不是魔物呢。”

男人：“那是什么？”

殊兰："说是天宿上仙萧复暄。"

男人："……"

谁？

宁怀衫一听那名号，先是一喜。接着又扭头想跑——他家城主不在的情况下，先找到天宿可不是什么美事。他正要溜走，假装没听见这名讳，就感觉一道澈冽气劲于客店中横扫而出，那气劲犹如一道看不见的长鞭，扫得众人猝不及防，只觉一阵剧痛。

下一刻，那金光剑气便化作裹着玄雷的长绳，将赶到客店门口的人一下捆了个扎实，以一副邪魔妖道才有的悍匪气势，猛地拖进了店里。

宁怀衫和医梧生离封家众人太近，不幸被一并捆了进去。

宁怀衫横着进去的时候，脸上挂满了疑问：这天宿的行事做派怎么那么不像个仙呢？！

第 46 章　恶霸

谁都不喜欢被捆着，何况宁怀衫这个火暴脾气，更何况他还同他最不喜欢的医梧生被捆在一块儿。他气不打一处来，被拖进客店时张口就要骂人，结果一个字刚出口，就对上了天宿上仙冷冰冰的脸。

宁怀衫还是怂了。他抻了抻嘴，讪讪地把后面的话吞回去，冲医梧生来了句："干什么挤我？"

医梧生简直蒙受无妄之灾，也凶不过他，便没跟他一般见识，道："我也不想，着实是人有些多。"

人确实很多。

这间客店规模本就不大，带阁楼一共三层，最宽敞的地方是一楼大堂，他们此时就扎堆在这里。

医梧生粗略一扫，发现这大堂拢共四根长柱，每根都捆着几个人，看衣着打扮都是封家弟子。

每人的脑门上还贴着一张符，看起来滑稽又屈辱。年纪小的那些一个比一个脸皮红，不知是急的还是气的。年纪稍大一些的索性闭目不看人，脸拉得比驴脸都长。

这还没算上刚被捆进来的这一拨……

而罪魁祸首天宿上仙则抱剑而立，宽肩窄腰靠在柜台前，手上还缠绕着那道捆人的剑气。他手指没动，而剑气在他指间来来回回地绕着。这若是放在别人身上，会显得有些漫不经心。在他这里，却是在那一身冷硬之外，平添了几分高深莫测的压迫感。

那些呼喝的封家人一进大堂便收了音，在这种压迫之下噤声不语。

就连医梧生都很少碰到这么恶霸的场面，一时间张口结舌，轻声喃喃：“这……这真是……”

宁怀衫倒是适应得不错，小声嘀咕道：“这可真不像是一个上仙干得出来的。”

医梧生想了想说：“是……照夜城的做派？”

宁怀衫：“放屁！照夜城的做派就不是头上贴张符了，有没有头都不一定。”

医梧生心说也是。

宁怀衫“唔”了一声，开始伸头探脑，他感觉他家城主十有八九也在。他一点儿都不知道安分，近处几个封家人却要疯了……

气疯的。

综观全场，捆着封家弟子的绳子，是封家自己的缚灵索。贴在封家弟子脑门上的符纸，是封家自己的封喉符。

真是要多丢人有多丢人！

那位名叫封殊兰的女子伸出细长手指捏了个诀，不动声色地弹了领头的男人一下。

男人拧着眉心，目光一转不转地盯着不远处的萧复暄，看上去就像毫无所觉。但捆在身后的手指却在地上轻轻敲了一下，以传回音。

那是封家的传音秘法。

男人敲得冷静，脸色却一片铁青。他以秘法问道：“怎么会有这么多弟子折在这里?！”

封殊兰同样以秘法回道：“徽铭长老，我先前同您说过的……”

她虽生得妍丽，但操心过多，脸上显出了一点儿疲色。尤其在被男子质问时，笑唇的弧度都要向下撇了。

封徽铭牙关动了一下，抹掉自己手背上的血，道：“你传话过来时，我那儿有客来访，没能分心顾及。”

封殊兰：“真是客吗？我方才就想问了，长老您身上似乎有伤？”

封徽铭：“无事，旧伤。你说你的。”

封殊兰见他没有要说的意思，抿着殷红的唇，但也没再问。而是将先前发生的事又解释了一番：“原本落花山市这边只是一点儿小麻烦，以往也有过，照例是几个小弟子过来看看，收拾残局。”

谁知小弟子一去不复返。而后没多久，封家弟子堂收到一道求救符，用的是颇为潇洒的字体。

你家小弟子被绑了，来救人。

封家怎么说也是个颇有名望的仙门大家，什么场面没见过？但看到那种风格的求救符，还是蒙了好一会儿。

这种小弟子受困的事，说小不小，但说大也不大，弟子堂处理起来颇有经验，当即遣了七八位大一些的弟子去寻。

结果梅开二度，弟子堂又收到一道求救符，还是那潇洒字体——

这几个也绑了，别再送小孩儿了，来点儿能做主的。

封殊兰身为弟子堂的仙长，就属于能做主的人。但她近些日子身体抱恙，众弟子一来不想惊动她，二来也受了一点儿激将，当即不信邪地遣了四个金纹弟子去寻。

金纹弟子都是年轻弟子里的翘楚，随便去一个都能独当一面，更何况四个呢！

结果四个全折进去了。

第三道求救符送到封家时，弟子堂不敢不往上递了。那求救符上字体依然潇洒。

看来你家弟子嫌多啊。

递给封殊兰之前，弟子堂那边先回了一道符。

究竟是何人作祟？

他们本以为这道符要没有回音了，谁知居然收到了。这次符纸上的字体换了一种，凌厉如刀，只回了三个字——

萧复暄。

别说弟子堂了，连封殊兰看到的时候都呆如木鸡。

直到此时此刻，封殊兰被金光剑气薅进客店里，她都横竖想不明白：“这天宿上仙只奉天诏行事，打交道的从来都是至凶至恶的魔头，为何会跟咱们这种人间仙门过不去？没道理啊。”

封徽铭听她囫囵说了个大概，脸色越发难看。

封殊兰盯着他看了一会儿，又用秘法问：“徽铭长老，我一贯只带弟子，不问旁事，更无意于其他。但……若是真有什么门门道道，劳烦知会我一声。我可不想做个冤死的鬼。”

封徽铭：“什么话，怎么就扯到冤死的鬼了。”

他静默片刻，稍稍换了语气，宽慰道：“咱们好好一个仙门，能有什么门门道道跟仙过不去？不要多想。就我所耳闻，这位天宿上仙的行事做派本就同灵台诸仙不同，不讲垂怜悲悯，能用剑解决的事，从来懒得多费口舌。想来……倒是同人间那些将门中人有些相似，你想想那些人的脾性，有时候一出手，确实让人觉得敌友难辨。但仙都同咱们仙门，总归是一边的，莫慌。”

他这么说着，当真松了脸色，乍看起来似乎已经笃定是误会一场了。

封殊兰对他这番话存疑，但有一句她也觉得没错——仙都同仙门总归是一边的，萧复暄不论如何是位上仙。

上仙嘛，哪怕行事做派再冷硬唬人，也有个限度。往好了想，客店掌柜和小二不就没被捆嘛！

封殊兰心里这么想着，朝柜台后面的掌柜和胖子小二看去，结果发现那两个揣着袖子在那儿哆嗦。

封殊兰：“……”

她看了一会儿，忽然有了一丝不祥的预感。这种预感很快就又重了一层。

她注意到被捆的人里有两个不是封家弟子。她起初以为那是不小心被误捆进来的，后来嗅探了一番，觉察到了不寻常。

其中一个显然是邪魔，另一个也没什么活人气。刚注意到这一点，她就看见天宿上仙的剑动了一下。

一道明晃晃的剑气破风而来，直奔着那两人而去！

封殊兰也好，封徽铭也好，那一刻都是平静无波、见怪不怪的。在人群中发现了邪魔，打得过的前提下直接斩杀，简直再正常不过。

然而下一刻，他们就全蒙了。

因为萧复暄那道剑气楔进人群，分毫不差地落在那个明显是邪魔的人身上，就听“锵”的一声，金光迸溅。

邪魔身上捆束一松，毫发无损地站起来了……

满大堂的封家弟子：“？”

紧接着又是一道锵然声响，邪魔旁边那个没有活人气的捆束一松，也跟着站了起来……

最吓人的是，那生得一副少年相的邪魔一蹦而起，没有夺门而出，反而穿过众人朝天宿走去，边走边问：“大人，我家城主也在店里吗？”

而传说中惜字如金的萧复暄居然答他了，抬了抬下巴道：“楼上。”

封殊兰人都看傻了。

封家弟子们被这一出弄得手足无措，不论是贴了封喉符的还是没贴封喉符的，都纷纷朝封殊兰和封徽铭看过来。

骚乱之下，谁是主心骨就很明显了。封殊兰还没反应过来，就见那天宿上仙抬了眼皮，朝这边看过来。

一阵罡风突然横扫过来。封殊兰偏头避了一下，再睁眼，就见身边捆缚的小弟子全被扫去了墙边，偌大的店堂瞬间空出来一大片，只剩下她和封徽铭两个人……

动弹不得，孤立无援。

而原本在柜台前的萧复暄已然站在他们面前。他剑尖朝地一支，冷声道：“做主的来了？”

那一刻，封殊兰感觉到了万千威压。她嗓子发紧，说不出话，而是转头看了封徽铭一眼。在封家家主不便的情况下，一向是封徽铭这个长老做主。

然而封徽铭此时面如金纸，嘴唇泛白。他抬头看着萧复暄，嘴唇开开合合好几下，终于找到了自己的声音：“不知……不知天宿找我们……有何要事？”

“你说呢？”萧复暄握着剑柄，半蹲下来，他用淡漠的眸光扫了一圈客店，意思明晃晃地写在脸上——都在这家店里了，你觉得我所问何事？

他不蹲的时候就有种居高临下之感，蹲下来，威压居然不减反增，因为他那双眸子更近了，就那么半垂着看着对方。

封徽铭被看了一会儿，整个人仿佛凝固成了山石，僵硬至极。他朝旁边移了一下眸光，试图避一避，缓口气，却发现还不如不避……

因为他瞥见了另一个人，正从客店二楼下来。那人披着氅衣，远远朝这里看了一眼，说：“做主的总算坐不住了？”

楼梯那边的灯烛没照到，有些暗，看不清下楼之人的五官。直到那人走到近处，封徽铭才看清他的眉眼……

看清的那一瞬，封徽铭直接就崩溃了。

那崩溃遮都遮不住，直接显露在脸上，以至乌行雪都看得一愣。他跟萧复暄对视一眼，有些纳闷地用口型说：我这么吓人？

他搂着手炉弯腰看向封徽铭，把纳闷和奇怪通通掩去，不动声色地趁势恐吓了一句："唔，把你们引来也没别的意思，就是想问一问，你们封家同这客店后头的封禁之地有何关系？"

就见封徽铭攥着自己受伤的那只手，顶着一种"你不如杀了我"的表情看着他，说："一个多时辰前，你明明刚问过我一模一样的问题！"

你是不是有毛病?！封徽铭心想。

第 47 章 封家

乌行雪："你说谁问过你，我吗？"

封徽铭动了动唇，不答，但脸色说明了一切。

乌行雪转头看向萧复暄，眼里闪过一片困惑。但他很快又转回去，再看向封徽铭时，表情依然不动如山。他声音压得很稳，语调又慢悠悠的，不曾显露出诧异。

连带着刚刚那句"我吗"，都像是别有深意。

封徽铭喉咙咽了一下，紧着嗓子低声道："明知故问。"冲他这副模样，也能料定他没有胡说——确实有人一个时辰前找他问过一模一样的话。

跟现在的我长得一模一样？乌行雪摸了一下自己的脸，心里飞快盘算着。

萧复暄名讳都报出来了，易容自然也已经撤了，但他不同。他还顶着萧复暄帮忙调整的脸。能跟这张脸长得一模一样的，就只有当年同样易了容的乌行雪自己。

这点本身并不难猜。但细想之下，这事其实很有问题。

前夜刚到客店时，掌柜说他们不久之前才退房。这没什么，毕竟整个落花山市都是幻境，他们在幻境中偶然得见数百年前的自己，倒也正常，不失为一种难得的机缘。

可现在，封徽铭说"一个时辰前你明明刚找过我"。

这话乍一听，同掌柜的那句异曲同工。无非是数百年前的乌行雪在离开客店之后，易容未撤就动身去了一趟封家，扣了封徽铭询问禁地细则。

而这倒霉蛋前脚刚被盘问完，后脚又被现在的乌行雪和萧复暄逮住了，才会说出这句话，连时间都衔接得刚刚好。

然而，正是由于事件、时间都衔接得刚好，才更不对劲儿。因为落花山市是幻境，封家却不是，它理应在幻境的范围之外。

幻境内发生的事情，还能同幻境外发生的事连贯起来吗？不可能。起码不可能连贯得如此自然。

乌行雪心思一转，只能想到一种解释：这落花山市并非幻境，而是真正的过去！他们从踏进落花台的那一刻起，就站在了数百年前的这里。

如此一来，掌柜的也好、封家众人也好，种种反应便说得通了。

在掌柜的看来，真的有两个人，刚在这儿落脚一夜，又来住了第二夜。而在封徽铭看来，他就是一日之内被同一个人找上了两回，问了同样的内容。

确实诡异，也确实叫人崩溃。

若是多给封徽铭一点儿时间，让他细想一番，多探一探，便能发现一些蹊跷——譬如虽是同一个人，衣着打扮却并不相同，而这中间仅仅间隔一个时辰；譬如一个时辰前，这人身上还带着仙气。一个时辰后，怎么就成了邪魔？

偏偏此时的封徽铭没有细想的工夫，乌行雪也不可能留这个工夫。

他同萧复暄对视一眼，决定在封徽铭反应过来之前趁热打铁。他摸了摸手炉，半垂了眸光开始演。

“既然问过一遍，那刚好啊，不用我再费口舌了。我想听什么，你心里清清楚楚。喏，这会儿又多了些看客。”乌行雪抬了抬下巴，“你就把一个时辰前对我说过的，再来上一遍，也说给他们听听。”

“你！”封徽铭的脸色更难看了。他下颌线绷得很紧，牙关处的骨骼轻动着，警惕地瞪着乌行雪，哑声道：“我该说的都说了，何故要再来一遍？”

乌行雪想了想，顺着他的话道：“你管我何故呢？我先前答应过你只问一遍吗？”封徽铭气结，半晌憋出一句：“没有。”

乌行雪：“那不就成了。”

封徽铭：“……”

成什么啊成？封徽铭正要开口再辩，却听得萧复暄在旁手指一动，支在地上的长剑发出一声轻响。他脸皮一紧，朝萧复暄看去。就见天宿偏头看向他，沉声补了一句：“若是真话，说上十七八遍又有何妨？”

封徽铭：“……”

天宿漆黑的眸子盯着他，泛着生冷的光：“还是说，你自己重复不了了？”

封徽铭神情瞬间僵硬。

乌行雪将他的变化看在眼中，眉尖一挑。他一直觉得堂堂天宿，能装一回恶霸已是纡尊降贵、万分不易了。没想到某人看着冷峻正经，居然能举一反三。

不仅绑了人，还学会了逼供，而且说出来的话十分唬人，以至于封徽铭被那一句话弄乱了阵脚，嘴唇开开合合，根本接不住话。乌行雪想了想，忽然觉得自己身边这位天宿上仙同世人口中的那个很不一样。

很不一样的天宿上仙转眸朝他看了一眼，又收回目光。

乌行雪：“？”

他试着领悟那一眼的意思，没领悟出来。又过了良久，他脑中忽然闪过一个十分诡异的念头。

就好像是……天宿大人头一回干这么不像上仙的事，拿捏不准尺度，所以觑他一眼，看看合适不合适。

想到这一点，乌行雪实在没忍住，瞄了萧复暄一眼。那张冷峻的脸看上去依然锋芒狂张，浑身的压迫感也依然重若千钧。但乌行雪越看越觉得……好像真是那么个意思。于是他看了一会儿，笑了。

笑意从长长的眸间流露出来，乌行雪遮掩不住，索性不掩了。萧复暄似有所觉，朝他看过来，怔了片刻。

至于封徽铭……封徽铭快被折磨疯了。世人总是如此，喜欢以己度人。心肠直的，看别人便没那么些弯弯绕绕；心思多的，看别人便觉得百转千回，点满了算计。

若是再藏一点儿事，心里带着虚，便更是如此。此时此刻的封徽铭正是这样。

乌行雪和萧复暄对视一眼。封徽铭心想：我方才一定是说错了什么话，引起怀疑了。

乌行雪让他再说一遍。封徽铭心想：这是抓住了我的破绽，想要试探我。

萧复暄说真话不怕重复。封徽铭心想：这都不是试探了，这简直是明嘲。

乌行雪再这么一笑……封徽铭觉得自己完犊子了。他忽然觉得自己就像被拨玩的蝼蚁，左撞右撞，来来回回，在有些人眼中，不过是徒劳的挣扎而已，丑态百出。

那么多封家小弟子在场，数十双眼睛看着他。封殊兰也在场，同样看着他。

他忽然觉得这一刻太难熬了。他本该是习惯这种被瞩目之感的——他在封家地位超然，不仅仅是一位“长老”而已。封家家主膝下无子无女，他和封殊兰皆由家主收养，他来封家很早，比封殊兰早得多，进门时还不足八岁。

家主曾经说过：“八岁是刚好的年纪。”刚好懂得一些事，又刚好不那么懂。

封徽铭起初不能理解那句话的意思，后来过了十年、五十年、近百年，他终于慢慢悟了个明白。

懂一些事，是指他知道自己不是真正的封家血脉，知道家主并非自己生父，所以往后再怎么得意、再怎么备受关爱，也会知道分寸，知道不能恃宠而骄，知道自己所得的一切绝非理所当然。

而不那么懂，是指那个年纪的孩童总是渴求安稳、渴求关切、渴求一处家府。即便知道自己是被收养的，只要养他的人对他足够好，他就会忍不住掏出心肺，巴巴地捧上去。

相比而言，封殊兰就比他自持得多。同样是被收养的，外人都道她是封家的“掌上明珠”，但她从来不当自己是“女儿”，只当自己是一个渊源深一些的“弟子”。

她本就不是什么热络性子，越大越冷，无意过多参与家事，只领了“弟子堂仙长”的名号，安安静静地教授剑法。

相比之下，他就知道得太多了。很久以前，他觉得“所知甚多”是家主的偏爱。因为他天分极高、根骨不错，是个绝好的苗子，远远优于封殊兰这个“妹妹”。所以很多不能对外言说的事情，家主会告诉他。很多不能让弟子跟着的事情，家主会带上他。

久而久之，他在封家就成了仅次于家主的人。后来，只要家主不便或不在，他就理所当然成了做主的那个人。再后来，哪怕家主在场，他也不落下风了。就好像……家主的年纪越来越大，而他正值当年，渐渐有了取而代之的能耐。

于是时间久了，他便习惯于受人瞩目了。很少有场合能让他露怯，大多数时候，他都能应对自如，甚至有点儿稳如磐石、不怒自威的意思。

直到今天他才忽然意识到……其他门派正值盛年的弟子很多，不远不近，与封家交好的花家就有不少，但没有哪个正值盛年的弟子堪当家主。

因为还不够格。

他以为自己够格，其实只是碰到的人不够多，见到的场面也不够多。毕竟他仗剑驰骋，都只是在人间。若是碰到真正的仙，他便什么都不是。

一个多时辰前，那名陌生的年轻人无声无息地出现在书阁时，封徽铭的手指按着书桌上的剑，心想：这人委实不知天高地厚。

他一句话都没多问，快如雷霆般地出了剑。看见对方甚至连佩剑都没碰上，心想：就这反应，居然也敢擅闯封家的百宝书阁。

直到他一剑刺到近处，才终于觉察到不妙。因为他发现那富家公子模样的年轻人眸光半垂，正看着他的剑尖。

换句话说，所谓的雷霆之势在那人眼中其实并不快，他甚至能看清剑尖的走势。可封徽铭意识到这一点时为时已晚。

下一瞬，他就看见那公子眉眼轻抬，同他对上了视线。刹那间，他感觉自己的剑尖并没能刺进皮肉中去，反而像是被卷进了浩瀚汪洋中，进不得、退不得。紧接着，如无端阔海一般的威压从那公子身上倾泻而出。

封徽铭握剑的那只手猛地一震，血脉纹路自手指浮现，疾速朝上蔓延。他在剧痛中松了手指，吃痛地闷哼一声，长剑当啷掉落，在地上滚了一圈。殷红的血顺着胳膊流淌下来，在地上滴成了一洼。他清晰地感觉到自己手臂的血脉崩裂了几处，同时他也清晰地知晓，这是对方手下留情又留情的结果……

因为以那威压的冲击之势，他活不活着都难说，只受这一点儿伤，已经是万幸了。那一刻，封徽铭几乎是恐惧的。

任谁当了近百年的天之骄子，少有敌手，某一天忽然意识到自己原来也可以是蝼蚁，那种冲击并非常人能够承受。

百宝书阁不远处，有众多日常巡查的弟子。再远一点儿的地方，还有“妹妹”封殊兰。只要他想，他可以瞬间召聚数千人来百宝书阁。

但封徽铭一个人也没有惊动。一来，他觉得毫无意义；二来……长久的自负心作祟，他不想让任何人看见他连剑都没拿住的样子。

他只是浑身僵硬地看着来客，问对方：“你是何人……”

那人却道：“我是何人与你干系不大，我来叨扰，只是想问些问题。”

封徽铭道：“什么问题？”

那人从头至尾没动过腰间的剑，手里只拎着一个镂着银丝的面具，在灯火之下闪着微如碎星的光。他捏着面具边缘，歪了一下头问封徽铭：“落花山市千百人皆为缚，你知晓吗？”封徽铭瞬间僵硬，冷汗涔涔而下。

他还没答，那人便点了点头道：“看来知道，那我便没来错地方。”

封徽铭张了张口：“我……”

那人没等他说完，又道：“我再问你，那些缚的灵魄被拘在一处禁地，你知晓吗？”

封徽铭喉咙动了一下。那人用漆黑的眸光盯着他，片刻后笑了一下。

他怀疑那人易过容，因为五官虽然俊秀，却并不太过出挑，跟那双眉眼实在不搭。那笑意融在眉眼里，应当是极好看的，却并没有落到眼尾，笑得并不真切，像看不透的雾。

“看来也知道。”那人又说。

封徽铭脑中飞速转着，想着这人来历，想着他的目的，想着……他们掩藏许久的落花山市。然而对方不给他太多时间思考。

他只是一晃神的工夫，那人已经站在了他面前。

这一次，罩顶的威压里便不存在“万幸”了。那人道：“落花山市那些人……那数以千计的缚，是你们封家聚来的吗？”等封徽铭反应过来，才发现，自己刚刚居然下意识地点了头，答道：“是……”

第 48 章 凭依

那个“是”字刚出口，封徽铭便怔在原地。我为何会说“是”？

封徽铭的表情有一瞬间的茫然，紧接着他舔了舔发干的双唇，想摇头分辩：不是！我刚刚那句作不得数，不是我家聚来的！

然而他的脖颈就像被人钳住了，一动不能动。舌尖也仿佛被人点了咒，一个“不”字都吐不出。

他站在自家的百宝书阁里，同那个威压如瀚海的陌生公子目光相接，居然连一句辩解之词都说不出来。

封徽铭急出了一身湿汗，眼珠都因为用力泛了红。

他嘴巴开开合合数次，垂在身侧的手指攥成了拳，最后只挤出一句：“我……我封家并非有意如此。”

我……封徽铭生平第一次想在心里爆粗口。一方面是因他挣扎未果的状态；另一方面是因为他感觉到自己很不对劲，说话时唇舌不受自己操控，说着自己根本不想说的话。

这若是在民间，妥妥会被认为是中了邪。可他不是寻常百姓，他是封家仅次于家主之人，谁能动到他的头上，谁又敢乱动到他头上？

封徽铭眼珠微凸，盯着面前这位陌生公子。有一瞬间，他几乎以为是对方干的。有如此浩瀚威压的人，又是在如此近的距离，想要操控他似乎不算难事。

可很快他就意识到不对。这人显然是来问话的，他想要问明白的就是这些事，何必操控他说出答案？这讲不通啊。

那便是另有其人了。

封徽铭看着那位公子，试图告诉对方：我方才所言皆是假话，那并非我想说的，而是有人给我动了手脚，不要听信！

但这句话，他依然讲不出口。

那位公子的目光始终落在他脸上，似乎将所有挣扎都看了进去。对方轻轻蹙了一下眉，复又松开。过了片刻，那人问道：“这样吧，我换个问题。”

听到这句话时，封徽铭的眼泪差点儿淌下来。他感觉对方应当看出了他隐藏在表情和话语之下的挣扎，但不能确定他是真的，还是装的。

那位公子又问：“你们封家同落花山市的封禁之地，有何关系？”

没有关系！封徽铭在心里喊得声嘶力竭。他做好了又要说不出口的准备，却见那位公子眯了眯眼，轻声重复道：“没有关系？”

直到这时，封徽铭才发现自己这次居然说出了话，而且并未被更改，原模原样地说了出来。

他先是一喜，心说总算将实话讲了出来。但他转瞬又是一惊……因为他意识到了另一个问题。

倘若他这次也说了相反的话，说“关系深重”，那么他相信那位公子定能看出来他不对劲，并且十分笃定。可偏偏他这次说了真话。

在对方眼里，“被操控”一说就很难成立了。真被操控，为何一句真、一句假呢？

这样半真不假的话，反而会让人觉得是他自己在故作玄虚。

封徽铭僵在原地，这次他真的满身冷汗了。明明没说几句话，他却感觉自己脑袋嗡嗡作响，一团乱麻。

他试图向那位公子解释：“落花山市众人皆为缚，这点我家确实知晓。那些灵魄被镇在封禁之地，我们也确实有些耳闻。毕竟整个落花山市都由我家照看。但为何挑中那些灵魄，又是如何将他们聚在一块儿，我……我封家真的一无所知。”

他飞快地说着。为了解释一句，便不得不从头开始讲述：“此事说来话长，当时我还年幼，这些事大多是从父……从家主那里听来的……”

一个时辰前，那位年轻公子未及眼底的笑意还在眼前。这会儿，封徽铭又在乌行雪脸上看到了相似的笑，慌乱和恐惧之感简直变本加厉。

他不再挣扎，扫了一眼封家众弟子，又看了一眼封殊兰，攥紧手指长叹了一口气，终于下定决心：“好……好，再说一遍就再说一遍。”

他试图回忆自己慌乱之下，在百宝书阁都说了些什么。却发现脑中一片空白，十分混乱，只能记起只言片语。

但在萧复暄和乌行雪两人的目光下，他多沉默一刻都觉得喘不上来气，于是只能循着那只言片语，说道：“家父……家主说过，当年神木常为一些心思不正的人所用，引起诸多祸端，以致有人无辜惨死，还有人无辜受连累。虽然那些心术不正之人最终没能落得什么好下场，也遭到了报应，但几经扰乱之下，众人皆知神木确实不适合再那样生长在人间，应当藏匿于世人触碰不到的地方。这便是封禁的由来。

“而我封家最早不姓‘封’，据家主说，早先的俗家姓氏被更改过。更改的缘由就是神木……

“因为神木被封禁于落花台，而我门受托照看这一带，以防神木禁地被人误闯，再生祸端。所以我门改姓为‘封’，虽然不像上仙那般受天赐字，但算有几分相似了。

“所以，这落花山市的人如何……我们确实知晓。封禁之地在何处，我们也确实知晓。但这就是全部牵连了。至于其他，真的与我门无关。”

封徽铭又道：“至于灵魄……”他下意识朝掌柜那边看了一眼，似乎有所顾忌，像是不想在“缚”面前提起这茬。

但他最终一咬牙，继续说道：“那些灵魄为何聚集于此，又禁锢于此，那就得问真正给神木落封的人了。”

他说“给神木落封的人”时并没有什么迟疑犹豫，就好像他知道是谁落的封。

倘若真如他所说，封家是受命在此照看禁地，还因此得姓为“封”，那他们算是和神木息息相关，所知比仙都诸仙多倒也正常。

乌行雪想了想，问道：“给神木落封之人是谁？灵台？”

“不是。”封徽铭摇了摇头，沉声道，“最先决定要将神木封禁的，正是神木自己。”

听到这句，乌行雪眸光一动：“神木自己？”

封徽铭顿了一下，看向他，表情也有一丝怔愣：“是……”

先前在百宝书阁，这位公子听到这句话时，就没有这样的反应，只是沉静如水地听着。

两次反应不同，封徽铭便又有些不安。他心想，这又是在诈我了！

“确实是神木自己，绝无半分虚言！”封徽铭差点儿竖起两根手指对天发誓，但他又想到，这话他是从家主那边听来的，并没有亲眼见证。于是迟疑一瞬，还是没有发这个誓。

“我所听闻的确实如此。”封徽铭道，“封禁神木，其实是神木自己所为。禁地是他自己圈的，禁地内的刀阵、火阵乃至玄雷，也是他看着布下的。整个禁地里的所有，都是神木所知悉的。

“他看着神木被封得严严实实，不再给人以可乘之机，才离开落花台，去了仙都。”封徽铭像煞有介事地说着，说完一抬头，看到了乌行雪一言难尽的脸。

封徽铭：“……”

他犹豫片刻，终于顾不上是亲眼所见还是亲耳所闻了，竖起两根手指道：“我对天发誓，一个字都不曾杜撰。确实如此。”

说完这句，又过了良久，他听见对方轻声问了一句：“你说对天发誓，这誓我能当场发上十个八个，有什么用呢？我不信这个。不如你告诉我，谁能给你做证？”

谁知封徽铭怔了片刻，居然点了点头说：“有凭依的。”

这下，乌行雪是真的被挑起了无边好奇心。不仅他，在场所有人都定定地看着封徽铭，包括封殊兰。她皱起眉道：“你在说些什么话？”

封徽铭一日之内被人折磨了两回，第一回还能靠口舌功夫，第二回只觉得心力交瘁，说不动了。

他张了张口，欲言又止。良久之后，像是做了一个极为艰难的决定。

他垂着眸，冲乌行雪和萧复暄说：“我知道，你们既然一次又一次这么问询，即便我舌灿莲花，反复说上数十遍，你们也难全然相信。不若这样吧……”

他说：“同我回封家，我带你们去看。毕竟……眼见为实。”

乌行雪愣了一下。他着实没想到封徽铭会主动请他们去封家，于是下意识朝萧复暄看了一眼。

先前他通过种种迹象，推测这落花山市应当不是幻境，而是真正的过去。

但那也只是推测。若是推测错了，那么当他们踏出落花山市的那一刻，幻境就会支离破碎、崩塌消失。

封家也好，禁地也罢，都会同幻境一并消失在山雾里。想到这一点，乌行雪其实有些迟疑。

却听见萧复暄借着扣住他的剑气，淡声开口：“真是幻境也无妨，禁地我进得了第一回便进得了第二回，封家你既然问了两次，便能让你问第三次。”

乌行雪愣了一下，笑起来。他忽然觉得，眼下自己魔气缠身、锁链缚体，除了杀招什么都使不出来。本该障碍重重，每走一步都两手带血。

可因为某个人的存在，他居然来去自由，百无禁忌。

第 49 章 分灵

萧复暄站起身时，收了笼罩整座客店的威压。

封家小弟子们感觉身上骤然一轻，顿时能动弹了。但他们左右对视一眼，愣是没敢动，眼巴巴地瞅着他们家做主的人。

可惜做主的封徽铭根本顾不上他们。他绷着脸，从地上起来的时候理了理衣袍，姿态并不凌乱，脸侧却浮着一抹薄红。

“徽铭长老，你……”封殊兰深知他的脾性，看了他好几眼。

“我没事。”封徽铭打断她，语气斩钉截铁。他刚刚情急之下说了很多，这会儿缓和过来，越想越觉得狼狈。可惜覆水难收，众目睽睽之下，他只能强撑着架子。

封殊兰扶他的时候，压低声音道：“你不该将人带回封家，不论怎样，起码得知会家主。”

封徽铭皱着眉道：“我有分寸。”封殊兰瞥了他一眼。

封徽铭又补了一句：“更何况家主说了，他不便的时候，我可以全权做主。”

封殊兰没再多言。她转头扫了那些小弟子一眼，抬高了调子道：“都傻着做甚？不站起来等我扶你们？”她长着笑唇，却并不爱笑，语气直接得有些辣。她常年管着弟子堂，小弟子们本就怕她，自然不敢等她扶。

他们手忙脚乱地爬起来，抖掉身上的缚灵锁，又互相揭掉脑门上的封喉符，才慢慢有了声音，但依然贴在墙角。

封殊兰：“来这边。”小弟子们乖乖聚过来。

封殊兰侧身让开，指了指萧复暄，冲弟子们冷声说道：“来谢上仙。”

小弟子们：“？”他们着实想不通，自己作为被绑的，为何还得去谢绑匪？

就连萧复暄本人都有些意外，朝封殊兰瞥了一眼。

小弟子们确实有点儿怵，但困惑压过了一切：“谢什么啊？”

封殊兰：“谢他们手下留情。”这话说得很妙，现在就把“手下留情”四个字丢出来，听到这话的人想不留情都不行。若是之后再发生什么意料之外的事引起冲突，这些小弟子也能免于一难。毕竟都当面道过谢了。

这办法对世俗中常讲情面的人来说，十分有效。可惜萧复暄并不是这种人。

但这并不妨碍乌行雪觉得这姑娘性格有点儿意思，起码比封徽铭有意思。很显然，这么觉得的人不止他一个，宁怀衫拱了医梧生一下，悄声问道：“你之前说什么来着？这丫头后来成了……”医梧生没忍住，打断了他：“这什么？”

宁怀衫不喜欢被打断：“丫头啊，怎么了，叫你了吗？这么大反应。”

医梧生：“……”他觑了宁怀衫好几眼，实在想不明白，这小魔头自己生得像个十五六岁的少年，怎么会热衷于用长辈的口吻叫别人。

医梧生好心提醒道：“别忘了这是数百年前，照理说，她算你前辈了。”

宁怀衫冲封殊兰的方向努努嘴：“我管她叫一声老前辈，然后说是你让的，你猜她会不会拎着剑来剁你的嘴。”

医梧生：“……”

“会。”乌行雪的声音轻插进来。宁怀衫立马收了气焰：“城主。”

在封殊兰同弟子们交代事宜的间隙里，乌行雪隐约听见了宁怀衫和医梧生的对话，好奇道：“你方才说，这姑娘后来成了什么？”

医梧生正要开口，宁怀衫抢答："家主。"

乌行雪"噢"了一声，既意外也不意外："你连这都知道？"

宁怀衫："那是！"他难得被城主夸一回，十分来劲。立马掏出了自己从医梧生那里听来的话，开始显摆："她是封家上一任家主，不过很早就不在了。"

乌行雪听完却有些纳闷："上一任？"

宁怀衫："对呀。"

乌行雪："进照夜城时，你说起如今照夜城的城主薛礼……"

宁怀衫"啧"了一声，并不是很想听到这位新城主。

乌行雪指了指医梧生："先生当时说，那薛礼是故交之子，是封家上一任家主的幺子……那不就是这姑娘的儿子？"

宁怀衫愣了。乌行雪道："这年岁算来有些奇怪啊。"

医梧生出生于百年之前，而眼下的落花山市起码是三百多年前。当然了，仙门中人寿数很长，数百年不成问题，但听起来还是差了辈分，多少有些古怪。

宁怀衫张了张口。他这回抢答不了，支吾两声，把医梧生推了出去："你来。"

医梧生哭笑不得，但解释时还是正了神色："与我交好的并非这位家主本人，而是她的道侣。我们确实相差一些年岁，算是忘年交，但是……"

"但是什么？"

"但是我觉着不太对。"医梧生想了想说，"殊兰前辈的年龄往前推，推到落花山市这时候，可能要再……再年少一些。所以，我先前在这客店门口听到她的名字，差点儿以为自己听错了，十分诧异。"他说完又补充道："不过我所知所记也不那么准确。"

仙门中人过了百年，就很少再去细细盘算年纪了，更遑论别人的年纪。医梧生摆了摆手道："当不得真，当不得真。"他怕真弄错了闹笑话，主动岔开了话题："相比而言，我更诧异另一位。"

另一位？乌行雪顺着他的眸光看去，看到了封徽铭："为何诧异？"

"他与殊兰前辈年纪相仿，我却从未听说过他。"医梧生声音更轻低了，这话确实不方便叫封家的人听见，否则很容易引发误会。

因为这话乍听起来，总会让人想到不太好的事情，比如……他是过早夭亡了之类。乌行雪脑中却闪过一个念头——倘若真的是过早夭亡或是类似状况，反而会平添几分意难平，更容易让人记住、让人可惜另一位吧？

这么一想，封徽铭的情况就更奇怪了。但从现状来看，这是尚未发生的事，胡乱猜测也不能作数，他们很快就停止了讨论。

一来封殊兰同小辈交代完了所有事，冲他们点头示意可以动身了。封徽铭已经站在了客店门边，正侧身等着众人经过；二来……

主要是二来，乌行雪被天宿上仙引走了注意力。之前说到封殊兰和医梧生的年纪差距时，萧复暄还在旁听着。但后来他不知想到了什么，脚尖一转，人便避到了红柱背面。

彼时医梧生正在说话，出于礼节，乌行雪眸子一转没转，余光却总落在红柱那里。他能看见天宿衣袍一角以及皂靴的靴尖，偏偏又看不真切。

萧复暄垂了手，指间剑气复归平静。他正要抬脚，忽然听见一道声音轻轻响起：“堂堂天宿，偷偷在这儿做什么坏事？”

话语微微带着拖音，有意强调了“偷偷”两字。

曾经有不少人说过，那人偶尔用这种语调说话，总叫人心里有些痒。每回听到这种话，他都会横生几分不爽。那些人以为他是不喜欢听与“灵王”相关的事。其实不然，他只是不喜欢这话从别人口中说出来。

萧复暄转回身，看见乌行雪朝这边探过头来说：“被我抓了个正着。”

他眸光一动，低声道：“抓我做什么？”

乌行雪看着他，嘴唇动了动却没立刻回答。过了片刻又用那种拖拖拉拉的语调说道：“实在好奇。”

“所以你避到这边来，是在做什么？”他问。萧复暄道：“分灵。”

乌行雪愣了一下：“分什么灵？”萧复暄：“灵魄的灵。”

乌行雪：“哪个灵？”大魔头简直把疑问写在了脸上，心说灵魄这么重要的东西还能分？你怕不是趁着我失忆在唬我。

果然，就见天宿眸光扫过他的脸，似乎是唬够了，又道：“灵识的灵。”

灵识听起来就正常多了，毕竟乌行雪之前还见过他灵识离体的模样。

他“噢”了一声，心道，果然学起坏来快得很。但这话他也就心里想想，嘴上问的是：“为何突然要分灵识？”

萧复暄：“以防万一。”乌行雪想起方才医梧生关于封殊兰和封徽铭的话，萧复暄正是听了那些才避到柱子背面来的，估计是也觉得有几分古怪。

乌行雪盘算着：“分一点儿灵识出来能留后手吗？”

萧复暄：“算是。”乌行雪沉吟。萧复暄不知道他在沉吟什么，但直觉不是什么好事。果然，就见那魔头冲他道：“那给我也分一下。”

萧复暄：“……”

天宿一言不发地看着他。明明面无表情，但就能看出来几分头疼……不，哪里都疼的意思。

“乌行雪……”他沉声开口。魔头直觉他要说不，抢先问道：“分灵识很难受吗？”说着魔头还打量了萧复暄一眼，毕竟这人刚刚才自己分过。

萧复暄动了动唇，片刻后蹦了两个字：“不会。”

魔头道：“那不就行了，不难受，还能留后招。不分一下岂不亏了？”

萧复暄：“……”

萧复暄：“那就亏着。”

魔头：“……”

都说天宿上仙软硬不吃，领教了。魔头抿唇看着他，琢磨片刻，转身道：“噢，那我去问问宁怀衫和医梧生，看看他们能不能帮个……”

“忙”字还没出口，乌行雪就感觉自己被人拉了一下。他转回头，就见萧复暄半垂着眸子，沉声道：“手给我。”

乌行雪眼里浮出笑意，把手递过去，但很快他的笑意就顿住了……

萧复暄温热干净的手握住他的瞬间，属于另一个人的气劲顺着相触的地方涌进脉络。那些气劲同天宿的剑意一样张狂，顺着脉络灌进来时根本无法忽略。他能清晰地感觉到那些气劲经过了全身所有命门要穴，关窍全通后又于各处流往心口。

乌行雪的手指几乎是无意识地紧了一下。那些气劲在涌向心脏时忽然缓了下来，近乎温和地包裹上去。在那一瞬间，他听见了萧复暄低低沉沉的声音：“你当灵识是何物，随意就找别人帮忙。”

第 50 章　选择

乌行雪确实不知道找人帮忙分一下灵识会是这种结果，但凡知道，他一定……萧复暄的气劲恰好探进灵识，他眯起眼睛，忽然忘了“一定”后面该接什么话。

他终于明白为何不能随意找人帮忙了。没人能保证灵识被触碰时不会杀了对方，更别说还要按住本能的杀意，冲对方敞开所有命门。

帮忙的人十有八九会死得很惨。但萧复暄没死。

乌行雪半垂的眸子轻眨一下。

没多久，他能感觉到灵识被轻轻拨分出一缕……

那滋味绝对算不上疼，但格外奇怪。不知道只有他这样还是别人也这样，那一刻他甚至生出一些毫无来由的情绪，并不是很妙……

没等他反应过来那情绪是什么，那缕被分拨出的灵识蓦地归于原处。就像水中涟漪，刚漾开两圈就被人稳住了。

乌行雪脱口问道：“怎么了？”萧复暄：“改主意了。”

那些气劲从他灵识中轻轻撤出，却依然包裹着心脏，以至那声音近得就像是从他身体里发出来的，极其低沉。乌行雪怔了一会儿，问道：“改主意？为何？”

“没有为何。”萧复暄道，“我分一点儿留在这里就够了，你不用分。”

他语气沉沉，说得干脆，乌行雪有些不明所以，纳闷儿了一会儿忽然想到……难道是因为自己灵识被分时有点儿不舒服，被萧复暄感觉到了？

萧复暄被他看了一会儿，扔出一句解释：“两道灵识反而会冲突。”

“还有这种说法？”

“有。”

有个鬼。乌行雪道：“凭证呢？”

萧复暄：“……”

天宿那张俊脸变得有些木然，乌行雪看得想笑。灵识被分拨时那点儿毫无来由的情绪便消失得无影无踪，像一场错觉，连他自己都想不起来了。

魔头这时候很敏锐。他看着天宿上仙，特别想问一句“你不是不说虚言吗，为何破例了”？但他没有把这话问出来。紧接着，属于天宿的气劲终于自心脏退开，缓缓回撤。很奇怪，那气劲探进来时他浑身都绷着，觉得不那么自在。这会儿不打一声招呼倏然撤离，他又觉得心下一空。

眼看着那道气劲要完全退出去，萧复暄忽然沉沉开口：“其实气劲能传音。”

乌行雪定定地看着萧复暄：“传音？什么意思？”

萧复暄道：“就是不用张口。”他说这句话时，嘴唇未动。乌行雪却听得清清楚楚，就在自己的身体里。

乌行雪：“……”

堂堂魔头……他在心里自嘲了一声。到了封家，杂人众多，总有想言不能言的时候。若是能传音，确实方便得多。他给自己找了这么个理由。而后，他含糊道：“那你别撤了。”

下一瞬，那缕撤离的气劲又探了回来，乌行雪听见天宿应了一声：“好。”

依然响在他身体里。

乌行雪：“……”

他开始怀疑某人是故意的了。

托传音的福，去往封家的这一路，乌行雪一直心不在焉。

宁怀衫话多嘴碎，在旁边叨叨个不停。他应得有一搭没一搭，似乎还提过一嘴分灵。离开落花山市的那一刻，宁怀衫顺手往界碑山石上拍了一张符，打了个印记。

“虽然方储时不时臭脸讨人嫌，但我人好。”宁怀衫说，“非但不跟他计较，还给他留了口信，免得他真迷路了下辈子都回不到照夜城。”

医梧生不太明白他们这种“帮人忙还要先骂人一句”的邪魔做派，只帮忙把印记敲实。敲完他又怔住，良久后摇头一笑。当初年轻气盛时一定打死也想不到，有一天自己居然会同时跟上仙和邪魔并行，走在数百年前的人间道上。

“你这几天赚大发了。”宁怀衫在旁边说，“别人几辈子可能都碰不到的事，你在这几天里碰完了。你说，往这几百年前跑一趟，你这缕残魂会不会更能活了？再延上几天？”

“你就不要取笑我了。”医梧生道。

“我哪有取笑你！都能回到好几百年之前了，还不是万事皆有可能？再说了……”宁怀衫眼珠一转，忽然抓住医梧生，悄悄传音道，“你变成这模样，追根究底，不就是因为大悲谷下的那个谁吗？”

宁怀衫想了想，继续传音出馊主意：“你这样，我们几个去封家，你别去。”

医梧生：“……”他怀疑这小子憋了半天，就是为了说这句话。

医梧生没好气地回道：“那我去哪儿？”

宁怀衫一脸“你是不是二百五”的模样，道：“你去哪儿？你当然是去大悲谷啊！”医梧生一愣。

宁怀衫道：“也不知道眼下这个时候，那谁死了没，大悲谷地底下有没有那座墓穴。若是没死，那……那你就去拦一拦。若是已经死了，那底下也有墓穴了，你就去把那墓穴封得更严实一点儿。”

医梧生听他说着，没吭声。

宁怀衫：“彻底断了那人从墓穴里出来的机会，你不就不会变成这样了吗？啊？”宁怀衫说着，还摇头自叹道：“你看，你差点儿要过我的命，我还这么给你出主意，大度成我这样的人真的不多见了。”

医梧生：“……”他拱了拱手，很配合地表示了钦佩和感谢，表情却有一瞬间的出神。宁怀衫说的那些，确实诱人。太诱人了。

他自小入仙门，又爱听市井杂文，听过诸多关于“如何起死回生”“从头来过”的传闻，好像只要“人活在世，终有一死”，就必然喜欢钻研这两件事。

现在想来，那些传闻恐怕大半都有神木的影子在里面，都是以那为根基的。

当年他听着那些传闻，总会同花照亭和花照台聊上几句，最终都会下结论：有悖天理人伦，不可为。直到此刻，他才发现，当年的“不可为”说得太过轻巧了。他也终于明白，为何封徽铭说到神木，会说“神木确实不适合再那样生长在人间，应当藏匿于世人触碰不到的地方”了。

你看，现在从头来过的机会就横在面前，宁怀衫在旁边劝个不停。他一直听着，含糊应着，却说不出那句最简单的“不行”。

“这儿就是岔路了。”宁怀衫像个蛊人的妖怪，“这边往大悲谷，那边往封家，你可想好了，半途再改主意很丢人的。”

医梧生脚步猛地一刹。他们已下到山底，确实有两条清晰的路。在旁人眼里，一边是通向大悲谷的车马道，另一边是进城的官道。但在他眼里却不同——

一边或许能活，一边维持现状、必死无疑。

“我……”医梧生怔然出声。一旁的乌行雪和萧复暄转头看过来，他才反应过来他这句没用传音，不小心攥着纸说出了声。

“怎么了？”乌行雪问道。医梧生看看他，又看看萧复暄。

“我……”医梧生道，“有东西落在山市了。”

天宿上仙的视线落在他身上，都说这位上仙冷眸如星，含着剑意。哪怕问心无愧的人被他盯上一会儿都会心慌犯怵。更何况……他问心有愧。

医梧生垂了眸道：“几位先行，我回去找来就跟上。”他没抬眼，看不到乌行雪和萧复暄听见这句话时作何表情，信还是不信。

过了良久，他听见乌行雪道：“好。”

最终，城中的官道上除了封家一众之外，只有三个人，医梧生不在。

先前撺掇人的是宁怀衫，现在头一个后悔的还是宁怀衫。因为他发现医梧生走后，整个氛围都落了下来。封家人自然高兴不起来，个个缄默不语，只有脚步声在城里回荡，重叠。但他家城主和天宿的表情也不太对。

“宁怀衫。”乌行雪忽然开口，轻轻叫了他一声，漆黑如墨的眸光转过来。

宁怀衫不知为何打了个寒噤，头皮蓦地发麻。

“你跟医梧生说什么了？”乌行雪问。

宁怀衫一抖：“也……也没什么。”没等乌行雪再开口，他低下头道：“就是一些……一些……哎，他不是要死了吗，我就说他其实可以做点儿什么。”他越说声音越小，越说越觉得脖子发凉，感觉自己似乎作了死。

他直觉城主此刻很不高兴，悄悄瞄了一眼，却见他家城主抿着没什么血色的嘴唇，看上去不像是生气，更像是有些……遗憾。但这种“遗憾”的神色，出现在常人身上还好，出现在魔头身上，有时候比单纯的不高兴还要吓人。

宁怀衫忍不住想，为何会露出这种表情？遗憾什么呢？他百思不得其解。

其实乌行雪自己也不知道，只是在听说“他其实可以做点儿什么”时，脑中没头没尾地闪过了“可惜”两字。

就好像他曾经常看见这种事，常生出这种情绪，成了一种下意识的习惯。而等他反应过来时，发现自己的手指居然摸了一下腰边，就好像……在摸并不存在于那里的一把剑。

太奇怪了，我摸剑干什么？他看了一眼自己的手指，突然听见萧复暄的声音在心头响起：“乌行雪。”

乌行雪手指一蜷，转头看他。萧复暄：“我灵识跟着呢。”

乌行雪愣了一下才反应过来，在心里直接传音道：“你说医梧生？”

萧复暄：“对。”

乌行雪忽然放下心来，刚好听见封徽铭的声音从前面传来：“到了。”

数百年前的寒夜冷得惊心，前夜下过雨，官道上覆着零碎的冰，城里笼罩着冷雾，那些防风灯笼在雾里化成了一团光亮。

灯笼最多的地方隐隐有仙门禁制的痕迹，正是封家。封家是这座城里最大的仙门，同桃花洲的花家不同，封家府邸带着几分官家气质，门额宽阔，檐角高飞，还有一座极高的塔楼立在其中，显得整个门派气势恢宏，像座城中城。

仙门在挑府宅时一贯讲究，灵气风水都要细细考量，并不是随便划一块地皮。所以一般而言，踏进任何一座仙门都会有灵气滋体的感觉。可乌行雪踏进封家时，却觉得浑身都不舒坦。虽然灵气充沛，却说不出的别扭……

偏偏旁人神色如常，就连萧复暄似乎都没有这种感觉。

第 51 章　密地

“不舒服？”萧复暄的声音蓦地响起来。

乌行雪一愣，心想我还没说话呢。萧复暄又道：“能感觉到。”

乌行雪：“……”

这也能感觉到？

萧复暄“嗯”了一声。

大魔头终于觉得气劲这玩意儿有点儿离谱了。但之前是他主动开口让萧复暄别撤的，现在再反悔就显得他犹豫不决，很不讲理。

哪怕他之前还说过“魔头从来都不讲道理”这种话，这会儿却没记起来。可能是被天宿上仙一句又一句的，给震忘了吧。

他这会儿也有点儿灵魄一分为二的意思。一半试图维持泰然自若、风雨不动的状态，说，只是不习惯如此传音，倒也不至于到“要反悔”的程度；另一半却道，居然还没到“要反悔”的程度？你自己也横竖有点儿离谱了。

大魔头沉默片刻，感觉这两半比宁怀衫还碎嘴子，烦人得很，索性全扫了。他清净了没多会儿，突然反应过来……之前他只是随便想想，天宿上仙就能听见，还答他了。

这会儿他就“反悔不反悔”琢磨了半天，天宿却一声不吭。

乌行雪：“？”

“萧复暄。”乌行雪道。气劲动了一下，天宿上仙“嗯”了一声。

乌行雪：“我方才瞎琢磨了些，你听见了吗？”

天宿道：“没有。”

乌行雪：“……”这就是所谓的时聋时不聋吗？

大魔头盯着身边的人。

萧复暄由他盯了一会儿，转眸瞥向他：“怎么了？”

大魔头：“……”

过了好一会儿，他才蹦了一句：“没怎么。”

他就是在想……当年仙都那些说萧复暄不通人情的人是瞎吗？

封家的守家弟子们提着灯笼匆匆而来，先是冲封徽铭躬身行礼道：“长老。”而后才冲封殊兰道：“仙长……”

尽管有先后顺序，也看得出来封徽铭在门中地位更高。但这些弟子都是弟子堂里长大的，他们对封徽铭是敬重，对封殊兰则带着几分讪讪。

一眼就能看出来，同后者更亲近一些。

“长老这是？”守家弟子们的灯笼举成了一排，照过三位来客。因为更深露重，雾气又浓，他们乍一眼也没看清脸，只觉得都是陌生人。

封家惯常不缺来客，但深更半夜登门的，实在屈指可数——要么是救命的急事，要么是不怀好意的险事。眼下这三位显然不是后者，毕竟是封徽铭和封殊兰带回来的。但也不像是前者，因为他们面无焦色……

相比而言，倒是封徽铭和封殊兰的脸色一个赛一个地难看。

“长老。”守家弟子们并不想在这种脸色之下给人添堵，但他们身带规矩，不得不硬着头皮行礼开口，“家主的规矩您知道，子时之后、辰时之前是门内自省自修的时辰，不迎客的。这会儿正是寅时，倘若真要迎客，就得禀报家主，可是……”

别说这些守家弟子了，就连封徽铭可能都不想这个时辰惊动家主。

守家弟子们简直左右为难。

封徽铭一听要禀报家主，脸色更难看了。之前那位公子悄无声息地出现在百宝书阁就是在子时之后，所谓“不迎客”的时辰，他还不是照样迎了？!

他一手背在身后，板着脸冲守家弟子道：“之前弟子堂收到符纸的事，听说了吗？”

守家弟子讪讪道：“听说了一二。”封徽铭沉着脸：“听说了还挡在这里？”

守家弟子们面面相觑：“我们一直在四处巡看，听说得不是很细，只知道一部分师弟、师妹入了险境，长老和仙长带人去救了……”

他们方才扫过一眼，封徽铭和封殊兰身后跟着小二十名弟子，齐齐整整，应当是都救回来了。不，是肯定都救回来了。

他们好歹是世间最大的仙门之一，风头比起花家也不遑多让。封徽铭和封殊兰又是这一辈中的翘楚，他俩都一块儿出门了，必定出不了事。

领头的守家弟子生怕惹恼了封徽铭，挑了好听话来夸：“各位师兄弟，师姐、师妹们安然无恙就好，果然咱们长老和仙长出马，什么险境都不在话下……”

他一边夸，一边背手摆了摆，示意身后的几位弟子赶紧先行一步去请家主。结果马屁拍着拍着，发现被拍的人脸更黑了。

不仅如此，就连那些脱离险境的弟子也一脸菜色，偏头的偏头，扶额的扶额，更有甚者，趁着封徽铭和封殊兰看不见，冲他疯狂使眼色。

守家弟子满头雾水，努力分辨着其中一位师兄的口型。片刻之后，他总算看懂了……

那位师兄说：脱离个屁。守家弟子：？

那位师兄冲三位来客努了努嘴，无声又夸张道：险境都跟上门了，要不长老脸拉这么长呢，你傻啊！

守家弟子反应片刻，猛地看向那三位来客。

“我发现你这家门还挺难进的。”乌行雪终于没忍住，冲封徽铭道。他语气并不阴沉，相反，不紧不慢、风度翩翩的。但封徽铭领教过他的威压和脾气，当即牙关一紧。

“年轻弟子循规蹈矩惯了，不知变通。上仙……”封徽铭并不知道乌行雪有何来头，但他之前承受的威压里满是仙气，同后来的天宿萧复暄相差无几。稳妥起见，他挑了最高的称谓道：“上仙多担待。”

结果说完他就发现，这两个字根本不稳妥。因为乌行雪先是一愣，接着轻笑一声。笑意还未消，表情却已然淡了下去。

封徽铭脑子疼。他心下一阵烦躁，冲守家弟子一抬袖——

封家纯烈的剑风便猛扫出去。

守家弟子显然没料到这一出，毫无防备地被扫了个正着，数十人被剑风猛推十丈，狠狠撞到了石屏风上。

“徽铭长老！”封殊兰怒叱出声！

“殊兰，不要碍事！我有分寸。”封徽铭在疾转的剑风中沉声喝了一句，接着拔剑一劈——

乌行雪只觉得满城浓雾都聚到了这里，封家众弟子，包括封殊兰都淹没在了雾里，不见踪影也不闻其声。

倒是封徽铭长剑所劈的方向，百盏灯笼凭空出现，在雾里照出了一条道。

封徽铭道：“这是我封家密地，其他人，包括殊兰都从未来过，是当年家主同我说神木之事时指给我的，里面保有当年神木被封禁时余留的仙迹。”

乌行雪眯眼看过去，就见浓雾之下，封家那些恢宏的楼阁都消失了，唯有那座高塔影影绰绰地立在雾中。那层层叠叠的廊角飞檐只剩模糊的线条及轮廓，乍一看，居然有几分参天大树的影子。

看到那座高塔的时候，那股别扭和倒错感山呼海啸……扑向了乌行雪。

封徽铭还欲再说，却忽然打了个哆嗦。就好像整个封家，不，整座城的温度都骤降下来。

他听见脚下传来哔剥轻响，低头一看，就见地面转眼结出了一层苍白冰霜。寒气从脚底直裹上来，冷得他一阵一阵地起寒惊，就连脉络里的血都似乎要冻上了。

封徽铭赫然一惊，再抬头时，就发现身边空了。而极远处的高塔之下，无声无息地多了一道长影。

那是乌行雪……

紧接着，天宿冷眸一扫。下一瞬，高塔之下又多了一个人。

密道上只剩封徽铭和宁怀衫大眼瞪小眼，面面相觑。宁怀衫搓着胳膊跺了跺脚，道：“冻死我了。嘶——姓封的，上一回我家城主这副模样，你猜发生了什么事？”

封徽铭：“……”他并不想猜。

他眸光落在远处那两道人影上，心里却飞速盘算着。

他当然不会真的冒冒失失带几个陌生人来看自家的秘密，哪怕陌生人来历高深莫测，是仙都上仙。他之所以这么干脆利落，就是因为这处密地。

很久以前，家主带他来这里时就说过：“这密地还有神木残相，就连我进去都得费一番劲，无关之人更是不可能随意乱闯。”

他当时问道：“如若闯了呢？”家主说：“那就是死无葬身之地。”

他见识过乱闯之人究竟是如何“死无葬身之地”的，哪怕是仙都抵挡不住。

他原本打算到了这里就设法摆一些小计，引得这三位来客冲动一下，或是犯点儿小错。那么不用费力，他就能将麻烦解决得干干净净。

谁知事情进展比他预料的还要省事顺利，他连计都没摆，那两位就冲上去了。身边所剩不过是个随从喽啰。

封徽铭保持着惊疑神色，正想要将宁怀衫也引向高塔。结果刚要张口，就猛地刹住。因为那两位比他想象的还要自负，仗着自己是上仙就无所顾忌。就见那位逼问过他两回的公子抬起了手，已然碰到了高塔玄门。

来了。封徽铭下意识闭了一下眼。高塔之上闪过一道巨雷，煞白的电光亮彻玄天。接着，震耳欲聋的雷声响了起来！

那堪比天劫的雷电直劈下来，眼看着就要落到那两人身上……

封徽铭等了一会儿，没等到惨叫和巨响，纳闷儿之下悄悄睁开一条眼缝。然后他就看见了让他目瞪口呆、毕生难忘的一幕。

那巨雷戛然止于那两人身前，片刻之后，居然又轰轰烈烈地收了回去。

封徽铭：“？”

紧接着，就听一声霍然巨响。那座“无关人等不得擅闯”的密地居然主动冲那两人打开了门。

封徽铭：“？”

第 52 章　落英

“什……”封徽铭这下真的陷入了震惊中。

“这怎么可能？”他难以置信地说着，眉头拧出了几道褶，“不可能的，不对……绝对不对。”

“有这么吃惊？”宁怀衫原本要跟上乌行雪，见封徽铭这副表情，又改了主意。他刹住脚步倒退回来，眯眼观察着封徽铭的神态，道：“你家这密地莫不是有什么关窍？噢不对不对，关窍肯定是有的，要不怎么叫密地呢。但是你这样子，会让我觉得……”

宁怀衫舔了舔一侧尖尖的虎牙，一把钩住了封徽铭的肩！这姿势乍一看有点儿哥俩好的意思，但他手指扭曲成了爪状，离封徽铭的咽喉极近。

宁怀衫的气劲远不如他家城主那样逼人，但指尖却迅速成了青黑色，但凡懂一点儿的人看了便知，那代表毒术已经练到了炉火纯青的地步。只要需要，他浑身上下，连头发丝都可以带上剧毒。

“你！”封徽铭反手便要刺他一剑，瞥见了他乌青的手指，又猛地僵住了。

其实常态之下，宁怀衫不可能这么轻易地钩住封徽铭这样的人物，偏偏后者过于震惊，给了他可乘之机。

“欸？”宁怀衫就着这姿势，小流氓似的问道：“长老，你交代交代，为何如此震惊呢？我想不通啊。我方才以为那道惊雷是你家设来保护密地的禁制，但瞧你这模样……不像啊。

“倘若真是你家自己设的，一不小心被我家城主……”宁怀衫顿了顿，虽然他真的很不喜欢仙，但为了气势上再翻一番，“还有天宿上仙破了，也没什么吧。还是说，那雷是什么……”

宁怀衫手臂一勒，将封徽铭弄得低下头来：“碰了就必死的东西?！嗯?！”问完，他脚下悍然用力。就听咔咔几声响，封家的灰石地面碎出裂纹。

下一刻，就见宁怀衫钳制着封徽铭，在不断响起的碎裂声中一步数十丈，瞬间便生生将他拖到了高塔面前。

“城主！”宁怀衫将封徽铭朝乌行雪和萧复暄面前一甩，凶神恶煞地告状道：“这厮怀着杀心呢，叫我发现了！”

“噢。”乌行雪轻轻应道，“我说怎么这么好说话。”好歹也是封家堂堂长老，盘问几句就交代，还要主动带人上门，没埋伏点儿什么才叫奇怪呢。

他这会儿神色依然很淡，在宁怀衫看来那就是心情极其不好了。

封徽铭也感觉到了，似乎有点儿怵，辩解了一句：“我没有。我只是没料到二位如此心急，不等我开道就直接过来了。”宁怀衫冷笑一声，不信他的话。

封徽铭还陷在震惊中，毕竟巨雷收回去这种事见所未见，闻所未闻。更别提密地主动开门了……

他辩解完，眼珠一动不动地盯着乌行雪和萧复暄：“你们……你……你究竟是仙都哪位上仙？”

萧复暄的名讳他自然知道，按理说就算天宿来此，也不至于如此特殊。唯一未知的，就只有另一位了。他脑内隐隐闪过一个念头，没等他想明白，就听乌行雪开口道：“我？我从头至尾都没说过我是仙吧？”

封徽铭一惊！那模糊闪过的念头便烟消云散了，因为他听见这句话时，终于感受到了对方身上源源不断流泻而出的邪魔气，比他打过交道的任何邪魔都要浓重。

封徽铭：“……”

乌行雪撇下这句话，便没再管过封徽铭。他的目光落在高塔洞开的门内，那种别扭的倒错感越发清晰，以至于他能感觉到那是一种熟悉和陌生交织的感觉。这里有他极为熟悉的东西，曾经与他血脉相连。但这东西现在变得极为陌生了……

高塔的门是黑色的，极高极重，像两块完整的玄铁。门内布置和寻常塔楼一样，有供台，有用以盘坐冥思的蒲团。四角高高吊着灯烛，火焰泛着暗红色，在风中微晃，照得塔内影影绰绰。那光影并不令人舒服，看一眼就心生焦躁。

宁怀衫拉着脸扯了扯领口，小声咕哝道："这鬼地方看得我浑身冒汗。"

那些燃烧的灯烛有股淡淡的香味，并不难闻，甚至十分好闻。但多闻几下便会让人头昏脑涨。

宁怀衫转头在鼻前扇了扇，感觉到了一阵窒息。他踢了踢封徽铭问道："这是什么灯？！闻得我犯恶心！"

封徽铭紧抿着唇，没抬眼。

宁怀衫又道："问你话呢！"

封徽铭才咬牙道："药烛，没什么害处。"

他这会儿心思极乱。原本算计好了这三人会死在高塔前，现在算计落了空，还让他们轻轻松松打开了高塔大门。这么一来，他就不是"有分寸"了，是真的引狼入室。更何况这三个人里，还有两个是邪魔。

那些守家弟子定会通禀家主，要不了多久家主就会赶过来。他可不想到时候场面弄得太过难堪，显得他好像是封家的叛徒似的。

他还得想想办法，把这三人清理掉。

"药烛？好好的灯烛里放什么药？"宁怀衫又踢了他一下。

封徽铭显出一副忍气吞声的模样："自然是有需要才放药。"

宁怀衫"哼"了一声，咕哝道："你最好别耍什么把戏。"他心里忽然有点儿后悔——要是没把医梧生忽悠走就好了。他擅长的是毒，医梧生才是以丹药出名，这种时候比他管用，说不定嗅一口就知道放了什么药。不像他……每次试药，都活像脑子有点儿大病。

宁怀衫悄悄翻了个白眼，认命地伸头进塔，一副大傻子的模样深深吸了好几口，就差没踮脚去够灯烛了。

乌行雪头一回见他这样，简直满头雾水。没等问出声，就见宁怀衫缩回来，看着自己指尖的青黑慢慢退下去，道："城主，不算毒，不致命。"

对他们照夜城的人来说，毒药就得立竿见影，不致命的都算不上毒药，顶多是影响发挥的小玩意儿。

封徽铭道："当然没毒。我一介仙门，在灯烛里放毒做什么。知晓这密地的人屈指可数，难道点来毒自己吗？"

他深谙一些道理，若是把这灯烛说得全然无害，那但凡有点儿脑子的人都知道是假的。可直接全盘交代，又显得他再次留了后招。

“噢，你家这么傻呢？都是密地了，居然敞着大门，一点儿防备都没有？”宁怀衫没好气道。

封徽铭脸色略显出几分狼狈，做出一副不甘不愿的模样，半晌才含糊道：“确实不算毒，这药烛顶多就是让误闯的人犯些迷糊……”

“就只是犯些迷糊？不像吧。”乌行雪说着，搓了搓自己的指尖。他之前若是要行杀招，周身气劲转瞬就能凝聚于掌中，几乎是一种本能。可这会儿他运转了两周，气劲依然聚不到手指上，像是一盘捏不紧的散沙。

封徽铭将乌行雪手指的动作看进眼里，又瞄了一眼萧复暄。他心里比谁都清楚，这灯烛除了让人犯迷糊，最重要的就是软化气劲。仙又怎么样，威压如海又如何？聚都聚不起来，同他们这些人间修士又有何区别？

果不其然，就见天宿上仙也蹙了一下眉。封徽铭心下一喜：成了！

哪怕天宿没说话，他也知道，这是受了药烛影响，凝不起气劲了。不过单单是气劲受影响，威压不再那么强势，并不至于让封徽铭就地翻身。对方三个人，他一个人，局面依然是他落下风。

这是谁都明白的道理。封徽铭要的就是“谁都明白”。如此一来，这三人便不会将他作为威胁，还是会进到塔内。

一旦进入塔内，那就好办了。

这座高塔密地，他和家主最常去的是一层和二层。这两层借了一点儿神木残力，由神木的生死轮转、半枯半荣之相衍生而来。

一层是“荣”，属至阳，寻常人身在其中燥热难耐，汗流浃背，心焦不止。若是久待，便会经脉暴突，严重点儿则会爆体而亡。

二层是“枯”，属至阴，严寒彻骨，寻常人若是久待其中，浑身经脉都会渐渐凝冻，再也流转不起来。

仙门修行之人，常会因为一念之差，气劲运转出岔，走火入魔或是旁的什么。有时极冷，有时极热。修为越高，出岔子时就越难压制。

这种时候，这两层就成了绝佳的闭关之地。封家历代人里，需要借这两层修炼者凤毛麟角。上一辈只有家主，这一辈只有封徽铭一人。他们每次进来时，都需要含一粒特制的护灵丹在舌下，消减这两层一半的神力才能堪堪承受。

其他人，哪怕是仅次于他的封殊兰，来了这里也只有惨死。

封徽铭是如此打算的。这三人气劲难聚，威压皆消，同人间修士无异。就算他们是家主那个层级的，或者比家主还要再强一些，在没有护灵丹的情况下依然是死。他心里这么想着，嘴上却说：“这密地今日有异状……”

居然破天荒地给邪魔开道。

“如此这般，我也不能保证进去之后不会发生难以预料的险事。”这算是变相警告了。

“倘若三位还是想进去看看，就将我封家自制的护灵丹药吃了吧。”

封徽铭该说的话一点儿没少说，心中自觉已仁至义尽。他从腰间锦囊里摸出三粒金丹，冲那三位摊开手心。即便如此，他也清楚地知道，这三人根本不会吃。换成是他也不会吃的。毕竟，谁知道一个“嘴里真假掺半”的人给出来的是什么药呢？

果然，就见宁怀衫觑了一眼金丹道：“我可不吃，吃完被人阴了我找谁说理去。”

天宿上仙也冷声道：“不必。”至于乌行雪……

这魔头丢下一句“你自己慢慢吃”，便跨过门槛，踏进了高塔。

封徽铭将护灵丹背至身后，心里冷笑一声，暗自道，好言难劝该死的鬼，管你是仙还是魔呢？胡乱犯禁就是要不得！他趁无人注意，含了一颗护灵丹于舌下，跟在萧复暄身后进了塔。

就听“轰隆”一声巨响！玄铁巨门猛地关上！塔内烛光一抖，神木残余的至阳之力便飞速流转起来，如同深海漩涡。

即便含了护灵丹，封徽铭还是一阵心悸。他用舌头死死压着那枚小小的丹丸，像抓着一根保命的浮木。因为他清楚地知道，如果没有这枚护灵丹，他会被卷进那至阳之力中，无可抵抗地爆体而亡。

宁怀衫抹着额角说：“越来越热了，我汗都开始往下淌了。”

封徽铭冷冷看着他们的背影，心说热就对了，开始淌汗就离死不远了，只要我再数上几下……

一、二、三……

封徽铭数到四时，忽然一顿。他听见了一道奇怪的声音——就像是看不见的海潮呼啸着从另一个地方扑打过来。他仔细分辨了一下，猛地抬头。

那“海潮”不在别处，好像是……楼上？！一层是属于神木荣相的至阳，二层是属于神木枯相的至阴，而那海潮声好似是楼上的至阴神力动了起来……

怎么可能？我们明明还在一层！关二层什么事？封徽铭迷惑不已，就听二层神力由上至下撞击过来。

“轰隆”一声，高塔一层的顶部应声碎裂，豁然开了个大洞。

封徽铭：“我……”

这高塔密地在封家存在了数代之久，今时今日，居然被自己轰出了一个硕大的窟窿？至此，他终于开始觉得扯了。

但这还不算完……他看见原本锁于二层的至阴之力裹着灰蓝冷雾，俯撞下来，同一层流转的至阳之力聚合到了一起。霎时间，山呼海啸，天翻地覆。

封徽铭只觉得舌下的护灵丹咔嚓一下碎裂成瓣，酸苦的味道从舌根处蔓延开，凉得惊心。他脑中嗡地一响，觉得自己死期到了，他就要给这三个人陪葬了……

神力成番疯长，长啸着朝乌行雪涌去。

封徽铭心想，这就是今日第一个死人了。他猛撤两步，怕对方爆体而亡时溅得自己满身是血，却见那神力汹涌如潮，在碰到那个魔头时忽然变得细细袅袅起来……

就像瀑布自山巅飞流直下，落到石潭被山道一夹，就成了淙淙溪流。

那汹涌，不，细细袅袅的神力乖顺地钻进魔头血脉里，而那魔头一没青筋暴突，二没血脉崩裂。他的气色甚至还变好了……

封徽铭感觉自己近百年的认知碎成了渣滓——要么他疯了，要么这塔疯了。等他反应过来时，他发现自己整个人贴在墙角，目瞪口呆。

魔头接纳了所有神力，低头看着自己的手，还转头问了天宿上仙一句："你呢，对你有影响吗？我感觉有一部分好像顺着气劲流到你那里去了。"

封徽铭："？"

他不明白为何有人能凭一己之力，承接下神木残力，更不明白这玩意儿为何还能引到另一个人身上。就算你天赋异禀，不会爆体，另一个人也不会吗？

结果另一个人还真就没爆。非但没爆，那些被药烛化开的气劲好像还恢复了！就见天宿上仙试着动了动手指，那泰山罩顶似的威压再一次轰然砸下。

整座高塔被砸得一震，封徽铭默默朝下滑了一节："……"

封徽铭快疯的时候，乌行雪却是另一番心情。他感受着体内的神力，有种古怪的久违之感，就好像他曾经将这一部分割舍于不知名的某处，如今机缘巧合再拿回来，却有些"物是人非"了。

尽管他没有血脉爆裂而亡，但融合得并不是很好。那神力是让他气劲充沛，却也让他冷得更厉害了。就好像本属于邪魔的劫期被加重了。

此时的乌行雪身上呈现着一种矛盾的状态。

他气色没有之前那么苍白了，手指却白中泛着青。有一瞬间，他感觉浑身骨骼都仿佛浸泡在冰水中，极寒让他五感都变钝了，听不清声音，眼前也是一片昏黑。

屋里的灯烛在他眼中只剩下几个亮点，像寒夜远星。

乌行雪神色未变，看起来稳如泰山，在封徽铭，甚至宁怀衫眼中，状态几近巅峰。但他静了一会儿，借着气劲道："萧复暄。"

"嗯？"对方应了一声，因为就响在他自己的身体里，便成了眼下最清晰的声音。纵使五感突衰，他也能感觉到萧复暄的存在。

乌行雪没有将五感突衰表现出分毫，只说道："封家说这里有神木残影，我不觉得残影能有如此神力，这里应当有些别的，远超出残影的东西，比如……"

他眨了眨眼，在渐渐笼罩下来的黑暗和寂静中思忖着："比如残余的枝丫或是类似的东西，你能找到吗？"

"我试试。"萧复暄听到他的话，左右扫了一眼。

神木之力也融了一部分在他的气劲中。正常而言，陌生神力本该是相斥的，但不知为何，那点儿神力在他这里却十分融洽，几乎算是合二为一了。

他一边仔细感知着神木的气息，一边在塔中探寻，没过片刻便蹙起了眉。

若是真有残余枝丫藏在某处，那里的神木气息应当最为浓郁，远超出其他地方。萧复暄却没有找到那个"最浓郁处"，相反，他感觉无论哪个角落都相差不大。

萧复暄思索着，抬眸朝上看了一眼。穿过那个豁开的巨洞，能看到二层的顶，再往上是第三层。

第三层……

萧复暄想了想，抬手便扫了剑气出去。就见金光穿过巨洞，又是一声轰然巨响，整座高塔再次震动起来。断裂的木条、木屑扑扑下落，封徽铭则又下滑了一节。他有些惊惧地看向那层房顶，咽了口唾沫，出声制止："不可！"

萧复暄还抬着手指，转眸朝他瞥了一眼。因为皱着眉，看上去没什么耐性。

封徽铭连忙又道："真的不可，二层的顶不能动！三层去不得！"这一刻，他说这句话确实出于真心。因为他下意识在害怕，甚至顾不上算计。

"为何去不得？"萧复暄道。

"会死。"封徽铭说，"三层往上是禁地。"

高塔三层往上是禁地，那是连他都不敢真正踏足的地方。据说神木被封禁的残相就在其中。

封徽铭离那里最近的一回，是有一回被家主带过来，帮家主护法。他隐约听到上面有十分诡异的人语声，一时好奇，加上自负心作祟，便悄悄上了楼梯。

他记得自己站在楼梯上，伸手去推第三层的门，忽然感觉脖子有些痒。

他最初以为是自己头发扫到了，后来忽觉不对。那天他为了方便，将发尾也束了上去，不可能扫在脖颈后面。

他转头一看，就见那确实是一绺头发……一绺从顶上垂坠下来的长发。

封徽铭猛地一惊，抬头看去。这密地高塔从外面看，层层累累，与寻常高塔无异。但里面不同，三层往上都是相通的，并不分层。

封徽铭抬起头时，只觉得塔顶极高，顶上漆黑一片，顺着塔的形状斜下来。

他身形紧绷，小心在掌中搓出一团火，抬手照了一下。就见苍白如人骨的树枝从高顶上的缝隙里伸出来，交错地顺着高塔屋顶延伸下来。那些树枝像密网，隐约可见网里全是死人。

那绺长发就是从其中垂坠下来的……

他只是惊得愣了一瞬，就感觉心脏一凉！

他低头一看，发现自己心口不知为何动了起来，片刻之后，那片布料被刺破，晕开了血。紧接着，苍白的树枝从身体里面伸了出来，像抽枝发芽一般。

后来，封徽铭只要想起那一天，就觉得自己似乎在高塔里死过一回。那种血液骤停、全身发冷的感觉，他这辈子都不想再体验第二次了。

家主说，那是窥探神木的代价。结果他将这话说给萧复暄听，就见天宿冷冷地看着他，半晌之后淡声开口道："一派胡言。"

封徽铭："……"

他还欲再说，却见天宿剑鞘一响，数百道金光照得整个高塔亮如白昼。

封徽铭仰起头，第一反应是：完了，高塔要塌。

这念头浮起的瞬间，他在木头爆裂和震动的巨响中隐约听见了一句话。那句话顺着气劲，清晰低沉地响在乌行雪心边。

"神木本生于群山之巅，落花覆盖十二余里，见过的人不在少数。没人因为看它一眼而付出代价。

"所谓代价，不过是世人强加。"

整个二层在这句话中变为废墟，不仅如此，整座高塔都摇摇欲坠。

封徽铭下意识地朝他从不敢贸然踏足的三层看去，却见那里犹如一道幽深的洞穴，除了烟尘和带着朽味的风，空空如也，什么都没有。

既没有所谓的神木残相，也没有有关神木的其余东西。

封徽铭先是一惊，接着心里漫起一股荒谬感。一座空塔，唬了他百年？

可是不对啊。若真是空塔，一层、二层的神力又是从何而来？

这疑问冒头时，就见天宿扫视过空空荡荡的高塔，忽然想起什么般沉了脸色。就见他五指一收，那扫出去的剑意瞬间暴涨，就听哔剥碎裂声接连响起，无数裂痕顺着整座高塔的圆柱、椽梁蔓延开来。

那些精雕细琢的木梁在剑意之下一根接一根爆开，又一根接一根垮塌。直到那些木梁砸落在地，封徽铭才发现，那些木梁是半空的，里面嵌着东西……

那些东西在天宿如此强力之下终于显露出来，是一些裹着白玉精的枝丫。

怪不得之前探寻时，感觉四处都有神木的气息。原来，它被掩藏在高塔里。准确而言，有人借它的残枝建了这座高塔。

那些裹着白玉精的枝丫落到地上，沾到尘土的一瞬间，一道通天彻地的虚影显露出来。

那是一株望不到顶的参天巨树，华盖如云如雾，仿佛落霞映彻青天。数不清的花瓣从树上飘落下来，洋洋洒洒，像隆冬天里的大雪。

乌行雪就立在那道虚影之下，落英之中。他这会儿其实看不清、听不见，也感知不到。但被虚影笼罩的瞬间，他脑中闪过了前尘往事。

第 53 章 司掌

乌行雪上一次这样立于神木之下，已经是太久太久之前的事了。

那是神木华盖最盛的一年，是它同人间牵扯最深、最复杂的时候。

总有人试图借神木之力“起死回生”或是“拉回故往重新来过”，这种说法一直零零星星地流传着，成了半真不假的传说。传说就像是蒙于纸下的火，起初朦朦胧胧、含含糊糊。然后某一天，忽然就燎到了纸面上，瞬间燃烧成片。

于是那一年，这种说法一夕之间传遍四海。太多人慕名而来，借着其他事作为幌子，扯着冠冕堂皇的理由，用各式各样、浩如烟海的方式，借神木之力实现他们的祈愿，以期达到一些目的。

而不同人的心思，有时候是全然相悖的。同一座国都，有人期望它长久昌盛，有人期望它早日覆灭；同一个人，有人恨至死，有人盼他活；同一件事，因果相牵的人所念所感也会背道而驰。这些撞到一块儿便容易生出乱子，相互堆叠之下弄巧成拙，最终没有任何人好过……

于是，许多人又开始心生悔意，用尽一切法子回到过去，妄图斩断一些恼人的关联或是改换天命。如此一来，便更糟糕了。因果之下横生因果，人间之外又有人间。就像一条笔直干净的长枝上忽然遍生细枝，那些细枝若好好生长也就罢了，偏偏纵横交错、相互纠缠……

曾经的葭暝之野一带就流传过“鬼孩”的故事。说是一对兄弟少年孤哀，考妣皆丧，相依为生。后来流浪到了南边一座小国都城，挣扎求生之余，常常拾人残页认字学书，机缘之下被人收留。成人后双双拜入国府，颠沛半生终于安顿下来，直至终老都不曾再受什么风雨。

这本是个平淡但安稳的故事，没什么可流传的。偏偏后来横生变故……

有一位修士误入歧途，惨死之前心有不甘，豁出一切布下阵局，借神木之力回到数十年前从头来过。这一遭犹如平湖投石，搅乱了满塘水，以致好好的世间横生出几道乱线。于是，无辜之人横遭祸劫，命数全改，其中就有那对兄弟。他们没能活着踏进那座都城的大门，死在距离都城大门不足一里的地方。

死的时候尚且年幼，身量瘦小，衣衫单薄，饿得骨瘦如柴，甚至连鞋都没有。他们死在一片断垣背后，也许是实在走不动了，夜里借着残墙挡风，想睡上一觉。大的那个还将弟弟护在里侧。

然而……睡下去，就再也没能起来。于是那座小国少了两位年幼的外来客，双双拜入国府的佳话再不会有人说。倒是那片荒野，多了两个懵懂灵魄。大的背着小的那个，来来回回地走着同一段路，却怎么都走不进那座国都。

撞见过那两个小鬼的人，多半吓得落荒而逃。但也有一位善人瞧他们可怜，想替他们超度，却没能成功。因为他们本不该死……

像那修士的人很多，像这“鬼孩”的人同样也很多。一个人心有不甘重新来过，便能横生那么多道乱线。何况百人、千人……神木多存在一天，人间便更乱一点儿，那些颠倒纷杂的线便更多一些。所以它在华盖最盛之时，走到了尽终。

传说神木上承天，下通地，代表着生死轮回，后来听多了凡人悲欢和祈愿，渐渐生出了人的一面。

而那一年，生死轮回剥离神木，化归于天道。化生成人的那一部分，则受天赐字为“昭”，成了最早的仙。他在成为灵王前所做的最后一件事，就是封禁神木。所以封家的人没有说错，那片禁地确实是由他亲手落下的。

那天他站在落花台上，像从前一样抱着胳膊斜倚着枝干，垂眸看着山道上凡人络绎往来。他听见那些伙计、堂倌拖着调子高声吆喝，一个字能转好几个音，像市井间的小曲。那些热腾腾的烟火气上升弥漫，成了山间白茫茫的雾岚。

他一直看着，那株参天巨树安静地立在他身后，就像一道高高的影子。

直到雾岚萦绕群山，再看不清山道。他终于咕哝道：“这人间热闹甚是好看，可惜了……”

可惜以后不能常看了。他转过身，仰头看着神木如云的树冠。他站在散落满山的落英里，能感知到神木不断地绽开新花，又不断地枯萎飘零。

每一朵、每一枝，每一场生死，他都能感知到，所以才会生出几分遗憾来。

他折了一根长枝就地画牢，将神木与那座供奉的庙宇一并划进去，然后一道一道地落下阵来。

风霜雷火，刀剑兵戈。

每落下一道阵，神木便会震颤一会儿，仿佛有看不见的巨大锁链捆缚在枝干上。它从枝丫顶端开始泛起灰白——那是枯萎之相。而神木每受一次创，每多一道锁链，乌行雪都能感知到，就像他能感知花开花落一样。神木枯萎时，他同样有所反应……

这种反应落在人身上，叫作五感皆衰。

他看不清，听不见，感知不到，就像置身于无边孤寂中。

那一场封禁耗了很久，比他以为的还要久。因为封禁时，只要神木显出枯萎之相，遍地的白玉精便会覆裹上树干。

每到那时，乌行雪便会稍稍恢复一些，依稀能看见那净白的玉色。而他总能在那片玉色之中，隐约听见那个少年将军的声音，很模糊的一句话。问他：“很疼吗？”

乌行雪听着，但闭口不答。因为他心里知道，那其实不是听见的，而是因为看见白玉精恍然想起的，是多年以前那位少年将军在树下问过的话。

一道旧时语，却莫名成了那片无边黑暗中唯一清晰的存在。他反反复复听到了很多回，到后来不知哪一次，对方的声音又响起来：“很疼吗？”

他默然良久，终于还是应了一句：“还行，比天劫差得远了，虫脚挠一挠罢了。”毕竟五感衰退，真正的痛是感知不到的，他只是下意识的不舒服，是一种幻象。

等他落下最后一道禁制，真正将神木隐去，已是第三天。神木尽枯时，白玉精已经裹满了枝干，甚至裹到了乌行雪手中折下的长枝上。

可惜，乌行雪并未看到这一幕。

封禁落成之后，乌行雪和神木之间的血脉牵系便彻底断了，他不再与神木同感同知，但封禁对他的影响还有残留。

在极长的一段时间里，他都处于五感皆丧的状态中。

他是仙都最早的仙。

因为自神木化出，感知过生死轮回，承天之灵，所以被封为灵王。

又因为曾经在落花台上俯瞰过百年人间，所以他喜欢人语纷杂的地方，天性偏爱热闹。

偏爱热闹的灵王在黑茫茫的寂静中孤坐了三年，整整三场四季。

五感恢复的那天，恰逢人间三月，杏花大开，暄和暖意随着云气漫上仙都。

乌行雪睁眼时，看见花瓣斜落，在窗台边积了一小片，心情忽然便好了。

他瞄了一眼空空的门额，心中一动，想给这地方题个名字。但窗边春光正好，他支着腿靠着，懒懒地不想下榻。

他在屋里扫视一圈，想找个称手的东西，结果在榻边看见一根长枝。

那是他给神木划地时顺手折的，他倒是记得。但那长枝已经变了模样，上面裹着一层冷白玉色。

乌行雪愣了许久，终于反应过来是怎么一回事。

他哑然失笑，拿了起来。

那玉色长枝在他手中挽了一道漂亮的弧，化作了灵光流动的长剑。

那日，途经的仙使都看见了那一幕。

玉瑶宫窗棂宽大，飘着雾一样的纱帘。灵王踏着窗台边积成片的落花，抬帘而出，飞身至檐上。

他稳稳落在檐角，手里长剑一转，笑意盈盈地在瑶宫门额上刻下三个字。

坐春风。

他收剑时，正好有一缕春风扫起窗边落花，扑了他满身。后来仙使们再提及，都说那是惊鸿一瞥。

灵王静坐的那三年里，仙都已然有了欣荣之相。天道化生出灵台，人间修士陆续飞升，灵台十二仙当时已有五仙在位。

曾经对着神木的祈愿与供奉随着神木被封慢慢消散，如今又落到了灵台众仙身上。灵台众仙执掌不同，各司其职。而那些纷杂的祈愿一旦分散开，竟然显出了几分井井有条的意思。

但那仅止于灵台众仙，对乌行雪而言，这世间从未井井有条过。

仙都的人总会好奇——天宿掌刑赦，其他众仙也各有其职，赐福人间。唯独灵王，始终无人知晓他执掌的是何事。

曾经有人好奇难耐，又有几分倾慕之意，试着悄悄跟随灵王下人间。想看看他不在仙都时究竟是去做什么了。

但他们从来都一无所获，因为每次跟到人间，他们总会眼睁睁地看着灵王忽然消失，毫无痕迹也毫无征兆。

那并非常用的隐匿之术。同身为仙，倘若用了隐匿术，他们多少能看出来。但除了隐匿术，他们又想不出别的答案。

那始终是个谜，也注定是个谜。因为天诏总是直接落到灵王手里，而天机从来都不可泄露。所以真正知晓答案的，只有灵王自己。

只有乌行雪自己清楚，他每次接了天诏下人间，究竟是去做什么……

他是去斩断那些线的。

那些妄图“从头来过”的人强行将一切拉回从前，改天换命，以致错乱横生，就像一道长枝忽然分出数道细丫，还相互交错。

致使不该死的人死去，不该活的人活着，生死无序，时岁颠倒。

而灵王就是去斩断旁枝的人。

他将无序的生死归位，将颠倒的时序拨正。拉回不该死的，杀了不该活的。

天上众仙芸芸，多是悲悯温和之相，所做之事不是赐福便是庇护。即便天宿，剑下所斩所降也皆为邪魔。

唯独灵王杀过人。

第 54 章　童子

仙都的人都说灵王爱笑。他笑起来有时很浅，懒懒散散就挂在眼尾，显得眸色如星；还有些时候则明亮又恣意，确实很合他那个住处的名字。

他在仙都地位特殊，却没有半点儿高高在上的架子。谁同他搭话，他都不显生疏，常逗弄人也常开玩笑，有时揶揄有时狡黠。

这本是极容易让人亲近的性子，但很奇怪，哪怕是那些心怀倾慕的人，也不那么敢亲近他。或许是因为他所执掌之事不为人知，那种神秘感平添了距离。

仙都众仙的玉瑶宫里都有仙使和童子，跟前跟后打点日常。而灵王依然是那个例外。

他明明喜欢热闹，但偌大的坐春风最初既没有仙使，也没有仙童。

仙都有个专管神仙日常琐事的地方，叫作礼阁。那时候负责礼阁的仙官有两位，一位女仙叫作梦姑，是仙都出了名的暴脾气，一言不合便拂尘一扫，请人有多远滚多远。

另一位叫作桑奉，生得高大俊朗，眉眼如鹰，却极爱操心。或许飞升之前习惯了照顾人，到了仙都依然难改本性，热衷于给人当兄长、当管家、当爹。

那次就是桑奉实在看不下去了，在坐春风蹲守了七天七夜，终于蹲到了从人间归来的灵王。

上来就行了个大礼，给灵王吓了一跳。

“哎？这么大的礼我可受不起。”灵王侧身让过，顺手捉了桑奉自己的小童子挡在身前，接了那礼。

小童子：“……”

桑奉：“……”

“你有话好好说，别弯腰。”灵王一手搭着小童子的头顶，戴着他常戴的面具。声音闷在面具后面，有些模糊不清。

“这……”桑奉看着那镂着银丝的面具，有些迟疑。因为戴着面具的灵王总是更神秘一些，哪怕他正开着玩笑。

灵王似有所觉，抬手将面具摘了一半。

桑奉瞬间放松下来。他把小童子拎回来，苦口婆心地冲灵王道：“其实也不是什么大事，就是……大人啊，你就要几个仙使和童子吧。”

灵王笑得唇角弯弯又收回来，道：“不要。”

桑奉：“……”

“这算是日常琐事，归我们管。礼阁早早就给你备了几个，在那儿杵了好久了，你就要一要吧。”

灵王脾气好，却并不容易被说服：“上回便说过不要了，我也不是日日都在坐春风待着，要那么多仙使和童子做什么？”

桑奉：“众仙都有，就剩大人这里空空荡荡的，我看着着急。”

乌行雪自己不是操心的性子，并不能理解为何他宫府空着，别人要着急。他笑着回了一句：“真的众仙都有？就没一个不想要的？我不信。”

桑奉：“……”

过了片刻，桑奉不甘不愿地承认道：“行吧，天宿那边也不肯要。”

乌行雪挑了挑眉。

桑奉连忙找补：“但天宿毕竟是那种性子嘛。”

乌行雪：“哪种？”

桑奉斟酌片刻，道：“用梦姑的话来说，仙使和小童送过去，要不了两天就该冻死了。”

乌行雪：“？”

他当初在坐春风睁眼之后，依稀听说天道又点召了一个人成仙，受天赐字为“免”，号天宿。

但一来他对仙都又多了什么仙并无兴趣；二来，他虽然跟谁都能聊笑，却从不主动去谁的宫府串门，想来那位天宿也不热衷于结识仙友。

再加上他们各有其事，大半年下来，只闻其名，竟然从未碰过面。

他每每回仙都，总在旁人的只言片语里听到天宿的名讳，每次都伴随着“他那种性子，居然如何如何”之类的话。听得多了，想不注意都难。

不过，乌行雪即便好奇也十分有限。他刚办完事回来，斩毁了一条诡生的线，正是犯懒的时候，想要休息。

但他弯起的嘴角会骗人，所以桑奉根本没看出来。

“哎，不提旁的了。我听闻大人喜欢热闹，哪有喜欢热闹把住处弄得这么冷清的。”桑奉说，“莫不是……怕仙使和童子添乱？”

没等灵王张口，他又道：“礼阁办事你放一百个心，那些仙使和童子懂事又听话，一言一行都十分妥帖，绝不会添乱！”

他夸完劝道：“要一个吧。”

“不。”

“……”

乌行雪心说就你们礼阁放出来的仙使和童子，听话倒是听话，却一个赛一个古板，全是闷蛋。我弄回来摆一排也热闹不起来，要了做甚？

据说那些仙使和童子的性格，是这位桑奉大人亲自调的，乌行雪想了想，说出来未免毁人颜面，“嗯”了一声道：“我虽喜欢热闹，但屋里有人就合不上眼。”

这理由无可反驳，桑奉劝说无果，长长哀叹一声，一步三回头地走了。走前乌行雪见他实在可怜，客气道：“倘若哪天缺人了，再问你要就是。”

“行，我记着了。”

怪就怪桑奉还是太老实，但凡他匿在坐春风旁多看几晚就能发现，灵王所说的尽是鬼话，尤其是那句“屋里有人就合不上眼”。

他生于落花台，听着最热闹的声音化生为人，从来就不介意屋里有人或有声音。相反，他休息时需要有些声音。

落花声也好，风声也行，有几回他闭目养神时，顺手在榻边丢了几个灵气凝成的影子，敲着钹锣呀呀唱戏。他支着头听着，居然睡了个好觉。

那时候，乌行雪真不打算要什么仙使、小童，直到不久后他清理乱线，清到了葭暝之野。

一般而言，因为人更改过往而引出的乱线，常有些相似的迹象。

诸如在某处地界见到不可能出现在此的人或物；诸如时序混乱，被拉到了过去或是将来的某一日；再诸如有人处于一种奇怪的状态里，既不算活着，也不算死去。

乌行雪见得多了，不用天诏也一眼就能看出来。

可是，那些乱线被斩干净与否却没有什么一眼能看出的明显证明，得靠天诏点明。

只是乌行雪从不盲信，不会听天诏说“好了”，便收手不管。他往往会循着因果，丝丝缕缕再探查一遍，确认这条线上的混乱全消，才会回到仙都。

所以，他每次下人间都不是一时半刻，总会耗费极长的时间。而但凡经由他处理过的线，还从未出过错。

所以那天，他在葭暝之野见到那对瘦小的灵魄时，确实没能立马反应过来。

他跟那两个小鬼面面相觑，好一会儿才反应过来，那是葭暝之野传说中的“鬼孩”。

那发生于他五感封闭的三年里，他睁眼后接到的第一道天诏就是将那个故事里的人通通拉回正轨。

他当时耗费了整整十天，往来于不同年份间，干脆利落地截断了因果，将酿成祸事的修士生生拖回原点。

他提着剑，看着那修士惨死于那个节点，走他该走的命途。又将后来的一切安然送进正轨。

他记得十分清楚，那对颠沛流离、横穿过葭暝之野的兄弟走进了那座国都。他探查过，一切悉如原状，没再出过什么岔子。

所以为何葭暝之野上依然有两个小小灵魄？而且那两个灵魄看见他时，居然颠颠朝他跑来，仰起了脸叫道：“神仙！”

这反应，俨然是认识他的。

这就十分奇怪了。因为他所做的一切，本该不会被人记得——回归正轨的人们只会觉得自己本就站在正轨之中，从未出过问题。

乌行雪皱起了眉，以为天诏出了错，或是他当初清理时有所遗漏。

然而他伸手一探便发现，那两个灵魄并非真的灵魄，更像两道虚影。

他依然不放心，盘查了很久。终于确认自己并无遗漏，那对兄弟正在那个国都里，过着他们该过的日子。

葭暝之野上的这两个灵魄虚影，就像是生死回归正轨的间隙中残留的一点儿痕迹，证明着他做过的一些事情。

乌行雪有些怔愣，冲那两道虚影问：“你们见过我？”

小的小鬼摇了摇头。稍大一点儿的那个想了想，指着他的面具道：“我见过。”

乌行雪又问：“在哪儿见过？”

这下两个小鬼都茫然了，然后乖乖摇头。

“你们为何在这里待着？”乌行雪抬了抬下巴，示意这野地荒凉无人。

两个小鬼翻着白眼苦思冥想，却什么都记不起来。

乌行雪心下了然。毕竟只是残影，自然不会真的知晓所有。

残影并不会干扰到正轨，再过一些天自己就消散了。

乌行雪本想招一道风，送它们一程。但那两个小鬼眼巴巴地看着他，有点儿委屈。

乌行雪想了想，收了手没好气道："那你们好自为之吧，我走了。"

结果没走两步，那两个小鬼又颠颠地贴上来。

乌行雪停，它们就停。乌行雪走，它们又跟。

几番之后，堂堂灵王蹲下了身道："赖上我了是吧？"

那两个小鬼居然点了点头。

乌行雪："……"

行，左右没有干扰，就权当自己捏了两个纸人吧。他心想。

于是三日之后，仙都里遍传流言，说灵王办事归来，给自己弄了两个小童子，把礼阁的桑奉大人给气哭了。

这流言桑奉自己听了都害怕，但灵王信了后半句。所以，他带着两个小童子，溜溜达达去了一趟礼阁，说是要安抚一下桑奉。

结果安抚了一个时辰，桑奉真要哭了。

灵王一见架势不对，带着小童子扭头就要走。

桑奉在后面喊："大人！我这一排备好的童子该往哪儿送？他们在我这杵了快半年了，大人！"

灵王脚步不停，头也不回道："留着祸害天宿去，万一呢。"

他个子高腿长，又生怕被过分热情的桑奉追上，走得很快。两个小童子还没完全熟悉仙都的路，抡着短腿一溜小跑，还是落下了一大截。

乌行雪行至白玉台阶时，才想起来自己现在是有童子的人了。于是脚步一止，转头等那两个小东西跟上来。

就是在那一刻，他第一次在仙都碰见了萧复暄。

他听见了两声轻响，像是剑与剑鞘轻轻磕碰的声音。他转过头，看见天宿上仙拎着剑，踏着白玉台阶朝上走来。

对方似乎也觉察到台阶顶上有人，抬眸朝上面看过来。

仙都的风从萧复暄身边卷过，打着旋轻扫上来。乌行雪在风里嗅到了熟悉的灵魄气息。

那一瞬间，他怔在风里。而对方不知为何，也顿了一下脚步。

乌行雪回过神，薄唇动了一下。正要开口，忽然看见两团黑影小跑过来，冒冒失失地差点儿撞上他的小腿。

边跑还边问道："大人，天宿是谁？你方才为何让人去祸害他？"

乌行雪："……"

就见那天宿原本已然抬脚，要从他们身边擦肩而过。听到这话，步子忽地止住了。

第 55 章　算账

那两个小童子跑到跟前才发现还有另一个人。他们齐齐看了萧复暄一眼，十分认主地朝乌行雪身后缩去，躲到了乌行雪的袍子后面。

乌行雪感觉自己捡到鬼了。

萧复暄转过头来，也不看乱说话的小童子，就看着他。

乌行雪闭了一下眼。他生平头一回这么抗拒自报家门。

要不我随便编个名字吧。乌行雪破罐子破摔地想。

反正这位天宿生人勿近，肯定不记得仙都具体有哪些人。就算听说过谁的名讳也不会上心，更别提跟脸对上号了。

就这么办。他正要开口，就见萧复暄薄唇微动，低低沉沉的声音响起来：“我同灵王素无仇怨，为何让人祸害我？”

乌行雪：“……”

好，编不了了。

那两个小童子一听这话，从他背后伸出头来，诧异地睁大了眼睛。而后看向乌行雪，悄声道：“大人，他就是天宿？那我们是不是说漏话了？”

乌行雪：“……”

他拎了一下小童子脑袋上的朝天髻，幽幽问：“你俩以为自己声音很小吗？”

小童子傻不愣登的，还不懂仙都众人的能耐。他们以为的“悄声”，在堂堂天宿面前简直就是大声密谋。

小童子：“不小吗？”

乌行雪气笑了。小童子一看他笑了，可能是㞞吧，默默缩回了脑袋。

乌行雪保持着那种笑，再抬眼，又对上了萧复暄的目光。

灵王大人还是开口解释了一句：“是这样，我刚从桑奉那里出来，他抓着我哭了半晌，我实在受不住，为了脱身便随口说了那么一句，玩笑话而已。”

他心想，礼阁磨人的本事大家都领教过。一提桑奉，萧复暄必然就知道是怎么回事了，也就省得再多费口舌了。

谁知天宿上仙听完，看了他一眼，沉沉道：“桑奉是谁？”

乌行雪十分诧异：“你不认识桑奉？”

萧复暄：“我应该认识？”

乌行雪提醒道：“礼阁，给人送童子、仙使的那位。”

萧复暄一听，瞬间瘫了脸。他其实没什么表情，但这一提“送童子、仙使”就立刻明白的反应像是受了不少罪，落在乌行雪眼里格外好笑。

“看来天宿没少受折磨。”乌行雪道。

他眼里的笑没能藏住，萧复暄垂眸看着他，沉沉开口：“看来灵王的祸害，是让礼阁再来折磨我一回。”

乌行雪：“……”

是谁说天宿寡言少语、惜字如金的？

他矢口否认：“当然不是。”

萧复暄：“那是什么？”

灵王心里“唔”了一声，编不出下文了，最后只得弯眼一笑，道：“都说了，玩笑话而已，当不得真。倘若礼阁真去祸害你了，你再找我算账也不迟。”

他背后的手指勾了一下，身后两个小童子就被一股无名之风扫了出来。

小童子一脸蒙。还没等他们发出疑问，乌行雪就戳着他们的后脑勺往前一推。

小童子这两天被他教出了一些条件反射——一戳后脑勺就开始致告别辞。两个小东西当即仰起脸，脆生生地冲萧复暄道：“想必大人正忙，我家大人也有事在身，就不多耽搁了，告辞！”

天宿：“……”

乌行雪跟着转过身的瞬间，想起天宿最后那一言难尽的表情，没忍住笑了起来。从人间回来后的这三天里，他第一次这样笑出来。

他素衣飒飒地朝坐春风的方向走，烫着银纹的雪袍在身后拂扫，偶尔露出的长靴都是银色，同仙都的云石风烟浑然一体。

小童子看得呆了，瞬间忘了自己闯的祸。一前一后颠颠追上去，好奇道：“大人。”

乌行雪懒懒地“嗯”了一声。

小童子问道：“大人同天宿大人有过节吗？”

乌行雪：“怎么会？没有。”

“那大人同天宿关系很好吗？”

“也没有。第一次见。”

“啊？”

“你啊什么。”

乌行雪走着走着才意识到，他和萧复暄既无客套也无寒暄，甚至连自报家门都略去了，确实不像是第一次见，难怪小童子好奇。

小童子开口所问的正是这件事：“第一次见大人就知道他是谁吗？”

乌行雪道：“好认啊，他脖子一侧的赐字还没消，手里的剑上也有免字。”

小童子“噢”了一声，又冒出第二个问句：“那他为何知道大人你是谁？大人又没带剑。”

乌行雪脚步一顿。确实，他没戴常戴的面具，腰间没挂着灵剑，颈侧也没有字。为何那么笃定地知道他是谁？

他怔然片刻，转过头去。此时白玉台阶和灵台已经遥遥落在身后，只剩远影。他看见萧复暄高高的背影走过最后几级台阶，隐没在云雾里。

乌行雪本来以为，一句无关痛痒的玩笑就到那儿为止了，而他和萧复暄之间的关系，比起和仙都其他人也不会有太多区别。曾经的渊源自己记得就够了，他不希望对方想起那些，自然也不会表现得太过热络。

堂堂灵王懒得很，他爱笑爱逗人，却从来算不上热络。倒是仙都莫名传了一阵流言，说天宿和灵王关系不一般。

这话乌行雪听到的时候简直满脸疑问。

那天乌行雪原本是要出门的，愣是被礼阁的“桑老妈子”引了回来。

对方拎着从酒池挑出来的酒，跟他说了那些传闻，听得乌行雪一头雾水：“为何关系不一般，你话说明白些。”

桑奉道：“就是您去我礼阁的那日，有人说看见大人您同天宿在灵台前的白玉台阶那儿说了好一会儿话。”

乌行雪：“然后。”

桑奉：“没有然后了啊。”

灵王大人满心困惑：“那为何传出来了流言？”

桑奉耐心地解释道：“天宿上仙惜字如金，能说上好一会儿话，那就是稀奇中的稀奇了，据说天宿那天说了好几句？”

灵王心说你们有毛病。他没好气道：“你们平时都按句数着算关系吗？说话多关系好，说话少关系差？那要这么算，跟我关系最好的是灵台天道。”

桑奉：“……”

众仙听到天道，都又敬，又畏，又忌惮，绝不会这么随口一句带出来。桑奉嘴巴开开合合半天，才道：“大人莫要开这种玩笑。”

他顿了顿，回答乌行雪的前半句：“我们自然不是按说话多少算关系，真要算……还是看往来宫府频不频繁吧。”

乌行雪替他总结：“串门嘛。”

桑奉心道也没毛病，索性就按照他的话说：“对，无事也能串门的，自然就是关系亲近的。”

乌行雪又“噢”了一声，笑道：“那你跟我都比天宿跟我亲近。”他说完这句，顿了片刻，手指轻转着桌上的酒盏。

他脸上还带着笑，心里却忽地生出一股微妙滋味来，说不上是感慨还是遗憾，抑或是二者皆有。那滋味一闪即逝。

乌行雪握着杯盏饮了那口浅酒，玩笑道："起码我去过你的礼阁，至于天宿，他住在哪儿我都不知道。"

桑奉是个愣的，冲他碰了碰杯，一口闷掉说："咱们礼阁别的不说，众仙宫府没有比我们更清楚的了，天天记录的就是这些。天宿上仙住的地方叫南窗下，离您这儿挺远的。您前几年在宫府中闭门冥思，有所不知。仙都有一段时间灵气极不平衡，出现了两个涡。"

那时候五感皆衰，乌行雪确实不知道这件事，今日也是第一次听说："两个涡是何意？"

桑奉道："灵气最盛和最衰汇聚出来的点，像两个海中浪涡。我跟梦姑为了方便，都这么叫，就习惯了。灵气最盛的一点不用说您也知道，必然是灵台。毕竟那里是沟通天道的地方。至于最衰的那一点……"

桑奉顿了一下，乌行雪轻声道："南窗下？"

桑奉点了点头："不错，就是那里。"

乌行雪皱了皱眉："他知道吗？"桑奉道："知道啊，他自己挑的住处。"

"天宿被点召时，正是那点最明显的几日。据说路过都能看到那一处阴黑至极，煞气冲天。所以那块地方总是无人愿意去。"桑奉道，"民间不是有种说法吗？以毒攻毒，以杀止杀。据说那种地方，就得靠煞气更重的人去镇着。"

可是正常飞升上来的仙，有几个会带着煞气呢？更别说是能同那一点抗衡的煞气了。

"若是让灵台那几位，诸如仙首花信来压，也不是不行。一时间是能起效用的。但是几天可以，几月还行，数年、数十年下来呢？什么仙也给煞气耗没了。没有哪位能长久镇在上面……"桑奉顿了顿道，"但是天宿可以。"

他说着，压低了声音道："我第一次见到天宿时，他身上的煞气是真的重，重得我都怀疑我见到的不是仙，那简直像是……像是……"

像是从尸山血海里提着剑走出来的人。

桑奉觉得这不像好话，他也不喜欢在背后说人坏话，所以迟疑半晌，还是把这话咽下去了。

但他即便不说，乌行雪也能猜到他的意思。

"他那真的是以煞镇煞，自打天宿在那里住下，那个地方都清明起来，除了有些冷雾萦绕，半点儿看不出当年阴黑至极的影子。"

桑奉两手比画着说："他那南窗下同灵台刚好对称，各镇一处，整个仙都才稳当下来。倘若没有他，仙都不定能撑几年呢，没准儿哪天就崩毁了，还得连带着底下的太因山和仙塔一块儿遭殃，那不就祸及人间了嘛。”

乌行雪听着，没多言语。听到桑奉咕哝说“也不知为何一个上仙煞气那么重”时，他更是怔然出神。

别人不知道，他却清楚得很。这种煞气，只有几世为将、到死都在沙场、剑下亡魂无数的人才会有。

他不仅知道，他还亲眼见过。他见过上一世的萧复暄如何提着剑穿过死尸满地的荒野，现在想来，还能嗅见那股味道。

很奇怪，当初的将军满身是血，他嗅见的却不是血味。很难形容那种味道，但他闻到的瞬间，总会想起冷铁和寒冬。

“大人。”桑奉忽然出声，道，“您今天耐性格外好。”

乌行雪倏地回神，从窗外收回目光。他搁下手指间的杯盏，没好气道：“怎么了，我平时耐性不够好？”

桑奉想了想道：“您就没让我说过这么长的话。”

其实也不是没让人说过这么长的话，而是他从前很少发问，别人自然不会洋洋洒洒往下讲，说什么都是点到即止。

乌行雪转着杯口，没说话。别人提起萧复暄时，他确实会多看几眼，多听几句。但他从不放在脸上，连日夜跟着他的小傻……小童子都没看出来，没想到今天让桑奉无意点了一下。

乌行雪自己也是一愣。但他转而觉得这十分正常，毕竟有渊源在前。他冲桑奉道：“毕竟是天宿，听你们说多了，我也有几分好奇。”

桑奉点了点头，心说有道理。

桑奉不知道的是，那天夜里，“也有几分好奇”的灵王没有休息，而是披着薄衣出门了。

两个小童子一边跟着一边好奇地问：“大人，我们这是去哪儿啊？”

他们大人淡声回道：“随便走走。”

小童子“噢”了一声。没想到这随便一走，他们就横穿过了大半个仙都。而他们的大人似乎十分清楚要去的方向，一点儿也不随便。

直到乌行雪在某一处玉桥边停步，隔着一道弯绕的天水朝一座宫府望去，小童子才意识到，他们这一行确实是有目的地的。

“大人，那是哪儿？”小童子并不太懂，顺着他的目光朝那边看了一眼，都悄悄打了个哆嗦，“那边好黑啊。”

乌行雪道：“你们两个小东西嘴巴紧吗？”

小童子抿着唇，“嗯嗯”两声，表示很紧。

乌行雪笑了一下又收了表情，才低声答道：“那座宫府叫南窗下。”

不知那名字是不是萧复暄取的，也不知他为何会取这么个名字。

以往乌行雪从未经过这里，所以从不曾知晓，这里一入夜能这么阴黑，黑得简直不像在仙都。其实仔细看，宫府里是有灯火的。只是灯火被灰蒙蒙的冷雾笼住了，从远处看，光亮稀微。

桑奉说，这两年下来，这处地方已经好了太多。所以天宿刚住进去时是什么状况，实在难以想象。

那真是……太冷清了。

翌日清早，桑奉刚至礼阁，就发现阁前立着一道人影，身长玉立。

桑奉用力揉了揉眼睛，半晌才道："灵王大人？您为何站在这儿？"

他张着嘴，算了算时辰，怎么都想不通，为何灵王这种不爱串门的人，会这个时间点站在礼阁门口等他？

这一整天，桑奉都觉得十分梦幻。

灵王主动来礼阁等他也就罢了，或许是有急事呢？谁知他把灵王迎进门，聊了大半天，也没听出一点儿"有事"的意思，真真正正是闲聊。

聊得桑奉一边受宠若惊，一边掐自己大腿，总觉得其中有什么不对劲。后来两壶酒下肚，什么不对劲都抛到了脑后，只剩下聊天了。

桑奉是个操心的老妈子性格，礼阁又专管杂事，一说起来口若悬河，只要稍加引导，就能把话题引到某人想聊的方向上去。

桑奉提到"南窗下"三个字时，乌行雪捏着酒盏一笑，心说总算上道了，可累死我了。

他顺着桑奉的话，不经意地提了一句："所以……天宿住在那种煞气冲天的地方，平日没人去，府里也没有第二个会喘气的。你们往他那里塞过一回童子，没成，就这么罢了？"

桑奉："……"

事实归事实，但不知道为什么，这话他不敢应，好像应了就变成他礼阁的责任了。半晌，他含含糊糊地"昂"了一声："那能怎么办？天宿那脾性，我没辙呀。"

乌行雪没好气道："我也说了不要，你不还是磨了我好几回？你努力一下。"

桑奉："我努力过了，我甚至还冒死让梦姑努力了一下。"

乌行雪："噢？怎么努力的？"

桑奉挠了挠脸，一副牙疼的模样："我让梦姑试试美人计。"

乌行雪："……"

灵王没开口，桑奉自己又道："梦姑回我说，再出这种不要命的馊主意，她就活宰了我。”

“你那些小童子，都是一个款式的吗？”灵王忽然发问。他其实想问“都那么一板一眼”吗，但碍于桑奉的面子，没这么说。

桑奉浑然不觉，点头道：“是啊，都很懂事。”

灵王道：“这样，你明日领几个来我这儿。”

桑奉支棱起来：“怎么？灵王大人又打算要那些小童了？”

“不要。”灵王斩钉截铁，而后又道，“我帮你调一调，你再送去天宿那里。”

桑奉十分狐疑：“能有用？”

事实证明，真的有用。没过两日，礼阁就给坐春风传了一道信来，信上满是溢美之词，看得出来写信的人兴高采烈。

那信归纳一下，大致就是如此内容：

“我领了那十二个小童回来，依照大人吩咐的，趁着天宿不在，往南窗下外院一送我就跑了。我在礼阁等了两天，那些小童子果真没被送回来。若是换作以往，天宿一回宫府，不出一盏茶的工夫，那些小童子就排着队乖乖回来了。梦姑都惊呆了，我头一回在她脸上看到那副神情，大人究竟如何办到的？”

小童子声情并茂地念完，仰头问道：“大人，要回信吗？”

乌行雪道：“不回，办成了就行。”

小童子又问：“所以大人是如何办到的？”

大人嘴上没溜：“你猜。”

小童子：“……”

结果两个小童子还没来得及猜，答案就找上门了。

这天夜里，乌行雪支着头靠在榻边，正捏了几个纸团想弄点儿热闹东西。忽然听见一个小童子咚咚咚地跑进来，道：“大人！府外有人。”

乌行雪愣了一下。一般而言，坐春风门外若是有人，他定然能感觉到。仙都众仙想在他眼皮子底下做到悄无声息，还真不太容易，哪怕他这会儿心不在焉的，没有凝神聚气。

“何人？”乌行雪直起身。

小童子还没答，就感觉雪袍从面前轻扫而过。他眼睛一花，再定睛时，榻上已经没了他家灵王的踪影，反倒是外面院里多了道人声。

乌行雪懒得走门，披了衣从宽大的窗棂里出来。他的身影几乎融于夜晚的雾气中，上一瞬还在窗边，下一瞬就到了宫府外院门口。

他朝门外看了一眼。

坐春风门边挂着长长的灯串，有点儿像落花台集市上的那种，十分明亮。

灯串的光相互交织，连成了片，几乎有些热闹的意思。

那道极高的人影背倚着墙，抱剑站在灯影里，垂眸等着小童子通报。

是天宿上仙萧复暄。

乌行雪一怔："你怎么来了？"

他这坐春风少有人来，更少有人会在这个时辰来。来的还是从不搭理人的天宿上仙，着实稀奇。

天宿转眸瞥向他，也没答，而是转了一下手里的剑，剑鞘往更远的墙边轻轻一敲，动了动唇道："出来。"

乌行雪有些纳闷，顺着他的剑鞘看去。

就见萧复暄敲完之后，一群个头没乌行雪大腿高的小童子低着头，排着长队从那处墙角走出来，慢慢聚拢到了乌行雪面前。

萧复暄淡声道："眼熟吗？"

乌行雪："……"

眼熟。

不用数乌行雪也知道，这些小童子不多不少刚好十二个，都是礼阁塞给萧复暄的。这些小童子都被他动过小小的手脚，自然都是眼熟的。

灵王心说不好，这架势可不是来串门做客的。

果不其然，就见天宿朝那些小童子一抬下巴，沉沉开口道："有人说如果礼阁真找上我了，再算账也不迟。"

"我办了点儿事刚回仙都。"他身上还披裹着从人间归来的风霜味，从墙边站直了身体后，抬剑拨开了长长的灯，淡声道，"现在来算账，迟吗？"

第 56 章　客人

算账？乌行雪默然片刻，说："迟。"然后手指一勾，坐春风的宫府大门"轰"地就合上了。

两个小童子一溜烟跑过来，又在乌行雪腿边刹住："嗯？"

他们都准备好迎客了，却见大门紧闭。自家大人裹着氅衣抱臂倚在门边，而客人……

客人俨然被关在门外。

小童子正要张口，就见乌行雪食指在唇边抵了一下，做了个嘘声的姿势。

他们立马压低了声音，悄声问："大人，干吗关门落锁啊？"

乌行雪不疾不徐道："保命。"

两个小童子面面相觑，更好奇了：“来的是谁啊？”

乌行雪：“天宿上仙。”

大的那个小童子瞬间了然：“噢。”

更小的那个眨了眨眼：“天宿大人来干吗？”

乌行雪道：“找我打架。”

小童子：“……”

小童子实在没忍住，问道：“大人，你做什么了，为何天宿大人要找你打架？”

乌行雪心道那可说来话长。他冲小童子招了招手，那两团便靠过来，面容严肃，一副要听“大秘密”的样子。

乌行雪这回没开口，而是冲他俩的额头一人弹了一下。

小童子捂着脑袋，只觉得脑中“嗡”的一声响，像是霍然进入了另一个境界——明明自家大人没张口，他们却能听见他在说话。

他家大人说：“我嫌礼阁的小童子们都太像小老头子了，没有生气，而且太过听话，所以动了点儿手脚。”

怎么动的呢？其实很简单，说来却有点儿损……

他时常会丢几个纸帛化成戏子，在卧榻边敲锣打钹地唱大戏。戏的内容他其实没什么讲究，都是当年立于落花台边，从市井间听来的——爱恨情仇、生离死别，好劣混杂什么都有，旁的不论，热闹是真的热闹。

礼阁把那十二个童子送到坐春风的时候，他把捏戏子的门门道道用了一点儿在童子身上……

反正都是纸做的，本质相通。

小童子问：“加了那些会怎样？”

有生气，像活人。纸也做了加固，不会在长久的煞气中被磨尽灵气。

但乌行雪还是挑了最特别的一点答道：“会演，哭得惨。”

小童子一脸蒙，不太能领悟“哭得惨”有什么用，但乌行雪自己干的好事，心里可太清楚了。

倘若是以往礼阁那些小童子，天宿上仙说一句“用不着，你们自己回去”，他们真能乖乖巧巧排着队回礼阁。

但乌行雪动过的那些，天宿上仙说一句“走吧，回礼阁去”，他们能揪着天宿的袍子角哭到海枯石烂。

小童子：“……”

他们默默想了想，问道：“这么哭，那些小童子真的不会被揍吗？”

乌行雪“嗯”了一声，道：“不会。”

过了片刻，他又补了一句："应当不会。"

小童子又问："为何？"

乌行雪轻声道："因为天宿大人心软啊。"

小童子回想了一下天宿那冷厉模样，感觉难以置信。对方看着同"心软"八竿子打不到一起去。

其实不仅这两个小童子，仙都大多数人都是这么想的，包括礼阁。天宿上仙带着小童子去坐春风算账时，礼阁的人终于知道了灵王干的好事。

梦姑指间夹着一张传信的符纸，在桑奉脸边抖得哗哗作响。

桑奉微微让开一些，免得被打到脸。他习惯性道："又出事了？我的错。"

"什么东西就你的错。"梦姑把符纸丢给他，"我打听到了。"

桑奉："打听到了什么？"

梦姑"啧"了一声："天宿为何没把咱们礼阁的童子送回来啊。"

桑奉连连点头："噢噢，这啊。"

他想起这事，原本还面露喜色。但看梦姑神情复杂，又倏地收了表情："怎么？这不是好事嘛。"

梦姑干笑两声。

桑奉立马紧张起来："哎——行行好吧，别卖关子了。你这副模样看得我心慌慌的，不踏实。"

梦姑道："就我打听到的，据说昨儿个傍晚，天宿大人回过一趟仙都，也见到了那些送过去的小童子。"

桑奉："然后呢？"

"当即就想遣回礼阁。"

"那为何后来又没送？"

梦姑表情瞬间变得一言难尽起来，道："据说天宿刚让他们回礼阁，那十二个小童子就可怜巴巴地挪过去，一人一角揪住了天宿的袍子……"

桑奉："？"

"将天宿团团围住，'哇'的一声就开始哭，哭得伤心欲绝、肝肠寸断。"

桑奉："？"

"最离谱的有两个，仰着脸哭着哭着还站不稳，小嘛，差点儿摔个仰天跤。但被剑气拍了一下背，稳住了。"

桑奉："？"

他细思片刻，问道："死了没？"

梦姑："谁死了没？"

桑奉："被剑气拍的那俩，当场变回符纸了吗？"

梦姑："没有。"

桑奉终于觉得这事有点儿离谱了。他想了想，问道："你从哪儿打听来的？"

太邪门了，他不信。

梦姑道："灵台仙使刚巧从那边过，看见了，怕被殃及，躲开了。"

灵台仙使的性子大多随仙首花信，不会胡说八道。

桑奉信了八分，但还是挣扎了一下："看清了吗？万一看岔了呢？"

梦姑："不会，他当时还听见天宿面无表情问了童子们一句话。"

桑奉："什么话？"

梦姑："他问'谁教的你们这招，礼阁？'，但那些小童子哭得太惨，抽抽噎噎上不来气，更别说答话了。据说天宿偏开头站了好一会儿，然后剑气一扫，把那十二个小东西通通扫进了南窗下的向阳阁里。"

桑奉："然后呢？"

梦姑："据说天宿又接到了天诏，估计没顾得上做些什么，就下人间去了。刚刚才回仙都。"

桑奉听完脸色极差，半晌道："我活不了了。"

他想想那场景，总觉得天宿的免字剑下一瞬就要架到他的脖子上了。

既然天宿已经回仙都了，为了保住一条命，他还是上门谢罪的好。于是桑奉也不管更深露重，匆匆赶往南窗下。结果到了那里，整座宫府却没有一点儿声音，也没有一盏灯。

他捉住一个夜间巡游的仙使，问道："可曾见过天宿大人回府？"

仙使答："回了，刚回来又出门了。"

桑奉诧异："去哪儿了？"仙使道："往坐春风的方向去了。"

"这个点，去坐春风？"

"对。"

桑奉一边纳闷儿，一边又马不停蹄地往坐春风赶。结果真到了那里，他却没有进去——因为他看见天宿上仙抱剑站在坐春风门外。

古怪的是大门闭着。更古怪的是天宿上仙就由它闭着。他微微低着头，似乎在同门里的人说话，看上去不急着进去，也没打算离开。那气氛说不出地奇怪。桑奉原本都要走过去了，又默默缩回了脚，默默走远了。

坐春风里的人并不知道远处桑大人的踌躇。

彼时，那两个小童子正回味着他家大人说的"秘密"：他家灵王给天宿的小童子动过那些手脚。

他们并不知晓仙都里谁更能打，谁更厉害。只上下打量着他们大人那清俊高瘦的模样，又想了想门外来算账的天宿，斟酌片刻，认真劝道："大人，我们跑吧。"

灵王大人倚着门笑起来："也行，你们先跑，我殿后。"

小童子："为何？"

灵王道："万一天宿大人想夷平坐春风，我有剑还能挡一招，比你们两个稍微抗打一点儿。"

小童子倒抽一口冷气："嚯，夷平坐春风？天宿大人那么生气？"

灵王道："嗯，不好说。"

他一没落禁制，二没用传音。仅仅一门之隔，即便声音压得再低，也是逗小孩儿呢，外面那位听得清清楚楚。

他吓完小童子，靠着门笑了一会儿。就听萧复暄的声音在玉门另一边响起，道："好玩吗？"

他似乎也倚着门，低沉的嗓音透过玉质门墙传来，反而像离得很近。

乌行雪捏了捏耳骨。

萧复暄又道："堂堂灵王。"他念着乌行雪的名讳，念完止了话音。

乌行雪等他下文，却迟迟没等到。对方似乎在斟酌，却找不出什么合适的形容词。

过了许久，萧复暄的声音顺着玉石大门中间的缝隙传进来。

他省去了其他词，接了一句："领教了。"

乌行雪问："领教什么？"

萧复暄道："闭门不见的待客之道。"

乌行雪慢悠悠道："天宿大人提着剑上门，笑都不笑一下，还指望我讲什么待客之道？你是来算账的，又不是来做客的。"

他本意只是想逗人玩，门不是真关，躲也不是真躲。但说完最后这句话时，他却忽然顿了一下。之前跟桑奉闲聊时的那股感慨和遗憾又倏地在心里冒了一下尖。

仙都众仙芸芸，原本都是毫无干系之人，拎一壶新酒就能往来走动，做上两回宾客就能称一句仙友。倒是他和门外的人，渊源深重，上门却还需要一个"算账"的由头。

他兀自笑了一下，突然没了逗弄人的兴致。

"小东西。"乌行雪朝门边的童子瞥了一眼。

两个小童子抬头看他。

"让开一点儿。"乌行雪说。

小童子不明所以，却还是乖乖从门后让开了。

乌行雪见他们避到一边，手指又是一动，紧闭的玉石大门豁然敞开。

十二个小童子还乌云罩顶，一副“要被送走”的模样，委委屈屈攒聚在一块儿。

萧复暄依然抱剑站在长长的灯影里，微微颔首，似乎没料到他会忽然开门，抬眸时愣了一下。

乌行雪面上没露分毫，依然如先前一般，眼里甚至含着几分笑意。他想说“算了，不刁难天宿大人了。要怎么算账，你说，我听着”。

谁知萧复暄在这之前开了口。没了那层玉石大门相隔，他的声音和着深夜的雾，还是很冷淡，却更低沉一些。

他沉静片刻，道：“我也可以是来做客的。”

第 57 章　京观

那十二个小童子一听“做客”俩字，瞬间活了过来。做客好啊！做客就意味着不是要送他们走了！

鉴于某位大人动的手脚，这群小东西其实比活人……还要再活一点儿。可谓是戏子成的精。

就见他们上一刻还乌云罩顶，下一刻便笑得眼睛都眯起来了。

萧复暄一个没注意，十二个小童子就闷不吭声没了踪影。

再一抬眼，他们已经在坐春风大门两边列了队，一边六个，整整齐齐，两手交叠一作揖，奶声奶气地道：“大人，请——”

萧复暄：“……”

乌行雪默默扭开了脸，感觉自己动的手脚可能是有那么一点儿过了。

他自己那两个小童子更是目瞪口呆，半晌仰脸道：“大人，这就是……”

还没说完，乌行雪背后的手指一动。

两个小东西明明想说“这就是您所说的‘活泼、会演’啊”，结果声音从嘴里出来就变成了“这就是天宿大人家的童子啊？哇！”

小童子：“……”

他们低头摸着嘴，感觉邪了大门了。

乌行雪觑了他们的脑袋顶一眼，心说这俩小不点儿别的不说，卖主真是一绝，还都在同一个人面前卖……你们但凡换一个人呢？

好在萧复暄的注意力都在那十二个列队的小童子身上，似乎根本没有注意到这边的小动作。

乌行雪瞬间放了心。

十二个小童子作揖作了半天，没见自家主人动，纷纷抬头，纳闷儿道：“大人？”

结果一抬头就看见他们家大人麻木的脸。

小童子又默默作回去，留给天宿两排支棱着发髻的脑袋顶。

乌行雪全然忘了自己是罪魁祸首，看热闹看得满眼笑。他冲萧复暄道：“你再不进门，当心他们再给你演一回。”这话刚说完，他只觉得鼻尖前扫过一缕风，萧复暄已然站在了坐春风的院里。

乌行雪笑着合了门，大步流星往屋里走。萧复暄走在他身侧，落后了半个肩。

只这么寥寥数步的距离，乌行雪就体会到了仙都众人常说的那句话——即便天宿上仙一言不发，存在感也格外昭彰。

屋门上悬着长长的雾帘，那两个小童子如今已经十分熟练，溜溜地跑过去将雾帘撩向两边。

灵王大人总算讲了一回待客之礼——在进门时侧了身，让客人先进。

谁知客人穿帘而过时顿了一下步，隔着极近的距离偏头看过来，启唇问道：“我身后这些童子，灵王的手笔？”

他声音很低，明明是问话，语调却是向下的，听不出半点儿疑问之意，像是淡淡的陈述。

灵王矢口否认：“不是。”

萧复暄抬了一下眉。

灵王又道：“我动你的童子做甚。”

萧复暄没动，看了他好半晌才点了一下头。

“噢，这样。”他的声音低低落下来，人已经进了屋。

不知为何，乌行雪总感觉这三个字有些意味深长。可是看天宿的脸，依然是那副冷冷淡淡的表情，不像是有什么的样子。应当是他想多了。

结果没多会儿，他就默默收回了这句话。他不是想多，他是想少了……

天宿上仙哪里是来做客的，根本就是来玩他的。

他让小童子拿了酒壶过来，给萧复暄斟满了杯盏。对方干脆得很，端了酒杯一饮而尽。而后淡声对杵在一旁的小童子道：“好酒，去谢。”

乌行雪捏着杯子，还没反应过来“去谢”是何意，就见那十二个小童子听话又积极地排成了一列，巴巴走到他面前……

排在最前面的小童子上来就是一个大鞠躬，两手合抱，但凡给他三根香，那就是民间祠堂里标准的“敬祖宗”。

乌行雪：“？”

小童子一俯到底，道：“谢灵王款待！”谢完，他跑了。

跟在他后面的小童子顶上前来，又是一个标准的大礼，俯身到底：“谢灵王款待！”敬完又跑了，换第三个。

然后是第四个、第五个……

一连谢了十二回。

灵王酒还没喝半口，光看就看醉了。但这仅仅是个开始。

天宿上仙萧复暄确实是寡言少语，话不算多，本人是位风雅静客。但托这十二个小童子的福，坐春风没有一刻是静的。

十二个小童子生怕天宿大人不要他们，这一夜表现得格外积极，起初还是一令一动。后来令都省了，开始意会。

跟灵王碰杯，一碰十二个；给灵王倒酒，十二只酒壶恭恭敬敬等在旁边，一喝完就满上，一喝完就满上。

酒池新酿的玉醑有些厚重，喝得人有些热意，旁边瞬间竖起十二把团扇。

乌行雪自己的两个小童子根本没有插手的余地。他们最开始还挣扎一下，试图拦一拦。

然而双拳难敌四手，更何况是二十四手呢。两个小不点儿索性放弃，拢着袖子杵在一边，帮递酒壶，帮递扇，十分乖巧。

乌行雪一回头，看到的就是他俩递团扇的模样，直接气笑了。

这一笑之下什么待客之礼都不要了。

他把白玉杯盏往桌案上一搁，道：“萧免！”

那时候仙都之人提起他都称一句“天宿”，那是尊号。当面之下，甚至还要加一句“大人”，没人会以“萧”姓叫他。

何况还是这种语气。

这在平常看来，应该算是“失礼”了。灵王自神木而来，天生天养，恣意惯了，没那么讲究。但天宿不同……

在众人口中，天宿冷峻锋利，从不与人亲近，应当是不喜欢“失礼”的。

可他听着这声“萧免”，依旧仰头喝尽了杯盏里的酒。他喉结滑动着，咽下酒液，才转眸看向乌行雪，低低沉沉应了一声：“嗯。”

玉醑易醉，他喝了不少，眸色却依然如初，像冬夜冷冷清清的星。

“灵王恼了。”他说。

小童子一听灵王大人居然恼了，顿时变了脸色，齐齐仰脸看向乌行雪。他们团扇也不打了，一个个凝固在原地。没一会儿，黑葡萄似的眼睛里就汪出两泡眼泪来。

乌行雪："……"

那十二个小童子团团围住他，揪着袍子开始掉眼泪的时候，他十分糟心地闭上了眼睛……

然后一把抓住了天宿。

天宿上仙刚从人间办完事回来，一身深沉皂色，袖口有烟金束腕。灵王的长指搭在上面，显得更白更瘦。几乎看不出来这双手握剑时极稳，斩杀时利落至极。

萧复暄的眸光半垂落在他的手指上，过了片刻才抬起眼。

乌行雪笑得十分风雅，然后倏然一收，一脸木然道："你还是别做客了。带着这些小童子，回你的南窗下去。"

彼时，灵王说变就变的脸与嗷嗷哭成一团的小童子们相映成趣。

萧复暄扫过他们，偏开了脸。他眸光动了一下，很久以后乌行雪想起那一幕，依然觉得那是一闪即过的罕见笑意。

以至那个瞬间他怔了一下，忽然开口问道："你那日为何能认出我？"

萧复暄正要起身拿剑，伸手时顿了一下，转头看向乌行雪："哪日？"

乌行雪道："还有哪日。"

萧复暄反应过来："玉阶上？"

乌行雪点了一下头："对。"

萧复暄低沉开口："仙都有几个灵王，为何认不出。"这话乍一听没什么错，可是……

即便仙都只有一位灵王，他们也从未碰过面。即便他从众仙口中听过许多次"灵王"这个人，哪怕说得惟妙惟肖也并未亲眼所见。

真见到了，依然要凭借那些特别之处去分辨。

他回想起那日小童子的话，道："我当时没戴着常戴的面具，没有佩剑，脖颈上也没有被赐的字，你是从哪儿……"

"认出来的"几个字还没出口，屋里忽然响起当啷声。

乌行雪话音一顿，抬眸朝响声看去，就见他倚在榻边的长剑不知为何动了一下，倒落在地。他抬手空抓了一下，那把灵剑画了个利落漂亮的弧，落到他手里。

剑仙有灵，对人对物都有所感应，忽然有动静并不罕见。更何况这剑里有白玉精，那是曾经白将的血液所化。

而萧复暄就站在一步之遥处，疑问道："剑怎么了？"

乌行雪轻轻"噢"了一声，垂眸扫过剑身，握着剑在手里转了一个弧："无事，它比较……灵。"

用剑之人对剑总是十分敏感，一眼就能看出优劣。更何况这是灵王的剑呢。

萧复暄道：“你这剑不是铁铸的。”

“天宿好眼力，确实不是玄铁炼就的。”乌行雪轻声道，“它是……白玉精所化。”

“白玉精？”

“对，人间有个地方叫作落花台，不知你听过不曾？”乌行雪道，“那里有白玉精。”他说起落花台时，抬眸看了萧复暄一眼。天宿神色未变，依然一如平常，就像在听一个全然陌生的地方。

果然……不记得了。乌行雪心想。他收了目光，之前一时冲动想问的话也没了再问下去的必要。

很奇怪，如果是在之前，他多少会生出一些失落。但这会儿，或许是因为萧复暄就站在他面前，说着“做客”走进了他的坐春风里。于是那点儿失落倏然而逝，几近于无。

他背手拿着剑，冲自己那俩小童子使了个眼色，正要送客。忽然听见天宿开口道：“我在人间见过你。”

乌行雪背在身后的手一紧，倏地抬眼。片刻后他才意识到，萧复暄将他不了了之的问话听了进去，正在回答。

“你是从哪儿认出来的？”

“我在人间见过你。”

“哪处人间？”乌行雪问。

萧复暄长眸眯了一下，似乎有些出神，片刻后道：“很久之前，在京观。”

乌行雪的手指慢慢松下来。这答案既在意料之中，又在意料之外。

不是“落花台的神木上”，这是意料之中。在“京观”，又是意料之外。

京观是后来才有的名称，晚于落花台形成，比如今的仙都略早上几十年。那并非一座城、一座山，或是一片洲岛。京观曾经是一片不起眼的荒野，在后来的梦都边郊。

那片不起眼的荒野之所以变得特殊，有了名字，是因为数百年间断断续续的战事。那些战事中死了数不清的人，一代又一代，几乎能跨越一个普通人好几世了。

那些死于战事的尸首堆积如山，残肢混杂，血泥相融，在硝烟之后已经分不清谁是谁了，更何况在那个年代里，大多数人都家破人亡到无人收尸。

那些无人收认的尸首被运到了那处少有人经过的荒野，用沙泥石块层层垒叠，砌筑了一座又一座巨大的坟冢。

每一座坟冢里都有数以千百计的亡人。时间久了，那片荒野便成了专门堆积世间无名尸首的地方，有了专门的名字，叫作京观。那儿大概是世间亡人最聚集的地方，被稍加利用就是一个至凶至煞的旋涡。

人间万事总是一一相对的——既然有这么一个坟冢聚集的地方，便有了守墓人。能圈守住那种地方的人，多多少少都是有些本事的。据说将洞府定在那里的是一位无家无派的散修。因为世间与他有牵连的亲人都已故去，就埋在京观的坟冢中，于是他停驻在那里，成了京观的守墓人。

那位散修在京观边界立了一座高塔，就住在塔里。塔顶悬着一座古钟。

每日入夜，那位散修都会沿着京观走一圈，若是无事，便会飞身踏上塔顶，敲响那座钟。曾经居住在京观附近的人们，都听过那道声音。

钟声响起，代表今夜万事太平。

那位散修后来收留了一些无家可归的孩子，能跟他一块儿住在京观高塔的孩子必定也有特殊之处。他们生来命格极凶、极煞，刚好能与京观的凶煞相抵，不至于早早夭亡。

只是长久居住在这种地方，于活人来说总归是有损的。所以那位散修教了那些孩子一些生存之术。算是亦父亦师。

这原本可以成为一则传说，或是一则佳话，在世间长久流传。

可惜没有。那位散修长久待在那种至凶至煞之处，受了影响而不自知。一次修习时稍有不慎，在凶煞气的冲撞之下走火入魔。

自那之后，散修就像变了个人，慢慢生出诸多可怕的念头：渴求血肉、渴求昌盛，厌恶自己逐渐衰老的肉躯。但他面上并没有表现出来。

再加上他曾经确实护着一方太平，知晓他的人，从未怀疑他会做出一些常理难容的事情。

那些被他收留、教养的孩子，却在无人知晓的高塔里慢慢变成了他的祭奠品。

血、肉、皮骨……一旦入了邪道，这些东西都成了他渴求的东西。

为了不被人看出，他杀每一个孩子时都格外仔细小心，做得不动声色。

从最亲近的杀起最容易得手，因为不设防；从最无反抗之力的杀起动静最小，因为不费力。

他享用得很慢，掩饰得又十分精心。于是高塔里活人越来越少，行尸越来越多，却迟迟没被发现。

散修后来越陷越深，所渴求的也越来越多，那样缓慢细致的手法已经不适合他了。

区区一些活人根本拦不住他的变化——他依然在衰老、腐朽，每日睁眼都能闻见自己身体里枯萎衰钝的味道。

他留了最棘手的两三名弟子没杀，作为退路。然后开始寻找新的办法。他控制了那些行尸，也控制了尚活着的弟子。倘若有不方便出面去做的事情，就驱使他们去做——死人方便，就驱使行尸；活人方便，就驱使那两三名弟子。

如此数年。

那位散修借用一些阴毒术法，用京观数以千万计的亡人铺了一条“路”，由此在神木被封禁时得到了一点儿碎枝。

寻常来说，神木碎枝若是流落在人间市井，藏是很难藏住的。偏偏京观是个例外……

这里聚集着数不清的巨大坟冢，埋着数不清的亡人，萦绕着数不清的尸气、煞气，这种至凶至邪的地方，恰好掩盖了神木碎枝的气息。

于是那位散修走上了许多人禁不住诱惑会走的那条路：他借着神木碎枝，不断往复。

他回到自己杀第一个孩子之前的那个节点，将他所收留之人全部赶走。然后忍了邪念好几年，最终爆发之时疯到自己都控制不住，屠了附近城镇的人，一发不可收拾……

他也回到过走火入魔之前，想要就此自封，却舍不得后来的一身修为，以及为所欲为时的满足和痛快。

他还回到过更早的时候，索性避开京观，另寻洞府。却在见到京观的亡魂作祟时，忍不住出了手，然后慢慢回到了老路。

人总是复杂至极。

那散修往复来回多了，连他自己都弄不清自己究竟是善是恶，为何曾经做了那么多善事，后来又做了那么多恶事？

为何明明杀人啖肉都不眨眼，回到过去看见亡魂作祟，却还会忍不住出手救人？

后来往复得多了，他便麻木了。

他反反复复地过着那数十年的生活，这样不行便那样，那样不行再换一样。以至于有时候他会忽然怀疑，自己才是唯一无家可归的亡人，困在那数十年形成的局里。再到后来，他甚至忘记了自己这样反复回去究竟想要做什么，只记得这种“想要回去”的执念。

那是灵王接过的最麻烦的天诏。因为那名散修往复了太多回，仅仅是他一个人，就衍生出了数十条不同的线。

乌行雪记得太清楚了……

每一次的起始，都是他飞身落于京观，站在那座不见光亮的高塔之下，仰头看着塔上悬垂的钟。他总是抬手合上银丝面具，遮住容貌，再一拨剑柄，走进青灰色的冷雾之中。穿过冷雾，他就会落在其中一条线上。

他看着那位散修走着既定的路，直到抓住因果转变的节点，然后提剑斩得干干净净。每斩断一条线，他总要再探查一番，清理掉一些错漏的细枝末节，确认一切无误再奔赴另一条。

而确认无误，就意味着他要看到那些关键事情发生……

他辗转于那些混乱的线里，斩杀，清理，探查。

他得一遍又一遍地看着那位散修每日提着驱灵灯在京观巨大的坟冢中静静巡视，再去塔顶敲响那座古钟。

看着散修先助人救人，再害人杀人；看着他由善至恶。

他还得一遍又一遍地确认那些被收留的孩子依次落入虎口，一个接一个死去，变成受人控制的行尸。

他有时候会在尸首边站上很久，但看不出他在想些什么。

他握剑的手始终很稳，站在雾里时也总是身形长直。他戴着面具，所以无人知道面具下的那张脸上有什么表情。

他总是站着，良久之后甩去剑上的泥星或是血珠，转身再没入浓雾里。

到后来，他看了太多次散修的生平，看了太多次孩童死去，看了太多次尸山遍野，每一条都是由他掰过来的。

以至于有那么一瞬间，他生出了一丝微妙的厌弃感。

他也不清楚那忽然横生的厌弃感从何而来，又是冲着谁——是厌弃那些行事不顾后果的人，还是提着剑、仿佛旁观者的自己。

清理掉所有乱线后，他回到了正常的时节，正常的人间。

很巧，那时正值三月，于是他去了一趟落花台。落花山市刚开，灯火连绵十二里，映得满山胭脂红。

他没有既定的去处，只是穿行于熙熙攘攘的人海中，看着那些热闹的摊贩推车，以及弥漫成岚的烟雾。

他倚着客店门听说书先生满嘴跑马，听了几场锣鼓喧天的戏，拿模样讨人喜欢的糖糕吃食逗过一些小娃娃。

那是他在人间逗留最久的一次。但因为他穿行于混乱交错的线里，不耗真正的时间，所以在其他人看来，灵王离开仙都不过区区两日，而那两日几乎都在落花台。

没人知道那段时间他见过什么，做过什么，也没人知道他为何会那么喜欢那个热闹的集市。

萧复暄是第一个，也是唯一一个，说在京观见过他的人。

第 58 章　棺木

从回忆中猛然抽离的滋味并不好受。回神的瞬间，乌行雪耳边还有无数错综交杂的声音。

他能听见萧复暄说“我在人间见过你”，能听见落花山市的说书声和叫卖声，也能听见京观的风声、隐隐鬼哭以及高塔上的钟响。

甚至有在他斩断乱线时，不知名的灵魄解脱后徘徊不走，问他“你是谁”的模糊声音。

……

太多太多。但最终，这些回忆里的声音都消散了，只余下了一个念头——

这就是那座塔。这座封家密地里的高塔，就是散修住过的那座。

乌行雪穿过神木虚影，看着他们身处的这座高塔。

在萧复暄剑气横扫之下，整座高塔一片狼藉，椽梁断裂砸落，里面包裹的白玉精和神木枝丫显露出来。

全然没有半分当年的痕迹。它的模样有所更改，构造略有不同，最顶上的那座古钟也不见了踪影。即便当年住在高塔的散修站在这里，恐怕都认不出来。

准确而言，是不可能认出来的。因为在那段往事的最终，在乌行雪斩断乱线之后，那座高塔已经毁了。

那位散修或许是元气大损无力回天，或许是厌倦了不断地挣扎与回溯，又或许是善的那一面又占了上风……他丢了一道咒术，自己合目端坐于塔中，同高塔一并葬于无边炎火。

依照常理，那座高塔已经毁了，便不可能再出现。

世人都会这么想，除了乌行雪。因为在乌行雪眼里，一座毁去的塔也可以完好无损地重新出现。但不是在现世，而是在某一条线里。

如果当年的天诏不小心漏掉了一条线，而当初的灵王没有斩断它，那么，那条线上的一切人和事便会继续沿着时间朝前走。

散修可以没下过那道咒术，高塔也可以继续存在。

他们现在就站在一条没被斩断的线里。

“怪不得……”乌行雪轻喃出声。怪不得之前宁怀衫和医梧生说封殊兰的年纪算起来不太对劲，而封徽铭这个人他们更是从未听说过。

因为这里同现世根本不在同一条线上，这是当年的一道分支。但即便是分支乱线，也是有因果的，不会有平白无故的牵连。

一般来说，这座高塔若是没有被毁去，继续存在，也应当是与那位散修关系最深。可如今，它出现在了封家的密地里，被封家圈划进了自家地盘。

那就十分耐人寻味了。要么封家与那位散修关系密切，散修走了或是死了，将高塔留给了封家。

要么是更为常见的理由——怕高塔里残留的邪术、禁术为祸人间，封家作为修行者，把险地圈进自家镇着。只是镇着镇着又起了一些私心，于是开始借助高塔里的神木之力助本家修行。

再或者……就是封家出于某种缘由，需要借助这座高塔做一些事，所以将它划进了自己的地盘。

乌行雪正盘算着，忽然听见一声锵然剑鸣。就见免字剑在空中画了一道弧线，直冲封徽铭而去，贴着他的脖颈钉在墙上。封徽铭脸色煞白，眸光死死盯着不断颤动的剑身。

他倒也没有坐以待毙，就见他忽然下滑，避开剑刃的同时躺倒在地，而后两手一撑。他横翻一圈，想要去抓自己的剑。就听"轰"的一声响，免字剑从墙面拔出，精准地钉在他手前，仿佛早已预料到了他的动作。

他但凡再往前伸一寸，就要被剑钉穿手掌了。

封徽铭倒抽一口气，反身又是一滚——再次被剑贴脸挡下！他挣扎了好几回，最终手脚、脖颈、头顶都被金光剑影死死抵住，只要再动一分，就是横尸当场。

"你！"封徽铭目眦欲裂却动弹不得，捏着拳，咬牙道，"上仙有话直说，何必如此相逼！"就听萧复暄沉声问他："这塔为何在你家？"

乌行雪先是一怔，继而反应过来。萧复暄的气劲还缠绕在他心脏上，能听见他心中所思所想，自然也知道了他方才盘算的那些。

封徽铭两眼充血："我不知！"

他眼珠来回转着，看着抵住自己各处命门的剑气，又道："我当真不知！"

萧复暄却冷冷道："你知道。"

他喘着气，愣了一瞬，而后哑声说道："我从何知晓?！我来封家时这塔就已经在了！我所知晓的都是家主告诉我的。我先前就同你们说了！这是我封家密地，家主从来都是这么告诉我的，我也从来都是这么听的！这是我封家密地，我家自己建的塔，我……"

话没说完，乌行雪已经到了他面前，低头打断道："看来你是真的知道，我刚才都差点儿让你唬住呢。”

他起初以为萧复暄那句话是在诈封徽铭，但很快便明白过来，其实不是，封徽铭确实知道一些事……

封徽铭辩解道：“什……我没有，我所言俱是真话，没有半句虚言！”

乌行雪道：“是吗，可你反应不对啊。”

封徽铭惊了一下：“你这是何意？”

“你若真是一无所知，家主说什么你就信什么，觉得这塔就是你封家自己建的。”乌行雪指了指萧复暄，“那他方才问你‘这塔为何在你家’时，你就应该理直气壮地说，你家建的塔，不在你家还能在哪儿？”

乌行雪顿了一下，又道：“或者……哪怕露出一点儿听不明白的表情呢。”

乌行雪说着，一提袍摆半蹲下来，垂眸看着封徽铭，声音慢慢沉下来：“可是你没有，你答得太快了。”

他答得太快了，连一丝疑惑都不曾有，说明他听明白了萧复暄的问题。也说明他知道……这塔本不该立在封家。

封徽铭浑身一僵，死死盯着乌行雪，嘴唇因为抿得太紧，泛着一片灰白。这让他身上透出一股很古怪的死气。

乌行雪皱了一下眉。他差点儿以为那是错觉，又仔细打量了封徽铭一番，正要伸手探一探究竟，就听见萧复暄的声音瞬间到了近处，说了一句：“你快死了，你知道吗？”

这话过于直白，封徽铭立刻变了脸。

就连跟过来的宁怀衫都是一惊，小声道：“真的假的？”

萧复暄不答。

封徽铭更是紧抿着唇，眼珠充血，一言不发。

那股灰白死气越发明显，挡都挡不住。再加上他的反应，就连宁怀衫都“啧”了一声，说：“看来是真的啊！你自己也知道吗？怎么一声不吭的。”

“我能活。”半晌之后，封徽铭哑声道，“我找到办法了，我不会死的，封家……封家如今的境况缺不了我，我不会死。”

他忽然说起这些话，听得乌行雪眉毛一抬，转头同萧复暄对视一眼。

乌行雪借着心口缠的气劲传音道：“萧复暄，他为何快死了？我看他身上这死气来得奇奇怪怪，不像是身体有问题。”

萧复暄扫量着封徽铭，又伸手探了一下对方的灵，传音答道：“像是某种换命禁术。”

乌行雪：“换命？”

萧复暄“嗯”了一声，又道：“另一个人应当已经死了。”

乌行雪明白过来。有人想要用封徽铭和某个死人换命。

这种术法始终在进行，说不定已经完成了大半，所以封徽铭身上才会萦绕着这种不知来由的死气。

其实想要激出封徽铭的实话，当着他的面说这几句话效果最好，因为没人能接受自己被换命，而且是被牺牲的那个。

那实在有些悲哀……

乌行雪选择了传音，没有去激封徽铭。

其实即便封徽铭不说，他们也能猜个大概。封徽铭在封家如此地位，能在他身上动这种手脚的，整个封家放眼望去，恐怕只有那位家主了。

而且，既然是禁术，总得借助一些不那么光明的手段，或是阴魂，或是邪物。

如此一来，散修的这座高塔为何会在封家，似乎也有了眉目。

乌行雪又借传音问："你能探到他的命换给谁了吗？"

萧复暄："我试试。"

乌行雪点了一下头。

一旁的宁怀衫眨巴着眼睛，看了他们好几下，脑中缓缓生出一个疑问："城主，你为何忽然点头？是谁说了什么话吗？"

乌行雪："……"

宁怀衫："我是聋了吗？"

他问完，又一副恍然大悟的样子明白过来："噢，传音……"

乌行雪见他自己就弄明白了，正要随他去，就感觉自己手臂被人戳了一下，宁怀衫可怜巴巴的声音传过来："城主，你别只跟天宿传，你这样我慌。"

"你慌什么？"乌行雪纳了闷了。

"我会以为我又干蠢事了，你在想着怎么罚我呢。"

服了，这得干过多少蠢事才会有这种想法。乌行雪心说。

他正要跟宁怀衫说"你要实在慌得很，你也传"，结果还没开口，就感觉心脏上缠绕的气劲一动，像是轻捏了他一下，直接引走了他的注意力。

乌行雪转头看向萧复暄，听见天宿上仙的嗓音贴着心脏响起来："我找到了。"乌行雪顿时顾不上宁怀衫了，问道："换给谁了？"

"是谁不知，但就在塔下。"萧复暄说着，抬手一抓，将免字剑收回掌中，而后一手抵着剑柄，剑尖朝地，利落一砸。

冷石封就的地面出现了千万道裂痕，顺着剑尖所钉之处朝四面八方迅速蔓延。

地面往下塌陷的那一刻，封徽铭脱口而出："不！别打开！"

他在那一刻顾不得剑气威胁，抬手挡住了自己的眼睛。他死死闭着眼，甚至封闭了听觉，就是不想看见高塔地底的东西。因为一旦看到了，他就不得不承认，自己自始至终都是要被牺牲的那一个。

地面只往下塌陷了寸许，就忽然止住了势头。就见无数道莹白锁链猛窜出来，它们在哗哗作响的金石之声中，钻入每一道碎石缝隙，又从另一处钻出。

眨眼之间，那些锁链就交织成了一道巨网，硬生生将碎裂的地面兜住了，不再往下塌陷。

什么人?！乌行雪转过头，朝锁链来处望去。就见塔门洞开，门外还有玄雷电光闪过的残余亮意，一道身影站在塔门之外，两手攥着锁链的另一头。

看那人身形正值盛年，站得笔直。仙门中人大多如此，这并不叫人意外。但灯火映照之下，他的脸却是衰朽之相，唇边有两道极深的纹路。

修行之人音容难改，区区百年，不至于变成这样。这人应当活了很久。因为褶皱总是向下的，所以他脸上总浮着几分刻薄怒意。

来人眸光扫过崩塌的塔内，动了动唇："我听门下弟子说，有稀客夜半登门，被徽铭引来这里了。"

听这语气，恐怕就是封家家主了。

"我门弟子年纪都还小，一慌一乱便讲不清话。我都已经歇下了，头脑也有些困乏。听了半天还是十分糊涂，只听闻客人来头不小，似乎是仙。"

他说着"似乎是仙"，语气却十分冷淡，并没有敬畏之意。

毕竟封家一门照看落花山市，镇守神木封禁之地，不仅在人间地位特殊，即便面对一些小仙，他作为封家之主，也是从来不怵的。

他攥着锁链，抬脚跨过高塔门槛，一边将锁链收紧，一边继续说道："既然是仙客登门，怎么能让长老、弟子草草来迎呢，实在有失礼数。所以我特地赶来会一会，看看是仙都哪位上仙得了空闲，对我封家的这座塔如此好奇，还弄出了这般动静，我……"

他进了塔，目光终于从碎裂的地面上收回来，看向塔中"所谓的仙"。然后这话就说不下去了。他目光扫过萧复暄时，面色便是一紧。扫过乌行雪时，更是瞳孔骤缩，薄唇似乎抖了一下："你……"

乌行雪挑了一下眉。

"这反应好生奇怪，就好像这家主认得我。"他悄悄对萧复暄说，"但我对他全无印象。"

萧复暄没应声。过了片刻才道："你全无印象的人多了。"

乌行雪："？"

他忽然想起在仙都时，萧复暄说过的那两句话："我在人间见过你""在京观”，但他确实对那全无印象，一直以为对方只是恰巧经过，恰好看见。

现在听这冷不丁的一句，似乎……同他以为的不一样？

但此时此刻，并不是试探询问的好时机。

因为封家家主在看见他之后，浑身僵硬，却一圈一圈地缠紧了手上的锁链。或许是错觉，封家家主忽然多了一种“破釜沉舟”之感，就好像他知道今夜注定不得善终，却也别无他法。

他绞紧了锁链，垂下目光，沙哑的声音压得极沉：“即便是二位……我今晚也不会松开这锁链。”

乌行雪道：“你认得我？”

封家家主嘴角的褶皱抽动了一下，良久之后，开口道：“后生我……年少时曾误中邪术，差点儿身死。”

乌行雪怔了怔。当年神木的传说之所以会流传开来，就是因为偶尔会有这样的人——因为意外濒死，却又侥幸得救。

那些人，都曾亲眼见过神木。

还有传闻，曾经看见神木化人后，夜半时分踏进庙宇，往龛台上放了一尊玉雕。说这话的人，也亲眼见过他。

“或许正是有此仙缘，后来才能得幸镇守落花台。”封家家主说着，声音又哑又慢。

“仙缘……得幸……”乌行雪轻声重复这两个词，弯腰捡起掉落的神木碎枝道，“那你告诉我，这些碎枝，这座塔，还有你拦着不让塌的这块地，又是哪里来的仙缘，从何得幸的？”乌行雪原地扫了一圈，道：“我看不出这同仙有何干系，更看不出幸在哪里。”

封家家主脸色更加难看，几乎显出了罕见的狼狈之意。

萧复暄将剑往地上一杵，指背抹掉刚刚溅到的一星尘土，道：“要么你说，要么我强开。”

封家家主猛地抬了一下眼，又慢慢垂下去，肩背绷得极紧，脖颈几乎浮起青筋，但他依然攥着锁链，没有要让开的意思：“我行至今日，已然如此，说或不说都没有意义。”

萧复暄沉声应道：“好。”话音落下的一瞬间，他握剑的手一发力。

整座高塔内陡然掀起巨大的风涡，几乎通天彻地。那风涡像一条长龙，扭转着将周遭所有东西吸纳其中。

椽梁断木，龛台蒲团，金石铁石，无一幸免。

就连宁怀衫和封徽铭，都得将一把长剑楔进地面，自己死死拽住，才没有被卷进风涡中。

万物仿佛都在飓风中变了形，满地锁链更是锵然乱撞，相击之下火星迸溅。它们再难锁住冷石地面，那些厚重的石块在风中寸寸断裂，转眼就成了齑粉。

下一刻，就见萧复暄长剑一划，金光扫过所有锁链。

法器同修行者从来都是灵神相系的，锁链断裂的瞬间，封家家主再难自控，长啸出声。他浑身的经脉都浮于皮肤，看起来狰狞可怖。但他还在不断甩出新的锁链。

每断一根，他就补上一根。断十根，他便补上十根。

断裂声和锁扣声层层相叠，最终他还是先败下阵来。他身上突起的脉络不知从何处裂开了口子，血液汩汩下流，顺着手臂流到手指，染得锁链通红一片。

第一道锁链没有续上的时候，他力道一空，整个人踉跄了一下。

接着便是第二道、第三道……眨眼之间，一边的锁链就全被截断。

家主猛地脱了一边力，在狂风中半跪于地。

下一瞬，另一边也被全然截断。

就听一声轰然巨响，莹白锁链悉数碎裂，跟着冷石地面一块儿塌陷下去，露出了高塔地底下的东西。

乌行雪先是看到了两口棺木，摆在巨大的阵中，四周围着蜡烛。接着，他听见了数以万计的尖啸和凄厉的叫声……

他上一回听见这样的声音，还是在坟冢无数的京观。

这里不仅声音像，气味也像。就好像有人把京观数以万计的亡人引到了这里，封在塔下，一边养着这两口棺木，一边练就换命禁术。

正常来说，如此冲天的凶煞阴气，方圆百里的人都能感知到。

然而这座高塔的椽梁里嵌着神木碎枝，神木之力刚巧能盖住这些凶煞阴气。与此同时，这些凶煞阴气又刚好能掩住神木碎枝的气息。

倒是另一种意义上的相辅相成了。

乌行雪沉了脸。怪不得这里的神木气息让他又熟悉又陌生，沾染着几分邪祟感，都是拜这地底下封着的东西所赐。

“棺木里的人是谁？”乌行雪沉声问。

封家家主满手是血，攥着碎掉的莹白锁链，跪在塌陷的碎石间，怔怔看着那两口棺木，片刻之后哑声笑起来。

良久之后，他答道：“那是我一儿一女。”

儿女？乌行雪皱起眉，下意识朝封徽铭望了一眼。

封徽铭攥着剑柄，也脱力地跪在地上，低垂着头，连呼吸声都是轻颤的。

如此看来，所谓的换命，就是拿封徽铭换他死去的儿女了。

封家家主眼里只有棺木。他一边汩汩流血，一边轻声说："我儿君子端方，豁达温和，只是身子骨略薄了一些。我那爱女略小两岁，天资聪颖，根骨奇佳，脾性如钢……"

那双儿女尚小的时候，他就想着，倘若以后他们长大成人，他这家主之位，可传给根骨好的女儿。儿子呢，就做个辅位长老，管管丹药和医堂。

兄妹俩能撑住封家的门面，成一段佳话。

可惜啊……这双儿女尚未成人就都故去了，同一天，同一死状，也同样毫无征兆。

别人不知兄妹俩死于何故，纷纷惋惜哀叹，也不知怎么安慰他，只能冲他说"节哀"。但他作为亲父，心里却清清楚楚……

当初他年少时曾误中邪术，本来是要死的，却被强救了回来。救他的法子不算光明，他也知道往后必定会付出一些代价。

但他没有想过，代价会落在儿女身上。他曾经一万次嗤嘲：他们封家斩除邪祟，凭何遭此报应？

真是……不讲道理。所以他不服。

他想尽办法，想要跟命争个高低，想把那双他极其喜爱的儿女从棺木里拉回来，想他们重活于世，光耀门楣。

他最终找到了一种换命禁术，说难很难，说简单却也十分简单。

就是需要亡人魂，也需要活人命。

以亡人铺就禁术，再找个活人以命换命。

一个两个亡人根本不够，他需要数以千计甚至万计的亡人，才能铺一条换命的路。所以，他把手伸向了有着巨大坟冢、埋着不知多少亡魂的京观。

但他没想到，京观那里来了位散修，就地筑了高塔，日日夜夜巡逻守护。那散修在那儿多守一日，他便耽搁一日。

他便稍稍动了些手脚。于是不久之后，散修走火入魔，堕入邪道，那座高塔便成了藏污纳垢之处。他是杀是封，就都师出有名了。

第 59 章 虚情

封家家主一直在说他那双儿女如何如何的好，如何如何的可惜，张口闭口皆是深情。

封徽铭攥着剑，沉默地听了很久，终于有了动静。他从手指开始抖，连带着整个人都在颤，杵在地上的剑也咯咯作响。就像平湖落石，涟漪越扩越大……

宁怀衫离他最近，第一个注意到。起初还以为对方是受了伤，痛的。后来才发现，封徽铭是在笑。

那笑里半是嘲讽、半是愤恨，还带着一抹难以形容的疯意，听得宁怀衫毛骨悚然。

“我儿、我儿、我儿……满口我儿。”封徽铭头也没抬，就那么一下一下点着，哑声重复着家主的话，然后又带着笑嘶声道，“我当年究竟有多傻、多蠢！才会听你叫几声‘我儿’，就晕头转向不知东西南北了？”

他笑了好久，笑得都呛住了，又道：“我居然以为这两个字多么难得，多么情真意切，叫上几回，就是当真把我看作自己人了，我可真是……”

他重重地喘了一口气，抬起头来，两眼通红，隔着猩红灯火看向封家家主，轻声道：“我可真是个绝好的苗子，你不是常同我说这话吗？我以前不明白，现在简直不能更明白了……

“我真是个绝好的苗子啊，被几声‘我儿’骗得团团转，这么蠢的人上哪儿找？你当初收留我的时候，一定也是这么想的吧？”

否则就不会说出“八岁是正好的年纪”这句话了。

他被封家家主领进门时正好八岁，明一些事理了。所以他清楚地知道自己家破人亡、无依无靠，本该过着朝不保夕的日子。但托家主的福，他从此有了遮风避雨的地方，他有家了。

从今往后他所获得的一切都要多谢这个人，弟子堂的先生说：“人要知恩图报。”

他记这句话记了好多年。

他知道自己并非封家真正的血脉，一切优待都并非理所当然，而是得用刻苦、听话、替封家长脸……这些去换。

都说家主不苟言笑，不是慈父，总是十分严厉。让他笑一下难如登天，从他口中听一句夸奖也十分不易。有很长一段时间，他每日所求就是家主冲他点一下头，说一句“尚可”。

他比所有弟子都用功，磨坏的练功服和剑石比所有人都多，花了七八年，终于有一天，家主冲他笑了一下，说：“我儿是个好苗子。”

一声“我儿”，让他有了“父慈子孝”的错觉。

他那时候年轻气盛，一片赤忱，恨不得把心都掏出去，巴巴地捧给封家，只要派得上用场就行。他甚至同封殊兰说：“就是哪日让我豁出命去，都在所不辞。”结果封殊兰泼了他一盆冷水，说：“我们同一众弟子其实并无区别。”

就是从那时起吧，他和封殊兰这个“妹妹”便有些“道不同不相为谋”了。

他在一声又一声“我儿”里迷了心窍，一度觉得自己虽是养子，却与亲子无异。觉得自己今后是要接下家主大任的，否则家主怎么会把那么多封家的往事、机缘说给他听？甚至还带他进了无人能进的密地。

他在这“迷魂阵”里自欺欺人了近百年，直到某一天，他忽然发现自己身上逸散出一股若有似无的死气。他起初以为是自己斩杀邪魔时不注意，中招而不自知。最蠢的是，他同家主说了……

就像一个寻常儿子在外受了伤，顺嘴同父亲提了一句似的，他居然同家主说了这件事。封徽铭永远记得那一日——家主忧色深重，立即叫了医堂长老过来，亲自看着长老给他查。之后又带他去了密地，让他借助神木之力调养。

他当时感动极了……

“我当年居然感动得手足无措，你知道吗？！”封徽铭猛地一拍地面，瞬间到了封家家主面前，剑尖在冷石上拖出一道深深的沟壑。

家主眉心一跳，断裂的锁链猛地扬起来，每个断口都化作尖刃，直朝封徽铭捣去！

封徽铭也奓起一身剑气，每一道白芒都与尖刃死死相抵。

一瞬间，火星四溅。

封徽铭就像根本不怕那些尖刃一般，又朝前压了一点儿，满眼通红，咬牙道：“我当初恨不得要把心肺都掏给你！你知道吗？！父亲？”

家主听到“父亲”两字，攥着锁链的手指动了一下。但只是动了一下而已，力道丝毫没松。

“我当初有多感动，后来发现问题的时候就有多寒心。”封徽铭又往前进了一寸，手指在气劲震动下溢出了血，但他丝毫注意不到，“你尝过那种滋味吗？就像剥光了站在雪原上，比死都难受呢……”

家主终于神情空茫片刻，又深深拧起眉道：“你知道？你……知道？”

封徽铭又缓慢笑起来，那笑里满是自嘲，带着几分狼狈悲哀：“是啊，每一次来这座高塔，借着神木之力调养一番，那股死气就暂时盖住了。但时间久了，傻子都能意识到不对劲吧？你又何必如此惊讶。

“还是说……在你眼里，我当真蠢得不可救药？连这点儿端倪都发现不了？”

家主嘴唇微动。

这句话问出来的时候，就连乌行雪他们都皱起了眉。从先前封徽铭的反应来看，他确实知道自己身上有死气，但他们以为他只是觉察到了古怪，或是隐约有所怀疑。可现在听他这么说，就好像……他不仅觉察到了自己身上的死气，还知晓换命阵法的存在。

宁怀衫看着封徽铭，忍不住嘀咕了一句：“你……你何苦？疯了吗？”

封徽铭嘶声道：“我何苦？我也想知道我何苦！我明明可以反杀！”

封徽铭冲着家主道：“我可以反杀的你知道吗？！我在脑中谋划过很多次，我想象过很多回，只要其中任何一回！只要任何一回我狠下心，就可以让你死在我前面！我可以用一百种让你生不如死的办法拷问你、逼迫你，让你亲口告诉我你在我身上做了什么……”

他剑气又进一寸，压得家主的锁链咯咯作响，两边都发起抖来。

“我甚至可以逼着你，亲手把我身上的东西，挪到你自己身上。我想过无数次……”

“那你为何不动手？”宁怀衫又道。

“我……”封徽铭脸上终于有了遮掩不住的狼狈，却让人觉得有些可怜。他死死盯着面前的家主，嘴唇颤抖着，脸色阴沉，却一个字都说不出来。

为何呢？因为他优柔寡断，不算良人，但想狠又狠不到底。

每当他生出那些阴狠的想法时，他总会想起当年被牵着手走进封家大门的瞬间，总会想起当年弟子堂的先生说的那句“人要知恩图报”。

于是，那些阴狠反杀的想法永远只出现在梦里，只要他一睁眼，只要他清醒过来，他就会下意识把那些事情压在心底，压得极深，假装自己一无所知。

时间久了，他便生出一种错觉——好像只要他不去碰、不去问、不亲眼看到换命大阵，一切就都是假的，都是他疑心过重、胡乱猜测的。

他毕竟是养子，毕竟掏心掏肺这么多年，哪怕就是养一条狗，也该有点儿舍不得吧？也会下不了手吧？

他就是在等对方下不了手。

他甚至想着，自己早日站稳脚跟，接过封家大位。抢在换命大成之前，成为封家最有话语权的那位。在那种情况下，他这位“父亲”是不是就该顾全大局，改变想法？

“我不是没法自救，你明白吗？”封徽铭沉声道，“我只是……”

只是想看你后悔，看你表现出一点儿“父子情”，仅此而已。

他没说完，但家主似乎明白他的意思。有一瞬间，家主脸上显露出十分复杂的表情。几乎让人怀疑，他真的有点儿后悔了。

封徽铭也捕捉到了那一瞬的微妙神情，眯起了眼睛。临到这种时候，他说的话又口是心非起来：“你又要表现出假惺惺的情谊来骗我了？”

家主脸色几经变换，半晌又慢慢沉下去。他依然没有说对方想听的话，只是在竭尽全力的对峙中，低声道：“事已至此，我无话可说。”

“事已至此？事已至此……”封徽铭念着这个回答。

事关性命，搭上了这么多年复杂的感情，最终就被“事已至此”这四个字轻飘飘地一笔带过。听到这话的一瞬间，封徽铭眼里最后一抹光迅速黯淡下去。

直到这时，他才意识到自己居然还抱有一丝期待，期待面前这个人会有一丁点儿悔意。至少让他少年时候的一厢情愿不那么像一个笑话。

只是可惜，就是笑话。

他终于不再优柔寡断，不再狠不下心。兀自摇了一下头，而后突然暴起。

那一刻，威力巨大的剑气从他身体里陡然爆开，映得四周一片煞白。那是他在封家百年学来的所有，他的刻苦、用功、讨人欢心全都在这些剑气里，通通加注在了手中的长剑上。

他脸上的血色迅速散去，身上的死气骤然加重。这些反应只说明了一件事——他在以命相击。

封家家主本就在萧复暄手里受过一次重创，在这命招之下，终于不支。某个刹那，他猛地睁大眼睛，然后缓缓低下头，看见印有封字的长剑带着莹白剑气贯穿了他的身体，他手中残余的锁链尽数碎裂。

紧接着，他听见封徽铭的声音道：“我痛快了……”自从意识到自己是个牺牲品的那一天起，封徽铭就憋着一口气，郁郁寡欢，再没真的笑过。

直到这一刻，他总算痛快了。而直到这一刻，萧复暄才抬起手指。

他刚刚一直没有插手，就是在等，等封徽铭给自己讨一个答案。

如今，答案讨到了，可怜之人痛快了。他也就不必再等了。

就见高塔内金光乍现，免字剑的巨大剑影穿过封家家主的灵魄，直贯入地。

那是又一场诘问。

第 60 章 碎灵

仙门中人大都听说过，天宿萧免降刑于邪魔时，总会有一场诘问。

封家家主灵魄被笼罩在免字剑的金光中，听见天宿低冷的声音响彻脑海，如同横扫天地间的风，问他：“缘何至此？”

听到传说中的四个字时，封家家主还剩最后一点儿灵识。

他想，用在邪魔身上的诘问居然有一天会落到我头上。原来……我也算邪魔了。

明明最初的最初，他是个满心抱负、想要斩妖除魔的仙门弟子。

天宿剑下，他一生的画面在诘问之中匆匆而过。

他是世间少有的、见过神木还没有死去的人。

他十二岁时陷入过濒死之境，看见过那株参天巨树在山顶华盖亭亭的样子，尽管有些模糊，但他记得那满树繁花确实有点儿像人间的杏花。

那时候的他从未想过，后来的自己会在封家藏一座高塔，塔里嵌着那株巨树断裂的枝丫。

十七岁那年，他路过最初的京观，看见那些巨大坟冢的时候，也曾叹惋过："可怜多少英雄骨，都是战死沙场的人……"

那时候的他从未想过，后来的自己会将那些叹惋过的尸骨拖进自家密地之下，借它们铺一条路。

二十岁那年，他初露锋芒，一度小有名气，给自家长了不少脸面。他还听说过，京观一带常有凶邪作祟，有不知姓名的修行中人常常帮扶附近百姓。听闻的时候，他说过一句"倘若将来机缘巧合，定要去拜会一番"。

那时候的他还不知道，那位不知名的修行中人，就是留守在京观修筑高塔的散修。他更是从未想过，后来的自己非但没有好好拜会，还成了导致散修走火入魔的罪魁祸首。

成仙成魔，是善是恶，好像都是一念之间的事。

同许多仙门中人不同，他刚及弱冠就成了婚，道侣是他的青梅竹马。都说少年相识的夫妻最是恩爱，他们很快就有了第一个孩子。

可悲的是，那孩子胎死腹中，没能真正出生。他宽慰道侣良久，说或许是受了邪魔气的侵染，往后就好了。

很快他们又有了孩子，这次还是差点儿胎死腹中，好在堪堪保住了，生出来是个儿子。只是因为娘胎里那番折腾，天生根骨有些虚。

但那又怎样呢？他好不容易保住的孩子。

又是一年，他们有了一个女儿，相较于儿子的出生，女儿要顺利得多，天资聪慧，根骨也佳。

世人都说，儿女成双是大吉。

没人能体会他那几年的心情，就像没人知道他究竟有多宝贝那双儿女，他恨不得将那两个孩子捧到天上。他看着那一双儿女一点点长大，教儿女说话、认字、教剑术……教他毕生学来的所有东西。

那些年，他几乎都忘了精进修为这件事了，一心一意做慈父。周围的人时常拿此打趣，他听了都是一笑，答道："就当我魔怔了吧。"

可惜，那双儿女终究没能养到成人，先后死在了少年时，死时都是十二岁。同他当年濒死时一样的年纪。

他的道侣重复地说着："为何如此，我不明白……"

但他心里其实明白——那是天命绕了一个巨大的圈，给他的报应。他当初没有真正死去，如今就让他体会了一把相似的滋味。他亲手将那双儿女抱进棺木，从此再没笑过。

慈父不见了，只剩下一位修者。

其实那时候，他已经钻进牛角尖了，只是自己尚未发觉——他正当最好的年纪，又只顾闷头修炼，修为很快上了境界，不仅在自家，在人间修士里也成了佼佼者。

神木被封禁时，他那一门因斩过诸多妖邪，帮过诸多百姓，广结善缘，又因为曾经见过神木，颇有仙缘，被点为封禁之地的镇守者，得姓为"封"。

他们大概是人间罕见的、接过一道天诏的人，但既然是封禁之地，便不能与外人说道，于是这件光耀门楣的事情成了封家家主，或是准家主才能知晓的秘密。

他就是那个知晓秘密却不能说的人。

那是他第一次体会到一种极矛盾又极复杂的滋味，就像是锦衣夜行。

那也是他第一次意识到自己并非纯粹的善者，还有太多世俗的欲望，他尤其期待着回报和赞誉。

他甚至在某一瞬间生出过怨愤：他知道自己曾经死过又活了，命是抢来的，会有代价。但他已经做了这么多事，为何不能平了那代价，让他过得圆满一些？

天命不公平。最初冒出这种想法时，他还会不动声色地按下去。

后来时间长了，又或许是因为久居高位，修为在人间渐渐封了顶，再有这些想法时，他几乎是放任的。

他放任自己回味这一生所经历的事情，一件一件地捋着，哪些值得，哪些不值得。他开始觉得自己所得太少，怨恨也有道理，不甘也有道理。

于是……从某一天开始，他忽然想要让那双儿女活过来。这念头一冒出来，便一发不可收拾。

当年那句"就当我魔怔了吧"在很久之后的某一天，一语成谶。他头也不回地走上了另一条路——夜半掘出儿女的棺木，做了阵圈住他们，然后找寻一切可行之法，想让那双儿女活过来。

他后来有时会想，他一定是疯了才会相信那个梦。

那是他最疯魔的一段时间。某天夜里，他坐在堂前忽然入了一段怪梦，梦里有人跟他说："其实……也不是全无办法。"

他一边想，当真是日有所思夜有所梦，一边还是问道："有何办法？"

梦里的人模糊极了，看不清模样。他明明不知道那是谁，却极其自然地管对方叫“仙君”。可能是那阵子四处求告，脱口成了习惯。

他连梦里那人的模样、声音都记不清了，却记得对方指点的两条路。

一条说他可以去寻一位贵人，是个小姑娘。那姑娘上一世惨死，这一世出生就带着怨，小小年纪就成了孤儿。他若是收了那孤女做女儿，平了对方命里的怨，积下福报，将来托孤女的福，他能有机缘再见到那双儿女。

另一条路，那“仙君”没有多讲，说得极为简单，说：“实在堪不破，就以你自己一命回去换吧。”

封家家主起初并没有将那梦当一回事，直到有一日，他在一座破旧庙宇前碰见了一个瘦巴巴、脏兮兮的小姑娘。那是一座荒废的喜丧神庙，那小姑娘像只受惊的雀，一看就是无家可归之人，是个孤女。

他愣了一下，鬼使神差地探了那小姑娘的灵。发现那小姑娘的灵魄确实带着怨气。他又作法探了那姑娘的上一世，隐约探得她上一世命也极短——家破人亡、无人庇佑，父母皆被仇人所杀。她伶仃流落，被人掳去配了冥婚，还被挖了双眼，最终落得惨死。

他甚至探到那小姑娘惨死之后就跪在喜丧神的庙宇里，求一个报应。

上一世惨死、命中带怨、孤女。这些同他梦见的一一对上了。

从那一刻起，他把梦里那位仙君指的路当作了救命稻草，死死攥住。

他将孤女带回封家，收为养女，取名封殊兰。

自从那双儿女死后，他就没再笑过，已经不记得如何做一个慈父了。所以他对封殊兰算不上宠惯，为了避免看见她就想起故去的亲女，他甚至同封殊兰并不亲近。

他给了封殊兰亲近以外的一切，衣食无忧，教养精心。所有人都说，他又有了一个“掌上明珠”。

他等啊，等啊……

看着封殊兰长大成人，独当一面，看着她慢慢有了下一任家主之风，成了同辈之中的翘楚。但他始终没有等到那个所谓的“机缘”，也始终没能见到他日思夜想的儿女。

他一日比一日烦躁，一日比一日焦虑。于是某一天，他后悔了。

当初梦里的仙君指了两条路。

第一条他试过了，耐心尽失，已经等不动了。于是他开始琢磨第二条。

可惜仙君没有给他更多提点，他能抓住的只有那短短的一句话。他反复琢磨，揪住了其中两个词——换命、回去。

世人皆知，换命有违天理，极难。而回去更难。

但对封家而言，他们同世人有一些不同，而他守着一个秘密——神木。借助神木之力就有办法回去，而他就守着神木的封禁之地。

他那时候已近疯魔，只觉得这是得天独厚的幸事。于是他“监守自盗”，悄悄闯了一回禁地。

他根本顾不上禁地被人生闯一回有何后果，会不会惊动什么，会不会惹上第二次封禁，乃至更糟糕的事情。

他什么都顾不上，只想回去。

然后他成功了。

因为换命之术需要数以万计的亡魂铺路，所以他回到了极为久远之前，距离神木被封禁还有些年。

他去了亡魂最多的京观，却发现京观有位守墓人，是名散修，眉目英俊逼人，看着十分年轻，修为却不在他之下，以致他硬来也讨不着好，便在京观动了些手脚。

他悄悄布了阵。

京观中最多的就是砂石，阵石混杂其中极难发现，更何况他的阵并非强阵，微不可察，却能在日积月累中对京观产生潜移默化的影响。

世间有一句话叫“当局者迷”。那散修就是当局者。

此后，一切都顺利得如他所想。

他如愿以偿地弄到了数以万计的亡魂，神不知鬼不觉地连同高塔一并纳为封家密地，将那双儿女的棺木端放其中。

最初，这双儿女就是因他遭受报应，因他而亡。依照原本的打算，他只要将自己的命抵了就好。

临到关头，他却改了想法。封家上下那么多人，他身为家主，倘若当真没了命，定会引起大乱，得不偿失。

他同自己说了许多理由，最终将亡魂连同棺木一块儿封上了。

他决定找一个能替代自己的人。他挑了很久，挑中了一个命格同自己极为相似的孩子，收为养子。

他将那个男孩儿领进封家大门时心想，这孩子左右快要死了，倘若不是碰到了我，一定活不了几日。我好好养他，他还我恩情，天经地义。

他原本只打算养这么一个孩子，拿来以命换命。

然而某一天，他在一处荒野碰到了封殊兰……

这一次，他已经用不着这个小姑娘了。他甚至都已经走开了，没过片刻却还是绕了回去。

他依然伸手探了对方的灵，发现她的上一世有了些许变化——她没有待在喜丧神的庙里徘徊不走，而是早早进了轮回，于是被他碰到的时机也早了好些年。他犹豫很久，还是将这小姑娘带了回来，依然收作了养女，依然取名封殊兰。

他还是同这养女不太亲近，甚至见面也很少。他自己都弄不明白，为何要多养这么一个没有用处的孩子？

他差点儿以为是自己还保有几分微末的、纯粹的善。

有一回他闭门冥思时问过自己这个问题，当时他想了很久，回答自己说，因为有这孩子在，我就还算半个好人。

我算半个好人。他后来常对自己说这句话，好像说得多了，就是真的。

直到此时今日，直到被养子封徽铭以命招钉穿，直到受到天宿的诘问，灵魄震荡的那一刻，他才幡然醒悟……

当他总对自己说那句话的时候，那半个好人便也不存在了。

意识弥散的那一刹那，他忽然想起这一生见过的很多人、很多事。

他以为会有那双为之豁命的儿女，谁知没有……

他想起的居然是满眼通红说着“我痛快了”的封徽铭，是从不叫他“父亲”只叫“师父”的封殊兰，是第一次路过京观时看见的无边坟冢，还有那个散修身死时灵魄碎得都探寻不到。

他不知这算不算是另一种报应，叫他至死想起的都是这些。

乌行雪看着诘问而出的画面一幕又一幕闪过，在看到那些巨大的坟冢时，他又不可避免地想起自己斩过的那些线……

他仿佛还能嗅到京观始终不散的冷雾，还能看见散修提着灯在漫漫长夜里停停走走，还能听到那些小弟子轻轻的说话声，以及坟冢之下如风一般的亡人之音。

他僵立片刻，突然深深皱起眉。

他接了天诏，常常回过去的某个时间节点上斩线。他斩京观那些线时，所回的时间更早一些，那时候神木还未被封禁，天上还没有仙都，天宿还没被点召成仙……

那萧复暄呢？

乌行雪一把抓住身边之人的手，他看向对方的眼睛，声音轻得有些哑：“萧复暄，你说你在京观见过我……你是谁？

“你是其中的谁？”

当初少年将军庇护神木而死，在那道天劫之下，灵魄被劈成了碎片，没能完完整整地进入轮回。

他鲜血流过的地方遍生白玉精，他三世的尸骨皆埋于京观，而他那些连神木都难以辨认的灵魄碎片则辗转流落在不同的躯壳里。

那些承载了碎灵的躯壳又因为冥冥之中的牵连，最终相会于京观。

但这些前尘缘由萧复暄自己并不知晓。他只知道，他的这一生起始于无数碎灵，他在不同的躯壳里看着并不完整的悲喜。无根无源，也无处归依。

那位提灯夜巡的散修是他，那几名被收留的、命格极煞的弟子是他，那些巨大坟冢间静伫的亡人也是他。

他在京观终年不散的冷雾里停驻了很多年，直到戴着面具的灵王破雾而来……

无数次生死，无数条乱线。

他每一次都记得，也每一次都看着。到最后，单凭背影就能将那人认出来。

可对方如今问一句“你是其中的谁”，他不知该如何作答。

萧复暄垂眸看着乌行雪。

我是谁……我是那其中的很多人。

你无数次走进京观那片雾里。杀过我，救过我，凝望过我，又错过我。

第 61 章 假话

在后世的诸多传闻里，天宿上仙萧复暄的来历总是很神秘，他就像是凭空出现在这世上的，无父无母、无门无派、无情无欲。这些传闻其实没错。

他的灵魄附着在太多躯壳里。谁都是他，谁又都不是他。

他同时看着不同躯壳的人生无常和喜怒哀乐，既是当局者，又是旁观者。寻常人的所有炽烈情感到他这里总是淡漠的，就像浩瀚的无端海，即便某一处风浪乍现，但综观整个海面，依然不起波澜。

直到某一天，不同躯壳碰到了同一个人，就像沉寂的亡灵忽然睁开了眼。

京观的乱线每断一根，那些躯壳每覆灭一次，碎裂的灵魄就会离开。

乱线斩完，世间便有了萧复暄。

最后一点儿碎片脱离躯壳时，他混杂在京观数以万计的亡魂中，回头看了那人一眼，问过一句“你是谁”。但亡音太多，他淹没其中，对方并没有听见。

直到他后来被点召成仙，到了仙都，又过了三年，终于从旁人口中听闻，仙都有一位仙，每每接了天诏去人间办事，总会戴上银丝面具。

他原本提剑要走，闻言又停了步，惊得那几位仙使以为自己说错了话。

他记住了对方的名号——灵王，受天赐字为“昭”。

仙都众仙常会好奇，灵王每次接了天诏下人间，究竟是去办什么事。而他尚未同灵王认识，就成了唯一知晓的人，只因为他曾经见过。

灵王接天诏是回到过去斩线，于是很奇妙，曾经的萧复暄见过后来的乌行雪。再后来，他便总能听到那个名号，灵王、灵王、灵王。灵台会提，仙使会提，礼阁会提，偶尔碰见的仙也会提。

他持剑经过，神色淡漠脚步不停，却总会将那些话听进耳里。

他们说灵王不总在仙都，灵王常会下人间。

他忽然意识到，那个戴着面具前去京观的人于他而言是一场至深的纠葛。但他之于对方，只是斩过的无数乱线中的一部分，同其他人并无区别，甚至不会给对方留下什么印象。意识到的那个瞬间，他心里闪过一抹很微妙的情绪。

这种微妙的情绪他后来常有，总是因为同一个人。大多时候不会显露出来，盖得很好。但有些时候会被那人看见，然后对方便会笑起来，生动中带着一星狡黠，像揪住了什么似的问他："天宿大人这是不高兴了吗？"

那种狡黠笑意倒是很少会在旁人面前露出来，于是他心情又会变得还不错。但为了让对方得意久一点，他会让那抹"不高兴"显露得久一点儿。

曾经很长一段时间，他希望某人会忽然意识到自己遗漏了一些曾经的纠葛，意识到他们其实更早以前就已经见过。

在他的设想里，那一幕总是发生在坐春风或是南窗下，在屋檐顶上或是窗边，有酒，有落花，在安宁或惬意的时候。那某人的神情多半会是惊诧、呆愣再带着些许懊恼，接着便会应许一些所谓的"赔罪"……

但他从未想过会是在如今这般的场景里。他扫过乌行雪苍白的手指，看着那双眼睛，想起当年灵王拎着剑沉默伫立于京观的身影……忽然又不想让对方知晓了。他借着气劲传音过去："你还记得哪些人？"

他庆幸此时的他能感知乌行雪所想，而对方却只能听到他有意传过去的。

他听见乌行雪说："很多人……我杀过的，看着他们死去的，都记得……"

原来都记得，他心里想着，然后听见自己说："那些都不是我。"

"当真？"

"嗯，当真。"

天宿不说虚言，却总在同一个人这里屡屡破例。

乌行雪始终盯着萧复暄的眼睛。还好，还好萧复暄不是那之中的一个……

乌行雪手指上的血色回来一些，极轻地松了一口气，但他依然有几分不放心，问道："那你当时在哪儿？"

他仔细回想一番，又道："我记得当时没有其他活人在京观……"

萧复暄："不是活人。"乌行雪一愣："那是什么？"

萧复暄道："京观里有什么，我便是什么。"

乌行雪下意识地想到了那些亡人，京观确实埋的是沙场中人，但是……

还没等他多想，萧复暄又道："不知为何我的灵魄会流落在那处，但你当时所为，让一些亡魂得以解脱。"

乌行雪怔了一下："解脱？"

"嗯。"

曾经很长一段时间里，他只要想起京观，就会陷入良久的沉默里。那是落花山市的热闹和人语也改不了的反应，直到这一刻终于有了改变……

他听见对方声音温沉地说："你救了很多人。"他轻眨了一下眼。

我救了很多人……

"你让很多人解脱了，我是其中的一个。"萧复暄说，"我还同你说过一句话。"

乌行雪怔怔应道："什么话？"

萧复暄道："你应当不记得了，我离开前问你'你是谁'。"

乌行雪愣了片刻，轻声说："我记得。"

他真的记得，尽管那道声音太模糊了，淹没在太多亡人凄厉的尖啸和哭音里，但他确实记得有人问过他一句"你是谁"。

这句比什么都模糊的话，在此刻忽然成了最为清晰的印证。在听到这句话的瞬间，乌行雪安定下来。曾经在京观时那些沉默的、寂静的瞬间，在数百年后的此刻，只因为一个人的几句话，居然变得不那么让人难熬了……

"萧复暄。"他忽然很想叫一叫对方的名字，也真的叫了一声。

只是没等他继续开口，整座封家高塔就猛地震动几下，动静之大，几乎让人站不稳脚。宁怀衫措手不及，被颠得踉跄两步，眼看着要扑撞上自家城主。

"哎我——"他吓了一大跳，又刹不住势头，索性闭了眼心说死就死吧。结果就感觉迎头一击罡风，像墙一样，咣地砸在他鼻前。他啪地贴在风墙上，睁开一只眼睛，就见自己离城主只有半步不到，却分寸不得进。

而天宿面无表情地瞥了他一眼。

他一句"这塔怎么了"卡在嗓子里，半晌又咕咚咽了回去。然后撑住风墙，默默往后退了两步。结果高塔又猛震几下，宁怀衫"啪"的一声又贴了回来。

"我……"他咽下粗口，最终还是忍不住在罡风中喊了一句，"这塔是要彻底塌了吗这么颠?!"

乌行雪起初也以为是高塔要倒，封家密地要破。然而当他眼前的景象有一瞬间变得错乱时，他便猛然意识到不对！不是高塔和密地的问题。

“是整个过去。”萧复暄敛眉道。

听到这句话时，乌行雪也反应过来，这条因封家家主而起的乱线正在消失，所以场景才会错乱。他不知道身为邪魔的自己还有没有当年灵王拨乱反正的能力，就算有，那也很不对劲，因为他还没动手呢。

乱线会自己崩毁吗？乌行雪心想，不可能的，否则要他灵王做什么？

那便只有一个答案了——这条乱线本身没崩，如今的异动只是因为不同时间上的场景开始错乱。这条线“想要”驱逐他们，“想”在自己被斩断之前，让他们几个离开这里，回到现世中去。

而线是不会“想”的，只有人才会。有人不想让这条线被毁，所以留了些布置和手脚，一旦被触发，就会将闯入者横扫出去，然后将这条线重新藏匿起来。

乌行雪之前疑惑过，数百年前的自己明明来到了这条线上，出现在了落花山市和封家，为何没有直接斩断它？此时此刻，他总算明白了……

恐怕当年的自己也碰到了类似的情况。

就像在证实他的想法似的，诘问刚止，萧复暄的免字剑还在嗡然长鸣，封家家主的灵魄还在颤抖。封徽铭眼里的光正在缓缓熄灭，久存于地底的万千亡魂正在尖啸着挣脱封禁，那两口黑棺也在“咯咯”作响。

一切都在延续，乌行雪却感觉眼前骤然一花。

那一刻，一阵难以承受的剧痛猛地袭来，就像是有两股力道牵住他，各执一边，然后猛地撕扯起来。这种剧痛出现的刹那，他居然有种似曾相识之感。紧接着他便意识到，那是过去和现世来回拉锯时产生的痛楚。

他还是灵王的时候就常有此感，但那时候他在乱线与现世之间往来自如，即便有不适，也是一瞬间的事，全然不用在意。

可这次不同，这次漫长而反复，着实有些难熬。

他自嘲一笑，心想，还不如继续五感衰退呢，那是钝刀子割肉，虽然难受却能留几分清醒。现在可好，显得他多受不了痛似的。好歹是一介魔头……

他于铺天盖地袭来的痛楚中骤失意识。

番外

天地书

西南腹地曾经流行过一种傀儡之术。那种术法实在说不上精致，只能算民间杂学，混杂着夸大和哄骗。真正能不能成，还得看使用傀儡之术的人自己身上有几分灵力。

一般而言，正经仙门出身的修行子弟是看不上民间杂学的，毕竟那些仙门大家各有一套历经数百年、已成体系的修习之法，那些体系向来掺不得杂。否则，不起效用事小，若是闹出个五行阴阳相撞、走火入魔，岂不平白引人笑话？在他们眼里，民间杂学和杂耍、戏法差不离，不是能摆上台面的东西，更别说那些已经飞升入仙都的仙人了。

可实际上，仙都众仙反倒没那么排斥这些杂学，更有甚者，对此类事物格外有兴趣。

比如灵王。据说灵王生性好游逸，很少会在宫府待着，常下人间。还据说他无论走到哪里，都会对当地一些新鲜有趣的物事表现出极其浓厚的兴趣，有时候是驻足赏玩，问询一二，有时甚至直接上手就学。

不过在仙都众仙之中，常与灵王结伴同行的只有天宿大人。所以……所谓“据说”是真是假，旁人终究不得而知。毕竟也没有什么人敢拉住天宿扯闲求证。

这种猜测其实没错。灵王化生于落花台上贯通天地的神木，在化生之前，曾于神木巨大的枝丫间俯瞰过人间千百年的热闹。落花台又是人间最负盛名的地方之一，聚集了南来北往的无数百姓。所以他听得最多的就是那些被传得神乎其神的民间故事和杂学，自然接受得毫无障碍。

而这一天的起因，就是坐春风的那两个小童子突然勤劳得吓人，忙里忙外，非要把并没有落过尘的坐春风整个儿打扫一遍，本来就小的个头加上朝天髻，像两只滴溜转的陀螺。

这两只“小陀螺”为了打扫起来方便，还把自家灵王大人从榻上请了出去，让他在庭院里赏会儿景。于是灵王乌行雪一身薄衣站在庭院廊前，满头雾水、纳闷至极。

趁一个小童子抱着拂尘从跟前匆匆跑过，他捏住那个朝天髻，问道：“你们两个忙活什么，做甚突然要扫尘，我这坐春风哪来的尘？”

平日里没什么讲究的小童子突然冲他一鞠躬，才道：“回大人，没有尘土也要时时清整，这是我们应当做的。”

乌行雪眨了眨眼，心说小童子这是错吃了什么脏东西吗？他伸手摸了摸小童子的天灵盖，想看看有没有失魂夺舍之兆，就见另一个小童子撅着腚在那儿收拾窗台。

乌行雪立马道：“找不到尘扫可以不扫，窗台上的残花你收起来做什么？我就是由它落着的。”

他没好气地一屈手指，那个小童子就被一道无形之气隔空提溜到了庭院里。

“你是去南窗下受过训吗？春雾要除，落花也要扫，不解风情。”他屈指轻轻地弹了小童子的脑门一下。

“哎哟。”小童子揉了揉脑门，又要鞠躬说“回大人”，结果刚弯腰就被自家大人抵住了。

“正常一点儿，好好说话。”

“噢。”

“你俩碰见何事了，说给我听听？”

两个小童子挠了挠头，道：“昨天我们经过礼阁，桑奉大人无聊得紧，把我们捞过去扯了一会儿闲天。”

这个桑奉也着实是找不到人了。

乌行雪问：“拉你们两个扯闲天，都聊什么了？”

“天南地北，说了挺多。”小童子认真掰着手指头，“从他最初是做什么的，到后来怎么机缘巧合进礼阁的。他好久没去人间了，说偶尔去人间能发现很多他从未见过的东西。他还说，人间西南一带曾经流行过一种傀儡之术，能于神不知鬼不觉之间，悄悄把某个人变成施咒者的傀儡，使其任凭施咒者使唤，让干吗就干吗，让往东不能往西，让往西就不得往东。”

乌行雪有些纳闷，这话乍一听也没什么问题，怎么就弄得这两个小童子魂不守舍，回来就开始又鞠躬又打扫的？

“据说那傀儡若是不听话，就会在夜里睡觉的时候，长出好多个脑袋，好多双手脚，待到醒来一照镜子……”小童子声音越说越低幽。

乌行雪心说小不点还挺会烘托气氛，这就演上了。

“呜哇！”两个小童子齐齐倒吸一口凉气，仿若亲历，“那多吓人！”

“姑且不论此话是真是假，傀儡怎么吓人，同你们有何干系？”乌行雪疑惑问道。

“有！”小童子捏着手指头，“桑奉大人说，这术法西南一带人人都会一点儿，常用这东西管教调皮捣蛋的黄口小儿。”

“对。”另一个小童子支支吾吾半晌，哼唧道，“桑奉大人还说，大人你会的东西格外多，没准儿包括西南那种傀儡之术。”

乌行雪：“……”他可算知道这两个小东西一整天都在忙活什么了。

果不其然，就见两个小童子仰起脸问道：“大人，我们现在还是很乖的吧？”

乌行雪哭笑不得：“我平日有说你们不乖吗？”

小童子想了想说：“有暗示。”

还暗示……

“暗示你们什么了？”

“大人上回还说我们拆你的台。”

“说我们嘴比脑快。”

乌行雪轻轻挑了一下眉。

小童子捏着手指道：“我们昨晚越想越怕，整夜都没睡着觉，今晨起来觉得还是得勤快一点儿，弥补弥补。”

乌行雪弯腰看了看，发现这俩小不点眼下还真泛着青。照理说仙都的仙使小童子灵气旺盛，并不需要日日歇息，更不会因为一晚上没睡好就变成了这样。这两个小童子眼下的乌青纯属忧思过度。

“真这么怕啊？”乌行雪问，“平日也没见你们对邪魔阴物这么畏惧。”

小童子互相看看，道：“主要是丑。”

乌行雪失笑，本想劝这两个小童子别当真，平日该是什么性子就还是什么性子，不必如此“勤快有礼”，怪吓人的。

无奈这两个小不点心思还挺重，一时半会儿看不开。

乌行雪想了想，道：“这样吧，让你们看看傀儡之术究竟怎么使？”

小童子一惊：“大人你真会啊？”乌行雪笑了：“会啊。”

“人间流传的傀儡之术其实有好几种，不过听桑奉那描述，应该恰好就是我见过的两种之一。”乌行雪道，“施这种傀儡术，得先挑一个躯壳。”

小童子大惊失色。

乌行雪原本想让他们体验一下。他下手极有分寸，本不会伤到对方一分一毫。但看他们挤在一块儿的样子又改了主意："算了，我现造一个吧。"

综观整个仙都，要论灵力和神性，灵王毫无疑问是封顶的那位。对他来说，弄个躯壳就是用灵纸顺手一捏的事。原本捏个童子是最省事的，但又怕那两个小的觉得他们家大人在"暗示"。

乌行雪用修长的手指夹着灵纸一折一揉，接着三指一松，那灵纸落地的瞬间便被白光笼罩，转眼化作了一个人——那人有着极高的个头，极英俊的眉眼，像一柄锋芒张狂却裹在白玉鞘里的剑。

两个小童子被惊得往后一蹦："嚯！天宿大人?！"

乌行雪默默地看了一眼自己的手指，低低地咕哝了一句什么。

两个小童子还在那儿"嚯"来"嚯"去的，围着自家大人捏出来的人打转，一会儿看绑腰上的绣金暗纹，一会儿仰头踮脚去看脖颈后的"免"字印，啧啧称奇："大人好生厉害！真的跟天宿大人一模一样，连剑都好像带了灵力呢！"

捏躯壳就是这样，越是熟悉的人便捏得越像，最细枝末节处都不错分毫。最厉害的，能到本人来了都真假难辨的程度。

因为太像了，即便知道这只是个躯壳，小童子也不敢直接上手，就这么前前后后绕了好几圈。乌行雪等他们看了个够，正要抬手继续演示那傀儡之术，忽然听见坐春风宫府门外有人声，似乎来了客。

"真会挑时间啊……"灵王大人心里咕哝了一句。

他本想让来客直接进门，又觉得屋里天宿的躯壳容易惊到别人，便冲小童子道："你们在这儿守着等一会儿，我去趟堂前。"

灵王大人一反常态，直接迎到了宫府门口，发现那两位来客不是别人，正是礼阁的桑奉和梦姑。

梦姑风风火火地走在前面，人未近声先至，远远就冲乌行雪行了个简礼，道："桑奉同我说，他昨日胡说八道，好像吓到灵王宫府里那两位小童子了，据说他们走的时候失魂落魄的，所以我拉他来赔个不是。"

"哎哎哎，我昨天着实闲得慌，本意是逗那两个小不点儿玩，但似乎有些过头。"桑奉一脸愧疚地行着长礼，"灵王大人莫怪。"

乌行雪所不知道的是，他在坐春风门前与礼阁两位说话时，另一位来客径直落在了坐春风庭内，抬剑撩开挡帘进了屋。不是别人，正是天宿萧复暄。

就像灵王在南窗下能随意进出，天宿在坐春风亦是同等待遇，向来是不用招呼的。结果这回，天宿大人一进屋就同"自己"来了个面面相觑。

小童子吓一大跳，转头就要跟自家大人说"天宿本人来了"。刚要张口，就感觉一股带着剑息的灵力倾灌过来，然后……他们就噘着嘴不能说话了。

小童子试图出声，发现连声都没了。他们维持着噘着嘴的模样，纳闷地看向天宿大人，就见天宿打量着那个跟自己一模一样的躯壳，薄唇未动，声音却顺着天灵盖传进小童子耳里。就听天宿低声问：“他这是要做什么？”

这个没头没尾的“他”，指的就是灵王了。

小童子扭了扭。

天宿又道：“不必出声，脑中想了我便能知道。”

小童子答道：“大人正跟我们解说傀儡之术呢。”

“拿我解说？”

“对。”

天宿拎着剑轻轻挑了一下眉。

灵王送走两位礼阁来客，回到屋里。

两个小童子依然抱着拂尘守在原处，乖乖巧巧、安安静静的。而他捏的那个天宿躯壳也依然立于原地，手里拎着剑，仿佛等着被注入生息。

一切都跟他离开之前一模一样。非要说有什么区别，那就是两个小童子都噘着嘴，也不说话。

“怎么，等久了不高兴？”乌行雪捏了捏他们的朝天髻。

小童子拼命摇头，像两只拨浪鼓，心说岂敢、岂敢。

乌行雪有点儿好笑：“方才礼阁桑奉大人亲自来赔了个不是，说不该给你们讲那些杂闻，你们的面子不小嘛。”

小童子又连连摇头，心说小的、小的。

“照这么看，你们应该不怕了。”乌行雪转头看向自己捏的天宿躯壳，又道，“不过我这架势都已经摆开了，躯壳也已经捏好了，一时半会儿请不回去，要不还是给你们继续讲一讲那傀儡之术吧。”他说着就朝天宿伸出手。

小童子的心急得直蹦直跳，眼珠子都快对上了，无奈被封着嘴，憋了半天只憋出一句：“嗯嗯。”听起来就跟迫不及待想看似的。

两个小东西自己气得要倒仰，又挣扎无果，索性放弃了抵抗。

乌行雪握住天宿的一只手，将黑色鎏金的绑腕解开一点儿，拇指沿着掌根连接小臂的那根骨往上，挪了大约一指距离，摁在腕部某处。

他转头冲两个小童子说：“傀儡的灵窍一般有三处，前额印堂、心口，还有连着心口的左手腕部。印堂和心口乃命门，若是力道把握不好，非但做不成傀儡，躯壳恐怕也要废了。所以，最常用的便是手腕。传说里捉来活人做傀儡的，那是歪门邪术，讲了你们夜里又要睡不着，不听也罢。我只讲这种凭空生造的，躯壳内无灵无魂，空空如也。”

“这种躯壳最是好用，捏住腕心，灌进灵识，傀儡就成了。”乌行雪说着拇指一摁，独属灵王的浩瀚灵力从指腹流泻而出。

尽管那灵力如同无边瀚海，但灌注之时却轻得如同春风拂面、涓流入野。

“若是个大人物，带出去听话又威风。”乌行雪玩笑似的说着，忽然感觉天宿腕心的经脉重重搏动了一下，原本微屈的手指轻轻一蜷，反握住了他的手。

这具躯壳被他捏得太像本尊了，不仅是身高、模样和衣着，就连体温以及这样手指相握的触感都一模一样，以至这个瞬间，乌行雪自己都恍惚了一下。

他顿住话音，抬头一看。只见天宿原本合着的眸子不知何时已经睁了开来，正微垂目光看着他。

乌行雪抿着唇，细细打量，忽然极轻地眯起眼睛。良久之后，他歪了一下头，问面前新成的“傀儡”：“你听话吗？”

“傀儡”静默无声，眸光依然落在他脸上，似乎在考虑，片刻后低低沉沉开口道：“可以听。”

大半天后，礼阁的桑奉拎着赔罪小礼物再次拜访坐春风时，就见这座宫府大门洞开，两个小童子一人一边趴在窗台上，托着腮帮子唉声叹气地发着呆。

桑奉心觉好笑，并没有擅闯门庭，而是站在高高的门槛外敲了敲玉门，问：“你家灵王大人呢？怎么偌大的宫府只剩你们两个？”

小童子又是“唉”地叹了一口长气，道：“我家大人把天宿大人做成傀儡，带下人间，玩儿去啦。”

桑奉正抬脚往门里迈，闻言脚下一哆嗦，差点儿被门槛绊个跟头。他一把抱住坐春风庭内的廊柱，才勉强没有落得一个颜面扫地的结果。

“你家大人干什么去了？谁把谁做成傀儡了？”桑奉提高嗓门又问了一遍，一贯温厚的嗓音走了八个调。小童子倒也乖巧，真就原封不动重复了一遍：“我家大人把天宿大人做成傀儡，带下人间玩儿去啦。”

桑奉疯了。他感觉自己听见了什么不得了的东西，又仿佛每个字都没听明白。不过灵王也好、天宿也罢，本就是仙都里最难琢磨、最神秘的两位，哪儿是他能探究明白的？于是他一个字都没再多问，放下赔罪小礼，告辞跑了。

桑奉离开后，小童子依然托着腮帮趴那儿长吁短叹。

其中一个纳闷道：“所以……做傀儡是什么好玩的事吗？我看天宿大人丝毫没有要戳破的意思。”

另一个小童子满脸愁绪：“不知道，反正我家大人玩得很开心，也不知道大人看没看出来那是天宿本人。”

灵王慧敏绝伦，自然看出来了，在傀儡睁眼那会儿就已经看出来了。

坐春风里小童子替自家大人发愁的时候，灵王乌行雪和天宿萧复暄正从人间某地穿城而过。出城时有几处岔路，乌行雪左右扫了一眼，挑了雾蒙蒙的那条，抬脚就要往雾里走。

萧复暄出声拦了一下："此路瘴气湿重，你不是前日还说头疼？"

乌行雪转着手里的银丝长剑，回过身来倒走了两步，歪了头冲萧复暄道："你不是傀儡吗，傀儡怎么能给下咒者指路？"

天宿大人挑了一下眉，沉声道："你不是一眼便看穿了吗？"

灵王立马端得一脸无辜相："胡说，我看穿什么了？什么都不曾看出来。既然是傀儡，那你就老老实实当一天听话的人吧。传言有云，傀儡者，让往东绝不向西。"

"行。"萧复暄应了一声，重新抬脚，当真跟着乌行雪往那雾里走去。

灰白色的水雾扑面而来，越近山首，越是浓重，几乎让人辨认不清前路。都说西南一带多山、多水、多野庙，在此地体现得淋漓尽致。尤其是这烟雾溟蒙之际，放眼望去，山间尽是影影绰绰的庙宇轮廓，在雾里露出某个檐角或塔顶。

这是在梦都主城一带见不到的景致，乍看起来颇稀奇。

萧复暄原本以为，这位灵王大人是冲着这三百山寺的景观而来。谁知进了山道，他并没有走走停停地看景，反倒从一条小径拐到又一条小径，不曾停过脚步，遇见岔道也不曾犹豫，就好像是有目的地的。

行过半山，萧复暄问道："为何径直往这处走？是有要去之处？"

乌行雪："倒也不是，全凭一时之念，总觉得该往这个方向走，感觉咱们今天要碰到点儿什么。"

旁人或许不知，但萧复暄一向知道，灵王大人生性好游逸，喜欢在人间四处走动。他天生灵性深重，便常会有冥冥之中的缘分——往往随性而走，路上却总有奇遇。

果不其然，这话说完没多久，他们就在山里碰到了一间奇寺。之所以称它"奇寺"，是因为它是整片山野里阴邪气最重的地方。寻常百姓分辨不出来，但在乌行雪和萧复暄眼里，简直再明显不过。

萧复暄同邪魔打交道最多，剑尖拨了一点儿山寺旁的泥土说："这座山寺几年前应该闹过祸乱。"

乌行雪轻轻"啊"了一声，道："我想也是，若是一整座山寺的人死在祸乱里，又在这种山势凹处，日积月累，确实会积聚如此重的阴邪气。"

这种地方如果一直空着也就罢了。但凡有活人在这儿，生灵之息在阴邪气的衬托下会格外明显，极易引得邪魔聚集。结果乌行雪和萧复暄走到寺庙门前一看，发现庙里居然真的有活人，还不止一个。

寺庙的庭院里长满了青苔，有种阴沉沉的潮湿感，仅有的一块儿干处摆了几张歪脚竹凳，凳上坐着几个须发皆白的老人。还有个瘦猴儿似的小孩儿拿着长竹竿，在打树上青色的果子。那果子看起来能酸掉满嘴的牙。

小孩儿眼睛灵，瞧见门外有人，立马攥紧了竹竿，惊疑不定地问："你们是谁？"

乌行雪天生一副好姿容，看着也容易亲近。他冲小孩儿笑笑，道："我们从这山间路过，但是山路太长，眼看着要天黑了，想找个地方借宿一晚。"

他们本想把这里清理一番就走，但看着满院老弱，还是守一晚更放心些。

小孩儿打量着乌行雪这一身滚银雪袍，支支吾吾："可是我们这里比不得城间客栈，有些简陋……"乌行雪道："有块儿片瓦遮身便可。"

小孩儿想了想，拉长了调子冲屋里叫道："住持！住持——有人要借宿！"

乌行雪同萧复暄对视一眼，心说这种鬼地方还有住持？

小孩儿的话音落下，就听几声嗒嗒轻响，一个剃了光头、僧人打扮的年轻人抓着一根木棍摸摸索索地从屋里出来了。

这住持单看长相，是极讨精怪喜欢的那种，细皮嫩肉，唇红齿白，就是不太讲体统。他大约是嫌雨季湿闷，把上半身的破旧僧袍脱了，耷拉在腰间，赤着胳膊，只穿一条僧裤，说话间往屋门上一靠，站没站相的。

乌行雪仔细看了一眼，发现那年轻住持的两眼上还蒙着厚重的白翳，是个瞎子。而这瞎子拿来当拐杖的木棍上绑着一面白布小旗，旗上写着歪歪扭扭四个大字：随缘算卦。可以说是门类混搭得很齐全了。

这些人一看就不是什么正经的僧人修者，大约是一群无家可归之人凑了个堆，把这无主的寺庙当作了容身之处，借着算命混点儿银钱讨生活。

乌行雪想了想，问道："在这借宿一晚，我们应当付多少银钱？"

那住持虽然看着不正经，但确实有当家的派头。他问道："你要吃我们的粮吗？"

"不用。"

"那你要拿我们的衣裳吗？"

"也不用。"

"那付什么银钱？"住持道，"这山里最多的就是野寺，最不缺的就是破瓦烂墙。咱们这好像还有三四间空屋呢，随意挑一间。"

乌行雪和萧复暄走过人间许多地方，也见过不少大方人。但住在这种山寺里，吃穿都成问题却如此豁达大方的，着实少见，让他们好生意外。

山里天黑得极快。仿佛就在他们踏进山寺的瞬间，最后一点儿日光暗了下去，白天残余的热气瞬间消散。山风一吹，寺内变得寒凉起来。

那几个老人、小孩儿似乎已经习惯了这种天气，熟练地猫进堂屋，拉出一只大陶盆生起了火，围成了一团。只有那住持还是一副怕热不怕冷的样子，只是把卸下去的上衣拉穿好，没有凑过去烤火。乌行雪看了他一眼，心里生了个主意。他拽着萧复暄过去，问那住持：“若是找你算一卦，要付多少银钱？”

住持道：“随便给，你觉得值几文便给几文。”

乌行雪低头翻了翻自己的锦鱼袋，发现就没有“文”这种东西。他又转头去摸天宿的腰袋，发现天宿也没有。

于是他问住持：“你说的我没有。这样吧，你算我们两个人，我按碎银给你，如何？”

住持：“？”

下一瞬，住持摸索着坐到卦桌后面，冲面前的椅子比了个“请”，示意乌行雪和萧复暄坐下。隔壁那一屋烤火的老弱全围过来了。

住持冲其他人道：“老规矩，算卦的时候你们不能说话，否则我这瞎子可就不灵了。”他又冲乌行雪和萧复暄的方向说：“我算的时候，也烦请二位不要开口出声。”

还有这种规矩？乌行雪正纳闷，就听见那住持又说：“因为这年头到处都是摆卦算命的人，十之六七是骗子，那真是半点儿都不会，全靠闲聊套东西。我可不乐意被当成那种人。虽然我也时灵时不灵的，但我只赚凭本事的钱。”

他说着，从桌下摸出一个巴掌大的陶盆，往盆里填了一层草屑和细小木枝，然后递了个火折子给乌行雪，说：“我是靠火来算的，劳烦二位把这盆里的草木点着。”

其实以乌行雪和萧复暄的能耐，指尖一搓就能凭空起一场漫天大火。但他们还是接过火折子，学着凡人之法，各往陶盆里点了一星火。

两豆火苗自草屑燃起，慢慢靠拢，将那些木枝包裹住。火光明亮耀眼，却并不凶烈。瞎子搓了一会儿手掌和手指，将两掌置于火盆上，似乎在隔空摸着盆里的火。

“先说公子吧……”瞎子摸了一会儿，又用力搓了搓手，重新把手掌放在火焰上方，“很奇怪，一般人要么问前程，要么问姻缘，要么问凶吉。但公子你好像不想问这些。”

乌行雪挑了一下眉，心说还挺准。他确实没有想问的东西，堂堂灵王天宿，总不至于真要靠一个凡人来算命。

“那我就看见什么说什么吧。”瞎子说。

一般这种时候总是先说说过去，再说说现在，最后说说将来可能有什么劫难、要注意什么。但这瞎子摸了半天，愣是在“过去”上卡死了。

他皱着脸，良久憋了一句：“我看见公子从一片雾里走出来。”

旁边捧着竹篓等收钱的小孩儿：“……”

他一听这个开场就知道完犊子了，住持又算不出来了。每当住持碰到算不出来的事儿，就开始扯雾啊、云啊、谜团啊，这种虚无缥缈的东西。

瞎子又道：“公子曾经住在很热闹的地方，周围不论昼夜总有人在。”

小孩一听，心里定了不少：这位公子一身雪衣，上面还带着银丝暗花，一看就不是普通人家出身，大户嘛，府上肯定有很多人，这话应该对得上。

瞎子皱了一下眉，继续道：“我还看到了一段很……孤独的日子，十分孤独，一片漆黑，而且时日还不短，很是漫长难熬。三年？五年？”

小孩继续盘算：有钱人家的公子，多多少少都有这么个通病，伤春悲秋起来觉得自己简直是世间遗葩。这话应该也对得上。

瞎子换了个角度摸火，又道：“奇怪，着实奇怪，我看不到公子的亲缘。这么说或许有些冒犯，但我感觉眼下公子的亲缘极淡，甚至压根就没有。”

这话就稍稍有点儿冒险了，小孩偷偷地瞄了好几眼乌行雪，发现根本看不透那公子。不过他又悄悄地分析了一下，倘若真是大户人家的公子，在快要入夜的时候往山里来，怎么着也得多带些随从，或者干脆驾一辆马车吧？只有两个人，确实像是跟家里关系一般，并不亲近，或者并不受重视。应该也对得上。

瞎子又陆陆续续说了一些。小孩儿在暗中掰着指头，心说到这里基本就差不多了，够客人信个大半了。这种情况下，若是再说点儿将来会发生的事，可能遇到的劫之类，客人都是愿意多付些银钱破财免灾的。

果然，瞎子说：“再帮公子看看将来吧。”

好嘞！小孩儿竹篓都准备好了，结果瞎子说完这句话就不吭气了。

众人等了好久，久到小孩儿都想去探一探瞎子的鼻息了，那瞎子才沉吟道：“公子的将来也是一团迷雾，我看不见。”小孩儿差点儿将一口血呕他脸上。

不过众人不知道的是，正是这话才让乌行雪觉得这瞎子还当真有点东西——灵王的未来就连天道都不能预料，何况人间卦师呢？

瞎子虽然有点儿挫败，但毕竟面前有两位客人。一位公子的命数算不清楚，那就算一算另一位好了。于是他重新搓了搓手掌，再次去感受火焰。

结果发现这次的雾比刚刚还浓，他有点儿不甘心，便换着角度摸火，在心里琢磨——方才那公子年纪轻轻却一点儿想要问姻缘的意思都没有，怕是已经定了姻缘。他将这个推论和自己算到的一联系，当即拍了板，冲乌行雪身边的人一比画，道："我若是没算错的话，这位应当就是公子夫人了，想必一定温柔贤淑、冰清玉润。"

在他比画的方向上，天宿萧复暄正抱着剑，面无表情地看着他。

乌行雪当即笑弯了腰。小孩儿一个不小心，差点儿把竹篓扣瞎子头上。

唯独瞎子自己不知眼前的情形，依然在摸着火算他的命："不过很是奇怪，我没有在公子和尊夫人身上看到那种喜堂景象……唔，喜秤、轿子、盖头这些好像都没有看见。难道是我算错了？"

小孩儿心说：你还敢难道？

瞎子咕哝着又摸了半天，排除了各种稀奇古怪的解释，最终犹犹豫豫问了一句："没进过喜堂，又在夜里困在山间，公子和夫人莫不是在……私奔？"

"奔"字出来的那一瞬间，小孩儿终于忍不住了，一蹦而起捂住他的嘴，道："可以了住持，可以了，再算下去不仅一文钱都没有，指不定还要赔钱呢！"

眼看着算卦被中止，本就图一乐的灵王大人笑着开了口："也没说错，我确实没进过喜堂那种地方。"

瞎子得意道："是吧？"

小孩儿偷瞄了一眼天宿的剑，崩溃道："你还说！"

就在这屋里闹得一团乱时，萧复暄朝门外瞥了一眼，手里的剑锵地发出一声轻响。乌行雪也眯了一下眼，银丝长剑在指间转了一圈。他将食指抵在唇间，示意屋里这群老人孩子先别说话，整座山寺瞬间安静下来。

人声一旦没了，其他的动静就窸窸窣窣显露出来，听起来像是有成百上千的东西正在快速往这庙里爬行。一众老弱头皮发麻，惊恐互望。住持作为瞎子，听觉更是灵敏，用气声问道："这是什么东西？"

乌行雪轻声道："邪魔。"

众人一惊："什么？！"

乌行雪本想告诉他们，这座山寺的位置不讨巧，格外容易引来邪魔。转念一想，这地方虽然破败阴晦，对这几个人来说，确实是目前唯一可容身之所，他便改了主意，不打算说了。不过就是位置不讨巧而已，不过就是积年累月秽气不通而已。只要清个彻底，这些就都不是问题。

那一刻，上百邪魔带着尖厉呼号扑窜过来的同时，两把灵剑悍然出鞘。

一把寒光洞彻，带着万道金光剑气，张狂冷厉。另一把煦如昭光，耀尽四野。

那一瞬间，连绵的山野亮如白昼。而在白昼之下，邪魔总是无可遁逃。

后来，这一瞬间成了山寺那个小孩儿和几位老人毕生都不能忘怀的场景。唯有那位豁达大方的住持因为眼盲，错过了所有。他只能通过混杂交错的呼啸和破风声判断——邪魔来了！

那位公子和公子夫人应当是颇为厉害的修士，用的都是剑！于是邪魔尽退。

不仅如此，整座山寺乃至这一带的山野似乎都被翻了一层新，所以将来十年甚至数十年，这里都不会再聚集那么重的阴邪气了。他们可以安定地待在这座容身之所里，或许能待到撒手人寰呢。

乌行雪和萧复暄在天色将亮未亮的时候，清理完了最后一点儿阴邪秽物，打算离开山寺。他们落到庭院门前时，小孩儿刚把几个老人从趺坐的状态里扶起来。瞎子住持踉踉跄跄从屋里摸索出来，冲他们说："留步啊，务必留步片刻！"

乌行雪问道："怎么了？"

瞎子住持说："我们以卜卦算命为生的人，最忌欠恩不还。我怕今日一别过，就再没什么机会碰到二位恩人了，所以总得做点儿什么。可眼下能找到的东西实在有限，这已经是我能想到的唯一的小小回报了，你们不要嫌我弄得简陋。"

他说着，展开一张金纹红纸，纸上是他刚用手指摸索着写下的符文。

乌行雪瞄了一眼……一个字没看懂。

"这是？"他问道。

"天地书。"瞎子住持说。

"天地书？"乌行雪同萧复暄面面相觑，"恕我孤陋寡闻。"

"不是孤陋寡闻，这是咱们这一带的风俗，别的地方没有。你不知道再正常不过。"瞎子住持把红纸展在手里，对乌行雪说，"公子，你在这里抹一下。"

乌行雪身为灵王，没什么可惧的，也不怕凡人使诈，更何况这住持不是那样的人。于是他配合地在符纸末端抹了一下，就见那纸上慢慢显出一道指印。

瞎子住持一边抖了抖红纸，将指印晾得更明显一点儿，一边给乌行雪他们解释："很多地方的婚嫁讲究一个拜字，要拜天地，要拜高堂。但我们这里不同，我们这里婚嫁最重要的是一道'告天地书'，两人在这天地书上各摁下一道指印，便算礼成，能得到天地山川、世间万物的庇佑和祝福。"

瞎子住持说，"我没什么可报答的，就懂这么一点儿东西，公子和夫人不是就缺了那么一道礼吗？我做主给你们补上！公子已经按过了，夫人呢？"

乌行雪："……"萧复暄："……"

就在那瞎子抖着红纸，准备冲着天宿大人的剑喊上第三声"夫人"的时候，小孩儿一蹦而起，和那帮老人一块儿把这位至今没搞明白男女的住持拽了回来，免得丢人现眼。而等到他们再转回头时，那两个谪仙似的人已经笑着摇了摇头，转身没入了山间云雾里，不见了踪影。

这个长夜，如同千千万万个相似的昼夜一样，淹没进了浩如烟海的岁月里，在后来极其漫长的一段时间里，再没有被谁想起。

百年之后又是百年。彼时仙都已经没有了灵王，乌行雪已经成了照夜城城主，而天宿萧复暄刚从极北之地归来，还不曾记起半点儿前尘过往。

有一日他途经西南，发现那里早已大变模样。曾经在山野间错落的三百山寺已经同城镇相连，再也辨不清哪座是哪座了。

他领了天诏，追着邪魔踪迹到了那附近。本该直接往南去，却在路过一座古寺时莫名顿住了脚步。一方面是鬼使神差，另一方面也是因为那古寺里有人惨呼一声，似乎受了惊吓。

萧复暄以剑柄在门上敲了两下，抬脚进了寺。就见庭院里青苔满地，一个小沙弥站在井旁冲自己身上猛泼凉水。

小沙弥看见萧复暄，愣了一下，匆匆擦了脸问道："这位公子，你……"

萧复暄道："方才路过，听到一声惊叫，我当是邪魔作祟。"

沙弥满脸通红道："惊扰公子了，方才那声是……是我叫的。不过不是邪魔作祟，而是这古寺曾经的老住持……"他可能也想用"作祟"这个词，又觉得着实不合适，抓耳挠腮片刻，道："老住持有遗憾未了，便常常入梦来吓唬我，从我在这寺里住下，至今有十几年了。"

他又想起萧复暄进门的话，道："方才公子问我是否有邪魔作祟，想必公子是修为有成之人！不知在对付梦魇上是不是也有良方？"

众所周知，神仙无梦，自然也不会有梦魇，又上哪儿知道对付梦魇的良方呢？但冥冥之中，萧复暄问了一句："是何梦魇？"

小沙弥好不容易找到了诉苦之人，便把老住持是如何托梦于他的，前前后后都说了一遍："但每回都不大一样，有时候托梦告诉我他还欠着一个恩没还呢，他们摆卦算命的最忌这点；有时候又让我去翻找龛台，好像里面有东西似的，还有时候，干脆让我梦到喜堂之类的……

"我差点以为他要让我去配冥婚呢。"小沙弥委屈极了。

萧复暄道："你说翻找龛台，可曾找到过什么？"

小沙弥立马点头："有东西的！一道金纹红纸，这一带水汽重，那纸受过潮，上头的字全花了，我怎么看都没明白那纸是做什么的。"

萧复暄："纸呢？"

小沙弥连忙跑进堂内，片刻后又跑出来，手里捏着那张不知多少年前的旧物。稀奇的是，那金纹红纸始终没有褪色，如今再看依然颜色如新。只是上面的字已经糊成了一片，看不出写的是什么，更不知道它的用途。

萧复暄看到那张纸的时候，却有一瞬间的出神。等他反应过来时，拇指已经在纸底抹了一下。小沙弥愣了片刻，忽然“哎哎”惊呼起来——就见那拇指抹过的地方，缓缓显出一道指印来。

直到这时，小沙弥才反应过来这金纹红纸原本是什么：“这是……天地书啊！”

萧复暄在小沙弥的千恩万谢下离开古寺，走时带上了那张日日让小沙弥陷入梦魇的金纹红纸。

他跨过门槛，从古寺里出来的时候，山城里不知谁家正在办红事，锣镲声划破了清晨的早雾。金纹红纸屑撒了一路，嗒嗒的马车声没入巷里。某座庭前，专门的郎官读完天地书，高声念唱着：“按下两道指印，这礼就算成了。”

天地恭祝，从此生生世世，永不相负。

图书在版编目（CIP）数据

不见上仙三百年 / 木苏里著 . -- 北京 : 中信出版社 , 2022.12（2025.8重印）
ISBN 978-7-5217-4837-6

Ⅰ . ①不… Ⅱ . ①木… Ⅲ . ①长篇小说－中国－当代
Ⅳ . ① I247.5

中国版本图书馆 CIP 数据核字 (2022) 第 188283 号

不见上仙三百年

著　　者：木苏里
出版发行：中信出版集团股份有限公司
（北京市朝阳区东三环北路 27 号嘉铭中心　邮编　100020）
承 印 者：嘉业印刷(天津)有限公司

开　　本：787mm × 1092mm 1/16　　印　　张：19.75
插　　页：5　　字　　数：420 千字
版　　次：2022 年 12 月第 1 版　　印　　次：2025 年 8 月第 8 次印刷
书　　号：ISBN 978-7-5217-4837-6
定　　价：54.80 元